平原之骨

新时代文学攀登河北行动计划

丁庆中 著

河北出版传媒集团
花山文艺出版社
河北·石家庄

图书在版编目（CIP）数据

平原之骨 / 丁庆中著. -- 石家庄 : 花山文艺出版社, 2024. 10. -- ISBN 978-7-5511-7532-6

Ⅰ. I247.5

中国国家版本馆CIP数据核字第2024SC9012号

书　　名：**平原之骨**
PINGYUAN ZHI GU

著　　者：丁庆中

选题策划：李　彬

责任编辑：刘燕军　王安迪

责任校对：李　伟

封面设计：陈　淼

出版发行：花山文艺出版社（邮政编码：050061）
（河北省石家庄市友谊北大街330号）

销售热线：0311-88643299/96/17

印　　刷：涿州市般润文化传播有限公司

经　　销：新华书店

开　　本：700毫米×1000毫米　1/16

印　　张：23

字　　数：330千字

版　　次：2024年10月第1版
2024年10月第1次印刷

书　　号：ISBN 978-7-5511-7532-6

定　　价：88.00元

目　录

第一章

1. 高氏祖墓被盗

在景州城，北关高家，悄没声儿地过着富足日子，就这样已经过了几百年不止。富家的爷儿们娘儿们总是起得比别人家要早，灶筒里也早早地冒出烟，而且每天都那么准时。冒的灰白色炊烟还那么匀实，像青天上白云一般透亮。偶尔，还会看见高李氏骑着一缕像白马一般的炊烟飘上天去。当然，看见这样景象的人不是太多，听见传说的人也都不拿此当真。

高家灶火烧到这份儿上，也算到了一个境地，是景州城爷儿们娘儿们所不能及的。这也是百年一遇的奇妙事物。

所以，一些娘儿们到高家去，见一见高李氏。看到高李氏要么坐在织机上，手里拿着一把梭；要么盘坐在炕上，怀里堆着一件尚没缝好的衣裳，手里拿着一根针。那情景，就像个泥人，或者木雕似的，一万年也没动一动，就那样摆着姿势等人看。要不是这样，那穿在高长忙和三个小子一个妮子身上的新衣是哪来的？况且高家人身上的衣裳向来就那么“板生”，一尘不染。这些衣裳不是拿拿架子就有。从高家走过，从门缝里散发出的那股子饭食香气简直能把人熏蒙。也有人刻意在做饭时到高家去闻味儿的。闻个一天两半晌，也咂摸不出什么味儿。都说：反正那味儿怪好闻。

在景州城，谁心里装的什么，头脑里想的什么，这个看不出来。可灶筒里冒烟，还有飘出来的气息，再有天大能耐，这个却不能藏着掖着。除了这些，还有高家地里的棒子苗。看着不高不粗，结出来的棒槌儿却很大，棒子粒又饱满。

还有北关高家场院，打场晒粮就显露出来了，一麻袋一麻袋扛不完。不只是长工扛，还雇了短工。

要是遇见高家长工短工打听一下，就问，高家的地是怎么种的？

长工摇头说，不知道。

又问，多少麻袋，恐怕有百十袋吧？

长工又摇摇头说，这个谁数得过来哩。

高家那么多谜团，都得不到答案。况且，高家很少摆场子。可是就在这天上午，高家却撒出风，高长忙要举办五十寿宴。这风是谁撒出去的，高长忙也不知道。高家大小子高立早在外边听到信息，回家对高长忙说了。吃晌午饭时，高长忙把妻子、三个小子一个妮子都问了个遍。都摇头否认。高长忙纳闷儿，风是谁透的呢？他看了一眼自家高高的围墙，又看看枣树和榆树。那一夜议论此事，声音并不大。高长忙在院子里转了好几圈，门关得很紧，木门很厚，严丝合缝。围墙很高，又没有一个洞，只有两个排雨水的阳沟，猫能钻进钻出。

他仰脸便看见榆树最上端劈开三个枝杈，托着一个乌鸦巢。乌鸦每天飞来飞去，呱啊——呱啊地叫，还跳下来与鸡群抢食。要是晒棒子谷子，也飞下来吃，就像吃自家粮食囤里的一样。就连做酱的大酱蛋，也给啄食了些。开始，这些乌鸦还守规矩，显得羞羞惭惭，不敢飞下来。日子久了，也就奓着胆子尝试。直到现在，也不把自己当外人。还有那些叫得动听的雀鸟，在枝头上，叶子一般鲜亮，就是一片能说会唱的叶子。趴在门台前那只黑狗黑下叫了几声，墙外的狗听到叫声，也叫了几声，接着一传十十传百，叫声便传遍全城，全城人都知道高长忙做五十大寿。那叫声不同，有的发狂，有的妒忌，有的讥嘲，有的发怒。总之各种声音各种形态都有。

夏收后，高长忙寿辰之时，高家大院办的是流水席。高家巷子里堆满了人，大院子比往日窄瘪了许多，插脚不下，进不来的人，只能等在门外。俗话说，前亲让后亲。

吃得饱饱的人走出来。

一个说："嘛味儿的哩？"

另一个狠狠抹抹油光光的嘴巴摇摇头说："嘛味儿啊，抠抠搜搜的。都是小碗，没一个大碗，扒拉来扒拉去，找到点儿肉比手指盖还小。到高家来讨得好汤水？做梦去哩。吃饱了就不错了。"

又凑上来一个觍着脸笑笑说："就是打发秃老婆上轿。"

一抬头，此人见高长忙就站在门口迎客，便低了头，将嘴闭紧，头一拱一拱地走了。

就在此刻，南门里刘家，那个叫刘修三的小子走近高长忙，叫了高老爷，说了些吉祥话，便钻进院子，他的眼睛四处"撒搭"，看见高立早正站在一张桌前给客人敬酒，便走了过去。他抻抻高立早衣角，说："大少爷，我正找你哩，给你说个正事儿。"那张脸儿分羞怯，又有几分诚实，隐隐又有几分诡诈。说着，他与高立早来到一个偏房里。这个房间很乱，地上有一张桌子，一地西瓜皮。炕上一堆一蛋的，看上去是被褥和包袱。外头的叫喊声、说笑声一阵接一阵，差点儿把窗纸给鼓破。刘修三将嘴巴贴近高立早的耳朵，说了几句，高立早说："听不见哩，大声点儿，像吓着了似的。"

刘修三只好奓着胆子提高嗓门儿又说了几句。

高立早又说："我听不见哩，你怎么了，刘三儿？"

刘修三说："外边真乱。"刘修三只好再提高嗓门儿，"瞧瞧这事儿，你知道吧？耿家可发了，你知道吧？"

高立早在那里思考了片刻说："你怎么知道哩？"

刘修三说："他家干的缺德事儿，把你家祖坟给掘了，这个谁不知道。"

这回高立早每个字都听清了，一下子脸就变了，他问："真的？"

刘修三说："是哩，这个还跑得了。"

接下来是刘修三对高立早说事件的大致情节：西关耿家盗了高家的祖墓，墓中珍贵器物并不多，可是他们盗得尸骨，将尸骨打成首饰和摆件，从而发了大财。

就这样高家与耿家结下仇怨，是刘修三挑拨的：耿家人盗挖了高家祖坟。掏开坟墓，钻进去，发现了重大秘密，坟墓里的尸骨像玉一般闪闪发光。其中一个人拿起两块腿骨相互敲击了一下，便发出悦耳的声音，就像金石。耿家人就将骨头盗了出来，发现比玉还要光洁，没有半点儿瑕疵。接下来，耿家就让工匠用骨头打造首饰，比如手镯、戒指、耳环、项链上的坠饰或者摆件等。从而耿家就此起家。

在此之前，景州城早就有这类传说，可是没有谁见过用骨头打造的首饰。可以想象，将一块骨头打造成首饰，戴到手上或者头上，多么瘆人。传说其骨犹如大象牙一般白，玉石一般通透，钢铁一般坚硬。工匠打造一件首饰耗时费力，并且要有对付这种硬骨的特种工具，还要有特别技艺。所以说一件这样的首饰可作奇珍异宝。在平原这一地域，很多人都有一副这样骨架。可是，有谁会闲来无事将尸骨挖出来看看证实一下？当然，也有一些人看见过。比如后人给父母合葬时，便要将仙逝的长辈尸骨挖掘出来。这样便发现了天大秘密。但是还从来没有人生出此念头，将尸骨打造成首饰或摆件的。这也有违孝道。有人说，骨头开始与平常骨头没什么两样。随着时间推移，骨头越来越光洁越来越通透明亮，还有温度，就像人身上的温度一般。一个人死了这么多年，能保持活人温度，谁也不会信。但是在一些卖珠宝的铺子里，的确有骨头打造的首饰。当然，这种首饰谁也不知道是人骨，还是象牙或者玉石首饰。

当然，传说中挖掘坟墓者最终都不会有好下场，总有祸端等着他。或者掉进河里，或者撞到树上，或者被一头牛踹死，或暴病而亡，最轻的是变成聋子哑巴。就这样，那些坟墓得以保留下来。所以有些人想，平原这一地域的人，是受了怎样诅咒，就是死也存留祸患，不得安息。

俗话说，隔墙有耳。刘修三说完这些话，没想到，从炕上发出叫喊声："你说嘛，你说嘛！"

原来在炕上包裹和被褥之间还有两个大活人，那是高立早的二弟和三弟：高立明和高立仁。他们两个喝得醉醺醺、晕乎乎地躺在炕上，听到之后，酒劲儿一下子醒了。

高立明大叫："你说嘛，耿家干这缺德事儿。"

刘修三说："二少爷，你快看看，耿兴那小子还在屋外桌前又吃又喝，装得像没事儿人似的。"

高立明和高立仁从炕上爬起，出溜下炕，鞋都没有蹬，就往门外跑去。高立早上去拦高立明和高立仁，被挤了侧楞个子。高立明冲出门，便朝耿家的耿兴那小子冲去。

高立仁晃晃悠悠，像棵树林里的细杨树，走到刘修三面前，看了刘修三一眼，仿佛说，这下子惹下祸了吧？此刻，刘修三见势不妙，趁机溜掉了。可是，他嘴巴留下的祸患却一直延续若干年。

耿兴正低着头往嘴里扒了一口杂合菜，咬一口馒头香甜地咀嚼。刚要往下咽，听高立明叫道："耿兴，你给我滚过来！"

耿兴还在那里咂摸着，当高立明第二次叫喊，他才咂摸过味儿来，这是在骂我呢。便将嘴里香喷喷的菜和馒头都吐到地上，他说："砖头瓦块，吃得好好的，把牙硌得怪疼。"

说话间，高立明的拳头就跟着到了。耿兴还算灵快，一闪身躲开，接下来第二拳却没有躲开，打到耿兴肩上。耿兴说："立明兄弟，你干吗？瞧你满嘴酒气，喝醉了吧？"

高立明说："我叫你醉。"跟着又是重重两拳。这样，耿兴不得不接招。就在此刻，高立仁凑得近了些，耿兴的胳膊肘拐了他一下，高立仁被扒拉到地上。高立明一下红了眼，他说："你还敢打我三兄弟。"说罢就跟耿兴拼命。高立明和耿兴扭在一起，滚在地上，拼命地撕扯。就这样，都显露出拳脚：你把我身上掏一个窝子，我把你身上抻下一绺子……在这种情景下，由于激昂愤怒，拳脚都没个准头，也落不到点儿上。当然，也有歪打正着的时候，比如是冲着对方额头去的，却打在眼上；对着鼻子去的，却打在耳朵上。就这样你一拳我一掌，最终还是落得两手攥空拳。耿兴茫然应对，高立明像是撒酒疯。场面非常混杂。在场的人都这么眼睁睁地看着，不知发生了什么事情。耿兴和高立明的拳脚很快，就像狗蹄猫爪那样利落。

高立早过来劝架："有事儿好说，别打哩。"

高立明和耿兴吭哧吭哧老是喘粗气。就在此刻，高长忙赶到，咳嗽了一声。那咳嗽犹如雷声，两个人便停下来，但却还没有撒手，都紧紧抱着，仿佛两个人成了一体。接下来，高长忙喊了一声："王八兔羔子，瞎搅和！"

高立明才松手，耿兴也松了手，两个人站起来，吭哧吭哧直喘气。这下子，招惹了那些惊疑的眼睛，大家还在那里嘟哝："为吗哩，为那块鸡肉？"

"是哩。"

"这下子，谁都啃不到嘴里。"

旁边没有谁知道，高家发生了那么一件重要事件，祖坟让耿家掘了。此刻，锅里的菜再也舀不出半勺头子，馒头也所剩无几。那些贪吃的就在高家小子与耿家小子干仗的空当，把菜都扒拉到自己的嘴里，胀得虽然难耐，总算是占了便宜。他们在此刻心满意足，打个饱嗝儿，得意地嘿嘿笑着。这下子，爱看热闹者才坐下，吃碗里半碗菜，此刻才尝出高家的菜清汤寡水，就这样还没吃上三分饱，悻悻离开。最终的场景，满院桌子上的空碗筷和盘子碟子，都像猫舔的一样干净，都用不着涮洗。地上也很干净，就是吃掉下的馒头渣儿和菜末，也被狗猫争抢吃了。当然，高家有了亏吃。高长忙五十大寿没带来半点儿喜庆，还让高立明和耿兴两个愣头小子给冲了。

过后，高长忙对高李氏说："真是无事生非，我说不做这行子，什么五十大寿，这回可惹下这么大事儿，真是想不到哩。"

高李氏说："怎么耿家这么没正行，把咱高家祖坟给掘了。"

高长忙说："不会吧，耿家会做这样的事儿？"

高长忙方才想到此事儿，便魂不守舍，心里头腻歪，那可是高家的根脉。第二天他便带高家一队人马足有二十多个，到高氏墓群查看一番。他把人分散到隋庄、大高义、野林庄和李高义等村去查看。几天后到高长忙家集合汇总，隋庄和大高义有三处祖墓被盗挖，有深深的盗洞，都被一一填埋。高长忙叹道，这年月，祖墓很难守。

2. 之初的懵懂迷梦

高长忙一张胖乎乎红脸，唇角向来是翘着的，吊吊眼不大，老是眯缝着。满脸温和颜色。两绺八字胡髭，下巴上一大绺胡须足有一尺长。他穿长袍遮掩着，却也显露出他高大的轮廓。一双黑布鞋，好像小了些。大脚趾就像叶芽儿那样，将鞋尖顶破，毛烘烘就要嘟噜线。他还套一件肥大马褂，这就显出他的阔气。他背着筐，筐里必有一把镰刀，镐头、锄头和铁锨倒替着出现在他筐里。他在背筐时，不急不慢地走，保持着特定速度。他一般不走大街，而是从胡同尾走出，有一条小径通往城门。

其妻高李氏屁股沉甸甸的，走路翘翘着屁股。屁股坠得她懒得动，坐起来却稳当。不管是炕上或是门台、织机上，她一坐就是半晌，她练就了坐的硬功。她的手也闲不下来，景州城俗话说，放下耙子就是扫帚。而她的手放下针线就是织机，还有做饭打食、整理清洁屋子院子那一大套。到如今，已经做了这么多年媳妇，不再手忙脚乱，什么都拿得起放得下。她给高长忙生养三个小子一个妮子。长子高立早，次子高立明，三子高立仁。其女高立雅——那个时代，按小子排序。其实老三是妮子高立雅。

这些年间，大小子高立早已经二十有余，已经到了娶妻生子岁数。他整天往城外跑，立志教书育人，崇尚两千多年前的孔子和西汉时期的董子——董仲舒是景州当地历史名人。二小子高立明有些狂傲粗野，就像景州人说的，说话牙床子高。他膀大腰圆，身大力不亏，爱招惹是非。三小子高立仁是最秀气的一个，从小多病多灾，不只是高长忙和高李氏宠他，就是几个兄弟姊妹也让他几分。所以高立仁就显得更尊贵，不多言不多语。妮子高立雅比高立仁大一岁，十七岁，像这样的年岁，犹如一朵花将要盛放。更何况高家都细条条身材，瘦长脸，不光眼睛和眉毛细长，鼻子也挺直细长。

北关高家巷子很深，围墙高，门楼子都很阔绰，都是黑漆门，上头都是铜钉。每扇门里都有青砖青瓦房，尖屋脊，屋檐翘棱着。

一直到二十世纪六十年代，在华北平原，有些村子和城镇还会有高家巷子或者高家胡同，都是类似的瓦房。也就是说，高家的血脉从历史上的南北朝时期流传到如今，经久不衰。

高家人不显山露水，说话声音低，语气温柔，不咋咋呼呼，看上去不起眼，就像俗话说——扫帚底下还有个大北瓜。所以高家，在北关的地位比在西关的耿家略胜一筹。在北关，围绕着高家小子，有更多的小子妮子。

高家小子妮子往大街上走，犹如谷子地里长高粱、羊群里出骆驼。尤其是三小子高立仁，就像一根秫秸。在街上晃荡，仿佛一阵风，就像鸡毛那样能被吹上天。高立仁从小多病多灾，所以一家人宠着娇着。越是娇宠身体就越弱，越弱就越受娇宠。高氏一家为高立仁整天担惊受怕。高家小子妮子走路都低着头，还有些晃杆，走到街上，邻家都说："瞧瞧哩，打枣杆子。"高家小子妮子见了熟人都说话，显得都挺正经，就像高长忙那样正经。所以不管是谁，见了高长忙都会规矩站立，正儿八经地说话。也就是说，不管是人是鬼，只要跟高长忙在一起，就变得正经。

高家箱箱柜柜里塞的都是孔孟之道那一类的书本，还有一箱箱纸笔。高家就像景州城的纸笔库，一城纸笔都在高家。

要说北关高长忙家人长得像榆树，西关耿世良家人则像杨树，那么南关刘本初家人就像杜树。景州人这么形容三家人的长相。比如高长忙个子很高，身量不瘦，却能显露出筋骨，且有其硬度。就那张脸也见棱见角，四面见线。脸上那笑容温柔，目光也柔和，眯虚着。乍一看还行，过后，老觉得被硌了一下子似的，反正身上不自在，不知来自何处。还会痛，弄不好还痛痒几天不止。耿世良长得高，身子挺直，人也显得少相。他跟小子耿兴往大街上一走，就像哥儿俩一般。而刘本初个头小，脑瓜儿、身子、手脚都显得圆乎乎，就像一块卵石。刘家，从早到晚，从那个宅院里传出的吵闹声，使整座景州城不得安宁。声音之大，下一刻，仿佛城墙和城门楼子就会倒塌，仿佛景州塔就会倒塌。要是这样，睡在年久失修的屋舍里就会胆战心惊，夜里睡不着觉，就是睡着了也会噩梦缠身。那个争吵年代，不只是刘家在吵，就是其他家庭也时有吵架拌嘴发生。只有高家从不露声色。一家大小个个都悄没声儿的，走路都没一点儿声响。让人看一眼，便好生羡慕。高家的人不只是个子高，穿得干干净净、板板生生。眼皮垂着，并不是羞涩，仿佛在思考着重要问题。

在有些人看来，高家人行为有些迟缓呆萌，言谈举止还带些傻相。这样，就有占小便宜的人来与高家人戏耍。比如高家人出来打醋，手里提着打满醋的醋壶沿街走着回家，提着提着，醋壶在手里不翼而飞。还有更奇怪的事，高家小子跟伙伴在街上追逐戏耍，玩着玩着满身大汗，脱掉衬衣抓在手里，抓着抓着，手就空了。还有手心里几文钱的，到街上买糖葫芦。走到卖糖葫芦小贩跟前，准备将那几文钱拿出来，把手伸到小贩面前，手伸开，空空如也。那几枚铜钱不知哪会儿从指缝里漏掉了。一转眼，便看见刘家小子走过来，嘻嘻哈哈地笑着，一根糖葫芦买到手，迫不及待地露出牙齿，从竹棒上叼下一个在嘴里咀嚼着。高家小子闻出来那几枚铜钱散发着他的汗味儿——那几枚铜钱在他手里已经攥了好几天，攥得铜钱都冒汗。高家小子不死心，走上前说：“这铜钱是我的。”

刘家小子说：“你的，怎么在我手里？”

高家小子说：“你看看哩，这上头还有我手指头印儿哩。”

刘家小子说：“要是你的，你叫它，听听它答应吗？”

高家小子觉得理屈，再没话可说，一脸疑惑委屈，沮丧地回家。

高家人接受教训，引起注意。就是这样，眨眼间，不是缺了这个就是少了那个。刘家那些鬼精圆滑小子，要是兴心，别说是鼻子、眼、嘴巴，甚至嘴里舌头都会被抠了去。所以都防着刘家小子，就是这样，老觉着被拿去了，还须浑身上下一遍遍看：是不是少了根手指头，或者少了胳膊肘，或者少了膝盖等。于是乎，把浑身上下摸了个遍，发现一件不少。就是这样，在大街上胡同里走着，心扑腾一下子，就猛跳起来，像丢了什么似的。这样的奇怪现象经常出现，叫高家人心惊。

一天到晚，刘修三跟在高立早后头。刘修三的嘴吧嗒吧嗒说个不停，高立早只是听着，也不回应。在景州城，高家就像聚宝盆，财富，拿多少有多少，越拿越多。像刘修三这样人家子往家拿，怎么拿也拿不多，到头来还是家徒四壁，穷得叮当响。

在景州城，那些人的头脑里总能生出种种疑问。有些疑问，一辈子都不会得到答案。而多半的疑问，经过一段时间，就会得出答案。

比如说，有些人家境一直贫穷，一直不得翻身。像南关刘家，不管多么努劲儿也白搭。眼看着，这个家庭就要行了，就要缓过劲儿来了。当第二天早起，便有祸事发生。这些祸事无非是天灾人祸。来了一场大风，眼看就要灌浆的麦苗都被齐刷刷地刮倒，就像老天爷一只手抿了一下那样齐截。或者棒子苗已经抽穗，撕开棒子包皮，就能看见一排排嫩棒子粒。就在这天夜里，下了一场冰雹。这冰雹就偏偏将他家棒子地砸个正着。而邻家的地却完好无损。还有一些，着火了，水缸破、锅漏这样的小事说不定在哪一刻就发生了。像这样的户家都格外谨慎，可就是再小心还是不能避免。这样胆战心惊的日子，真把人过够了。于是便都急红了眼，接下来是狗吵鳖闹，一座城不得安静。

有些事，就犯寻思，经不得推断。有些事物，想明白了，也就明了。有些事物，越是想弄明了，就越不明了。忽有一日，刘家一下子富了起来。景州城的爷儿们面面相觑，惊疑不止，从而生成那么多疑问：刘家是怎么富的，他家干吗了？

从这天起，爷儿们发觉刘家的争吵声突然停止了。从刘家出来的人都露出掩饰不住的笑容。

景州城爷儿们背后议论，说刘家兄弟干了些见不得人的事，刘修三说高氏墓群被盗挖别有用心。他们本来的破衣烂衫，还露膀子露腚蛋子，在一个早晨全变了，都穿上了新衣。刘家爷儿们往当街一走人五人六的还真像那么回事儿。

刘家刘本初有三子，都生得矮小短粗，都怪刘本初是个小矬个子。刘家小子一般赤肩露臂，究其原因是家里少吃缺穿。刘修三大号叫刘聪，什么苦都能吃得下。七八岁时，他溜西瓜皮（就是吃他人吃西瓜丢掉的皮），还跟狗抢骨头啃，一边走，一边捡起白菜帮子就往嘴里放。有人买馒头包子，纸包破了，馒头和包子掉了，刘修三拾起来就放到嘴里。老二刘隆是个菜货，什么都干不了，也不会抢食吃，饿得皮包骨，一走路晃荡晃荡的。老三刘旺却得到爹娘老子疼爱，老是吃偏食，所以生得白白净净。生到刘旺，刘陈氏大出血，差一点儿没死到这上。所以后来，刘陈氏整天坐在床上，䞍吃坐喝，就是这样，还说不准白天晚上，一块窝头噎着，一口水呛着，一口痰憋着，就要断了那口气。刘陈氏脸色焦黄，骨软肉松，一句话断三次还喘不上气来。就这样，还硬是一天天活下来。照景州城的话说：真够狠实的。刘本初像供爷爷奶奶似的供着她。当然，刘陈氏上来那股子劲儿，还会叫骂吵闹，景州城的人都听得见，那声音，偶尔像驴叫，偶尔像乌鸦叫，偶尔像杀猪似的叫。

刘本初本来也生病，这里痛那里痒，总之全身没个好地。自刘陈氏躺在床上那一天，他身上的病全都没了，身子骨硬了，就是想病也不会有，像一头牛那样壮。在刘陈氏眼里，刘本初笨手笨脚，这也不行，那也不是。一见他就来气，就往他身上撒。刘本初也憋着一肚子气，就往三个孩子身上撒。一来二去，三个小子都不服，都跟他吵。这样，爷儿四个，谁也不服谁，一天一小吵，三天一大闹。对吵，群吵，都吵成了一锅粥。某天，这样的吵闹声一下子停下来，整个景州城一下子寂静下来，大家还觉得不习惯。也就是从这一刻，刘家爷儿们都穿了新衣那一刻，也都清白露脸了，刘家人再也不可小觑。那些人都看傻了眼——

“刘家也开铺子哩。”

“刘家开酒馆了？”

“真见鬼，这是怎么闹的哩。”

不管是北关还是西关，不管是东门里还是西门里，人们大眼瞪小眼，瞠目结舌，刘家一夜暴富这是板上钉钉的事。就在人们纳闷儿时，景州城爷儿们间出来一个背论，刘修三曾经悄悄去德州卖过金银珠宝，那些宝贝是老坟里的东西。由此看来，刘修三说耿家挖了高家祖坟的骨头，就不仅仅是造谣、挑拨那么简单了。

再看看耿家。耿家爷儿们一个个走出来，个子都很魁伟，一个一个汉子。耿家也算是名门大户，据说早在明代，耿家就出了耿恒大将军，从此景州城耿家久不衰败，就这样延续下来。并且，西关邻里对耿家尊敬。到耿兴，也算是西关人崇拜的偶像。尤其那些小子妮子们，都想跟耿兴聊上那么几句。所以耿兴不管到哪里，都有一帮小子妮子围着。

3．东过道，西过道，打起架来瞧热闹

傍晚，夕阳映红景州城，景州舍利塔尖顶呈一派红色，夕阳下开福寺无梁殿千佛阁红色墙壁红得鲜艳。街两侧的铺子都开始忙碌，伙计们等了一天，终于等到最盈利时刻。消耗掉一天时光，在此刻要找补回来。那些小贩也点上火笼，在灯火下大声叫卖，声音响亮。

在这样的时刻，不管是铺子里的掌柜还是小贩，都带着一张笑脸。有两家铺子买家成堆成群，简直就像是不要钱似的哄抢。霎时间，小摊上好大一堆也卖光，铺子里架子上塞得满满的货物也销售一空。铺

子里掌柜也来凑手忙活，急着往架子上摆货，小贩从推车上搬下重重一口袋，再次倾倒在铺展开的秫秸箔上。掌柜合算着，这下子可赚了，嘴里却一次次吐出这句话：“这可赔了。”那些伙计只是闷头子干活儿一声不吭。

大街上已经不像白天那样拥挤。

此刻，一队人挤挤插插朝西关拥去。走在最前头的是高立明，高立仁跟在后头，嗓子里呴呴叫，节奏短而急促。高立仁拽着高立明的手，边喘边说：“二哥，你别去。”高立仁脸上分明透着一种恐惧、焦躁神情。

“你拽着我干吗?”高立明手往回一抽，差点儿把高立仁扽个跟头，“三儿，你快回家。”

“二哥，爹知道了生气。”高立仁死死抓着高立明不放，被带动着往前走。

“瞧瞧你这个样子，三儿。”高立明回过头来说，“屃包!”

高立仁闻听这句，觉得身子侧棱了一下。高立明衣袖一甩，要不是后边的人扶住，高立仁就要摔个大跟头。

满街筒子全都是人，浩浩荡荡的人群，犹如洪水猛兽，那股子气势，仿佛要将一切压倒。

耿兴坐在饭桌前，跟耿世良、耿刘氏和两个弟弟一起吃晚饭。就在此刻，从外边哧溜钻进一个影子，走近了才看清是对门李家妮子。李家妮子说：“兴哥，高立仁带着人朝这边来了。”耿兴端着饭碗，将喝进嘴里那口棒子粥咕咚咽下去，他说：“嗬，这小子还真有个胆儿。”

“是哩。”李家妮子说，“就像打狼的似的。”

耿兴放下没喝完的半碗粥，就去拽那件夹袄，“怪不得哩，这一天我左眼老是跳。”

说着，耿兴站了起来。耿世良说：“不吃饭，做吗哩?”

“爹，我到外边看看。”耿兴说着蹬上鞋子。

“你个不叫人歇心的性子，这是到外边惹事儿。”耿世良喝了口粥，嚼了几下，咽下去，吐了块渣儿，“快给我吃饭。”

“爹，你不知道。”耿兴系着扣子往外走，那妮子跟在后头，“我看看他高家净是些啥变的。”

仲秋已至，枣树上的枣都红透，飘着一股子枣香气息。下边的枝都坠得耷拉下来，耿兴弯腰走，枣子还是碰到了头。他没好气地伸手分了下，枣就啪嗒啪嗒掉在地上。暮色隐隐退去，天已经黑了下来，没有雀鸟啼叫。知了却还喑哑地哀鸣几声，宣告一天结束。飞蛾、墨壳虫还在窗户那里聚集，撞得窗纸嘭嘭响。那些不知轻重的小虫子往脸上扑，撞得怪刺痒。刚喝了几口棒子粥，耿兴觉得热乎的脸上还冒出了汗星。他抹了一把，穿上了沉重夹袄。就在此刻，耿家的小子们都撂下碗筷，跟在耿兴后头。走进门洞子，里头已经堆满了人，都在望他，虽然看不清他那张脸是怎样神色，但也以此做出猜测和推断。挤出院门，见胡同里已经挤满了人，都嘁嘁喳喳地说着话，见了耿兴，再不吭声。闪开一条路，耿兴往街口那个方向走去。出了胡同，更是满街筒子小子妮子。

那些妮子们可不管这个，耿兴一出胡同，呼啦一下子围上来，你一句我一句地说个痛快，就像一群雀鸟叽叽喳喳叫个不停。所说的都是讨好耿兴的话，诋毁刘家，当然也诋毁高家。声音脆生，骂人狠实得要命。

这样，就形成两种阵营：在耿家阵营里，有陈家也有张家，也有刘家和赵家。在高家阵营里，也有崔家和孙家，也有李家和王家。

高立明带的人就像涌过来的浪涛，一种势不可当的架势。而耿家人就像围堰在那里挡着，显得牢固。那浪涛重重叠叠，一浪高过一浪，眼瞅着将西关吞没。

高立明带着人走到西关，与耿兴碰面，便说：“你小子有种，在这里等着哩。”

耿兴说：“早知道你是个缠磨头，没个完。”

高立明说：“这么说你小子招虚。”

接下来，高立明朝耿兴冲去。耿家阵营小子妮子都拥过来，高家阵营的小子妮子也拥了过来，两个阵营凑到一起厮打，便乱成一锅粥。耿兴俯下身，就像在高粱地割高粱那样，将对方的小子妮子一个个撂倒。高立明也不善乎，像割棒子似的，将一棵棵棒子刨倒，再轧成捆，垛成垛。所有的拳脚，就像冰雹那样劈头盖脸落下，拳脚声音就像雷声。雷响过后，便有一片人被击倒，摔了一地，在地上滚打，拧在一起。双方阵营成员早就憋了一股子劲儿，不知往哪儿使，这会才派上用场。而西关就像围堰，越围越高。再大的浪涛也难以逾越。可是下一刻，浪涛还真的超越了岸，形成吞并之势。就这样滚打在一起。相互击打、搂抱在一起。小子用拳脚，那么妮子便用指甲和牙齿。指甲就像刀子，一把上去，就将对方的脸划割得四分五裂。妮子们一边叫喊一边撕咬。只要是让牙齿逮着，就不松口，是什么就咬什么，也不管脸庞胸膛胳膊腿。

就这样，在黑夜里厮打，不分青红皂白，也不管是鼻子是脸，用足了劲儿，逮哪算哪。你打一拳他踢一脚，你撕一把他抓一下，你抠一指甲他咬一口。仿佛一巴掌，或者一脚就能将对手击垮，或者一口将对方咬断。可是对方都很顽强，都像石头铁块木头。只听到击打声、喘粗气声，不知哪个妮子被击中了，疼得叫出声。一脚一脚踢，一拳一拳打，一牙一牙咬，都那么凶，也没有将对方击垮……不管是高家、耿家、刘家、赵家、陈家、李家等，不管是东关还是东门里，不管西关还是西门里，不管是南关还是南门里，不管是北关还是北门里，大街，当成了校军场和演练场。此后，经过无数次干仗，他们都成长起来。

西关总想干赢一次，可每一次都输，耿家就想到，北关高家有高人。每一次，高家干仗都很有章法，一个接一个步骤，一招紧似一招。等西关看清北关阵势，来一次冲锋，谁知北关又变了招数。每一次西关的小子妮子都陷入北关所布的阵局里，云里雾里似的。用尽招数和力气，才从北关所设的局里脱身。当然，每一次虽然西关的小子妮子屡战屡败，屡败屡战，也不会服输。北关每次都是新阵法，那么多花活，让西关的小子妮子眼花缭乱。西关每回以泰山压顶之势，犹如大海波涛那样，朝着北关小子们猛冲猛打。北关的小子妮子总能接招，接着西关就陷入北关所布下的迷局。不管西关怎样有气势，北关能人下一刻就将西关的气势化解。就是这样，一次次干个不停。只是没想到，打群架成了演习，从而在几年后与日本侵略者的抗战中都有了用武之地，出了无数壮烈勇士。

俗话说，是骡子是马牵出来遛遛。是啊，这些小子妮子就是想试一试身手，就是在这些次击打中，虽然裹挟了些仇恨，却都成了朋友兄弟，就像俗话说的不打不成交。

一场仗干过之后，还会谋面，在城门下，城墙根，凑到一起切磋技艺。

“好家伙，你那一拳打得真妙，说说看，怎么打的，打到后脑勺?”

“你的拳脚也不是吃素的，就像铁头似的。”

在北关和西关的对打中，能看出耿兴和高立明都是将才。这两个都能一马当先。每一次耿兴找的目标是高立明，高立明也将耿兴盯紧。这两个身材相当，身手又快。身子就像豹子似的敏捷，一双手犹如猫爪。只是高立明身后多了一位军师，那就是高立仁。耿兴没有高参，每次都打败仗吃苦头。

打完仗，耿兴在街上遇见高立仁。耿兴以为时机到了，上去拦在高立仁面前。高立仁神情淡然，似乎带着笑容，眼睛眯着。耿兴想，这是在讥嘲他昨天吃了败仗。高家一个个全是笑面虎，软刀子害人。耿兴握紧拳头，脸上满是恼羞。下一刻就想要出手，将高家小子揍扁。片刻后，耿兴察觉，高立仁那样子在那里晃荡晃荡，他怎能下手。这个有名的赖秧子，像纸糊的一般，手指头一动，说不定就一命呜呼。耿兴越想越怕，大气都不敢喘，唯恐气喘大了，掀起一阵风，将这小子吹得没影了，高家找他要人。

黎明时分，天阴得很密，再也见不到一颗星。就在此刻，能听到雷鸣般的咳嗽声。那种响动，可以将一切阻止。这便是高长忙和耿世良如雷鸣般的咳嗽声。接下来，大雨纷纷而落。

大街一下子清亮了些，便看清了这些身影和脸庞，都不成个样子。连他们见到这样的情景也非常惊讶：怎么会这样，我们干了什么？类似疑问使他们镇静下来，从而头脑第一次思考，这是第一次醒悟。从此，这些小子妮子还要经历一次次醒悟。

阳光透过北关城门，照耀大街。新的一天开始，这是一场雨后的早晨。那小铺子一一将门打开，探出一张张脸。大街两侧，那些小贩，再一次铺开席子、苇箔和布单，将那些鲜美的蔬菜、水果和各种杂货摆上去。

接下来，是两个阵营的融合。你来包扎我的伤口，我来抚平你屁股上鼓起的肿块。两个阵营停了下来，各归各的群类，再一次形成两种对立的力量，就这样抗衡，谁也战胜不了谁。那种事物和场景，已经进入北关和西关人的思想意识。高长忙对着耿世良哼了一声，耿世良对高长忙应对，一个更重更响的哼字，从而了结高家和耿家这一仗，也将这种敌对的思想延续下来。这一场，不管小子妮子，都受了皮肉之伤。耿兴那小子就像一头不可驯服的野兽那样，还凶神般地望着高家阵营，而高立明更是以讥嘲面孔看着耿兴。

直到有一天，耿兴和高立仁都加入抗日的阵营，耿兴当了团长后，高立仁当了团副。他们夜宿旷野，仰脸朝天而谈。耿兴说："怪不得西关干不过北关，原来是你小子闹得啊，看着软了吧唧，是个病秧子，谁会想到哩。真是蔫萝卜辣死人，没想到你这么多损招。"高立仁便成了耿兴的军师，每一次跟日本兵干仗从没输过，耿兴从而有常胜将军之名。两个人对着青蓝天空密匝匝的星云聊个没完。

4. 传话的人

刘修三到高家说长道短，招惹是非也好，别有用心也罢，谁让爹娘给了一张能说会道的嘴呢。俗话说，生就的骨头长就的肉。他沾了嘴巴的光不少。比如说，他还不到三十岁，就做起生意，靠着一张嘴通吃，在景州城就有了一个杂货铺一家酒馆。这年间，杂货铺生意惨淡，酒馆却很红火，食客和酒鬼络绎不绝。那些酒鬼一天到晚泡在酒馆，早晨，一开门，一堆人拥进来，占了位子，还为此争吵，甚至动用拳脚，弄得鸡飞狗跳，令人惶惶不可终日，砸毁桌子踹烂椅子是常有的事儿。当然，有刘修三这张嘴在酒馆里，就不会出人命。

这天上午，街上灰雾蒙蒙，偶尔有人影在街上晃动。两条狗叽里咕噜追逐着从门前跑过。不知谁家的猪在大街上散步，还有一只鸡咕咕叫着，在一堆垃圾里有耐心地扒拉来扒拉去。

就在此刻，有人走到门前，坐到台阶上，还抱着一大坛子酒。此人正是前些天与高立明干架的耿兴。现在，整个景州城都已经在传耿家做盗墓营生起家，盗得高家骨头，在京城和天津卫打造首饰，发了大财。那钱不是好来的，那么大坛子酒，不是谁都买得起。

耿兴在酒馆前守了一天，他要找刘修三说个清楚。等了一天，刘修三连个影子都见不着。当然，耿兴不只是在这里等，还去刘家问，还到刘修三的杂货铺里去寻，连个人毛都没见着。

就这样，一天一天。七天后，刘修三以为经过这么久，这事也就撂下了。他虽然有戒备心，这笔账总是要算。刘修三就想着撂平，便求到警察科科长崔成头上，还送了银子。崔成便请了高立早，又找到耿兴。耿兴答应得如此爽快，其缘由是高立早也在其中。他要将事情说清楚，他耿家从没有干过盗墓营生，再就是他早想与高立早这样的文人接近一下，沾沾文气。

耿兴从胡同里出来，就闻见一股子腥臭咸鱼味儿。往刘修三酒馆走去，就看见，好大的一车咸鱼。一堆人弯着腰，在车上挑咸鱼。再走近，辨识得出，这一大车都是鲅鱼。小贩喜气洋洋地拿着秤一杆杆称着，一边收钱嘴里还絮叨着吆喝着。

一路沿街走，便走到刘修三酒馆，从门窗和墙缝里飞出煎炸烹炒炖的香气，这些香气得值多少钱呢，就这么飘飞了，真是怪可惜的。耿兴闻着刘修三酒馆飘出来的气味就有些气恼。那飘出来的香气就是引诱爷儿们的。耿兴气咻咻地站在刘修三酒馆前。晌午将至，天有些热，他穿一件白色半截袖，蒜疙瘩扣子都扣上，不时地将领口抻一抻，娘老子做的新衣，领子勒得紧，有点儿发憋。一件黑阔腿裤。他没有打绑腿，裤子提得老高，都到了小腿肚子。小腿肚子老粗，显得裤子有些短，吊吊着。他手里抓着一杆秤，临出门时，耿世良让他把秤修一修，秤杆上几个秤星掉了。耿兴就抓着这杆秤，见了什么都想称一称——一棵树，一座房子，城门楼子……他也知道这样的念头很疯狂，什么都想知道几斤几两。想着想着，不由得脸上露出一丝笑意。

耿兴准点赶到刘修三酒馆，还不到晌午。此刻，各个桌子上都已经坐满了人，菜还都没上，大都在闲聊，还是些老套子话，张家长李家短，婚丧嫁娶，孩子生日娘满月。也有在桌上干巴巴坐着的，大眼瞪小眼。耿兴一进去，就过来一个伙计笑眯眯地打招呼，把他引到楼上一个房间。一进门，见高立早和崔成正坐在那里聊得热乎。见耿兴进门，都站起来，三个人客套了几句，都坐了下来。

一坐下，耿兴便说个完没。说话语气慢且重，显得每个字都有其分量。他说着，看高立早坐在那里不回应，不露半点儿神色，他就觉得心虚，越说，他就像真干了，之后他就直白地分辩："立早哥，耿家可没干那缺德事儿。生意上是赚了几个钱，可没有半文黑心钱。"

高立早说："不说那个，不说那个。"

"刘修三无事生非，到如今惹出这么大的事儿，不知躲到哪儿去了。"耿兴把脸转向崔成。

耿兴一进这扇门就觉得不对味儿，觉得自个被做了交易被卖了似的。但他还是耐着性子等着刘修三。就在此刻，门再次被推开，刘修三笑嘻嘻地进来了。

崔成说："说曹操，曹操就到。"

刘修三冲着三个人一一点头，就像鞠躬礼，看上去谦逊又彬彬有礼。他选了离耿兴远的位子坐下。距耿兴远，拳脚够不到。

刘修三此刻在想，从耿兴那张脸看不出，这事是能过去，还是不能。他心怦怦跳，头有些晕，不知往外拿怎样一张脸面对耿兴。他看得出，就是堂堂有权有势的警察科科长崔成，识文断字的高立早也都瞅着耿兴脸色。耿兴那张脸那么恶，刘修三进门那刻，就觉得一下子陷了进来，再想拔腿往外溜，为时晚矣。可是，他躲过初一躲不过十五，跑了和尚跑不了庙。不管怎样，还要打开场子，鸣锣唱戏。刘修三硬着头皮坐下，油光光一张大脸，头发乌黑，留山羊胡子。穿了一件蓝色布衫，一件黑裤，一双白底黑帮新鞋，鞋底还涂了白粉。他坐下，一转眼，便看见崔成挎着盒子枪套，乌黑发亮的家伙肯定在枪套里，有崔成的铁家伙什儿给壮胆，再没什么可怕的。

崔成客套开场白，无非是些冠冕堂皇之语，不香不臭，不冷不热，却也能保持一团和气："天气不赖，我挺高兴。是因为哥儿几个坐到一起。大家来了，能凑到一起，就是缘分。都一个街上住着，哪有马勺不碰锅沿的？低头不见抬头见，都放宽心，想开些，有一点儿不对，一笑也就过去了……"

崔成这行子，做官的，平时说话打理得也行，也有些仗义。可是今天，哪一句话都硌耳朵。耿兴将那股子气压着。那股子气在他身体里上蹿下跳，给他好一通折腾。

伙计在一边忙活着把菜摆好，把酒盅斟满酒。崔成端起酒杯，他说："来吧，干一个。"崔成先干了，把酒盅扣过来，叫他们看。他首先看耿兴酒盅，他说："耿兴兄弟，瞧瞧你，给我个面子。"耿兴也勉强干了。崔成又看高立早酒盅，并赞叹道："还是立早兄弟。"刘修三干了，崔成道："我说吧，都是好兄弟，没外人。"

崔成坐下来，嘴就闲不下来，拿着官腔，阴阳怪气。他先是对景州城近况作一总结，接下来便说："修三是实在人，心肠好，脑瓜儿好使。还真能卖力气，像这样不惜力气的已经没几个了。他杂事太多，整天忙得放屁的空儿都没有。再说人也宽厚，讨饭的到他这里来，他都拿馒头塞到乞丐手里。还有些吃饭喝酒赊账从不还的，全是修三硬撑着。看看修三的脸都累小了……"

崔成说完，刘修三咽了口唾沫，也奓着胆子开口说："是哩，我也看着哥儿们都是实在人，一门心思想往好上处。谁都会有过失，当然，我的错更多，我也是个没嘴的葫芦。你看看，我怎么就伤了哥儿们和气。这个不是我心坏，是我不知深浅轻重，做错了事儿。还请多多包涵。要是觉得不解气，就给我几下子。我也想过，要是跪上十天半月，磕几个响头呢。你看看，今天我把最好的酒拿出来给弟兄们喝，还有这桌子菜。从小，我就听我爹的，整天想着积德行善。我不管干了什么，都不是出于私心。都是向'好'。"说到这里，他看了耿兴一眼，又看了高立早一眼，咂着嘴，咽了口唾沫，"不管我做嘛，都是好心……"

"这么说，你的好心做了驴肝肺。"耿兴听到这里显得不耐烦，"哪来的这么多话。"

崔成接着说："今天不是闲聊吗？我说这个就是让你们知道修三是怎样的人。还是我来解这个结，消除你们之间的误会。"

耿兴说："我只问一句，刘修三，我家掘了高家祖坟，你怎么知道的哩？"

此话问到谁头上，也很尴尬，况且这样直接，不留丝毫余地。刘修三被逼到绝境上，但他早就想好了应对的说辞，赶紧笑着摇摇头，拿起酒壶把桌上酒盅都斟满酒，说："我也是听人说的。这个不就是一句话嘛，有就有，没有就没有。"

"拉拉老婆舌头。"耿兴说，"听谁说，你要是不把这个人找出来，我把你给揍扁！"

刘修三看了一眼崔成，又看了一眼高立早，说："那天来了几个喝酒说闲话的，我听到那么几句。”

耿兴说：“几个，都是谁？”

刘修三说：“不认识，早走人了。”

耿兴说：“刘修三，没那么轻快吧，这么个解释能交代过去吗？当我耿家是好欺负的吗？”

“没那么想。”刘修三赶紧放下手里酒盅说，“我给你赔礼。”

耿兴站了起来，往刘修三面前凑合，说：“不这么想怎么想，我可听说是你干了见不得人的事，屎盆子往耿家头上扣。”

“耿兴兄弟！”崔成一把拽住耿兴，“有事好好说，别动气。”

“耿兴兄弟，我赔个不是，全都是我这张嘴。”刘修三说着站了起来，将酒杯举到耿兴脸前，“你说吧，要打要罚我都认，谁叫我犯在你手里。”

耿兴见刘修三凑过来，也没有坐下，便端酒盅，也往刘修三面前凑。崔成见两个人举起酒盅，再没多想，就撤到一边。

刘修三说：“我敬你，该我挨罚。”耿兴上去一把将刘修三手里酒盅拨拉掉，酒洒了一桌子，酒盅划出一道白光蹦到铺砖的地上，碎成几瓣。耿兴把自己酒盅里的酒浇到刘修三脸上。

耿兴贴乎上去，一把抓住刘修三袄领子。耿兴那么大身量，把刘修三一下子提得离地一尺多。刘修三胳膊腿挣踹，还不停地叫“崔科长”“立早哥”。耿兴抓着刘修三，下了死手。耿兴上去先是两拳头，打得刘修三侧晃了下，一身肉直抖。崔成和高立早两个试图将他们分开。耿兴一把搂住刘修三，再也不撒手。刘修三也不是吃素的，他两只脚在下边蹬，两只手也不停地抓挠。耿兴就像抓住一块坷垃那样，要将他攥碎。就这样，从屋里打到屋外，从楼上打到楼下。那些酒食客也停了下来，看这一出大戏。崔成抱着刘修三，高立早抱着耿兴，两种反力，还不能将彼此扯拉开。四个人在人堆里就这样相持。就在此刻，崔成掏出盒子枪。枪往外一亮，那乌黑锃亮的家什，在场的人全都愣住了，都往旁边躲。崔成举起枪，冲着屋顶开了一枪。枪一响，子弹打进屋顶，稀里哗啦掉下尘土和几块泥皮几块木屑。这下子，在场的人都四散逃走了。到当街往里头看，当然也有几个爹着胆子悄悄地进屋。此刻，大街上围满了人。

此刻，耿兴突然看见一张脸在窗前打了个照面，一双乌亮眼睛在窗前一闪。耿兴觉得眼前一下子亮了，便进入了一种境界。耿兴也形容不出这是一种怎样的境地。那一刻，耿兴要是不克制着，他就从人缝里钻出去，要到窗前看个清楚，那是怎样的一张脸孔，怎样的一双眼睛。说不准，就跟了去。他被强光刺着，随之身子哆嗦了两下，头还跟着摇晃，就把刘修三给丢到那儿。于是乎，耿兴这才放手。刘修三瘫倒在那儿，浑身哆嗦，裤裆湿湿的，肯定是尿了。

连耿兴自己也不知，怎样的一件事情已经发生了。他一抬头，便看见一个妮子从布行出来，怀里还抱着一摞花洋布。看见这边热闹就站下瞧了一眼，转身走了。只这一眼就让耿兴看了个满模儿的，看到眼里就拔不出来。那一下子，他抱着的刘修三当啷掉在地上。就像一个菜贩子，在那里称菜，拴秤盘子的绳子断了，秤盘子当啷一声摔在地上，青菜被摔得乱成一团，菜叶都断了，分不出是菜叶还是菜茎。秤砣吭哧一声，砸在他脚面上，痛得他直想大叫一声。当他再抬起头看一眼，那张脸已经消失。那一刻他就想，传说仙女下凡，难道说真有这样的实事儿？

高立早扶着耿兴，崔成把刘修三扶起来，架到楼上。这样，众神归位，一场宴席重新开始，与刚才情景完全不同。崔成以为他那一枪把大家全都镇住了。崔成想，怎么会这样？就这一枪，耿兴就吓成这样，亏得长这么大个子。高立早也万万没有想到的是，耿兴那双眼睛，看见了他妹妹高立雅那张脸。

那一下子，各有自个儿的心思。

崔成这时才把枪装进套子里，最得意的就是他。就是他那一枪，打得及时，才镇住了场面。想到此，崔成拍拍腰间的盒子枪。他就有了把握，能控制住局面。当然，他也觉得那一枪干得冒失。俗话说，看热闹不怕事大。那一刻，崔成把自己当成了重要角色，直到他觉醒：那是糊涂甚至犯傻。要是不放那一枪，白费了那颗宝贝似的子弹。也许此刻，耿兴将刘修三打个半死。那么就由他来收场，说不定他要吃一回耿家。像他这行当这差事，要是没有几个干仗的，还真有些寂寞。那当然了，官司多一些，偷鸡摸狗案件多一些，还有生意上的争执，借钱不还、婆媳不和，小姑子跟嫂子动剪刀这样的事，这样他家便会门庭若市，送礼的人络绎不绝。当然，他也不希望事闹到他不能控制。比如上个月，来了一帮强盗，专挑那些富户，抢了骡子大车，载着抢来的财物大摇大摆地出城，还绑了屠夫陈召正家妮子。赎金也拿了，那几个强盗还撕票。这帮强盗有四个是从大狱里逃出来的，无非是盗劫犯、杀人纵火犯、诈骗犯，有两个还是死罪。另外三个是吃了败仗的散兵游勇，还有七个是以上这些人的亲戚朋友、哥们儿弟兄。到现在，一个月都过去了，事情还纷纷扬扬，搅得整个景州城不安。出了这样的事，捂不住盖不住，丢尽颜面不说，再这样下去，还怎么服众？在景州城，谁家家底如何，有多少银子，哪家有案件发生，崔成就能猜得出能送来多少。还有，哪条胡同里有个骚娘儿们，哪个巷子里有个甜嘴的妮子，那张嘴一出声，就把人甜个侧棱个子。可是，他老觉得好梦不会太久，七七事变，日本人的手越伸越长，说不准伸向景州城，他好日子也许到了头。他觉得那最是无法应对的事。想想既尴尬又可怕。他积攒下的家产往何处搁置不说，最终他这顶乌纱帽恐怕难保。虽然前景不知如何，还是走一步算一步。何况他还能掌控得了眼下局面，说不准哪会儿还会有大鱼可捞。

耿兴那一刻，呆茶望着窗子，心里起了很多疑问，是不是真有这样的脸颊，是不是真有这么明亮的眼睛？那一下子，像一道强光，照进屋子，一下子那么透亮，一条大街从此明亮了，更何况能照进他的头脑和心灵，也全都亮了。他一门心思想，怎样找到这张脸，以及那双像太阳一样亮的眼睛。他也想过，那不过是幻象，也许是看走了眼。

现实中要是真有，那就真是神仙下凡。再一想，觉得又很失望，并不会有。也许那会儿，天上打了一个闪电，要不就是那些变戏法儿地弄出的情景，比如那些家伙总是弄出些奇景，比如吹鬼火点天灯的事儿都能干得出来。他们还有迷魂药，喝下去，就能看到想看见的美景。

那张脸和那双眼睛的出现，使耿兴陷入迷津，再也拔不出腿脚。崔成头脑仿佛一直清醒，他拍拍一边的椅子说："修三，还不坐?!"刘修三这下松了心，终于过去了。他坐下来，将在座的脸子都瞧了个遍。他看见的高立早，还像一进门那样慈眉善目，透着笑容，就像没事儿人一般。他爹着胆子看耿兴，这张脸让他疑惑，他不知为什么，耿兴的怒气就这样消了。在这场打斗中，虽然他挨了几拳和几掌，并不伤毫毛。要是这样，他算捡了个便宜。接下来他去看崔成，他非常感激，崔成理解他的眼神，便点点头，让他安心坐着，接下来再次满上酒，锣还得敲，戏还得接着唱。此刻，耿兴就像个木头人，他的魂儿不知去了天堂还是爪哇国。崔成说："来，喝，干。"耿兴就喝，就干。崔成说吃，他也拿起筷子夹一箸，可就不往嘴里放。

就在此刻，突然有个人探进头来，高立早一看便认得出来，他说："曹天明，你怎么有空儿到这里来?"

曹天明是跟高立明一起的教书先生。县教育局让高立早当教育科科长，是曹天明推荐的，高立早不当，就被撂置在了一边。高立早说，这样也好，我也歇几天，干些想干的事儿。高立早此刻心里有谱儿，他要造几辆大车，搞搞运输。再开一家大车店。

崔成说："早就听说过曹先生大名，既然是立早的朋友，也都是朋友，自家兄弟，就座吧。"说罢，他要了碗筷和酒盅。曹天明坐下，看看这个，再瞅瞅那个。他说："也不知今天怎么了，一进城，看不见人。往里头一走，原来人都这里来了。还是刘家的酒香。"说着，他还自斟自饮，咂咂嘴说，"这酒不赖，没有兑水。"

崔成说："什么酒都有，下面架子上都是，原封的。还有四口酒缸。"说到这里，崔成使了个眼色说，"这个就是酒馆掌柜。"

曹天明看了刘修三一眼，笑着说："早就听说，这回可见到真神。"说着倒了一杯酒，举到刘修三面前，"来，老兄，喝一杯。"刘修三到此，什么也全忘了，身上的伤虽然痛，也被丢到一边，便捏起酒盅和曹天明碰碰，一饮而尽。

"这下子可就是兄弟了。"

刘修三说："对，是。"

曹天明穿一件长袍，下面只露出一双鞋，上面只露一张脸，袖口露一双手，其他裹得严严实实。他一张长脸，柳叶眉稀疏，一双明亮窄眼，一个大高鼻子，嘴唇紧闭，看上去很坚忍。这些年，但凡有些见识有文化的人，都是有主义的人。

高立早朝窗外看去，便看到酒楼和街上都站满了看热闹的人。就在此刻，闻听呜呀一声，一群妮子闯了进来。高立早向前拦着，有个妮子没好气地推了一把说："没你的事，旁边子去。"说着便冲着刘修三去了。一个上去捋头发，还有拽耳朵和拧鼻子的，数不清的手在刘修三那张脸上乱抠乱划乱挖，还啪啪扇脸。刹那间，刘修三便成了个血乎淋漓大花脸。就这样还不算，把刘修三打倒在地，妮子们摁着，她们也知道，拳头和巴掌用不上劲，所以这个掐那个抠。就像给猪煺毛、鸡拔毛似的，刘修三头发被薅光，成个血葫芦头。

此刻，崔成拽开盒子枪套，露出乌黑发亮的盒子枪。一堆妮子呼啦拥了过来，一个妮子说："怎么，你跟他是一事儿的？"

崔成赶紧说："不是哩，不是哩。"说着赶紧合上盒子枪套，装着像没事儿人似的那样子。

一个妮子说："那你就擦擦鼻子玩去。"

高立早和曹天明也只好闪在一边。

崔成没见过这种稀奇阵势，有些蒙，在一边怔怔地站着。这种局面很特殊，不知怎么把握。他显得很难堪。他站在那里，觉得这也不行，那也不是，心想，这会儿才到了那一句：言不得语不得。

此刻，坐在桌边的耿兴，胳膊肘支着脑瓜儿，在那里发怔。那张桌子剧烈晃动，甚至掉下碗碟摔到砖地上，响得脆生，就像花开花凋零似的，碎成碎片就像花瓣。

桌子给挤得吱嘎响，劲儿再稍微大一些，桌子就要碎了。耿兴正做美梦，还带着笑意。突然，桌子又嘎嘣一声巨响，他便不耐烦地喊了句："行了！"

这一声令下，妮子们即刻住手，像逮住了小鸡和狗子猫子捉弄了一番，觉得再没兴致，就吭哧一下子把刘修三丢在地上。

刘修三在此刻也不知那嘴到哪里去了，一声不吭，要是喘个大气，也会引来伤身之祸。再说这群妮子，还是七十三八十四嘴不饶人，叫刘修三等着，迟早要剥他的皮抽他的筋剔他的骨。说罢，这群妮子像风似的转身就没影了。

在这种情景下，高立早、曹天明和崔成都想收拾残局。他们先把刘修三扶起来，让他坐下。刘修三一坐，叫了一声，即刻站立，他屁股被拧得掐得没个好地，都肿了。本来屁股就大，这回那个腚蛋子滚圆，欲将裤子撑破。他浑身打哆嗦，还是要坚持站着。现在他什么神情并不重要，那个满脸花，什么神情都表露不出来。也就张开嘴龇龇牙吐吐舌头，虽然他的行为令人费解，但却能猜出原因。

耿兴的神情这会儿总算回到现场，他弄清情况，说："刘修三，知道你干了吗吧？"

刘修三说："都怪我这嘴不好，才惹了这么大祸，这回我知道改了。"

耿兴说："还没说哩，你错到哪儿？"刘修三咂咂嘴，又咽咽唾沫。耿兴又说："这会儿没外人，说句实在话。"

刘修三又咂咂嘴，咽咽唾沫说："是我造谣，挑拨耿家和高家干仗。"

耿兴说："那我耿家掘高家坟的事儿呢？"

刘修三摇晃着颤抖的身子说："没有的事儿，耿家人正派，哪能干那事儿。"

耿兴说：“那么你说说，高家的骨头是吗样的？”

刘修三说：“像大象牙，像金子，像玉石。”

耿兴说：“你说得有鼻子有眼儿。准是从哪儿看见过。”

刘修三求道：“兄弟，别问了行不行？”

崔成插嘴说：“我说句，修三老兄有难言之苦。这传言我也听到过，这个也没法落实。这么着，让修三给你赔个不是，事儿也就算了结了，对不对？”

曹天明也插嘴说：“耿老弟，行了。”说着，他拿起酒盅，倒了盅酒，递给刘修三，刘修三接了酒，那手哆哆嗦嗦，酒便洒了多半，曹天明就再斟满，就这样洒洒倒倒四次。曹天明说：“行了，老弟。”

耿兴这才捏起酒盅，刘修三便探着身子，将捏酒盅的手伸向耿兴，总算碰到耿兴端着的酒盅。要不是曹天明托着，刘修三便会趴到那一桌子菜上。

崔成说：“到此为止，也就算个了结。接下来，还都是哥儿们。”

听了这话，大家都点头称是。可是，在刘修三这里，才刚刚开始，他这个血葫芦头要想恢复到本来的样子，需要很长一段时间。他此刻只顾了痛，还没担忧头发还能不能长出，脸上被划破的伤是否会留下疤痕。这个样子，没脸见人也不好做生意。有那么一段时间，他的名号多了起来，疤瘌眼儿、二和尚、大花脸等，听上去，这些名号对他做生意都不利。可是，在这段时间里，他还是赚足了钱。当然，就眼下，他不敢恼怒不敢记仇，也没想到雪耻。一年后，日本侵略者入侵景州城，他狂妄之心肆虐，有机会复仇了。

5. 耿兴遇仙

耿兴在刘修三酒馆看见窗外行走在大街上的妮子，就将他耿家和刘家的怨了结了。要不是在刘家酒馆，就见不到那个妮子——就那一刻，耿兴心中怒气全消，被带进另一种氛围，被卡着，再也出不来。

他也不情愿出来，沾沾自喜地在里头，仿佛占了大便宜。耿兴想，像刘修三那行子的酒馆，窗子里怎么会出来那样的妮子？他又想事物是否真实。是不是刘修三制造出那种情景，以此来迷惑他。那一刻，他就想怎样将眼前的事物快些结束，他好腾出空来看个究竟。他隐隐记得，那妮子脸模糊，虽然不清晰，但他确信，比仙女还要美。

好看的戏最终要结束，终场后，便再一次恢复平静。还是回过手来各过各的日子，打发自己营生。该播种播种、该抡镐头抡镐头，该扶犁扶犁、该织布织布、该缝衣缝衣、该烧火烧火、该纳鞋底子的噌噌响个不休。耿兴总算倒出空来，他的头脑停不下来思考。他还在想那张脸和那双眼睛。他一直想，要是真有多好啊！要是没看花眼多好啊！所以他就洗干净，穿一身新衣一路显摆，从街东走到街西，再从街西走到街东。一条巷子一条胡同地找，把景州城都找了个遍，也没见到那妮子。不知来回溜了多少趟，也没见到那张脸……

偶尔，那张脸在人群里出现，突然一道亮光，一股子仙风吹来，他昏昏然追过去，左闪右拐，下一刻，那张脸消失了。他每走到一扇门前，就辨识，是这扇门吗？长那样一张脸那样一双眼睛的妮子是不是从这扇门里走出来的？那一扇门，比他家的那扇厚木门强百倍。这个他还能看出门道。可是不管哪样的门，都把他拒之门外。有一天，他看见一座阔气门楼子。门楼子上檐都是雕刻花砖砌垒，拼接成牡丹花和芍药花，还有菊花和海棠。他便认定，那个像仙女一般的妮子就是在这个门里住着。所以他就坐在门墩上，就像一尊石狮子似的。他就这样等啊等的，门仿佛从没有开过。

他等了四个时辰、五个时辰甚至还要长，肚子饿得咕咕叫，还有些渴。可他没想到，他的头脑和心思全都在这个门里头。门很严实，什么气息都没有，什么声音都没有。

他最不希望从门里出来个大个子老爷们儿，再穿上官服，留八字胡须，迈步横行，旁若无人。见到他坐在门墩上，拿腔作调给一句难听的，说不准再踢上一脚，这一脚虽然不会太重，从身上再也揭不下来。要是从门里拱出一头驴来，冲他尥蹶子，还撒欢儿吼两嗓子。这个他不怕，就怕将事物给搅乱。就在此刻，门吱一声开了。耿兴惊喜地朝门里看去。从里头走出一个丑婆子，这个丑婆子把门一下子挡住了，门里什么情景都看不到。丑婆子手里端着一个簸箕，簸箕里头全是些尘土、糟树叶子、破铺衬条子，还有一只死猫。丑婆子就把那簸箕中污秽之物倾倒在他面前脚下，那堆土倒在地上那一刻，一下子扑了好大一片。丑婆子还觍着脸，挓挲着胳膊直往他身上扑。他后退了几步也没躲开，那些尘土拉灰扑到他脚面上和裤腿上。顷刻间，将他的脚面上鞋帮上弄了厚厚一层土。他用力跺脚，就是把鞋子脱下来，尘土还是在他脚面和鞋帮上清除不净。他正想跟那丑婆子理论几句，那丑婆子转身回去。那扇门仿佛有拉簧，丑婆子一进去，即刻咣当一声关上了。

临了那丑婆子还打量了他片刻，虽然耿兴也想问问，那个仙女模样的妮子是不是住在这里头，他又一想，不可能。这样的宅院，既然有这样的丑婆子，就不可能有那样眼睛的妮子住在这里头。

由此，这座城变得格外美丽动人。之前，他看什么都不顺眼。之后，一切都变美。高高城门楼子很壮观地戳在那儿，还有街边残枝败叶槐树和柳树一下子变得水灵灵，就像一个刚过门小媳妇，经过梳妆打扮，换上新衣，往大街上一站说：来认识一下吧，这就是我。就像戏子那样唱白。这年间，谁都会出来撂场子，说道说道念白，然后再唱一段，一通打镲敲锣击鼓，然后板鼓嘎嘚一声，就叫应了，胡琴咿咿呀呀奏鸣，接下来喉咙拖着个长腔哼哼唧唧吱吱呀呀个没完，真是磨得心系子疼。

在北关唱戏不易，都是些戏迷。西关场子也难撂，比如昨天就来个耍枪弄棒的武艺人，他手里那把剑耍半天，竟然没个叫好的，都说这两下子比不上耿世良大爷一个手指头。艺人就问看客他演得行不行。有一个看客说，打几个跟头试试。没想到这艺人还真有两把刷子，就打了一溜十多个跟头，就像飞奔马车车轮那样旋转，直到看客都拍手叫好才停下来。

前一刻，街上行人还走路缓慢，身子软塌塌，没有精神头儿。这一刻，都挺直腰身和脖颈，都加快了脚步，仿佛去干一件重要的事。脸上不只是有了光彩，还都有了笑颜。前一刻，耿兴还满眼无赖混混地痞流氓匪类，没一个顺眼的，看谁都不是好人，反正他眼里没有一个正经货色。后一刻，所有人一下子都变得那么正经，连说话都变得字正腔圆，那相貌，就像庙里的神像似的。就是狗子猫子都变得善模善样，就连那鸡叫也字正腔圆，声音抖动着曲里拐弯，就像琴弦一样优美。

这一刻，耿兴走路却很迟疑，一路思考着，一次次问自己，本来是怎样的呢？可又记不清了，头脑里的情景本来就是眼前这样的。他感觉到了自身的变化。非常模糊，他记不清过去，那些仿佛都是梦境里发生的。过去他一直在梦境里，在见到那张脸的那一刻，他才感觉到真实。

耿兴感觉到，他有病，自这一刻，他才感觉到自己病得很重，已经不可救药。可是，想起那个妮子，他又感觉自己有获救的可能。所以他暗暗地打心里呼喊：救救我——也许他守候一辈子，再也等不到那个妮子出来。就是这样，他也不放弃，还是耐着性子找，他想：会出来的，要是知道我找她，她不会躲起来吧？他由此羞赧，又冒出一身汗。自从看见那张妮子脸，尴尬情景频出，他挨过难堪时刻。

街上槐树叶芽生发很迟。杨树、柳树、榆树叶子都长满枝头，槐叶还没有生发。耿兴疑惑，街边槐树是不是死了？偶有一刻，他抬起头，看见槐树枝头可怜巴巴的叶芽，槐树没有死，在这个夏天一团团槐花再次盛放，满街槐花芳香，引来蜂蝶满树飞，这情景给耿兴带来希望。他想，见到美好情景来之不易。可是，他不知道，除了努劲儿，肯定还有什么方式、技巧和头脑。

就这样，耿兴一直在大街上晃。有一天，他在高家巷子里逛。当他走到高家门前，门咣当一声开了，高立早走了出来，高立早笑笑说：“你啊，做吗哩？”

就这样一下子把耿兴给打断了，他说：“找羊。”

“羊丢了？”

“是哩，听见羊叫，就在这条巷子里，就是找不着。”

高立早巷头巷尾瞧瞧，便说：“你耳惊了吧，哪有羊哩？”

“闻闻，还有膻气味儿，那只羊肯定从这里跑了过去。”

就在此刻，耿兴看见一个妮子身影，从高家那扇油光光黑漆大门里走出。耿兴几乎喊出口：“错不了，就是你！”此刻，他看见一道亮光从他眼前闪过，他硬着头皮去看那张脸。他还是看不清，他的眼被晃了，一股子巨大力量将他攫住，浑身紧巴巴，头脑不能动，就是心跳仿佛也停止了。就这样一动不能动，不知过了多久。高立早说：“瞧你这鼻子，哪来的膻气，分明是架豆香。”

高立早这一句就让他能动了，他举了举手。他想，要不是高立早说话，他肯定还在那种境地，一辈子不出来，那多好。高立早的话仿佛引导和示意，使他能再次看见，那妮子迈着轻快脚步，犹如踩在云上，还一副嬉笑模样。那妮子一闪，便从他身边闪过，朝街前巷口走去，眨眼间便消失了。

那一刻，他只是手能动，腿脚却不能，所以还傻呆呆地站着，当他回过味儿来，跟高立早也没说句道别的话，就往街口方向跑。

高立早说：“看见羊了？”

“找着了，这回可找着了。”耿兴一边跑一边说，“我可知道了，可知道你了，知道你在哪儿。”

耿兴转身飞跑而去。他想，情景渐渐清晰明了，这回假不了。就是那张脸，那双眼睛，这次，还多了乌黑头发。一条大粗辫子垂到胯间，具有束缚力的头发，每一根都像绳索能将他耿兴捆得死死的，使他动弹不得。至此，那股子气息很深，他便沿着这股子气息寻找。也就是自这一刻起，那气息就在他鼻前，他一呼气，就能闻见，就能把他熏蒙，熏他个侧棱个子。耿兴奔跑着，直想呼喊一声。他没想到，如今，事物竟然是以这种形式呈现。他想，是他粗心，高家还有这等妮子。妮子叫高立雅，那妮子原来可不起眼。他想，怎么原来没看见？他还在那扇红漆门前空等了一场。这个妮子不是在红漆门，而是从黑漆门里走出来。俗话说，功夫不负有心人。不是歪打正着，不是凑巧，全都是因为他的诚意，遇见这张脸，这双眼睛，便遇见了天大好事儿。

这是耿兴第一次看见高立雅的真实情景，并知道这个世界有别样颜色、气息和声音存在。由此来想象，像这样的妮子所遇见的都是好事。这样就不会有哀伤、痛苦和愤怒，全都是愉悦、快乐和幸福。所以才有那样的神情，那么乌黑的头发和粗辫子，那么轻盈的脚步。她往大街一走，那些眼睛都看见了，也就都沾了光。可惜她走得像闪电那样，刹那便消失。

这一刻，耿兴只看见一个身影，一张脸一双眼睛，乌黑头发，细条条个子。他只得依赖所看见的一点儿，想象整个事物。

就是这样，浓密云彩，一个闪电将天下照亮，所有物体的影子都展现出来。犹如太阳升起，一下子明朗。或者划一根火柴，点燃灶火，拉起风箱，让其燃烧。此刻，太阳已经将耿兴照亮，火柴已经将他点燃。由此，他享受燃烧滋味儿，酣畅淋漓。熊熊烈火犹如火山喷发。

耿兴确信，高家这个叫高立雅的妮子，除了他谁都知道她本来就这等模样。由此，他便知自己不只是闭塞、孤陋寡闻，眼睛还不好使。自从看见高立雅那张脸，他的鼻子耳朵好使，也有眼力见儿。他还看见满街筒子行人都有一张不俗的脸。每一只雀鸟啼叫声婉转美妙，每一棵树每一棵草都显现出独有仙气。他只知道高立早是个有学识的人，饱读诗书的教书先生，就是县长都器重他，还让他当教育科科长。他却死活不当，结果还丢了教员职务，赋闲在家。这个倒也是不罕见，他耿兴不是也一直赋闲在家？虽然也帮他爹耿世良打理一下首饰铺子。偶尔也会下地抡他几镐刨刨地，举着锄头榜儿下地，就那样应承了事。还挨耿世良数叨，刨的地太浅，锄的地肤浅。昧不住糊弄不得。为不挨训斥，他也想干好。谁不想往好处干，让老子高兴心里舒坦？他也往好里干，第一锄还在锄上，第二锄头脑早就跑了，魂儿也游离。以下的锄头，深一锄就出了坑，浅一锄就在地表皮蹭蹭。最终还是挨一顿斥责。总之，在爹的眼里，落不到半点儿好。可是在娘眼里什么都行，就是将镐柄撅折，或者把镐头丢了只扛个镐柄回家，就这个娘见了也说好。

耿兴这毛头小子大个子，在此之前，西关那么多妮子围绕着他，犹如众星捧月一般。也就是说，星星都详知月亮，而月亮对星星一概不知。就在刘家酒楼上打架那一刻，他看见窗外那双眼睛和那张脸，就像是一下子从梦里醒了。

耿兴一点儿防备都没有，就是神仙老子也想不到，事物曲里拐弯，到如今成色。早知道这样，当初收敛些也不会到如此尴尬境地。俗话说得妙：知道尿炕在筛子里睡。

终于有一天，耿兴见到庐山真面目。那是个傍晚，高李氏坐在灶前烧火，便见一个白色的影子，就像一只羊那样，飘进高家。

那一刻，耿兴感觉一下子变了。一下子亮得刺眼，那光亮还滚烫滚烫，就像在灶前，往灶口一凑，灶火烤脸似的。耿兴觉得浑身往外生刺，那刺还直往骨头和心上扎。这样，他的头一下子变得像个牛头，上头还有挓挲着两个犄角。霎时间，满脸汗水往下淌，衬衫一下子湿透。就这样，耿兴硬生生地说："这是你妹妹？"

"对哩。"

"怎么是你妹妹？"

"她生下来就是我妹妹。"

"对，是你妹妹，我不跟你争。"

他感觉说出的话不是从嘴里说出来的，也不知怎么使唤眼睛怎么使用鼻子，耳朵像是还听见一声声优美声响。那一刻，高立雅就坐在门槛上，对着高李氏，身子背着耿兴。娘儿俩在那里又说又笑。耿兴看着就眼馋，他想，要是跟我说一句有多好。背着我坐着，证实了一条又粗又长的辫子，可还不能证实那张脸和那双眼睛。事情太突然，他没有防备，高立雅一下子闯入。要是她有半点儿响动，他也会看见那张脸和那双眼睛。现在，他又不能走到高立雅对面去看。两只羊在南墙根树下，脖子里系着铃铛咣啷作响。在头口圈里那头大青牛哐啷哐啷地挪动着脚步，偶尔一声马的响鼻传来。

在此，耿兴感觉到极其神奇和美妙，可是他不知用怎样的一句话来描述。找不到任何参照物。也就是说，一位奇美女子，前无古人，后无来者。独树一帜。此刻，什么平头正脸啊，浓眉大眼啊，细皮嫩肉啊，俏鼻子啊，樱桃小嘴啊，杨柳细腰啊……筐背车拉也运不完的词汇，到如今却一个也派不上用场。

照耿兴的话说：傻得记不住。就连一年多后，他与高立雅完婚，他还是记不起高立雅那张脸和那双眼睛。所以耿兴与高立雅守在一起时，眼睛不眨地看着高立雅。他想，这回可记着了，可一转身就又记不得了。

下一刻，他的感官一下子灵验了。什么羊牛膻腥味儿锅里红薯味儿。在屋檐下那只漂亮的公鸡拉屎，还能闻见鸡屎味儿。还有枣树上枣叶和青枣蛋子味儿。可是，一刹那，他就被高家那股子文酸气给淹没了。

他想，也许就是啊，这种文酸气受到欢迎。景州城人敬慕高家，也许就是这种风气。文气之上是神仙之气，之下是俗气。可耿兴觉得高家已经到神气这个境界。所以高家走到哪，谁都感觉到他们家的神气，他们家的神气感染景州城老少爷儿们，也就都神气。

高李氏肯定煮了一锅红薯。此刻，他的头脑里还出现，锅里的水将耗干，等锅冷却，将红薯拾出，锅下就出现一块块像冰一样的焦糖，用锅铲铲出，一嚼嘎嘣脆，还带着些许苦味儿和红薯根茎涩味儿。

耿兴老是想：哪来的哩？是啊，哪儿冒出来这么个妮子？耿兴还想，肯定见过，就那脸看着挺熟。可是他就是从妮子堆里数起，从他见到过的那些眼睛和那些张脸，陈家赵家李家刘家张家，甚至把千佛寺和教堂的神像面容都想了个遍，也没有想到。

从来，高家就是这么神秘。怪不得高家有一匹大骡子，还有一只大公鸡，还有一只像小牛犊子似的山羊，还有一只直起脖子能把人脸嘬下一块肉来的大白鹅。

那么余下时间，想方设法接近高家。第一个方案是与高立早接近，他讨好巴结高立早，想与高立早拜把子。

跟高立早见面很难。这位秀才常在城外，到那些村镇去讲课。就像个传经和尚那样，走一处讲一处，场院里、大街上、树林里、河岸上、碾棚和磨坊都能当作课堂。前边在刘家酒馆曹天明与高立早那几句对话，提到过县教育局让高立早当教育科科长，高立早不干，为此高立早被撤职。高立早闲在家，就想到，要组建一个大车运输队，还要开一家大车店。就这样，耿兴与高立早见面的时间就多了。

耿兴没想到，到如今，算犯到高家手里。此刻，耿兴觉得自己欠揍，巴不得抽自己几耳刮子。他想，要是别人也许已经将以前打架的事儿忘了，可是要是说像高家这些行子人不会有个记性，那就错了。最后得出结论，高家小子仁义、宽容。就像素日常说的那句："谁跟你一样哩。"日子久了，虽然恢复到往昔，情况有所变化，耿兴跟高立早在一起，也就随着高立早，仿佛也沾上高立早的文气。还甭说，现在，往高立早面前凑合，高立早对他没有丝毫戒备，所以他便爹着胆子，要跟高立早拜盟兄弟。高立早还没有过这种想法。

耿兴说："要是这样，我们都多了个兄弟，岂不是好事。"

高立早说："相好就相好，还弄这么多啰唆事儿干吗哩？"

耿兴说："这个要磕头盟誓，就捆到一起了。"

高立早说："我不想弄那个。"

耿兴说："那可说好了，咱俩相好。"

高立早疑惑地看着耿兴，勉强点点头。

第二个方案就是接近高长忙。耿兴见得最多的是高长忙每天背着筐，筐里一把铁锹。可你千万不能将他看作一个拾粪的，他可是个财主，有家财万贯。他见了高长忙，便跑过去跟他打招呼："大爷，拾粪哩?"

高长忙就笑着说："是你啊，还没下地哩?"

耿兴说："我已经干完了，半夜三更就起来，耪完那几亩棒子地鸡还没叫，又回家眯一觉，醒了天还没亮哩。"

高长忙说："起冒了是不是，你长了猫眼，月黑头子天也能耪地。"

耿兴笑笑说："是哩，谁知道哩。"耿兴想，拾粪的这么多，都背着筐拾粪，哪来的这么多粪?但他也装成拾粪的，他跟在高长忙后头，眼瞅着高长忙拾的筐头子粪满满铺铺，而他却一个粪渣都没拾到。耿兴觉得羞愧，他想，要是自己变成一摊牛粪叫高长忙拾到他家去也好啊。

第三个方案就是到高家借家什，比如借梯子借箩这样的事儿。要不是耿兴有股子蛮劲，又长个身大力不亏的身量，将梯子从北关搬到西关，也要费把子力气。过后，耿兴也想，谁家小子会那么犯傻，搬一个梯子在大街上晃荡。

这个别人看不出，他爹耿世良都看得清楚，所以就说："你闲着没事儿老是借梯子做吗?"

耿兴说："上房啊，爹，房不是漏嘛!"

耿世良说："你以为我那么没料理，咱家的房子漏过吗?你干的全是上房揭瓦的事。咱家的房子上倒是有几块泥皮，半块瓦片都没有。再说，借梯子对门赵家也有，前院陈家也有，后院你二叔家梯子比这梯子棒，你跑那么老远到高家去做吗哩?"

耿兴臊红着脸说："爹，瞧这是怎么说的。"

与高立早相好，不只光靠嘴，耿兴一次次给高立早送去礼物，比如今天送去一包点心，明天送一个猪肘子等，总之耿兴再也玩不出新鲜花样儿。

他拿去的那些，过几天再去，都还摆在门台上。

耿兴为难地对高立早说："你尝尝啊，新出锅的。"

高立早拿过去闻闻，皱皱眉，又搡在门台上。耿兴想，也许高立早看着傻乎乎不看事儿，鼻子却灵，能闻见这些礼品都不对味儿。就像他爹耿世良常说的那句：贼腥味儿。

就是这样，一来二往，耿兴还真跟高立早攀上了朋友。

第 二 章

1. 耿家和高家的饭食

第二次见到高立雅，时间已经过去了半年。那是一个温润夏日上午，薄雾笼罩着景州城大街小巷和行人。大地隐隐透着气色，缕缕向上，就像被烧热后所散发的热气，很淡，若隐若现。从地下哪个层面冒出一股股雾气，直往上冒，在六尺高之处消散，犹如隐形高粱棵，上头还有一个穗子。岸上树木映绿护城河水，一簇簇芦苇摇荡，河里还冒出一串串气泡。行人犹如活动的化石般游动。空气里密布水的微粒。在那样的景象里，整条大街的房屋、门窗和行人都像画上那样美。一条狗慢吞吞地走过，仿佛被露水给灌了个醉饱，踉踉跄跄冒失地走过来，毛茸茸湿乎乎，蹭了蹭他的腿肚子，还在人群里抖毛，空气里霎时泛起一股子狗腥味儿，也弄了他满鼻子。他走过包子铺，蒸笼屉里的包子已经出锅，一双手就像抓切糕似的往一个簸箩里拾。姜和葱掺和的茴香馅儿飘着熟麦香，让人流口水。在街两旁的小贩，已经铺开了摊子，在那里叫卖。叫喊出的声音，在空气中凝结，下一刻，凝成水滴在地上。他走过来，手臂上和脸上都被微粒打湿，衣裳和头发也因潮湿变得柔软。

耿兴百无聊赖地行走，地上软绵绵，就像踩在棉团上。突然从被水湿的玻璃门那边探出一张脸。就是这张脸的出现，耿兴半天没缓过气来。那张脸微笑着，头发和眼眉上挂着水珠，脸蛋湿润，鼻子挺直。高立雅走过他时，头还转过来，看了他一眼。在她转头的那一刻，几滴水珠洒落到地上。高立雅的脸如此近，差一点儿就碰着鼻子。耿兴想通过高立雅验证一下他多日判断所得到的结论。那一眼可看了个满模儿的，耿兴的喉咙里还说出这两个字：还真。

那一刻，高立雅也许听到他的嘟哝声，并不知其详细含义，冲着耿兴笑一笑，擦肩而过。

那一下子，就像一面亮堂堂的镜子，在耿兴眼前晃了一下子。那一下子，就像将心灵撕扯了一下，还拽去一块一块似的，就像丢一把碎纸片那样丢在地上。那一刻他头脑空空如也，心底里也一无所有。耿兴想，他露馅儿了，都显摆着。他浑身热辣辣的。接下来，他感觉腿也不是，胳膊也不行，连脚也迈不开。地上和空气黏糊糊，他的身体也被揉进去。所有的东西都有一股子抻力。那一刻，他不经意地望过去，高立雅的脸也朝向他。他的头先是摆动了一下，吃力地眨动了下眼，随着身子也抖了抖，就像一把刀似的闪电般从头顶上劈下来，接下来便是个炸雷。他躲闪不及。

其实，耿兴要是早有防备，就是眼前出现这些情景，耿兴也不见得眨眯下眼。可是，他的头脑里全都是她，她无处不在。刚刚，他看见她的脸庞，那样真切清晰，可转眼之间，他想依赖想象使她在他头脑里出来，煞费苦心，还是不能。耿兴想，那是不是自己小胆，被吓住了？那一刻，肯定有个鬼魅对他施了魔法。

她走过后，不只是大地和天空，就是街两旁的铺子，还有行人都如此靓丽。他四周环视一眼，他近前除了一只猫，再没什么。他觉得这只猫长得蹊跷，它面对着他，还叫了一声。那一声仿佛在说：就这样，看怎么办吧。耿兴拾起一块坷垃头子，刚举起来，手里的坷垃还没投出，那只猫像一道白光一闪，钻进一条阳沟逃掉了，还喵了一声，仿佛在说：谁跟你玩儿哩。

其实耿兴已经看出个门道，她那张脸的脸皮很薄，虽然裹得那么严实，只露出一双眼。脸上肉皮就像玻璃似的，所以心里装的什么，头脑里想的什么，都能从脸皮透出。那一下子，耿兴仿佛看个一清二楚。这样，就没有所想的那样难，这个妮子能懂。耿兴此刻略生醋意，她应该让自己懂，而不应该让其他人懂。当高立雅走过，耿兴反之又想，并非那么简单，他并没有完全弄懂。虽然看得见，直白，却蕴含着更深的、没有谁摸得到的那些东西。

除此之外，他还看清乌亮头发，每一根都十分贵重，像她这样的人一万年也许才会出一个，这个世上再也找不到第二个。

耿兴咂不出这是哪种滋味，事情的进度异常缓慢。他借机到高家去，每一次他都非常珍惜。可是每一次，他连高立雅的影子都见不着。高家的高墙四合院，她不知在哪间屋子里躲着。高立雅所住的屋子，就在西边，一抬头都能看见。可是，高立雅憋在那个房间里一憋就是大半晌也不出来。

耿兴用请高立早吃饭来接近高家。那是个春天下午，到处一派喜气。耿兴请三次，高立早都推辞了。最终，耿兴想了很多说服高立早的话来，高立早推辞不得，便到耿家做客。

一进耿家，高立早很吃惊——不像街上说的那样富。堂屋里摆设不是织机，而是一张木床，床上摆满菜墩、面板和坛坛罐罐，顶着床还放着一张大桌子，上头是酒壶、醋壶和各种香料。屋里头一张大炕，炕边一张大八仙桌子，还有八把椅子。进门后，高立早由三个哥们儿陪着喝茶。茶很香，一鼻子就能闻出是新买的茉莉花茶。

耿刘氏在外边灶台前手脚不停地忙活。手脚很轻，也很利落。高立早进门那一刻，耿刘氏还赔着笑走出门迎接。那阵势，仿佛耿家头一回来高立早这样的稀客，那神情亲切又慈祥。一眼就能看出，这桌子菜早就做好，无非是八碗蒸菜和十个盘子冷菜烧菜，按景州城所说的八顶十。就是先上十个盘子，然后再上八个蒸碗吃饭。

耿兴拿出酒坛，酒倒进酒壶，满屋子酒香。就是高家也没闻到过这么香的酒。菜一上来更令人吃惊。不止十个，而是不计其数，摞了一层又一层。高立早想，就是他高家也没这么多盘子。而盘子里的菜，一个菜是一个味儿。每一盘菜端上来，耿兴拿起筷子示意：立早哥，尝尝。高立早就夹一箸，放进嘴里。高立早还说了多次：“别上菜了，肚子都装不下了。”

耿兴说：“立早哥，这才到哪儿。”耿兴坐得很稳，一手抓着筷子一手抓着酒盅，敬了高立早一盅，另外两个弟弟也接着敬。

高立早嘴里不停地说：“还没喝过这么多酒哩。”

又说：“我头有些大，喝晕了。”

不管怎么说，耿兴三兄弟一个劲儿敬酒。耿刘氏还进屋来跟高立早打了个照面，问高立早：“吃着还顺口吧，有个咸味儿吗？”

高立早连连点头，他说：“婶子。有哩，好吃。”

耿兴说：“我说嘛哩，我娘炒的菜比刘家酒馆的菜还要香。”

一开始，高立早就品出来，耿家的菜除了有些味儿重，别的没得挑。

那一天，高立早喝得晕晕乎乎，耿兴就想让高立早喝醉，让他说几句醉话，那样就能套出高家的隐秘。高立早就是喝得大醉，还是紧闭着嘴，再也不吭气，耿兴连高立早的牙口都没看到。耿兴说话也有些着三不着两。就是这样，他还是克制住，没有提到高立早妹妹高立雅。他对此有些惧怕，要是提到半句，怕会引起高立早怀疑，将事儿办砸。

头一次是在耿家，第二次和第三次在陈家酒馆和吕氏菜馆。这样一来，高立早和耿兴还真成了朋友。高立早就想回请一次。他回到家给娘老子高李氏说了，高李氏很为难。那一天雇的用人回家歇秋。素日里还没有请过谁，尤其是高李氏只是做熬粥熬菜的饭食。最重要的是高立早说，耿家的饭食如何如何，几盘几碟子几碗，又有什么样的花样儿。

高李氏说：“我不会做，你也跟耿兴下馆子去吧。”

高立早说：“耿兴就是想上家来吃，显得哥儿们近乎。”

高李氏说：“我可没做过。”

高立早说：“试试呗，娘。”

这样，害得她一夜没合眼。所以第二天烧菜灶里的火不是大了，就是灭了。她手忙脚乱，见了高立早还骂道：你个小鳖羔子，净给娘添事儿。

菜一上来，耿兴就尝出来了，有点儿不对味儿，还在想呢，是不是冲着他来的，给他上这菜。之后又横下来心想，什么样的菜也要咽下去。可是吃着吃着心里直翻腾。

一碟花生米，带着燎腊味儿。一盘子粉疙瘩，都焐干巴了。一盘炒冬瓜，还有一股子醭臭味儿。还有一盘子半生不熟臭烘烘的炸咸鲅鱼。耿兴一直在想，这些味儿是从哪来的。是芝麻油放得太久？也许是醋长了白醭？当然，一包陈旧的八角，或者是放久的花椒，还有陈年小茴香籽都能释放出这种气息。那些年间，像这种味道比比皆是，都省着用的。由此可见，高家的日子是何等俭朴。高立早拿出一壶酒，耿兴想，高家的酒肯定错不了。高立早给他倒了杯，他跟高立早碰碰酒盅，一饮而尽。他喝到嘴里，一股子苦不溜秋的酸巴味儿。高立早再给他斟满，他只是沾沾嘴唇。他想，还没喝过这么难咽的酒。接下来，上了两盘饺子。耿兴觉得这回该尝一口。放进嘴里一嚼就咂摸出来，大块生姜，还有半边花椒。高李氏包的饺子水股子淡气没一点儿咸味儿。耿兴想，是高家本来吃这样的饭食，还是专用这种饭食来待他。最后还上来一小箅子花卷。耿兴想，也许花卷还行，可拿在手里，像石头蛋子一样硬。干巴了，啃都啃不动。真是难以想象，高家的饭这么难以下咽。就是这样，耿兴还假装着好吃，不停嘴地吃着。其实就那个花卷，就够他啃一阵子的。耿兴想问一句：高家就是这等饭食？可是一口花卷碎渣差一点儿从嘴里喷出，就要喷一桌子，丢丑不算，也毁了一桌子菜。所以不得不紧闭着嘴，再也不敢张开。高立早跟他交谈，他只是嗯嗯着点头。他瞅着高立早却吃得挺香，饺子一口一个，还拿了一个花卷，咬起来嘎嘣响，就像一头骡子吃料豆似的，喘出的气还一股子香味儿。耿兴想，也许高家人就养成了这种习性。就是将大块姜和花椒放进饺子馅儿，花卷放干巴了，这是在练牙口。也就是说，高家子弟，就是吃了这等饭食，不只是练就好牙口，还生得一双识文断字的眼睛，一个个细条条身量，温文尔雅。高立早坐在那里，吃得嘎嘣脆，满嘴喷香。耿兴与高立早在一起吃过多次饭，不管是菜馆里的美食，还是他耿家的饭食，他都没吃得这么香。瞧瞧高立早两腿一盘，坐在那里才算个吃相。

耿兴本以为烧这种饭菜，是冲着他来的，高家对他有成见。更何况，他带头跟高家干了多场仗，高家对他有防备。再说高家高立明愣头青和高立仁那个病秧子脸都没露，足以让人生疑。耿兴只得将眼前一切记下，那盘炒茄子黑漆漆的就带着一股子怒气，那盘拌黄瓜长草拉棒，那就是对他的不满，还有这些菜，一点儿咸味儿都没有，那是对他的偏见。耿兴这次来，他本以为，可以缓和一下耿家与高家、北关与西关气氛。可这些菜，就是给他当头一棒。可是，高立早吃得津津有味，就这样，他打消了开始的疑虑。

耿兴想，那么高立雅也是吃这等饭食，才长了那样一双眼睛，一张脸蛋，才不会有半点儿俗气。那么，是要到了耿家，吃了他耿家的饭食，会不会改变她这张脸和这双眼睛？

耿兴想，高家不会以此来泄私愤，专以这等饭食来作弄他。那天高长忙做寿，杂烩菜还算可口，要不是刘修三搅和，他还能填饱肚皮。一年后，他作为高家女婿，到高家来做客，耿兴才知道，高家没有其他饭食。对他而言，到高家来，讨不得好汤水，吃不得直溜黄瓜。那下子，仿佛在饭食上，就给他个下马威。那下子，就让他生出若干疑问，哪儿不对劲？哪儿做错了？以往的时间，哪点对不住高家？

这样的饭食，是高家的祖传秘籍，还是高李氏独创，耿兴想，就是到了儿，这个谜也破不开。时间一长，这事也就淡了。他没问过高立早，就是他跟高立仁在一起，也没问起过，因为那时战事吃紧，一个战役接一个战役。多年后，耿兴和高立早在一起饮酒，多喝了几杯，耿兴便问起高立早，高立早说：“你小子，吗心都有，这个也瞎琢磨。我看着你吃起来挺香的，原来你嫌高家的饭食。”

耿兴说：“不是，真不是。”

是啊，这种饭食，瞧高家一个个吃得滋润。就高长忙，活到了九十一岁，1987年秋去世。一时间。他还真揣摩不出高家的路数。

耿兴想，什么饭食无关紧要，最重要的是见一见高立雅真容。

耿家人招待高立早，哥儿仨都陪着，一个个赔着笑脸。真拿着当事儿干。烧了好一桌菜，把压箱底儿的酒都拿了出来。况且耿刘氏百般武艺绝活都使尽了，那满满竖尖冒流一大桌子菜。在高家，开始，还能见到高立早爹老子高长忙跟他打了照面，说了几句话，就再没影了。其他两个哥儿们也没影。就他们两个，老觉得桌子上少盘菜似的，可又想不出少了哪盘。瞧瞧高家，屋里头摆的桌儿椅凳样式都很精巧，漆得锃光瓦亮，整个屋子都亮闪闪地刺眼。那些柜橱里头肯定有贵重物品，全都是精致衣物和布匹，当然也会有绫罗绸缎，也会有好酒。那些珍贵物品都是祖辈传下来的，从没动过。

高李氏将菜、饺子等端进来，什么都不说，板着脸，那样子好像该她欠她似的。耿兴以为，高立雅要是不露面，这些天的心思都白费。最后他想，怎么高家人都这么死板，不可理喻，看上去一点儿不通情达理。

耿兴的头脑不在这儿，他在想，高李氏烧饭，那高立雅能不来搭把手？他就一个劲儿地向外张望，高立早说：“你看吗？”

“不看吗。”

“你心里有事儿？”

“没事儿哩，没事儿。”

耿兴想，来高家并不为行酒作乐。就是为了见一见高立雅，除了见一面，他没更多的非分之念——比如说，高立雅给他个笑脸，再与他说一句话，那就太奢侈。是啊，他就想看一眼，将事物看清，辨个真伪，不像闷葫芦。此时，他非常绝望，他想，他做不到，到了也做不到。

桌前，高立早跟耿兴聊了很多话题，比如说，他四方游走。就像个乞丐那样。他并不讨要，他恰好相反，是把文化知识传播给众人。他每到一处，一群人坐在那里，听他讲课。当然还讲到如今他被革职，赋闲在家。所以就谈到他的造车计划，还要开一家大车店。高立早看见很多大车就停在大街上，那些车夫就睡在车上。还有窃贼盗走物品和牲口。有天，还有个车夫丢了一头骡子。

谈到此，耿兴也说要买一挂大车，再置办几匹高大骡马。他想好了，车、绳套和缰绳都是大红色的。那样走在大街上、旷野林间和堤岸，是何等风光！他想到这儿，头脑就跑题，就想到要是高立雅坐在这头，那便是死而无憾。他这些念头，不能让高立早看穿，要烂到肚子里，他的肚子就是这些杂念的坟墓。可是，那些杂念却不可消化，也不会遗忘，说不准哪会儿就在头脑里出现，弄得他脸红脖子粗，那么高立早就能猜出个八九不离十，那是何等难堪境地。

2. 大车店

不日，两个人到牲口市上去转。牲口市很大，钻进去就难以出来。况且那里浓浓的牲畜皮毛和粪便气息能把人熏晕，让人一下子误入迷津。那样，便进入牲口世界，那些牛驴骡马，一个赛一个壮美，皮毛油光发亮。那些牲畜眼睛却都很茫然，甚至悲哀，甚至眼里还噙着泪水，泪水顺着长脸流到嘴里。牲畜泪水是否也是咸的，也许还带着点儿酸味儿苦味儿。有这个可能。它们也想到了自己的命运，它们的辛苦，它们身上挨鞭子，吃棍棒，受无数次训斥呵斥，那些毫无节制的怒气都撒到了它们身上。

再回过身来看牲口市，卖家这么多，一眼望不到边，挤挤插插。可是买家却寥寥无几。卖家都悄没声儿的。有的牲畜被拴在木桩上，木桩上都拴得密密实实。剩下的卖家只好站在牲畜一边。所有的牲畜都不会吱声，牛不吼驴不叫马不嘶，一个响鼻都听不到。也不会打喷嚏不咳嗽，哈欠都不打。不管是卖家还是牲畜，全是愁眉苦脸的样子。

再往西，一沟之隔，那边是贩人的人市。那些被贩卖的人，最大四十多岁。岁数大了就不值钱，就是倒贴也卖不掉。想想，谁傻得买个不能干活儿的爹回家？当然，人和牲口差不多价钱。也会出这样的情景，要是一头驴卖不出去，到沟那边换个人回家，当个使唤丫头，或者用人什么的也有。当然，也有的人卖不出去，到牲口市换一头牛。在那个年代，都那么混沌，分不清人还是牲口。

高立早早上一起来就一步迈到沟那边，一下子到了人市。他所带的钱都花光，买了两个孩童，一个妮子和一个小子。

他买回来，高家就养着，能吃饱饭，让他们读书识字。小子调皮捣蛋、上树爬墙。妮子干架吵嘴，嘴像刀子似的那么快，也有力气，一个妮子抵三个小子。干仗也如此，下得去死手，将三个小子都能打趴下，脸上还带着血道子。高李氏见了高立早就数叨，说他弄了些生马坯子。

一个妮子一个小子都吃住在大车店，像养小驴驹子似的喂养。原来泥儿吧唧脏兮兮一张脸，第一次都洗下那么多泥，脸一下子像片柳叶窄小。时间长了，脸蛋都圆鼓鼓，身上也一下子壮大了。闲暇时高立早还教他们识字，教他们算数。到后来，战争来了，这几个孩子都派上了用场。

牲口市，就像人市一样，也有老弱病残。还有小牛犊子和小驴驹子，还有生马坯子和小马驹。其中不乏牲口贩子，专门做牲口生意。也有窃贼，专偷牲口来卖。听说还从草原那边赶来的生马坯子、野驴、野牛来充数。以假乱真。不过这些牲口都吃尽了牲口贩子的鞭子，就是赶来的这一路上，驯化就开始了。赶到景州城，也经过一番驯化，然后弄到集上来卖。要是将这样的马匹和驴卖回家，那就倒了大霉。

这些牲口再驯化，却消除不掉已经形成的野性。说不准哪一刻就尥蹶子。像这样的牲口只好再低价卖掉。被卖掉的不可驯化的牲口，大都被宰掉。高立早买了一头骡子、两匹马、一头牛，还有两头驴——两头野驴。

耿兴对高立早耳语："这是野驴。"

高立早笑笑说："野驴就野驴。"

耿兴想，这小子买些这个是来充数的。他要买的却是真货色，转遍整个牲口市，耿兴没看上一匹。他想买看上眼的骡马。他看了一匹又一匹。这些卖家，都想卖个好价钱，价都咬得很死。

耿兴一眼看上一匹白马。他走到马前，看看马，再看看卖家。他上去划拉了一下，心想，这匹马就是他的了。接着他问了价钱。卖家说出了价钱：六百。

耿兴冷笑着说："什么马，敢要这个价？"

卖家说话也不让他，比他口气还生硬："现在行市不行，赶上前几天，这个价钱不给你。"

耿兴说："给谁啊，谁要啊！"耿兴说着又划拉了马一下。那匹马有些娇气，往旁边躲了躲，看着要尥蹶子。耿兴往后躲了躲又说："瞧你的马，这皮毛发暗，不是匹病马吧？"

卖家说："你怎么说话？"

耿兴说："你瞧瞧这毛一片片还卷曲着，马鬃还这么稀疏。再说这条后腿上还有伤。"

卖家说："擦擦鼻子一边玩儿去，不买别在这里穷搅和。"

耿兴打量马，又打量卖家。马显得高大，全是因为牵马的卖家又是个矬子。

两个人你一句我一句，吵得越来越急，一声比一声高。不多时，四周就围满了卖家和买家，就像看耍猴的似的。要不是高立早把耿兴硬拉到一边，他非要跟这个卖家干一架才解气。

高立早说："咱是来买牲口，不是来吵架的。"

耿兴说："你听听那小子，真是矬老婆高声，我就是听不得这个。"

这样，耿兴再没心思，手里的钱攥了半天，又原封不动拿了回来。

而高立早却说：“原先虽然转过，没往心上去。今天一看，这牲口市还真有好货色。你要是不来这一趟，还想买下两头骡子。”高立早嘴上没说，那个矬子卖家的那匹白马他也看上了，要不是耿兴这一通折腾，也许他也就买下了。

高立早聪明又有耐性，买来的生马坯子，还有蒙古野驴，他都好生喂养，都当个神似的供着。野驴和生马坯子使性子，高立早就像没见着似的，由着它们来。况且还有好草好料。半年之后，驴还真成驴，马还真成马，驴是头好驴，马是匹好马。毛皮油光光，眼睛生神，走路也轻快。

俗话说，顺毛驴。一头驴就是要哄着宠着，不要让它吃鞭子。这样一头野驴就会变温驯，显得能干。当然，要是整天不给它个好气，老是呵斥，它就会转性，甚至尥蹶子。就像景州城骂人一样：驴脾气。

大约过了三个月的光景，野驴、生马坯子虽然脾气不好，却体格棒。他置办了大车，就套上这两头驴和一匹生马坯子，将车赶到大街上。俗话说，是骡子是马赶出来遛遛。往外这一赶不吃紧，外面那些眼睛都看呆了。耿兴都看傻了眼。当初他还笑高立早傻，不会买，看走了眼。到现在他才略领了高立早的心机。这下子，高立早就赚了不少。那两头野驴和一匹生马坯子在高立早那里，都通了人性。高立早坐在车辕上，也不像其他车夫那样不停摇晃着鞭子，还不时抽个响鞭闹闹响动，他干脆就没有鞭子。

3. 赖秧子和雄壮公羊

这天上午，高长忙带着三小子高立仁到大街上，还牵着一只像牛犊子大的公羊，这只羊两个锐利的犄角，彰显霸气，显然与性格内向的高家人形成反差。脖颈下垂着一只像核桃般大的铜铃，一路丁零丁零响得悦耳，街上的人都投来羡慕眼神。高家将一只公羊养这么高大，走起路来又那么轻快，大摇大摆，如入无人之境，显得不可驯服。高长忙另一只手牵着高立仁，不时转过脸去看高立仁。还抽出手，抚一抚他的头，显得百般爱怜。就是这样，他一手牵着强大，一手牵着纤弱，行走在大街上，那些眼睛都可以看见。高立仁不到十六岁，就像豆芽菜，身子六尺之高，腰也细，也就有一尺六，小脑瓜儿，一张小窄脸，也没有屁股。腿和胳膊像四个安插上的棍棒。一件白衬衫一条黑裤子，就像给一条树枝干披了衣裳那样。高立仁一边走一边呼哧喘息，发出管风琴似的声音，高立仁自六岁犯气管炎哮喘病。此刻，一个卖花生豆的小贩高声说："高老爷，好些日子没见你和三少爷。"小贩面前就二斤花生豆，摊上有一个小瓷碗，一小碗花生豆一毛钱。炒熟的红皮花生，谁见了都流口水。高长忙便蹲下来，拿出一毛钱，买了一小碗。小贩说："高老爷，多买点儿带回家吧。"

高长忙笑笑，付了钱，那一小碗倒在高长忙手里。他转手递给高立仁，高立仁接过去，将一粒花生豆皮捻掉，放进嘴里，花生豆皮就像花瓣随风飘落。小贩转眼看了一眼高立仁笑笑说："长得怪好，就是个风箱。"

高立仁有若干个名号，这个小贩的嘴里叫风箱，另一个人则叫痨病腔子，还有什么"打枣杆子""晃杆""药罐子""病秧子""棺材瓤子"等。在这些名号中，高家最忌讳"棺材瓤子"名号，甚至惧怕将这与死亡有关的名号安插在高立仁头上。

高立仁自小多病多灾。在景州城，种瓜季节到来，将一把种子浸湿，放在碗里，盖上一块笼布。瓜种将嘴咧开，吐出丁点儿小芽，埋进土里。不久，芽叶便钻出来，爬蔓、开花和结瓜。这里有个漫长的等待过程，需要特别耐心性，才能长出大瓜。掀开笼布，芽子已经长大。忙手忙脚地将瓜芽埋在地里。要是将生出的芽儿露在土外，那样就少了破土而出的程序。要是将芽埋进土里，是不是会憋死？接下来特别关照这棵瓜。有偏心眼儿，可是，肥给多了，也会烧死，水给多了，就会沤死。要是阳光强一些，瓜叶就蔫巴了。风大一些，仿佛就把叶子吹飞，瓜秧也会被拔起，为一棵瓜秧成天担忧。反正是这样，那也不行，这也不是。总算是活下来，病病歪歪，也窜蔓子，也长叶子。爬的瓜蔓细，长的叶子也小。

就是这样的比喻，知道高家人心情了吧？高立仁是高家的痛处。所以就像疮疙疤那样护着。盼着疮疙疤定了，然后自己脱落。就怕蹭一下刮一下，将疮疙疤揭掉，那样不只是疼痛，还要流血，再长疮疙疤。

就是这样，好吃好穿都留给高立仁。总之高长忙，高李氏，老大老二，还有妮子高立雅都护着高立仁。就像黑夜里端着一盏灯，一手端着，一手捂着火头，不让风刮灭。

挂在屋梁上干粮篮子里的干粮，伸手去掏一块棒子饼子，要是错掏出一块馒头，他们便赶紧丢回里头，谁心里都知道，那是留给立仁吃的。在大街上，要是看见有好吃的，新下来的瓜果，刚出锅的包子和烧饼，都会给高立仁捧回来。要是果园的瓜果熟了，第一个尝鲜的不是爹娘老子，而是高立仁。这样也惹上祸患，高立仁吃了肚子痛拉稀。虽然高长忙和高李氏不说，也是自责和愧疚。是啊，怎么干这事儿啊？真是害立仁，犯下了大错：瞧瞧干的什么事儿。

一有风吹草动，都想到高立仁。好像一个雷电就将高立仁震晕过去，一阵风就将他吹跑似的。

高李氏烧火做饭，却放下烧火棍，跑到院子里惊叫："立仁！立仁哩，立仁在哪儿？"那声音，仿佛发生了天大的事儿。

高立仁跑过来说："娘，我在这儿呢。"

高李氏心怦怦跳停不下来，嘴上说："快过来，坐过来。"

高李氏每隔几天就做寻找高立仁的梦，还有几次把自己喊醒。满城找，满旷野找。她在梦里看见高立仁掉进水里，或者走进一团雾里，或者走进一个树林，仿佛再也见不到。事物就是这样，越是怕什么就来什么。就像一个玉镯，小心着小心着就碎了。就像端着一碗水，小心着就洒了。总之高立仁一离眼，她一想到高立仁，心扑腾一下子便慌乱，她说："立仁哩，他在哪儿？"

“你看看，他在窗外哩。”坐在她对面缝衣裳的高立雅说，“娘，看看你，一惊一乍的，把我也吓了一跳。”

这样，高李氏才静下心来做针线。就是这样不离身，才能将心放下。像这样，日子没个头儿，到哪儿才算呢。到高长忙和高李氏闭眼喘了那口气，也就终了。

高立雅就说：“你就拴个绳把他捆到你身上，要不就锁进柜子里，要不就放在你兜儿里。”

高李氏说：“你个油嘴滑舌的妮子，要是能那样就好了，谁叫他是个大活人哩。”

高长忙一手牵羊一手牵着三子高立仁。要到开福寺还愿。他给高立仁许了愿。谁都猜得出，许了什么愿，事关高立仁健康，性命攸关。再就是请开福寺门前的算卦先生给高立仁占卜一卦，断断高立仁的吉凶祸福。再就是捎带着遛遛这只公羊。这只公羊在家里闹得慌，有个十天半月没遛，在院子里上蹿下跳，搞得鸡犬不宁。高长忙一边跟熟人打招呼，一边跟高立仁交谈。爷儿俩聊得亲热，声音时大时小，高立仁还发出哈哈笑声，吸引过往人群将目光投过来。说话间走到天主教堂前。高立仁仰脸看了一眼，一脸迷茫。街显得很长，一个摊接一个摊，摊后头又一家挨一家店铺。来到开福寺门前，一眼便看见景州塔耸立，千佛阁和无梁殿隐约展现。由此，高立仁记起，爹老子高长忙数叨给他的那首民谣。

景州塔，十三起儿，
搬砖和泥儿，
拨拉拨拉一起儿。

景州塔，十三起儿，
搬砖和泥儿，

拨拉拨拉两起儿。

…………

就是这首民谣，让他感觉到了这座塔的神奇，他在思考这座塔深层的蕴意。多么高的一座塔，见棱见角，青砖砌垒，顶尖是个铜葫芦。塔内砖砌台阶又高又陡，都磨得凸凹不平。他爬到塔里去过，连呼带喘爬到顶层，便看见景州城风光。城墙和城门楼子尽收眼底，宽阔的护城河面，和远处一览无余的旷野，河流与丛林，隐约有村落浮现。他想，怪不得这么多人爬塔，原来站到高处能看得见这等风光。

高长忙牵着公羊和高立仁，从衣兜里拿出草纸，又拿出火柴，点了，磕了头，这就等于还愿。回头往寺外走。走到卦摊前。算命先生是个瞎子。高长忙牵着公羊和高立仁刚一离近，那算命先生抬起头，还眨眯了下双眼。一张瘦脸，腮帮子骨头都露出来，眨眯了一下眼，皱皱眉，他仿佛能看见刺眼的阳光似的，他说：“来啦，算一卦啊？”

高长忙说：“先生，算一卦，给我三小子。”说着，高长忙将高立仁往算命先生脸前轻轻推了推。算命先生问了高立仁生日时辰，拇指肚触碰其他四个手指肚，就这么掐算，看上去别有心机。他拇指肚触碰了七次，便说：“童子，他是个童子命。”

高长忙听罢吓了一跳，他惊慌地说：“不会吧？先生，你再算一遍。”

那算命先生说：“这个错不了。”

高长忙此刻大惊失色。他不信这个邪，在那里一个劲儿地请求算命先生再算一次。算命先生执意不肯。过了片刻，他便默认。怪不得高立仁自小赖声可气，原来如此。高长忙便问：“先生，有破解的办法吗？”

算命先生沉默片刻说：“破解的方法不是没有。”

高长忙看了高立仁一眼。高立仁微笑着面对算命先生，一副惊奇的神情。他并不知高长忙在为自己命运担忧。此刻，他并不知，童子意味着不能成亲，意味着长不到壮年就会夭折。事情就这么严重，可他不感觉奇怪。童子，在书里见到过，他的头脑里的解释：豪绅侍童，甚至是学士侍童。当个侍童并不是一件坏事。不管是豪绅，还是学士，肯定有更多的书，那么一个童子就能读到更多的书。

高长忙深知这个卦厉害，他也知道，让算命先生化解，也就是去个心病。再说，算命先生算得也不会那么准确。可是，是他心疼的爱子，所以他那颗心变得无比虔诚，决定让算命先生化解。

算命先生犹豫了片刻，他说："这个行。"说着，从怀里，就像自己肉皮里头肋条骨上拽下来一个纸包，他说："这个戴在身上，放在兜儿里就行，从今天开始，到七天头儿上。"

高长忙说："这里头是什么？"

算命先生说："咒符。七天后，将纸包撕扯开，丢到大街上就行。"

高长忙说："能看这里头的字吗？"

算命先生说："能哩，你看也看不懂。"

这些高立仁都听见了，他感觉好奇。

高长忙付了钱，将咒符塞进高立仁衣兜儿，他还嘱咐高立仁，不要弄丢，好好保护好。高立仁那一刻，也觉得很神奇，这个纸包也很精致。仿佛那里头已经装下了与他生命有关之物。高立仁却在想另外一个问题，算命先生识字吗？他怎样将字写到纸上，再包进纸里？

童子。这个名词很雅致。对高长忙来说，这个词就像一块石头重重压在心上，让他喘不上气来。在高家，高立仁最小，却掌控着这个家，掌着高家最高权力。一家人全都围着他团团转，全都是笑脸。家中所有的事都与他商量。得到他的同意后，才遵照执行。不管他说出什么，对事物有何见地，他总有独特决断。那些耳朵听见后，嘴巴会说：对对对，行行行，好好好，是是是。

高立仁懂规矩，很少有过失。况且他很少说话，也很少动，一般都在沉默状态，就是有过失，也不会有谁斥责，甚至还会伸出大拇指说："行，干得好。"

高立仁待在一边，他在读书，家里的书都被他读了个遍，甚至有的书还重读过几次。他与教书匠大哥高立早在一起，偶尔会聊起读书心得。高立早都吃惊，那些书高立仁都读过，那些段落、句子和细节都还记得。高立仁读过的书，都能背过，他过目不忘。

他要是听到谁家有书，他就跟这家套近乎，借到这本书为止。他的眼睛里全都是这些。到了后来，景州城谁家有几本书，那些书里所阐述的又是什么，他都知道。

当然，高李氏要是见到高立仁坐在那里看书，便说“别看了，把眼都看瞎了”，或者说“别看书，看病了”。

高家人看着温厚，说话迟缓，声音又低，做起事来可是个急性脾气。耿兴想，他高家还真的有些家底子。一是高长忙三小子高立仁老在病中，花了高家大半钱财；二是高长忙就任着大小子高立早这么穷折腾，将钱砸进去，都亏掉也在所不惜。

高立早一边雇工匠打造大车，一边在南关选址，脱坯垛墙建造房屋。那是个初夏上午，从高家大院子里飘出的木香气传遍半个景州城。雇七个木作，三个是本城有名的木作，另外四个是城外的村子里的，虽然不出名，可下手还是挺快，锯子破料，凿卯眼，推刨子。这个院子铺了一厚层锯末、木屑和刨花。在城南边空地，已经筑好地基，就像气吹泡泡一样快。要不是吃得好，高立早付工钱出手阔绰，这些工匠们就不会这么尽心尽力。

南边场院里，是脱坯工匠，等到半干，这些坯就拿来砌房屋。眼瞅上了梁檩，铺上苇箔和秫秸，压上泥土，接下来就将瓦挂到屋顶。这时雨一阵紧似一阵地下了起来。那些日子，连阴雨，偶尔还下急雨。工作不得不停下来，延误了工期。先是沟满壕平，接下来水就侵蚀过来。虽然地基比平地高三尺，却比不了景州城。景州城很高，就是再大的水也没有淹过。

眼下的雨虽然停了，老天还虚眯着眼，不肯睁开，太阳在云彩后头，偶尔露脸就像个大菜盘子。全都是水。就那么一张大嘴，又是好大的肚皮，贪得无厌，什么吞下去，就一下子没影了。眼看着，水就上来了，就会将新盖的大车店给泡得秃噜到地上。

景州城是个宝城，再大的水也不会将这座城吞没。这座城就像水中巨轮，水涨船高。

所以高立早也没拿这场雨当回事。雨一停，还没有晾晒，工匠们都忙活起来。大工小工一起上，开始垛泥墙。就地取材，泥巴加上麦秸，不久便垛垒起大车店院墙。

这帮雇工，高立早雇了一帮，耿兴雇了一伙。那么，高家人和耿家人掺和到一起，上一刻还有说有笑，下一刻也就转性翻脸，就大吵大叫，说不定还带粗字脏话。眼看拳脚要派上用场，耿兴便出场了："这是干吗哩，想干吗？不干给我滚蛋!"

耿兴端着茶壶，倚靠在一棵大榆树上，在那里监工。那些雇工，不管是高家还是耿家，都须看着耿兴脸色。从这天后，再没人闹事，可都压着一团火，当然那脸色都阴沉沉的。直到引来乌云，那么厚，天一下子黑了。眼瞅着云压了过来。紧接着听到嗷嗷像狗一般叫的雨声，打一个响雷，瓢泼大雨倾泻而下，就像天河瀑布。耿兴便在雨中数叨："这些畜生，我说吗哩，还闹哩。天爷爷！真是吃饱了。撑坏了。"

本来都想干一架，干一场大架是迟早的事儿。就像那些次打架，以此将激愤发泄。房子刚搭上，还是一个房框子。高立早、耿兴和工匠们躲进去。屋顶搭上秫秸和苇箔，漏水厉害。屋里人都坐着，大眼瞪小眼，仿佛都在疑问：这雨是对着谁来的哩？

就在这时，从雨中钻出一个身影，就像一个人在水里扎猛子，憋了半天，急于浮出水面喘一口气。这个人从雨中钻进，走进房框子里，才看出是高立明，他对高立早说："哥，你快去看看吧，立仁要不行了。"

高立早听到，没有吭声，却一头钻进雨里，雨一下子就将他吞掉了。

高立早就在雨里，就像在河里扎猛子那样，一气钻到家门。他跑进大门，跑进屋门。那一下子，寂静一下子占据了他的心灵。死神那么近，只是感觉到而摸不到。死神只是个影子，就是这个鬼影将要把立仁带走。高立早恨不得将死神揪出来，攮死它。

高立早一进屋，便进入这一境地：一盏昏黄油灯，所有人就像没颜色的影子。一张张脸都清晰可见，非常沉重地对着趴在炕上的高立仁。高立仁穿一件白衬衫，一条阔腿黑裤。细胳膊腿就像四根棍子那样凹陷进被子里。他的头发长又蓬乱地分散在头脑四周。高立仁就那样趴在被子上，只有他的腹部在动。他所有的力气都用在呼吸上，这一口气呼吸，下一次就接续不上。他的脸憋得青紫，脖子上的筋和血管暴出，还在鼓动，心在吃力地跳动。他趴着，只能看见左边暴露出的额头，额头上有一大滴汗珠，比高立仁的头还大。他脊背上的肋骨仿佛支破衬衫，都显露出来，仿佛要将衬衫支个大窟窿似的。也就是这样的姿势，面对病痛，做最后的抵抗，虽然他已经无力反击。面对疾病重压，他早就招架不住，只得任病痛肆意摆布。高立仁不出声，守着他的那屋子人都不敢出声，甚至都不敢喘气。

高立仁这个病秧子，无底洞似的药罐子，喝不尽的药。高家将钱省下来给高立仁看病。平时，高立仁躺在炕上，在高李氏身边，高李氏在缝一条裤子。高立仁此刻喘气低微发出咝啦声响，要是不静下来听，就听不到。偶尔冒出吱啦的一声，高立仁用力咳嗽，把吱啦声给冲开。那根气管就像堵上了一块棉花，或者吃饭时掉进一块干粮渣，或者喘气带进一粒微尘。咳嗽四次，气流的力量不够大，没有咳开，反而吱啦得更厉害。高立仁就忍着，过了一会儿，喘气匀实了，吱啦声渐渐没有了。那一刻，高李氏也停下手里的针看着高立仁，直到此刻，才接缝下一针。

那声音就像高李氏穿针引线声，还有微风吹窗纸声，就像笛声吹一口气，或者像胡琴就拉那么一下，或者呱嗒，凹下又凸起。高立仁就躺在那里听高李氏说话，又有穿针引线的声音伴奏。当然，还有高李氏的气息。此刻，他的气息还不可与高李氏气息完全区分开来。从他的眼睛里，他脸上的茸毛，他羞涩的笑，还有赖声赖气的声音，就像人常说的：一股子奶腥气。一个不到十六岁的少年，受尽疾病折磨。就像人常说，黄鼠狼专拉病鸭子。疾病无处不在，五脏六腑，头晕，浑身乏力。就是这样，一旦疾病退却，高立仁就将疾病甩在一边，脸上露出笑容，又蹦又跳撒欢儿。这么多疾病，也没有击溃高立仁，仿佛他已经寻到窍门，怎样来抗击，他有一套。

高李氏就是想跟高立仁这样守在一起。她慈爱地笑着，一针针缝，一声声与高立仁交谈。当然，也谈到高立仁的病，高李氏一边划拉着高立仁的头一边说："你知道吧，你花的银子，都能将你埋起来……"高立仁头脑中即刻出现银子堆起的坟墓。就在此时，高长忙进屋，便开玩笑说："多大了，还充小奶孩儿，还想吃奶啊。"高李氏便说："说吗哩。"高立仁便红着脸爬起来，一个场景从此结束。也就是从这天起，高立仁再没躺在娘老子身边，他已经长成大人，一个男子汉，就要有个男子汉样子。

高立早在想，要是他能替代三弟受罪多好。此刻，屋里每一位都是这样的心情。

高李氏和高立雅眼里还浸满泪水。高长忙使了个眼色。这情景，女人都看不下去。高李氏由高立雅陪着出了屋。到了屋外，高李氏说："造了吗孽哩，受这等罪。"

高立雅说："娘，娘。"她的拇指肚为高李氏抹去泪水，她是那样谨慎，她必须这样做，虽然她不知道这一抹，抹去的是什么。

为了他——三儿，高李氏在夜里不能睡，要磕一千个头。不管是神是鬼，是妖是魔，皮打胡子、狐仙、蛇仙、鼠仙等，树妖、草妖、河妖等，就是一只蚂蚁，一只蜻蜓，她都要屈身下跪叩头，为三儿，要有一颗虔诚无比的心灵。给他吧，神啊，给他一个强壮身体。可以舍弃钱财，舍弃房屋和田地，舍弃生命……

一屋子人守着他，都在为他担心。可是，谁也不知病魔到了怎样的一个深度，也不知道立仁疼痛的深度。

如此酷刑，实属罕见。那些犯了重罪的人也不见得受这样刑罚。

就这样，时间分秒而过，每一秒都十分艰难。

他的罪，他自己受。

高长忙对老大和老二说：“都三更天了，你们倒到炕上，眯会儿。”

他们一动不动地站着。

雨住风停之后，高立仁的身子动了下，他抬起了头，他的脸转过来，笑着说：“爹，睡觉吧。”

高长忙赶紧过去，抓着高立仁的手说：“睡哩，这就睡哩。”

是日，木作已经将车轮安装上，高立早早就购置了绳套，将骡马和驴牛套到车上，一辆一辆新车从南关大车店驶出。共计十七辆。这些大车行至大街，真乃神龙见首不见尾。飘飘悠悠，犹如在云端。大街上行人都闪在街两旁，看一辆辆大车。那些人头脑都在想，坐在大车上是怎样一番情景。耿兴那天也被挤在人群里，当他醒过味儿来，揉揉眼睛，便看见高家大车，他从人缝里挤出，三步五步蹿到大车上。坐上大车，便见无尽美景。街两旁的人脸都变得格外干净，一阵阵凉爽风迎面吹来，令人遐想无限。街两边的铺子也花里胡哨格外艳丽。可惜这些美景转瞬即逝。像景州塔、开福寺、无梁殿、千佛阁一闪而过。开福寺的钟声，犹如仙乐徐徐飘来。街两旁槐树盛开一团团槐花，就像白云那样飘在天上。

开始是骡马车，接下来是驴车，最后是牛车，好长的一列，先头骡马车已经回到了大车店，后头的车晃悠晃悠地走着。再看看大车店，院子里已经摆满大车，那些骡马牛驴都牵到圈里，已经吃上香喷喷的料了。后头的拉车黑牛在大街上还拉了一摊粪。

耿兴也是看着眼热，早想插一杠子，这事也怪他太犹豫不决。到如今，他就买了一匹红鬃马，大车还没个影子。

晚上，他走进大车店。门前有个水洼，他一脚踩进去，溅了一身水，心里总觉得腻歪，所以他预感到不妙，觉得与高立雅事情不会有结果。此刻，高立早正坐在桌前，他对面是账房先生，桌子上还有一个账本。高立早抬头见他进来，站起来迎接他，还给他搬了三足杌子头让他坐。耿兴想，高立早和账房先生坐椅子，而他坐杌子头还少了一条腿，但是他胸怀大志不会往心里去，所以他笑着坐下。耿兴一边坐，一边把一个沉甸甸的包放到桌子上，那个包还发出金属哗啦声。

耿兴说："我拿来了，全都拿来了，一个子儿都不剩。"

高立早猜到了包里是什么，他说："用不着。"

耿兴说："立早哥，这么说你是嫌我哩。"

高立早说："没的事哩，那怎么会，那怎么会！"

耿兴说："我知道你现在缺钱，就让我跟你一起干吧。"

高立早笑笑说："这个啊，行哩，行哩。"说着他把那个包往耿兴面前推了推说，"这个你先拿回去。"

耿兴说："这怎么能行哩，我得有个表示。你不能让我来虚的。"

高立早觉得碰到硬茬儿上了，也就点头接受，他对账房说："李先生，先入了账吧。"

账房点点头，也没伸手动那个包。此刻，耿兴才去看那个账本。账本是敞开纸页，上头密麻麻地记着数字。

高立早说："有你这样的兄弟帮忙，我心里有底。"

4. 损毁之城

终于等到一个晴天。在昏暗里待得太久了，太阳出来，亮得刺眼，还不能适应。耿兴朝大车店走去，总算看到大车店周围景物。南距城墙一百多米，距城门楼子很近。与城墙之间留出一条路，可以双向通行大车。簇拥着进城的人从城门走进，这些大都是撑船和木筏来赶集的。这才想到，今天又是个集日。耿兴走近城门，朝城外看，便看见城门外全都是白光光一片汪洋。就是这样的大水，也淹没不了人群脸上的喜悦，他们吵吵闹闹，以为坏天气已经过去，好天气来了就会待一阵子。阳光映照着那些脸庞，人欢马嘶嘈杂声也激发起耿兴的情绪，便跑进大车店，对高立早说，要独自驾驶一辆骡马车到街上逛逛。

高立早说："你会赶车？"

耿兴说："这个谁不会哩。"

高立早说，叫个车夫陪着。耿兴说不用。耿兴看中的是一头黑骡子和一头灰白骡子。过来一个车夫帮他将大车套上。耿兴赶车出了大车店。他头一回赶着大车，挥了挥手里的鞭子，骡子仿佛没看见似的。他又试着挥了两次，骡子还是照例行驶。像高家人的做派。第一次驾车，总算到了威风一回的时刻。他没上车辕前，晕晕乎乎像喝醉了酒。他一坐上车辕，眼前一团光，一下子将一切照亮。耿兴感到莫名其妙。要不是他紧紧抓住车帮，差一点儿从车上掉下来。

他举起手背狠狠地在眼上蹭了下，眼前一切越来越亮。他懵懂地把握，有这样的时刻，还有什么干不成？他本来想，这些骡马畜生，都略通人性。尤其是他耿兴的意思，这些骡马还能不知？事到临头，他才知，并不是那回子事儿。畜生就是畜生，屁都不懂。让它们往东它们往西。本来他想赶着大车朝着耿家那个方向，大车却背离了，朝着相反的方向走。这下子，正赶上大集，拥挤不堪，插脚不下，哪能行得下一辆大车。所以这辆车就在人群里，人群也躲不掉，也就簇拥着大车。耿兴也只能放任自流，虽然手里有一根鞭子，在此刻，要是给骡子屁股来一下，骡子尥蹶子不算，说不准惊了，再也不可驾驭，要是那骡子腾空而起，大车从密集人群上轧过，那可就惹了大祸。耿兴坐在车辕上，在车旁边的那些眼睛都在看他，仿佛疑问：你赶过车吗？耿兴心里没底，但还须装出一副会赶车的样子。可哪一种样子才算会赶车？耿兴头脑里便出现往日那些车夫行车自如的画面，仿佛大车和骡马就长在身上，就是身上的一部分似的。耿兴却做不到。干着急，一把把抹脸上的汗水。他不知，怎样才算赶车架势，那样子很难拿。他觉得很失败，怎么拿都会让那些眼睛看穿，怎么拿都不像。耿兴本来想谝一下子，在此刻，他想到景州城那句话：露的脸大，显得眼大。说不准人群里出来一个响动，打喷嚏，或者惊叫声，骡马就会受惊。他记得自己有胆儿，他的胆儿到哪儿去了？他手在胸脯摸了一把，觉得胸膛还在。他就像丢了魂魄一般。眼前情景变化速度越来越快，从一个场景到一个场景。抬眼间，他看见天空悬着大树冠罩着天空。天上一片片叶子般的云翳，犹如成群大鸟。下一刻，大车一下子被卡住了。此刻，他方看清眼前情景。眼前所有的眼睛都像一片片阳光下的叶子那样刺眼。那些面孔都变得和蔼可亲，每一张脸颊都很漂亮。男人英俊，女人俏丽，全都饱含笑容。他试着从车辕上跳下。他一下子被裹挟到人群中，就像一片叶子被水冲浮着那样无奈。还好，他手里死死抓着缰绳，才没被人群掀起的浪潮卷跑。他定神而看，眼前一切再一次变得灰暗，一双双眼睛暗淡无光。他费了一会儿工夫，总算再一次坐到车辕上，再一次看见无尽美景。耿兴不知出了多少汗，浑身摸哪儿都滑出溜，他把握不住，所以手里的缰绳松了，也不敢扔掉。就像一根救命稻草，抓得太轻，就会一下子断掉。此刻耿兴已经满头大汗，觉得浑身的力气都用光了。他觉得疲乏，肚子咕咕叫，口干舌燥。大车紧挨着人群，人群想躲也躲不掉。耿兴还没有经历过这等处境。他身不由己，大车还在像一只船那样漂动，而他束手无策，只得信马由缰，刚行至丁字街，他听到轰隆隆响声划过天空。所有的眼睛都朝天上望去。只见天上飞来两只大鸟，这两只大鸟像是铁头的。这只是瞬间的事儿，刚一看见，还没有仔细分辨，更不得思考。上空两个银色的影子，轰鸣着，呜呜风声，一下子接近了。他仰头一看，见是两个带翅膀像鸟又不是鸟的东西。

两只鸟低空飞翔，朝着大街上人群俯冲下来。接下来，还掉下来了什么。

有个声音惊叫："下蛋哩。"

另一个声音惊叫：“不是哩，是‘拉屉屉’。”

话音没落，那几个影子沉重落地，像惊雷那样炸了，整个景州城都侧歪了侧歪。那声音，几乎将耳朵震聋。紧接着，哭号和呼喊声四起。他还没有醒过味儿来，飞机就冲着人群扎下来，贴着头皮飞过去，听到嘎嘎怪响一片。这样人群就炸了窝，人叫马嘶，有哀号声也有悲鸣声。紧接着，两架飞机，就像鸟下卵似的，或者鸟拉屎似的，又丢下来几个，落地的一刻，便听到声声比响雷还响的声音。此刻，他的马受惊了，车轮碾轧人群朝前飞奔。耿兴在此刻抓紧缰绳，想勒住骡子。人群就像厚墙，把骡子挡住，把车轮卡住。他从车辕上跳下来，从人缝挤过，将马头摁着。此刻，飞机再一次折返回来，接着又是急促的嘎嘎响声。他眼看着人群中了枪弹，在他眼前倒下一片，他手中的白骡子也中了一粒子弹，血从脖子里流出。飞机一次次扑过来，又是丢炸弹又是机枪扫射。街上一片哭号，四散地逃。大街上人往两旁巷子、胡同跑，就像流水那样，一下子空了，在车前，却留下一些躺在地上的人。

往哪逃呢？也就是往屋檐下，见门就进，门洞子里，墙城根逃，或躲在城门楼子下。可下一刻，南关城门楼子，还有些房屋被炸毁了，四处都是坍塌轰响，人群也一片哀号。

此刻，耿兴再看大街，人群稀疏。那些被炸死炸伤的人倒了一地。在街中央，还有个大坑，像被啃了一口似的。

一个老妇喉咙发出喑哑之声，对着苍天呼喊，她怀里是一具血肉模糊的尸体。那里还躺着两个，一个双腿还在那里蹬弹着挣命。另一个静静地趴着，可能已经咽气。耿兴从车辕上跳下，把那个蹬弹腿的人抱到车上，他摸摸老夫人怀里的尸体，尸体还有温度，手还热乎，手腕上的脉搏不再跳动，这个人已经死了。就在此刻，他听到一个小妮子在哭，他转身跑过去，她也守着一具尸体，分明是她爹，也已经被炸死。

他看见弹坑里尘土在动，一个像泥土般的人向坑上爬。第二个，第三个，耿兴跳下去，将这些个人扶上坑。这个人失去一条左臂，那个人失去右腿，都在流血。而下面，却是无数具尸体，有些已经零散，拽出一只胳膊，又拽出一只腿。他就这样拽，一条条胳膊一条条腿。他就是拽，哪怕拽出一条活的生命，哪怕还有一口气，还有活的可能。

那一刻，全城人毫无提防之心。刚刚下过一场雨，水淹没了很多房屋和田野。大水刚退，人们到景州城来赶集。凫水来的，撑船来的，还有扎简陋木筏到景州城来的。俗话说：好死不如赖活着。活下去，往上奔，景州人别无选择。他们见识过水灾和旱灾，见怪而不怪，习以为常。就像村庄里举行葬礼，那些活着的人，还围坐在一起说笑。那些哭孝的人，在灵前做做样子尽尽孝道，转过脸来就露出笑颜。也许就是这样，人活一世，来过一遭，也算开了个玩笑，并不拿着当真。可是他们没有想到，这在这一刻，天上飞来日本侵略者的两只铁鸟。大街上，那些铁打的汉子，捂着被炸掉胳膊的伤处，随口叹了声："狗日的，玩玄的。"是啊，真玄乎，这是玩真的。

飞机飞得很低，要是踮起脚跟，跳得再高些，就能给它两脚两拳头，让它尝尝老子厉害。满喉咙吼，怎么直起嗓子喊，飞机也听不到。那爆炸声、机枪扫射声和飞机轰鸣声却留在了景州人头脑里。那种邪恶的声音却不可抹去。

就这样，大车上装满伤者，耿兴赶着大车往大车店的方向驶去，这段路太长了，大车又那么缓慢。到处都是沉闷声响。他从这一刻，便学会了赶车。

耿兴还在想：那下子，景州城这条水中大船，被炸掉半拉。从而，景州城便流传着这样歌谣。

天不怕，地不怕
就怕飞机"拉屉屉"

耿兴第一次看见这种阵势。不知哪会儿天又黑了下来，再次下起小雨。雨中的大街，他看见遍地是倒下的人，就像一场飓风刮过，玉米和高粱横七竖八地倒在那儿。此刻血还在流，有些人已经死亡，有的奄奄一息，有的虽然还能喘气，像中了魔咒似的不能动弹，鲜血往外喷涌和滴淌。街两边一顺撇倒塌，能看见后边的住宅也一片狼藉。这些房屋都在燃烧。此刻，一些人在扑火，一些人坐在尸体面前哭号。过来一队人收拾残局。带头的是高立早，大车店的大车都赶来了，开始往车上抬还能喘气的受重伤的人，然后是受了轻伤的。

耿兴叫人将伤员往他车上抬，跟着高立早把这些人拉进大车店。有些人没有挺过来，还没进大车店就断了气。那些挺过来的人都一脸痛苦，忍着疼痛。受伤的白骡，还在流血，却没有倒下，还用力拉着满满一车人往大车店走。

大车店里装不下这么多伤员，经高立早接洽，有些安置到普通人家，有些安置到寺院，有些安置到学校，有些安置到教堂。

尸体腐烂气味满街都是。

高立早跟人们一起把这些尸体掩埋。埋掉这些尸体很难。大地上水太多了，掘一锨水就冒出来，说不定掘到一个泉眼，水往外喷射，再也堵不上。

就是这样，高立早带着人，还是埋掉了尸体。

那些伤员，大都顽强地活下来了，虽然有少胳膊有缺腿的，有瞎一只眼有掉了一只耳朵的，这些都是命大的。

是啊，那是个晴朗的天空，看不见所隐藏的灾难迹象。高立早在与人们一起垛草，铡草料，绑扎牲口圈，以慈爱的目光看每一头骡子，每一匹马，每一头牛。他还将手伸到牲口头上，从头到尾地抚摩。就在此刻，他听到隐隐轰鸣声。他抬头向天空仰望，便看见那两个银白色光点，犹如两颗星星。开始，他想到这是两架飞机，并没有想到，这便是两个灾星的到来。

先是听到爆炸声，以为是雷声，强烈的震动感使人吃惊。爆炸声过后，整个大车店都侧晃了几下。那一刻，高立早身子也随着抖动了几下。他也慌了，转身朝门外走，朝爆炸的地儿寻去，他看见那些跑散的人，都被吓惊了。

高立早见迎头跑来的人仓皇逃亡。有些还捂着脑瓜儿，有的提着裤腰带，有的双手抱在胸前，扣子没系，还解裂着怀，还有穿一只鞋子的。此刻，再也分不出高低贵贱三六九等，都像亡命之徒。

每个人都空身而逃。将来时包裹、推车、货物和牲口都扔掉，独自奔命。

高立早问："怎么了?"

有一个人停下来回应，嘴咧了两咧，摇摇头，看着要哭，憋了回去，闪身跑掉了。

高立早感觉到事情的严重，景州城遇见灾难，这灾难还不小。他跑着，距灾难发生地越来越近，越来越沉寂。他跑着，在一个水洼里滑了一下，差一点儿摔倒，他扶住了墙，他摸到的墙柔软而冰冷，这堵墙是青砖墙。接下来，他所踩到的路就像棉花一般松软。仿佛一踏下去，就一块块散落。

他很蒙。当他走到丁字路口，往左一拐，便看见大街上的惨状。他被一个深坑挡住，便停止了脚步。呈现在眼前的是胳膊、手、腿、脚、头颅破碎散块。他闻到血腥。他所看到的是一个大屠宰场……

他看到坍塌的房屋，还有燃烧的房子，救火的几个影子在火光里，还有咒骂声。

这样的惊魂时刻。悲伤、恐惧，绝望、怯懦。片刻之后，他蹲下来，去观察那些倒下去的人，哪个还有口气还活着还有救。他吩咐跟随他来的人，赶来大车，先将这些伤员抬到车上，运往大车店。除了高立早和带来的十几个人，还有一帮人在忙，谁都不看对方一眼。都在寻找。他看见被炸毁房屋半边拉块的惨景。他看着遍地躺着人，有的已经死亡，有的还有口气，有的大声哭号。

他跑到了街心，看到的是遍地尸体、伤员。鬼哭神号。高立早镇静下来，他命跟随来的人，将大车店大车赶来，再令人去请医生……

全乱了，一团糟。胳膊、腿、身子、头颅，这些是谁？都血肉模糊，难以辨识。无法将那些胳膊腿和头颅组装，再安成一把椅子，或者一张桌子。也不像泥塑，照着自己的灵感重塑。一个肉体，一旦失去生命，便不可能复原。

最后，将死去的人运往城外掩埋。那些无法辨识的尸体：人的，马的、牛的、羊的、兔的、鸡的。当然，还有青蛙、蝴蝶和蜻蜓的尸体一并掩埋。

那一刻，夕阳在血一般的云彩后头，虽然不露面，却能够感知到它的悲伤，它在流泪，它的泪水是能够燃烧的血。偶尔，会透过云层，渗出血色。

之前，高立早知道灾难存在，卢沟桥事变的消息已经到达了景州城，但是没想到这么快，日本侵略者飞机就来炸景州城，真是猝不及防。

第 三 章

1．懊恼的事

高立早像往常那样，在给牲口喂料饮水。他提着一个空桶刚走到院子，见耿兴忧心忡忡地走进大车店。他眼里布满血丝，目光呆滞，缓慢朝高立早走过来，看上去他很犹豫，

“干吗？这么抽抽探探的。”高立早把水桶放下，“你这搭伙的可好，什么都不干，太阳把屁股都晒熟了才来。”

“立早哥，你说的吗话哩。”耿兴坐在水桶上，他低垂着头，“有吗活儿，你吩咐好了。”

“活儿多着哩，还用得着说，你没长眼啊！”高立早把耿兴拽起来，“快去打桶水饮马。”

“又支使人，又挖苦人。”耿兴怨气很重，“我早知道这样，就不跟你搭伙。”

高立早说：“你还不是整天净些歪心思，吗也没谱儿。”

耿兴说：“反正我怎么着都不行。”

高立早将一头驴牵到圈里，再拴到杠上。又将驴槽里添了些草料。驴将头扎进驴槽，一边伸出舌尖舔食，一边咀嚼，一边吞咽。

耿兴灰心丧气，要是这样，高立早不会给他好脸子不说，他担心的是，在高立雅眼里他是个什么人，这个他要闹清楚。他坐下来，看看自己这双脚，再看看这双手，再照照镜子看看自己这张嘴脸。他想，这是怎么一回子事儿，吃同样的盐米，喝一样的水，怎么跟高立早不一样？

他就是这样，一股子一股子的，没个准头。小心谨慎时缩手缩脚，觉得一步路都不敢走。可奓着胆子却把握不住，一放纵就出错。他的手碰到什么，什么都会毁坏。他也不知这双手有如此大的损毁性。还有他这张嘴，不只是说粗话，有时简直恶言恶语。当然，他也想做得像高立早那样文气，从不说脏话，更甭说骂街；不笑不说话，给谁打招呼谁都高兴。所以他想跟高立早在一起。

其间，他跟高立雅又有过三次谋面。

第一次，高立雅挎着个竹篮子到集市上买菜，耿兴第一次有幸这么近距离地与高立雅谋面。多年后，耿兴还记起，那一天，高立雅穿了一件蓝色夹袄，一件黑底绿条子裤。她束了一条长辫，眼前没有刘海儿，而是一个开阔的额头。离得那么近，他可以看见高立雅长脸显得瘦了一些，但面颊还是鼓鼓的，泛着红润。耿兴见到高立雅那一刻，他一下子愣住了。他就那么傻呆呆地站着，像被绳子捆绑着，脚掌楔了粗钉，一动不得动。高立雅冲他笑着，还叫了他一声“耿兴哥”，当然，他还听见高立雅说过跟他道别的话，反正不止两句，甚至更多到三句。高立雅是怎么走的，买的什么菜，花了多少钱，菜贩子占了高立雅多少便宜，他的头脑里乱糟糟一团。要不是菜贩子提醒，他肯定要在那里傻愣愣地站一辈子。菜贩子大声说：“喂，兄弟，干吗的哩？在这里挡着，我还卖菜哩。”这一刻，他感觉对自己恼羞无比，那点儿能耐都哪儿去了，不就是见了个小妮子。他撩起衬衫下摆，在脸上狠狠一抹，之后随手拧了一把，只听哗啦一声，汗水就流到地上。耿兴转身离去，他想，自己也不过是个吃菜货。他想不通，怎么见了其他那些妮子，都精神着呢，怎么见着高立雅他就这么个尿样子。

每一次他都没有防备，高立雅说不准在哪儿潜藏着。每一次他将这茬儿忘了，冷不丁地她就出现了，就像脚下不知哪儿会长出一根树茬子，或者蹦出一块石头，或者蹿出一只野猫。他被绊倒，把他摔个鼻青脸肿，说不定还摔得腿骨断胯骨错位，把他绊个趔趄是轻的。总之，他说错话，就会有个声音来纠正。当然，有时候，他估摸不透一件事物对错，所以犹豫不决。就像往一块板上钉钉子那样没有准头，小心着小心着，还是重重砸在手指头上。

第二次，他干了一件错事。初赶车时，把握不住，大车撞倒了一位老妇人。他的车行走得很慢，在大街上，那么多行人，其实他应该下来，牵着骡子走。可他就是想摆谱儿，坐在车辕上懒得动。两头骡子优哉游哉地走着。他坐在车上有些紧张，大车颤嗒颤嗒，他还装出一副自在的样子，让爷儿们看。一辆车在大街上，像一条鱼那样游动。谁知就在此刻，大车的车帮蹭着那个老妇人。她缓慢地倒下。他喝住骡子，车停在街中央。见那妇人坐起来，把着车鼓轮缓慢地站起来。他跳下车辕就训斥那个妇人，得理不让人的语气：“你怎么走路啊，长没长眼!”

那老妇人一脸愧色，一边打拍身上尘土一边哭声拉韵地说：“俺不知道，俺真不知道哩。”

他说：“你要是知道尿炕就睡在筛子哩。”此话引起一阵哄笑，那老妇人手掩着臊红的脸，低着头。他说：“你在这里拍打吗？把虱子虮子都拍了一地。还不走，在这里做吗?!”

老妇人再不拍打身上那身尘土，找了个人缝就挤出去逃了。

就是在这样的时刻，他一抬头便看见高立雅那张脸。她也站在人群里，他刚才怎么没看见呢？当他看见的一刻，她将头一扭，便在人群里一闪就消失了。那样子，仿佛在说：丢不起这人!

这下子，耿兴就觉得不对，翻过来倒过去地想，错在哪儿了？那下子，心里的草就长满了，直到胸口嗓子眼儿，卡住，憋得他上不来气。想着想着就想到了，心就扑腾一下子，接着就出了一身大汗。刚才他所说的那几句话，还在他耳朵边回荡。再听到这几句话，怎么听也觉得不对劲儿。那些话可在他嘴里说出来的，而他的嘴里又怎么说出了那样的话。

做了这样的错事不可挽回，况且又找不出任何理由给高立雅一个解释。给人家解释得着吗？所以耿兴再做起事来，就格外小心谨慎。

就是这样，还是说错话，做错事。

更糟的一次，就是他那次去买米。日本人来了以后，景州城再不比往日繁华。不像过去那样，街两边挤挤插插全都是摊贩。粮食市粜米的摆着一个个鼓鼓囊囊的布袋，布袋里装的白面、黑芝麻、糁子、棒子、米和黄豆，还有绿豆、红高粱和红豆黑豆。现在都被日本人捣鼓走了，又是买又是抢，挨家挨户搜，变着花样箱箱罐罐都翻了个遍，值点儿钱的看得上眼的都拿了去。

耿兴就找啊找，他还想，粮食市不是在这儿吗？还有棵大柳树。他记起来了，就是那天飞来两架飞机，把粮食市给炸没了，那棵大树也给炸飞了。现在街上不再那么拥挤，就是到大街上来，也像掏把火似的就走了。全都是惊慌神情，都不知飞机在哪棵树上趴着呢，下一刻就再飞回来。耿兴找不到粮食市，急得头昏脑涨。就在此刻，他看见半布袋金黄黄的小米，便把手伸进布袋抓了一把，凑到鼻子前闻闻，那米香真鲜，分明是刚从碾子上收来的。突然，一个快手妮子，上来一把抓着布袋，她说："这米我买了。"

耿兴转脸便看见这个妮子，不只是脸大，眼睛鼻子和嘴都大。这个妮子还在看着他，还用冷笑神情，耿兴说："一边去，这个也有个先来后到吧。"

这妮子说话嗓门儿真响亮，她说："你嘴干净点儿。我刚来过一次，回去拿钱了。"

她又回头还对那个粜米的娘儿们说："不是说好了我要。"那娘儿们嘴张了张也没吐半个字。

耿兴就与这妮子夺这半布袋米。都抓着布袋不松手。两个人吵了起来。这个妮子说话都是戗茬儿的，一句话将他噎个半死。耿兴抡起拳头，这妮子声音更大了，整个景州城都能听见，她说："嗬，你伸爪子做吗哩，想打人对不对？你来啊，你来啊！"

这妮子往前贴乎得很近，肩膀都蹭着耿兴的胸膛。在耿兴的拳头将要下去的那一刻，他看见高立雅再次在人群里出现。耿兴松开小米布袋，在人群里扒拉来扒拉过去，也没看见高立雅。再转眼，那妮子背起那半布袋米挤进人群，还甩了个腔说："嘛人哩。"

嘛人哩！他想，这一定是高立雅的话从这妮子嗓子里说出来的，这妮子分明跟高立雅有千丝万缕的关联。耿兴憋了一肚子火，也只好憋着，高立雅还在人群里看着他呢。所以他整了整袄领子，抻抻下摆转身悻悻离去。煮熟的鸭子却跑掉了。耿兴想，要是高立雅不出现，那米说不定就买到手了。况且那妮子像个凶神恶言恶语，一下子把他拍倒在那儿。他刚想反扑，给她来一下子，就在此刻，高立雅那张脸就出来制止他。反过来一想，真是事赶事，肯定是自己的错。不对啊？他办事不是这样。以前办什么事成什么事。他都占上岗。可如今，让一个小妮子占上岗，被一个小妮子给欺负了。他跟一个小妮子在大街上拉拉扯扯。最严重的是耿兴找不到理由辩解，觉得有理没地方说。

几天后，耿兴再次赶着大车走到大街上，便觉得自己有了驾驭本事。他坐在车辕上，挥动着鞭子。偶尔抽个响鞭，从昨天他已经找到了抽响鞭的窍门。两头骡子听见他抽响鞭的声音，也一副不在意的样子，横愣横愣地摇晃着头朝前走着，仿佛说：谁听哩，给我来这个。

2. 耿兴求亲

麦收后上午，天干热。大车店里，高立早此刻正教在人市上买来的妮子和小子识字。耿兴闷闷不乐地进了门，一屁股坐在高立早对面的椅子上。耿兴问高立早："妮子的家找着了吗？"

高立早说："找着了，都问清了。妮子九岁，家在陈村，叫陈翠林。我打听后捎口信，叫陈家来领人。迟迟没得到回音。这人家还有七个小子妮子，穷得都要饿死了。"

耿兴说："那小子家呢？"

高立早说："问了这么多次，也就知道个大概。小子六岁，他记不得姓甚名谁，更不知家在哪里。只记得家里爹死了娘改嫁了。说到姓名，我与小子商量，小子说他想姓高。所以就起了名叫高金宝。”

耿兴叹了口气：“嘛命的也有，这么小孩子，真怪可怜的。”

高立早让那俩孩子出去玩儿。

两个人就面对面坐着，不时传来陈翠林和高金宝在屋外清脆的呼喊声和大笑声。高立早说：“都缓过来了，小脸蛋也圆了。眼瞅着就长个子。”

耿兴没吭气，叹了口气，高立早便问：“又遇见吗愁事儿呢？”

耿兴故意叹气给高立早听，把话题引过来，他说：“真难哩。”

高立早到驴圈去，耿兴在他身后跟着。高立早拿起筛子筛料喂驴，他回过头来说：“什么真难哩，还有难住你耿兴的事儿？”

耿兴说：“立早哥，这事儿没法儿说。”

高立早说：“要是不说就先闷在肚子里。”

耿兴进大车店门之前，就打定主意。就是死，也要赌一把，他以为总不会这么背时气，老是倒霉，总会有翻身的那一刻，所以就低声嘟哝：别让我缓过劲儿来。

在一边站着喂驴的高立早说：“你说吗？”

耿兴低声说：“没说吗，我能说吗？”他是说，都栽到你手里了，你想怎么着就怎么着吧。

耿兴想，高立早脑瓜儿好使，所以什么都记得清、算得准。这个话题并没有持续下来，耿兴有口难说，嗓子眼儿被堵得死死的。就这样忍着挨着，半个月后，高立早扒拉算盘记账，耿兴走到高立早面前，横下心吐出实情。耿兴厚着脸皮，硬硬地提到要跟高立雅成亲。

高立早说：“你说吗，立雅会看上你？你也不尿泡尿照照自个儿。”

耿兴说：“我也知道配不上，我动了这么久的念头，总得让我试试。”

高立早说：“做你的白日春秋大梦吧。”

耿兴说：“就是白日春秋梦，也让我试试行不行？”

耿兴还没这么低三下四地求过人。他也想过，就是丢人丢得底掉也值。耿兴就那么缠磨，整整几天，高立早在哪，他都在屁股后头跟着，苦苦哀求，就像个受了天大委屈的小孩子那样：“行不行啊？立早哥，就让我试试。”

高立早说：“不行。”

耿兴说：“怎么个不行哩？立早哥，就一次，我也算死心了，立早哥。”

高立早说：“这个我可做不了主。”

高立早回头看了耿兴一眼，耿兴那样子，还真够可怜，就动了怜悯之心，他说：“好吧，试试吧，我那个妹妹，有个冲劲儿，到了儿你可别后悔。”

耿兴高兴得差一点儿跳起来，他感觉飞到了天上，走路就像踩着云彩那样柔软。又白又大的云朵，就像玉石一般，他伸出手掌就能托起一块透亮云彩拿去给高立雅。从这一刻，他再也辨识不出是在虚幻梦境中还是在现实中。

第二天上午，天空晴朗，一尘不染。太阳明亮刺眼。仰脸一看，就太阳爆出一大团光，这团光将扩展到整个天空。地上的花花草草也都闪着白色亮光，没有一丁点儿云彩。这么大个天，一个斑点都没有，就像高立雅那张脸。今天耿兴也不差。他穿上舍不得穿的短袖衫，一条蓝裤，都是新的，那股子新棉味儿和浆洗的麦子香还没散尽。他又到理发铺理了头，头发剪短，左右边和后脑勺露出白色头皮。这样一剪一理，显出头脑轮廓。不只是英俊，就是他的机灵劲儿都露了出来。那头发粗得就像根根马鬃，又黑又密。要是不剪理，再有他身板挺得正，那一步走就更显出他的沉稳。他的宽肩支撑头项，十分稳当。可是，距高家越近，他感觉脚步就越乱，身子挺得费劲儿，再也挺不直，脖颈也弯了。他头脑里自己形象是这样，可实际上一点儿也没有变，他身板还那么直，步履还那么稳。一前一后，高立早带着耿兴去见高立雅。耿兴就像踩着棉花瓤子，脚底下暄暄乎乎，他的头脑忽大忽小，空空如也，晕得厉害。这情景，比第一次赶车还悬乎。本来，他已经打算好，两条腿怎么迈，脚怎样落。怎样进高家门，怎样坐在高立雅面前，到头来却差三错四。就是这样，跟着高立早，迈第一步还信心百倍。没走几步就不是那么回子事儿。高立早在前边走，耿兴缩在高立早身后的影子里，大气都不敢喘。耿兴还有些许意识，他想，这么大个子，叮咣叮咣，这是去干吗呢？在此刻，头脑里，仿佛再不像刚才那样，耿兴想退却。片刻后，他又想，折腾了这么多天，总算到了节骨眼上，就尿了。他就横下心来，到高家高立雅面前走上这么一遭。耿兴想，再难过也要过这一关。他想到了俗话：英雄难过美人关。本来，他以为天气不错，没有风。可是，刚一上路，天就上了云彩，太阳就不见了，整条大街都黑了下来。碰到这样诡异天气，他心里敲小鼓。除了两只鸡、一条狗默默地走过大街。街上很静，谁都没有碰到。大街上闷热。飘着一缕一缕烟雾，是烧秸秆和碎叶的味道，反正没有烙饼炒鸡蛋的味儿。当然，在此刻，要是有煎咸鱼味儿，也许他头脑能清醒一下。

走到高家门前那一刻，耿兴心猛烈地跳了几下。冒了一身汗，这下子，耿兴感觉了从没有过的清醒，生出一丝恐惧，清醒还不如稀里糊涂地，那样也许胆子更大些。他听到嗡的一声，眼前一团黑，头脑和身子一下子大了五倍不止，然后化作空气那样轻飘飘，此刻要是来一阵风肯定会将他吹到爪哇国去。他整个身子软塌塌的，既像棉，又像雪。这么毒的日头一晒，就像要化作一股清水。脚也不好使，在门槛上还绊了一脚。要不是高立早扶着他，他肯定会摔倒在高家门前。那么，人就丢大了。耿兴有些泄劲儿，想转身逃掉，或者找个地儿钻进去。为时晚矣。他掩饰着恐惧，硬硬地将头脑伸进高家门。就这样硬拱，下一刻，要是过来一个手掌，来一掴子，那就揭不下来。高立早回过头来，指了指一扇门说：“去吧，可别瞎来。”

耿兴说：“立早哥，我哪敢哩。”

高立早说：“看你胆小的，你走路的样子，一脚踩不死个米羊。你的能耐哩？”

要不是高立雅，高立早哪能这么快就将他看破。他仿佛有短处在他那里，还有把柄。这样，就全露馅儿了。要是没有高立雅，恐怕这辈子高立早也不会看透他。那么，高立雅就成了他的试金石。他是怎样的人？耿兴狠狠地想，反正这一堆这一块，也顾不得那么多……这样困顿时刻，他想过，别说要怎样鬼花活，就是在那儿坐着，一声不响，高立早也能把他看个一清二楚。

耿兴也想挣踹下，浑身力气不知道哪去了，觉得整个身子都戳不住个儿。他就那样懵头懵脑，使尽全力往前走，每走一步如此艰难。他又想，要是高立雅知道他这样子，会怎么想？她要是见了他，是不是把他撵出来，还是给几句尖刻之语，让他下不来台？耿兴想制止自己不要多想，可他还是压制不住念头，瞎想个没完。

两个人进了院门，就直奔高立雅的房间。高立早觉得这事有些唐突滑稽，他迟疑了一下，停了下来，再次回头看了一眼耿兴，耿兴分明是在说：你想变卦。高立早想，要是这样进去，是不是高立雅没鼻子没脸地给他一句，他当哥的也得接着。事情到这份儿上再没有余地。俗话说，开弓没有回头箭。高立早硬生生地叩响了高立雅房门，里头高立雅问了声："谁呀？"高立早应了一声："我。"接下来门哐啷一声开了，耿兴看见高立雅那张脸，差一点儿秃噜到那里。他还是进了高立雅的房门，虽然他不知道怎么进来的。他的头都涨得眩晕。他坚持着没扶门框，也没扶墙。到如今，他还能挺立着，他觉得这是万幸。不只是耿兴，就是高立早也想不到，高立雅满面笑容地将他们迎进门。进屋后，高立早说："耿兴有句话跟你说。"转身出屋那一刻，高立早还听见高立雅搬杌子头的声音。高立早硬着头皮从屋里出来，就站在院子里，听高立雅房间里响动。他想，耿兴在妹妹屋里待不了多少时辰。高立早就站在那儿，眼瞅着日头由树梢落到山墙，接着落到山墙后头。一只鸡探头探脑走过来。他想这是假象，高立雅也许与耿兴客套几句，许是高立雅含蓄委婉，她还没给谁甩脸子，不会冷言冷语。这样就会造成假象。耿兴这行子人，不能够揣摩出她话的本意。那么高立早也觉得怪难为耿兴的：这么大身量，看他那双脚怎么迈进高立雅的屋门？时间太久了，高立早觉得有些蹊跷，心里觉得也没谱儿，不知事情将会怎样，心也扑腾腾就像往水里丢一块大石头。在院子里站着这漫长的时间里，先是高李氏拿着个线拐子走过，惊疑地看一眼高立早说："站这里干吗？"他爹高长忙也说了同样疑问的话。高立早给予回应："不干吗，站站。"高立早猜不出屋里情景，再也耐不住性子，便再次走进高立雅房间，见耿兴还像一开始那样站在那里，头垂着。高立早抬头去看妹妹高立雅，见高立雅脸蛋透红，看着耿兴，还透着笑容。就像他所想，什么都没有发生。他走过去，拍拍耿兴肩膀，耿兴差一点儿出溜到地上。高立早扶着耿兴，耿兴身子软绵绵的像喝醉了酒，满身汗水，身上衬衫都湿透了。高立早扶着耿兴往外走，出了门。

高立早说："我说不行吧。"

耿兴的头靠在高立早的肩头，闭着眼睛，就像在睡梦中那样笑着说："她说，让她想想。"

听到这句话，高立早咂摸了许久，也没有咂摸到确切滋味儿。这是耿兴的妄念，也许听错了。他简直昏了头，就是个疯子。高立早又想，还是妹妹高立雅怜悯耿兴，动了慈悲心。

后来，耿兴一遍遍回忆，他丢丑了吗？他说过错话吗？他那张脸是怎样来面对高立雅，是怎样的神态？那次与高立雅相见——

他跟高立雅谈了很多。他好像说梦话般，支配不了自己嘴巴。那张嘴也没个把门的。该说不该说，东一句西一句的。他一直在思考，怎么那会儿把不住自己的嘴呢？他说的那些话，都很奇妙，他想不到自己嘴里能吐出那些话。总之，他就像痴人说梦一般，在那里喃喃自语。婚后，她问起高立雅："那天，我说的些吗话哩？"

高立雅说："吗话，这个要问你自己。"

他说："你说说，我那天说吗了？"

高立雅说："那天你嘴像抹了油似的吧吧说个没完没了。说的都是你耿家，还有你从小到大的一些事。怎么到张家地里扒瓜，到李家枣树行子偷枣……”

他嘿嘿笑着说：“我能说那个？”

高立雅说：“是哩，你那天将所干的坏事都抖搂个遍。”

他说：“我没说啊。我真说了吗？”

高立雅说：“这个还假得了。”

耿兴觉得有些蹊跷。他总觉得那像是在做梦。就像他睡着了做一宿梦，梦醒后一个细节都记不起，就是知道做梦了。那些话，那些细节，都记不起来。他在高立雅房间里，头脑清醒，其实那是个错觉。也许是她身上固有的，就像毒蜘蛛毒蝎子毒蛇一般，能够释放毒素，使他头脑出现幻觉。一开始，他有类似感觉，就像第一次驾大车行走在景州城大街上一般。

高立雅的声音温柔又动听。他还没有听见过哪个嗓子能发出这样的优美声音。他只记住了声音，而忘记了高立雅嘴里说出的字词和那些语句的含义。他的头脑能浮现种种场景，大地上的草地和树林，大海和高山，总之高立雅的声音包罗万象，囊括所有。

不，他记起了。高立雅并没有说更多的话，她声音很低，字与字间都有很长间隔，这样，他必须在这些字里行间里奔跑，犹如他骑着一匹高头大马，在旷野驰骋。就是快马加鞭，也不可追赶，从这个字到那个字。在那一刻，他懂得了。可是过后，他想拿起笔将此记录下来，可是，一个字都记不起。这样，他便想起那句俗话：一字千金。高立雅的话，就像金子。他以为，比金子还要贵重。对他来说，金子只是一个传说。当然，他见过那些贵妇人阔小姐佩戴的首饰，都是金银珠宝所制。还有那些镶金牙的绅士，他在戏台上还看见过那些佩戴王冠的国王，上头镶着闪亮珍珠。他还见过一个阔太太手指头上佩戴镶宝石戒指。

这个他还记得清。他站着，高立雅让他坐。他看了一眼炕，又看了一眼椅子，又看了一眼三足杌子头，觉得坐哪都不合适。可是，他记不得，高立雅用几个字，哪个词组合成这句话。听上去不深不浅，不贵不贱，听到耳朵里严丝合缝，一下子灌满耳朵。

他是想记下她所有的声音，所有的话，还有她的坐姿。到了儿，她那张脸却如此模糊。还有她的坐姿，她在做什么活儿，是在缝一件衬衫，还是纺线？两种差别很大，他却混同。如此含混不清、一塌糊涂。

而他的嘴也在动，喉咙仿佛被卡住，舌头生涩，唇齿张合也很费力。

说一句话就会累出一身汗，比耪一垄地用的力气还要多。他憋着，上不来气。他巴不得跑出去，喘几口气，再回来，与高立雅交谈。

当然，要是说一个字，就要用尽全身力气，要是说一句话，性命也就搭上了。他想怎么会这样，死都不怕，他怕什么呢？他记不清自己的嘴巴吐露些什么，高立雅又说了什么。可是，他问过了：“你说行吗？”他又恰恰记住了最重要的话，高立雅说：“让我想想。”

他就站在那时，他以为就站了一分一秒，甚至还要短。就在此刻，高立早进门。上一刻，他还站在那里，下一刻，高立早扶着他往外走，他的肩膀碰了门框一下，就有了个空白。那一刻，记下的那些话和细节一下子都漏掉了。他就像个麻袋，分明装了鼓鼓囊囊，不知道下端早就不结实，门框一碰，就扯出个大口子，里头的那些哗啦都流到地上。婚后，他再次到高家，到高立雅住过的房间，耿兴再次到那个门框前，把门框打量一番，再蹲下，又是扒拉又是扑拉。高立雅问：“你找吗哩？”

耿兴说：“我记得是掉在这里了，怎么没有哩。”他还回过脸去问高立雅，“你见着了吗？”

高立雅说：“没有哩，我吗也没见。”

耿兴还记得走进高立雅房间情景。前一刻，他头脑清醒，后一刻，他便身陷迷雾。他记起那个短暂情景，就感觉到空灵。对，用空灵这个词来形容高立雅的房间，最为确切。一遍遍回忆，一进那间屋，就像是睡着了似的晕晕乎乎。不只是腿脚不听使唤，就是一双手也像捆着了似的，况且嘴巴也被一只手捂着。她床上一件还没缝好的布衫，还有一根闪闪的针，针尖锋利，那是块花布，她肯定是在为自己缝制。他的眼睛向上移，在床头，他看见一本打开的书，还有一个本子一支笔。看见这些，耿兴更感觉空灵百倍。由此他感觉有些沮丧，他觉得有些离谱儿，像高立雅这样的妮子怎么能看得上他。

高立雅说："你到底掉了吗？"

"我也有一支笔，也有一本书，有一个本子。都掉了，我还掉了一把镰刀，一把锄头，还有一个筐。"耿兴觉得自己说的话也荒唐，不着边际。他的确掉过镰刀、锄头和筐，为此还挨了爹老子耿世良痛骂，有一次还踢了他两脚，那么重，疼得他直叫，要不是娘老子耿刘氏护着拦着，他的腿就叫爹老子耿世良给踢断了。那一刻，他说过了又后悔，要是高立雅拿过书来让他读，或者让他写几个字，那一切都被戳穿。还好，高立雅没有为难他，他打心里非常感激高立雅。他接着说："你爬过景州塔吗？"

高立雅点点头说："爬过。"

耿兴说："你爬到那个大铜葫芦上去了吗？"

高立雅说："我可不敢。"

"我爬上去过。"耿兴来了兴致，他没想到，跟高立雅在一起竟然这么多话，"满景州城也就几个人爬上去过。我算一个，并且我还摸到了铜葫芦上头那个尖。在下面看着像根针，爬上去才知道，比一根檩条还要粗。你猜猜爬上去能看见吗？月亮。站在上头，能把月亮看个一清二楚。什么嫦娥啊兔子啦就在跟前晃荡。那只兔子比一匹马还要高大，那棵树就像一座高山。要我喊了一声，他们就停下来，面对我，我跟他们还拉了场呱儿。你知道离星星有多近？搬个梯子就能上去。我想上星星上看个究竟。搬着个梯子爬塔，那梯子太长，塔内膛儿小，塔梯短又窄，搬不进去。只好又借短梯子。搬是搬上去了。可是，就差那么一节，也就两寸。月亮那么低，一伸手就能摸到。这么高的梯子，愣是不行。我就没上去，急得我恨不得从上头跳下来。后来我想，也许这是建塔工匠用心。就是不让人搬长梯子，就是怕出个大胆的，登到月亮上去。所以就恰好差那么两寸。当然，还有，就是分日子、时辰，比如说，初三月亮最远，十五月亮最近。我还想借梯子。我爹训斥我一顿，要不是我娘拦着，那顿揍肯定打得不轻。邻居找来，说我把他家梯子锯坏，让我家赔梯子。可是，我还没断了念头，迟早我会爬到月亮上去。”

高立雅听得入神，甚至还插一句：“嫦娥多高?”

“跟你差不多高。”耿兴说。

耿兴想，在高立雅面前，把一辈子要说的话都说尽了。他还在不停地说，停不下，拢不上嘴。进屋之前，他想过，像那样的妮子，屋里头肯定香喷喷地呛人。像高家那么富，里头的柜子橱子桌子椅子满满当当。进了高立雅的房间，他没有闻见香味儿。他有些纳闷儿，像高立雅那样的脸蛋儿，肯定有香味儿。也许不是吐露香味儿的时候。有些花，还是个花骨朵时，就不会有香味儿。他这一辈子所见过的再没有那么明亮的屋子，全都是因为那张脸、那双眼睛和那一头乌亮头发。

屋子里只摆了一张没有抽屉的桌子，桌子上几本翻得糟烂缺边少角的书，一把梳子，一面小镜子，还有个黑色旧梳头匣子。靠墙一条长板凳，还有一个小杌子头，再就是那张小床，床上一床被子，枕头边还有一本书，书页张裂着。那些书页一抖落就散开了，就会像深秋的叶子那样落一地。还有一个本子和一支钢笔。他在其他地儿看见过这些个，都没拿着当一回事儿。如今见了，总算看出，这些都是些稀罕之物。那些物件，每个都是奇珍异宝。屋子里的物件和布局与他所见过的都不一样，他看不出哪儿不一样。他感觉这间屋子不只是亮，还很神奇。一走进来，仿佛走入一个特别境地。他就像在天上，云里雾里的。他想，就是这样的时刻，就没有控制自己身体的一种办法。他想走过去拿在手里翻翻，可是他身子就是动不了。在炕上，还有一件没缝好的衣裳，一根针和一个顶针在闪闪发光。耿兴意识到了，高立雅所穿的衣裳，都是自己缝制的。那床被子刻意地折叠放于床头，床上一块红条格蓝条格床单，他还没有见过一块床单铺得这么平。再往上看，窗子并不是太大，也是糊窗纸的棱子窗。他一直在想，那恐怕是这世上最亮堂的屋子。那一刻，虽然他的肢体不听使唤，可是他的头脑很清醒。他将什么小杌子头、桌子、小梳妆匣、小梳子一样一样端详。所有物件都很普通并没有什么异样。再就是屋里的空气，他再也找不到这么清新的空气，吸一口，他觉得整个肚腹都那么舒适。在到达这个房间之前，他满肚子话都要漾出，他要将一肚子话都倾倒在这里。

两年后，1941 年冬天，运河东岸河套之役。耿兴所在的独立团与日本土本大佐的那一仗，也没有这么艰难。他想过，能走进高立雅那个房间。这样的事儿都经着了，其他事情还有什么可怕的呢?

经过一天忙碌，点灯时分，高立早与耿兴坐在一起。在这样的时刻，堵在胸口的话，就会像一只兔子那样从喉咙蹦出来。没有外人了，现在总可以说了吧。两个人，高立早在读一本书，耿兴在拴一个绳套。

高立早说："这么说，我妹妹有意。"耿兴点点头。高立早又说："你给她灌迷魂汤了。"耿兴还是没吭气，他想我哪会那个，倒是你妹妹给我灌迷魂汤。自从第一次，在刘修三酒馆，从窗户里看见高立雅那一刻，他就中招儿了。

之前，来过很多媒婆子，给高立雅说媒，大街上都传遍，高家的门框都被挤折。大街上都听到高家门框断裂声，就会有人说：媒人到高家去了。高立雅都不愿意，高长忙和妻子高李氏劝说也不管用。他们还想，她有多高的心气儿，到头来会找怎样的主儿。好大的天下，这么多小子，就没有一个配得上她。当他们得知，高立雅跟着耿兴，都着急忙慌了。当娘的高李氏就去叫高立雅，她说："小雅，娘给你说个事儿。"

高立雅就进了高李氏的房间，坐在炕上，娘儿俩聊着聊着，就聊到了耿兴。聊到耿兴，高立雅脸上冒洇出红色，一边一块。高李氏就想到，事情已经有了结果，但她还是想试着说服高立雅。

高李氏说："耿兴那行子人，你真有意？"

高立雅说："娘，这个啊娘。"

高李氏说："耿家与高家仇口可不小，打了那么多回仗。"

高立雅说："娘，耿家没你想的那么小肚鸡肠。"

高李氏说："你个小卡杈子，知道你有主意。"高李氏往高立雅耳朵边凑了凑，她要给高立雅说一句悄悄话，她说："耿兴给你说吗了，你就答应嫁给他？"高立雅低着头，在读那本书。她已经将这本书再次装订好，一眼就看出白色的线。高李氏把高立雅手中的书夺过来丢到一边："娘给你说话哩。"那本书就像块棒子饼子似的一摔就掉末末。高立雅赶紧把书拿过来，还划拉了两下，她说："娘，做吗哩。"说着，还一边抚摩着那本书，仿佛在说：摔疼了吧。高立雅再没吱声，高李氏又说："说说的，你又不是不知道，这是耿兴发坏。"

高立雅说："他没有哩，娘，真没有。"

高李氏没想到高立雅为耿兴辩解，气得笑了一声，她说："还没有，这个娘看不出来？"过了片刻又说，"真是邪门儿。"

高李氏也觉得深不得浅不得，但她还是想说服高立雅，断了这个念头。不管说什么，高立雅只说"娘，你不知道"，或者说"娘，你甭管这个了"，又或者说"早晚你会知道"。

过后高李氏对高长忙说，这个耿兴，肯定在使坏。到了儿也没有问出，耿兴在给高立雅说了些什么。

待到高立雅出了她的房间，高长忙进来，他问："怎样？"

高李氏说："这里头肯定有鬼。"

而大街上那些嘴巴这样说，耿兴那行子人，什么样的妮子，只要让他摸着，就跑不了。这行子就这么鬼。

到头来，那一次相见，究竟耿兴说了什么话，使了怎样的损招，他不会说。而高立雅又说了怎样的话，怎样应答，没有一个人猜得出。

没有谁想象得到，那是怎样的情景。这便成了千古之谜，不可破解。

都以为是高家上当吃亏，有了耿兴，一块臭肉弄得满锅腥。高家毁锅是早晚的事儿，天也要塌下来，高家跌跟头是早晚的事儿。所以背地里都骂耿兴，都说他空长了条汉子坯，人模狗样，白披一张人皮。总之什么难听的话都往他身上安。当街这么多嘴巴，一口唾沫都会把人淹死，可是耿兴还像从前一样见了人笑着说话。所以人们说，那是假象。要是耿兴再来句好听的，就会说他“巧说”。耿兴遇见有人掉进护城河，便跳下去救，有人就说耿兴是在做样子。要是有谁摔倒在街上，耿兴上前去扶，这个摔倒的人站起来，一见是耿兴，把他推搡一边，嘴里还没有轻重地说：用你啊。就是耿兴碰见个乞丐，他给乞丐一块棒子饼子，那乞丐接过去闻闻，便随手扔在地上：真熏死人，这个能吃啊。

可是耿兴面对千人骂万人唾，他都不当一回事儿。那么多人戳脊梁骨，越是戳，耿兴脊梁就越直。当他挺直腰身，再次出来在大街上，那些眼睛都疑惑，这是他吗？一个人看走眼，不能都看走眼吧？

“哦——可算知道了，他穿了高立雅缝的褂子。”

“哦——可算知道了，他穿了高立雅做的鞋子。”

“耿兴就像个人似的坐在高立雅对面，高立雅在给他读书本上的字哩。”

“别瞎猜，人家耿兴本来就这样。”

那些眼睛，都揉搓揉搓想看个清楚，可是越揉越模糊。

也许耿兴在高立雅面前是个人，离开高立雅就不是人。可是，那些眼睛看见的，耿兴往那儿一站，都是个人。

直到后来，看瞅着，两个人在一起，那日子过得热乎。由此才看出其门道，仿佛才醒过闷儿。耿兴娶了高立雅后，那下子，就随了高家人。言谈举止和为人处世也照着高家的套路。

所以就有人干脆说：高家跟耿家咂巴咂巴是一个味儿。那么高立雅和耿兴两个人也就是一个味儿的。也就是说，一开始，耿兴是吗变的，高立雅就将耿兴看透，就早打定了主意，嫁给耿兴这行子人。而究竟是什么味儿，是香是臭，是甜是苦，那些嘴巴都说不出。

耿世良知道耿兴到高家求亲，便把耿兴堵在家里，企图说服耿兴，打消与高家成亲的念头。那日，耿世良把耿兴叫到东屋，拉开架势。他坐在床上，耿兴站在屋子中央。经过一番盘问，耿世良火气越来越大。他说："真没想到，这么大个人，干这丢人现眼的事。原来在这里等着哩，高家没安好心，跟你拉拉扯扯就是想这个啊？他高家妮子嫁不出去了，这么贱腥气。你也贱啊？高家妮子就是个花瓶，哪个不比他高家妮子强？李俊花那妮子，还给你做了一双新鞋。那妮子怎么不好？里头外头都能挡一气。还有张家丽春也看着你行，给你做了布衫。你瞧瞧，哪个妮子不比高家妮子顺眼？"

耿兴说："爹，我跟李俊花和张丽春可没那个心。"

耿世良说："没那心，你吗心哩，你干吗跟人家妮子连连？"

耿兴说："爹，我没连连，都是她们追着我不放。"

耿世良说："你以为你是谁？这么块料，还追着不放？"

耿兴说："你，你真不知道哩。"

耿世良说："我不知道吗？就你知道。我就是做梦，也梦不到这个。怎么想也轮不到他高家妮子，那么个花瓶，那么个摆设。"

耿兴说："爹，你听我说。"

耿世良说："说个屁，我可给你说了，你要是真娶了高家妮子，就别进耿家的门。"

耿兴嘴里嘟哝："不进就不进。"

…………

不可阻挡事物发生，耿兴与高立雅成亲，就在大车店，简单仪式，就是高家高长忙、高立早、高立仁与高立雅和耿兴吃了顿饭。耿家人毛没蹦，还传过话来说：再不认耿兴小子，高立雅别想进耿家门，将来也不能进耿家祖坟。

高李氏抻抻高立雅下摆说："我说吧，耿家那行子人。"

高立雅汪着泪说："娘，快别说了。"

3. 失陷之地

大街上到处是砖头瓦块。西关的城门楼子被炸毁，城墙也炸得半边拉块，不成个样子。

景州城居民大都躲到城外逃难。街两边的铺子都关闭了，街上只有几个日本兵在哇啦哇啦地大声说笑，他们一副得意样子。半个月后，平静下来，景州城在日本人的奴役下，没有阳光，树上的叶子焦黄，雀鸟很少，虫子也很少。烟雾笼罩，空气布满尘埃，呛得人透不了一口气。

城头竖起侵略者日本的国旗。街头日本人四处散布："博爱""大东亚共荣"等，可是见谁不顺眼，说不准就给一枪，或者挑一刺刀。就是这样的境地，还要活下去。铺子的门悄没声儿地开了，都探头探脑，试探着将门打开。街上人也渐渐多了。要活下去。没有风，大气都不敢喘。走动踮脚尖，恐怕闹出动静。

黑暗中，一切失去光色。街两边的铺子里空落落的，所有菜摊上茄子、黄瓜都蔫不唧。况且都是些小老疙瘩，就像小茄子纽小黄瓜纽。面都发不开，那些饭馆里包子馒头和棒子饼子都像是死面的。蒸熟了，就像石头蛋子。就是这样，也得啃也得吞咽下去。炒的熬的菜都生生愣愣。油条像牛筋一样咬不动，豆浆一股子淡气……那些宅院所冒出的都是黑烟，黑色烟气还窜满屋舍和院子。所有的墙都被熏黑。柴火都没有火叶儿，还吱吱响，那一烧好像受了天大委屈。燃烧起来不只是烟大，还吱吱咛咛带着怨气。整座城呈现出黑色，烟熏火燎，就像一块木炭。那些走在大街上的人，都是愁苦悲伤模样。

这个早晨，下着小雨。南墙根的羊一声接一声叫，猪圈里的猪也吱吱呀呀叫，让人心慌。而兔子却一声不响。一头骡子和一头牛没叫，一头驴拉一上午磨，高李氏提了木桶喂猪，给羊抱些草，给鸡撒了把棒子粒。然后放下桌子吃饭。吃饭桌上坐着高长忙、高立仁、高立雅、高李氏，和半夜从外面悄悄回来的高立明。

高立仁坐在饭桌前，对着一碗粥，高李氏说：“快喝吧，就要凉了。”高立仁伸手去端碗，碗还没离开桌子又放下，仿佛他记起了什么。高李氏对此惊恐，她还没有见过高立仁如此神情，脸上疑云密布，两眼发痴。高李氏满腹恐惧，唯恐高立仁生大病。

高李氏说：“三儿，有吗事儿？你说，让当娘的帮你。”

高立仁摇摇头。高李氏心咯噔一下，那是件重大事件，谁也帮不了他，除非他高立仁自己去了结。到过午，高立仁仿佛思考完毕，已经有了答案。他缓慢地走到高李氏身边。高李氏正坐在织机上织布，织机发出沉闷哐当声。她停下来，一手拿梭，一手扶着织缯，在那里等着，高立仁说：“娘，我要去当兵。”

高李氏说：“就凭你，整天呼呼喘，你背得动枪吗？”

高立仁说：“娘，让我去吧，我去了病会好。”

高李氏说：“哪有这事儿，你这是找死哩，不行。”

高立仁说：“你不答应我也去，就这么定了。”

高李氏说：“你二哥去当兵，你大哥又老是往外跑。”

高立仁说：“我就是想跟二哥去哩。”

高李氏说：“你跟你爹说，你爹要应了你，我吗话也不说了。”

高长忙咬了一口棒子饼子，慢慢咀嚼。高立仁转过脸去看高长忙，嘴里嘟哝着说：“我不去不行。”

就在此刻，高长忙开口了，他说：“爹也不是不叫你去，等等再看，别着慌，心急吃不着热豆腐。”

高立仁说：“爹，都到吗时候了，等吗哩？”

高李氏说：“你爹让你等就等，听你爹的。”

高立明只是低头吃饭，没说话。

高立仁没咬半口饼子，也没喝口粥，高李氏让他吃，把碗端给他，高立仁说：“我不饿，肚子满满的，都到嗓子眼儿了。”

高李氏说：“就凭这个，你就别给我去。”

高立仁再没吭声。接下来，收拾桌子洗碗的空当，高立仁到院子里，凑到高立明身边，他说：“二哥，带我去吧。”

高立明说：“真想去?”

高立仁点点头。

高立明说：“行啊。”

这下子，高立仁觉得一下子松开了，满满的肚子吭哧一下子瘪了，接下来咕咕叫，便跑回屋，此刻高立雅在洗碗，他在篮子拿了块饼子，咬了一大口。高立雅说：“不能吃凉的，会生病。”

高立仁说：“还热乎哩。”

高立雅拿过去，在灶前点了火，给高立仁烤得煳焦，塞给高立仁。火烤的饼子很热，高立仁从这只手捯到那只手，啃了口，他说：“姐，真香。”

棒子饼子只软软一层，想掰开，出溜一层皮下来，高立仁放进嘴里一咬，里头还是凉的。高立雅接过去再烤，烤热后递给他，他啃一层烫嘴焦煳皮，高立雅再烤。就这样烤烤啃啃，啃啃烤烤，之后，他将那块冰凉硬邦邦的棒子饼子核塞进嘴里嚼碎，吞进肚子。打了饱嗝，他冲高立雅笑着舒了口长气。

高立雅说：“喝碗粥吧，我给你热热。”

高立仁说：“不哩，有这个饼子就行。”

高立仁又蹦又跳，嘴里哼着小调。一会儿跑到高李氏面前，一会儿跑到高长忙面前，一会儿跑到高立雅面前。高家人大眼瞪小眼，小三这是怎么啦?高立仁高兴过劲儿，撒了半天欢，那一夜无梦，睡了个囫囵觉，就睡过去了。他起来，太阳已经出来了。披了衬衫，蹬了裤子鞋，也没系扣子，裂着怀跑到高立明睡的房间，见炕上空了，只剩张席子，上头被褥衣物什么都没有。那下子，高立仁就慌了，问家里人，都说不知道，他便往大街上跑。高家人不系扣子，裂着怀，露着胸脯跑在大街上，这还算头一次。那么高个子，细得像根麻秆。

“三少爷，做吗哩？”

“找俺二哥，你见着他了吧？”

他的衬衣在身后飘摇，就像旗杆上的旗子。况且又是高家最斯文的一个，况且还是那个病秧子，这回叫景州城老少爷儿们都开了眼。高立仁问过一个又一个人，有人告诉他，那八路军的队伍在城外打了一仗，黎明前就开走了。高立仁万念俱灰，他对二哥高立明恼恨。他那脾气，真想一头撞到墙上，那一刻，说真的，死的念头在他头脑里转了那么几遭。但他控制住自己，冷静下来。往回走，便遇见耿兴赶着一辆马车走过。耿兴亲热地跟他打招呼，还让他上了车。高家跟耿家干过七次架，大都是高立明带头，高立仁谋划，耿兴不会不知。可是到头来耿兴跟高立早又掺和到一起开大车店。

高立仁恍恍惚惚地坐在车帮上，耿兴说：“下来，别把你颠下来。”高立仁也没吱声。耿兴说：“看着你心里有事儿，这回遇见大事了吧？别为难，没有过不去的坎儿。”

高立仁坐着耿兴赶的大车，稀里糊涂到了大车店。他头回来到大车店，还真是那么回事儿。临街大屋子有炉灶，是烧水用的，还给客人做菜，或者烩棒子饼子。在一边有四张桌子，客人还坐在那里喝茶。在此刻坐了十来个人，都在谈论着日本侵略者炸景州城的事件。听到此，勾起高立仁心思，他便一屁股坐在一张空着茶桌前，胳膊肘支着头，在那里发茶。耿兴坐过来再三追问，高立仁才说出自己的苦衷。耿兴听罢哈哈大笑：“这个啊，就这个啊！”接着耿兴说，他也要去参军。

高立仁说：“你舍得大车店？”

“舍得，不就是个大车店。”

“还有你的马。”

“带着不就行了。”

接下来，便就有了以下情节：耿兴带着他的小舅子一起去参军。就是这样，耿兴当排长，高立仁就当副排长，耿兴当营长，高立仁当营副，耿兴当团长，高立仁便成了参谋、军师。

高立仁走后，高李氏坐立不安，吃不下睡不着，就那么分秒苦熬。高李氏还是听到消息，高立仁跟着耿兴走的。

高李氏说："准是立雅干的，他俩合伙欺负人。"

高长忙说："对，是她。"

高李氏说："这个小死老婆子，这可把我害了。"

高李氏又气又恼恨。这一天，她让高长忙把高立雅从大车店叫回来。高立雅一看她爹那张脸，就知道事情败露，她还得硬挺着脖颈面对。她跟在高长忙身后，走到高李氏面前。那下子，天阴得太厚，不知打多响的雷，下多大雨，高立雅心里没底。她进屋，高长忙偎坐于炕沿，高立雅就站在屋子中央，那情景，比审贼的还要厉害。高立雅头皮上刺了无数根针，还一个劲攮，越攮越深。头皮一乍一乍，汗一下子就下来了。高立雅坚持站在那里。喝一碗热粥工夫，娘老子高李氏张嘴了，她说："你做了吗你知道吧？"

高立雅说："娘，我没做吗呀。"

"你以为瞒得了我。"高李氏说着，把炕上针线簸箩、枕头、没纳好的鞋底子等一股脑儿往高立雅头上摔，"我叫你——我叫你——我叫你——"

高立雅虽然发毛，却沉下来，冷静再冷静，一字一板地说："娘，出了吗事儿哩，生这么大气？"

又过了片刻，高李氏说："你还装。说说吧，三儿去当兵，是不是你两口子撺掇的？"

高立雅说："娘，像三儿那样的，就是神仙老子也撺掇不了。"

高李氏眼泪吧嗒掉在炕席上，她抽泣着说："这是要娘的命哩。"

高立雅坐过去，伸过手放到高李氏背上抚摩，她说："娘，我给你说。”

高李氏带着哭声说：“都到这一步，还说吗哩？”

高立雅说：“娘，这也不见得是坏事儿。”

高李氏说：“你说这是吗事儿，这是叫他送死。”

“娘，你想想，从生下来，三儿就生病，也没得着个好。你没见，他当了兵喜得又蹿又蹦，像没病似的，身子也壮实多了。”高立雅坐在高李氏对面，去摸高李氏的手，“娘，他有这个心愿，就满足他吧。”

高李氏把手抽掉，还回手重重地打在高立雅手上，她说：“那可是命啊，你说得轻巧。”

高立雅说：“娘，这个我哪能不知道。你没看见，那几天三儿转来转去，没着没落，让人看了心疼。他是来找过我，我让他去找耿兴。我想耿兴不会同意，让他死了心。我没想到，耿兴满嘴答应了他。我也埋怨过耿兴。事后我想，这样也好，有耿兴照顾他。你没看见，临行前他是多么快乐，从生下来就没有过。娘，你不愿意他干自己喜欢干的事儿吗？”

高李氏说：“这是在捉弄他。他这么个病身子，别说打仗，一阵风就被吹跑了。”

高立雅说：“娘，你想想，三儿的病好好犯犯，整天喝苦药汤子。病重了轻了的多让人担心，好的时候不多。我想他也是憋屈烦闷，让他欢快些也许身子会壮了。”

“还甭说，妮儿说的是。”高长忙凑过来笑着说，“这一走，气力把病压下去，三儿身子也就壮实了。”

“你个小死老婆子，要是不叫你，你还不给当娘的说。你怎么就不跟我通个气，我一点儿提防都没有。”高李氏在高立雅手背上狠狠拧了一把，又叹了口气。

高长忙说：“别老是挠扯妮子，三儿要是想走，谁能拉得住？还好，有耿兴这个伴儿。”

“管不了，谁也管不了。”高李氏说，“还是听命吧。”

高立明和高立仁离去，高立早又在十里八乡教书，高家也就留下妮子高立雅。高长忙、高李氏和高立雅除了担忧高立仁，还担忧会有一张嘴巴，将高家两兄弟当兵之事说给日本人，高家就会遭殃。

高立雅除了料理大车店和七挂大车（其他大车和骡马让高立早、高立仁和耿兴带走，剩下的七头牲畜老的老、病的病）。一天，来了一群日本士兵，将所有的牛驴都牵走，没几天，就将这些驴牛宰杀。

这样，高立雅再不去大车店，在家干什么也踏不下心。她为耿兴和高立仁担忧。她每天坐在爹娘老子跟前，陪爹娘老子。三个人都沉默无声，半天也不说一句话。

冬天深夜，枪声和炸弹声惊醒熟睡的人。就是那个深夜，枪声响了一夜。那是一次夺城之战。黑夜里一团亮云飘在景州城上空。骡马蹄声给景州人带来希望。

“听见了吧？昨夜枪声。”

“过马队哩。”

“知道吧，是耿兴打回来了。”

“没错，就是那小子。”

“那个骑马的晃杆是高家三少爷。”

“那小子壮实了，他的病好了。”

高立仁回家来探看爹娘老子，胯下那匹枣红大马，是高家最肥壮的马匹。

高立仁在门框前低头，钻进屋里，见到高长忙和高李氏。

高长忙已经睡了，高立仁回来，他睁开眼睛，露出笑容。高李氏伸手摸摸高立仁脸蛋儿，她笑着说：“三儿，坐娘这儿，让娘看看。你脸上有肉了，手心也热乎了。”又摸了摸胳膊腿，“胳膊腿都硬邦邦。”

高立仁嘿嘿笑着说：“娘，刺痒。娘，刺痒。”

高李氏笑着说：“还知道个刺痒。”

高长忙笑着说：“这小子黑了，是个壮实样儿。”

高李氏说："让娘听听。"她贴到高立仁胸膛，片刻后，抚摩着高立仁的胸膛，"不呼啦了，鸡胸脯没了，胸膛上也有肉了，一张白脸变成黑脸了。"

高李氏摸遍高立仁，他身上有七处伤疤。

高李氏说："这是吗呀？"

高立仁说："不小心树上挂的。"

高李氏说："树挂一下留这么大疤。"

高长忙嘴上说："好好干，别给高家丢脸。"但他暗暗地说：三儿，有种。

高李氏说："要这样，吃了多少苦哩。"

高立仁说："娘，没哩。"

高李氏嘟哝个不休，还是请神保佑，她磕一万个头给一万个神。还真灵验，她的虔诚心得到回应。磕一万个头，燃一炷香，烧一万张纸。解开吧，砸碎吧，疾病绳索，穷困枷锁，日本侵略者的奴役。众神显灵，高立仁得到拯救。

耿兴在高立仁进门那天下午来到高家。他是来接高立雅的，也要把高长忙和高李氏带走。且说，他已经将他爹娘老子转移到安全之处。高李氏却说："我不走，就是死，也死在这间屋里。"

高立仁也说："娘，日本人就要反扑，要是他们知道实情，那你们就遭难了。"

高李氏说："那我也不走。"

高立仁抹着泪水告别爹娘老子，三步一回头，在迈出大门槛一刻，还回头说："可要小心。"

4. 刘氏酒馆

那是刘修三最艰难的时刻，生意老是亏本，酒馆客人稀少，杂货铺掌柜伙计卷着铺盖逃了，老是散发出一股子臭肉气味儿，还有酸泔水味儿。刘修三所做的，就是要清除掉这些气息。他在酒馆里找遍了，闻闻这个，嗅嗅那个，没有啊，哪来的臭味儿？这分明是老天爷想毁他刘修三。接下来便是日本飞机袭击景州城。还好，他的酒馆和杂货铺根毫没动。接下来，日本人攻占景州城。

刘修三非常恐惧，把酒馆和杂货铺的门关闭，倒在家里。

本来这个家已经富裕，也都有了嬉笑模样。这下子，又回到从前了。一家人在吃饭桌上，又吵又叫，让刘修三不得安生。

突然，一天，一个人影进门来，还带着几个随从。刘修三正躺在炕上蒙着被子躲在里头。就在此刻，他听到有人进屋，被子撩开了。刘修三便认出这张脸，赶紧从炕上爬起来，蹬上鞋子，他的手在炕上划拉几把也没摸到帽子。但他脸上必须带笑，还必须有一句亲切问候：“崔县长，是你啊。”

这便是崔成。此刻，他已是景县县长，说：“这不是，小野大佐要到刘家酒馆吃饭。”

刘修三咧着嘴说：“酒馆停业了。”

崔成说：“人是活的，不能让尿憋死，对吧？”

刘修三想了一下说：“也是。”

刘修三答应崔成县长，三日后开张。崔成县长一进他的门，他想，这也许是个好兆头，怪不得今天早晨两只喜鹊在枣树上喳喳吵闹，这不就有了答案。

好一通忙活，刘修三去叫回那些家在景州城的伙计，让伙计们叫回做饭的大厨子。酒馆的门再次开启，里头尘土厚厚一层。他站在屋子里对伙计指指点点，没想到尘埃扑了他一身，鼻子眼睛全是尘埃。他被尘埃撵到大街上。他一边吐一边打喷嚏一边揉眼睛，叫伙计又是擦又是泼水，他就是要将尘埃压下去。直到伙计将桌几和玻璃擦得亮光光。地上砌的砖都露出了模样，才甘休。伙计打扫酒馆，弄得整条街全都是尘埃。大街雾霾缭绕，也有不知轻重的钻进去，就再也找不见道，直到尘埃落定才走出迷雾。还叫来木作，修桌子和门窗。整整三天，从黎明直忙活到傍晚掌灯时分，连个放屁的空都没有，就这样，椅子板凳都能坐人，房屋门窗也能开合，锅灶也修好，食料也都备齐，就这样，草率开张。照着崔成吩咐，酒馆里多点了灯盏蜡烛，门前还挂上了红灯笼。

刘修三说，行了，就这样吧。

刘修三硬着头皮，他心里没底，就像牵线木偶被人戏耍，不得已而为之，不知将有什么事件发生。他也横下心来，往最坏里打算，反正就这一杵子买卖。

还没到饭时，那些食客一帮帮簇拥着有说有笑地走进来。

来的人，刘修三有些认识，打了招呼。这些人都等在外头谈笑，刘修三让他们进来也不进。那些嘴巴所说的，千年黑万年白那些说滥的事物。他想，这些人是来瞧热闹的。本来刘修三只打算应承日本人，可崔成说，小野大佐说要与民同乐，让刘修三正常营业。

先是来了十多个士兵，在门两边站立，手持长枪，如临大敌。刘修三深知，跑了和尚跑不了庙，也就由着去。他就那样，晕晕乎乎、趔趔趄趄、晃晃荡荡不歇脚地忙来忙去。他想，要是这样再赚不到钱，那才算是苦命。他这么干，就是想赌一把，以性命，还有他全部家当。要是这样还不行，那就是自己时运不好，就活该。

直到傍晚，小野大佐骑着一匹高头大马到来。小野大佐穿一身军衣，腰佩军刀，还挎一支手枪。在马上，看着个子不矬，小野下马，仰头跟众人打招呼，才看出是个矬子。看到枪，刘修三的魂都要吓掉了，可还得振作精神，赔着笑脸。小野大佐却也冲他笑笑，还点点头。他想，日本人也是人，也懂得礼节。这下子心松开了些。这会儿，这些堆在门外的人，才敢进门。都一副诚惶诚恐的神色，那架势真难拿。小野进了屋，余下的人一拥而人，等他再看，全都像神啊似的各归其位。除了小野和十几个日本士兵，其余乃景州社会上层，都是些有头有脸的人。一脸横肉难惹的爷儿们，还有些穿绫罗绸缎、涂脂抹粉的妇人。

刘修三还买了顶新帽子，换了新大褂和新鞋子，用光他身上最后一分钱。这样，他总算能站在那个显眼位置，在门前，低头哈腰，赔着笑脸，不停地揩抹脸上冒出的汗水。

这下子，酒馆里桌都坐满了，伙计不得不到四邻去借椅子、杌子头和板凳。这些人才勉强坐下，人挨人，双手都要往前伸，一桌子胳膊和手，显得桌子都小了许多。

只有小野大佐那个桌最松快，能坐八个人，却只坐了六个。崔成就与小野大佐坐在一起，还跟小野大佐用日本话交谈。到此刻，才听桌上人嘁嘁喳喳说崔成到日本国留过学，会一口流利日本语。崔成这行子不显山露水，到如今才略知他的本事。再说，他可是手眼通天的人。眼下，能跟小野搭上话的人也就是崔成。所以刘修三对崔成也毕恭毕敬。

接下来，都动筷子，推杯换盏。酒过三巡，肚子里有酒，便吵吵嚷嚷、大喊大叫，别有一番热闹。刘修三看得出，小野是景州城的统治者，而崔成，只不过是个傀儡县长，说穿了，也是日本人奴隶，还比不上日本人一条狗、一头骡子。他想，现在闷葫芦打开：还是那个瓢那个籽儿，都没变。

在这样荒唐滑稽的场景中，刘修三就摆在那儿现世，大街上走过的人都看见，刘修三丑儿换胎，猴模作调，犹如戏台上丑角，一通锣鼓敲击之后蹿上场。

酒馆里那些人一坐到桌前，那吃相，就像一群鸡在抢食刚撒下的一把米，嘴里还咯咯得意地叫着。

快到半夜，小野大佐在众人簇拥下，斜歪着身子走出酒馆。崔县长对刘修三悄悄说，大佐吃得很满意，以后刘家酒馆就是他们的定点饭馆了。

刘修三一下子就嵌入了。他感觉自己像一只鸡那样，让人抹了脖子，再丢到滚烫的水里，再将毛薅个干净，就露出赤条条白的色。没有半点儿掩饰。这还不算完，还要开膛破肚，将内脏揪出。将血和油脂洗净。放到菜墩上，一把刀剁来剁去，剁成碎块。将油烧热，抓一把糖放到锅里炒糖色。直到锅里冒烟，散发出焦糖气息，将切碎鸡块倾倒进锅里，便听到嗞嗞啦啦响动。经过一番翻炒，白色鸡块变成焦煳色，再加上水和作料，盖上锅。之后，便是一锅香喷喷黄焖鸡。或者，又像一只在旷野上嬉戏的兔子。满眼全都是绿叶和鲜花美景，它感觉不到潜藏危机，不远处猎人枪口已经瞄准了它，一声枪响，霰弹便射向它。有几粒霰弹击中了它。它转身而逃，就在此刻，一个影子飞了过来，这是一只鹰。它在这种阴影下飞逃，怎么也逃不过一只鹰。鹰扑了过来，利爪抓透了它的皮，将它死死抓着飞向高空，再落下，上前献给猎人。猎人得到兔子，在兔子身上割了块肉，丢给鹰，算是对鹰的奖赏。猎人捆起兔子后腿，拴到枪头，沿着一条小路前行。那只鹰在猎人肩上。兔子在枪上晃来晃去。在它的意识里，它还在跑，跑得那样快，没有谁可以追上。猎人回家，在院子里，它眼瞅着，将它的头上皮毛割破一道口子。它还听到刀子划破皮毛嗞嗞啦啦声。接下来，猎人捏紧头皮皮毛，用力撕扯，只听一声巨响，便开裂了。就像一个闪电，一声响雷，甚至还要响一千倍。它闭上眼睛，忍着刺耳巨响，有些晕，很痛，昏了过去。当它再睁开眼睛，便看见它的皮被几个钉子钉在墙上，四肢和头部各钉了一枚钉子。那仿佛是它的灵魂，趴在墙上，舒展开来。它紧盯着自己皮毛，没想到这么漂亮光洁。只见猎人手持一把刀子走了过来，给它开膛破肚。还剁下它的腿脚，扔给鹰。之后它被丢进清水里洗涮，再丢进一个热锅里。此刻，它还感觉到锅里的水温在加热，它的意识还在挣扎，可是身子再也不能动。之后，水里加各种香料，它忍受不了这些香料，便闭上眼睛。再睁开眼睛，便被放进餐盘里，摆到桌子上。它还看见周遭贪婪的眼睛和一边谈笑一边流口水的嘴巴。就是这样，它也要逃。接下来，盘中兔子跃起，腾空而飞。它飞得那样自在，那些惊恐的眼睛失落，刚拿起筷子，还没夹上一箸，煮熟的兔子逃了。那些食客，听到来自空中兔子的笑声，笑得那样欢快……那些天，刘修三就是做这样的梦，他一直在这样的梦境里。

这天，照例是小野大佐来酒馆的日子。

刘修三注意到，在酒馆东墙的角落有两张桌子，有那么几个人，不紧不慢地吃着。也端酒杯，却听不见喝酒吃菜声，悄没声儿的。刘修三心咯噔一下子。那一伙人有些面熟，是谁哩？好像在哪儿见过。太乱了，头脑也乱，一时半会儿也想不起。再说这么忙乱，谁还顾得了想那么多。刘修三盘算着，一桌子菜多少钱，算上酒钱，合计起来，那可是一笔不小的收入。只是这天晚上这个宴会，让刘修三觉得心里没底。

刘家酒窖里满满当当的酒，跑堂伙计一个劲儿地搬，上气不接下气。

就喝酒那架势，就像将一头病牛牵过来，用力拉缰绳，将脸朝上拧，将头靠在一个木桩上。嘴张开，塞进一个漏斗状器物，往里头灌草药。喉咙里发出咕咚声，相伴呜咽悲鸣，被呛得喘不过气，还是一个劲儿灌。

这场宴会，酒馆浓浓的酒气飘得满街都是，整个景州城都是一股子酒气。正在此时，忽然听闻啪的一声，就像猛劲儿摔盘子声，那么瓷实。非常寂静的一刻，就是掉一根针都听得见。那么一瞬，就像断了弦的二胡。接下来就炸了窝，就像无头苍蝇那样，嗡的一声四散而逃。接下来门外枪声四起，还有手榴弹爆炸声。那下子，宴会上所有的人都蒙圈了。

下一刻，便都开始逃命。就像一股烟从门窗冒出。就像《西游记》里的情节似的，这群大魔小妖化作一股烟一阵风就逃掉了。刹那间，满屋子都没人了。桌翻椅子歪，横七竖八，火药味犹在。万幸，没留下一具尸体。就这样，想想怪瘆人，头皮直发麻，一身身冷汗不断地出。就是这样，刘家酒馆还怎么开，凶恶之地，谁还敢来。

一颗手榴弹在小野大佐桌上爆炸。就是这个宴会，让小野失去了左臂。从那天起，景州城便成了一座魔窟。

刘修三被带到日本军营，几个日本兵拿棍子打，拿鞭子抽。刘修三喊冤叫屈没用，他的嘴再也不好使。一番折腾，刘修三就昏死过去。这是老天爷算计他刘修三，这样他一万年也翻不了身。小野大佐还令人将他押进大狱，坐了七天牢，审了又审，还动了刑，刘修三一次次回想那个晚上的情景，他恍然想到，酒桌上那几个人，其中有一个像高立仁，再就是西关李家和陈家、南关赵家的几个小子。他当时不能确认，高立仁是个白脸，那可是黑脸。谁都知道，高立仁是个“晃杆”和“鸡胸”。那天在黑灯影里，他要是仔细看一眼，端过灯来照一照就明了。可是他没有那么做，便出了这么大的祸端。当崔成来大狱里看刘修三，他便说出了他的疑惑，崔成不动声色。半个月后，崔成出面保释刘修三，让他走出了大牢。

刘修三回到家，才想到，在那样的情景里很容易出错。在他没有防备的一刻，给他最致命一击。就像西关那群妮子，那一场揍，到今天还揭不下来，留这么多疤。头发很难复原到从前。老是想挠，一挠疮疙疤就掉下来，就流血流脓。

是日，刘修三刚能下炕，崔成差人去叫刘修三到酒馆。刘修三硬着头皮到酒馆，他的腿脚疼，他克制着，还是瘸。刘修三来到酒馆，拿出钥匙开门。屋里头还是那天情景，隐隐透出一股子陈腐酒菜气、火药气。刘修三硬着头皮走进去，将一把椅子放正，坐到上边。此刻，他看见大街上行人都往里瞧，一副惊异神色，看到刘修三坐在里头，便扭头离开。

不一会儿，崔成带几个随从来了。一进门，便哈哈笑着跟刘修三打招呼。刘修三听到崔成的笑声，肉皮一下子紧了。崔成说：“老哥，受惊了。”崔成放正了一把椅子，在上头坐下，便提到让刘修三把酒馆开下去。

刘修三说："不开哩，打死也不开，真要血命。"

崔成说："别怕，有我哩，我给你撑腰。从今起，你要带头让景州城兴旺起来。这可是好事儿。小野大佐说你检举有功，以后皇军宴席还设在这里，有你的大钱赚。"

"他们还敢来？"刘修三说，"我可不赚这个钱哩。"

崔成笑了笑，"是啊，也难怪，他们不该给你动刑。再说给你动得又不重，那是皇军赏你的脸面。"过了片刻，崔成又说，"给脸都不要，是不想好哩。"又沉了片刻，"快些吧，修修整整，重打锣鼓另开戏。"

"还不重，我都掉了几层皮。"刘修三咧嘴说，"我没钱。把钱花光了。"

崔成哈哈笑道："瞧你个小气劲儿。"说着，将一个布袋递给他，刘修三打开一看，满满一袋子钱。崔成又说："这个够了吧？"

刘修三的嘴再也抿不上，他说："够哩，够哩。"

就像俗话所说：打哭了，哄乐了。

刘修三有了钱，便雇了木作和泥瓦匠，将酒馆修饰一新。墙上刷石灰粉，门窗上红色油漆。重敲锣另开戏，刘修三不得已才这么做。酒馆就渐渐人多起来，就缓过了劲儿。

刘修三一愣神，心就跳，老觉得有件事儿，可怎么想也想不起来。可是猛然间，那一夜，高立仁的脸又一次在眼前出现了，他怦然心动。他想，不会呀，他又没得罪高立仁？由高立仁想到高立雅，由高立雅想到耿兴。再往下，越想越怕。他想抹掉这些影子，想除掉这些祸患。

景州爷儿们都知道，刘修三发财了。也许老天爷就是让他受这份罪，担惊受怕，磕磕绊绊这么多天，大难之后必有后福。

刘修三酒馆再次兴盛。

从这天起，他悟到了赚钱诀窍。横下心赚钱，将人分出三六九等，高低贵贱，他眼睛转向大街，将那些过往的人一一分门别类。这样也好有个眉眼高低，便见人下菜碟。

而那天晚上，刘修三的确没有看错，坐在桌子一角的那张黑脸，就是高立仁。可是分明一张白脸怎就成了一张黑脸了呢？

刘修三一再回想，是高家小三，没错。他将事物拼凑在一起，有两张桌子，坐着高立仁等一共九个人，全都是八路军。

耿兴与高立仁里应外合，那一晚，景州城枪声四起。过后景州人才得知，日本宪兵队吃了亏，有四个人被击毙，丢了二十多杆枪，还有一大车弹药。

刘修三从日本人的大牢里出来，他已经死过一次，还有什么可怕。他想过，要是有贼胆就能发贼财。他就是顶破头皮也要钻进去，发财给景州爷儿们瞧瞧。

刘修三渐渐地赚了些钱，就缓过劲儿来。又开了一座酒楼。钱越赚越多，他还开了景州城最大的铺子。

就像神话里传说的一样，水里有个精魎，每到节气，就要吃一对童男童女。要不然就兴风作浪，将这一地域淹没。那样的黑夜，景州城成为鬼城。大妮子小媳妇都不敢出门。不是张家媳妇失踪，就是李家妮子走失。时间久了，有传言，小野大佐每隔十天半月，就要一个女人陪他。大凡去了小野住处，有的再也见不到，有的被折磨个半死。为了讨好小野大佐，刘修三便将西关妮子媳妇一一透露给日本人。西关的女人逃的逃，躲的躲。

刘修三闲来无事，也想要些事干。最多三个月，他就纳一次妾，举行一次婚礼。他这样做，就是想找回被猎人和屠夫拔掉的毛，被扒下的皮。就是这样，刘修三愣神间，突然感觉到身上少了些什么，他摸摸胳膊腿还在，身上衣裳帽子鞋还都穿戴整齐。那么，纳妾，举办婚礼这样的方式，就可以弥补刘修三的噩梦。

第四章

1. 丛林伏击

高立仁与耿兴二人骑两匹自己家的大马来当兵，也算是件稀罕事儿。然而他们的马一到军队就给收走了。

高立仁到部队，在士兵眼里，完全是耿兴拉扯的。都以为高立仁是个搭头。第一天报名当兵。招兵人一见五大三粗的耿兴就来了兴致；轮到高立仁，疑惑地打量高立仁，拿高立仁当个赖了吧唧的孩子。要不是耿兴答话，说不准高立仁会被拒之门外。耿兴说话气粗，所以招兵人虽然犹豫，高立仁也总算蒙混过关。

耿兴领高立仁来到军队，在齐排长手下当兵。齐排长是个车轴汉子，穿一件灰布衫，一件黑裤，绑腿打得规整，一看就是个训练有素的军人。士兵们总以讥嘲的目光看高立仁，仿佛在说：怎么还来了个病秧子孩子。几天后，他们确认，高立仁是作为耿兴的搭头，来到军队的。看那架势，耿兴到哪，就拽着高立仁到哪，一会儿见不到就着慌，喊着叫着地找。高立仁好像是耿兴的尾巴。耿兴不让高立仁离眼，高立仁却时刻都想逃脱。耿兴就找啊找。耿兴每次都能找到他，却费很大周折。比如，耿兴以为高立仁在经常出没的地儿，便跑了去，却扑了个空。地如此大，丛林野草灌木茂密，还有一望无际棒子地、高粱地和谷子地。找起来有难度。每次耿兴都能找到，是高立仁让他找到。耿兴垂头丧气，失望，情绪低迷。在此刻，高立仁便出现在耿兴面前。这真让耿兴无奈。高立仁这样做，也许是在逃避耿兴。他从参军那天，就在耿兴的影子里罩着。每一次，也许在玩迷失和逃离游戏。

是啊，士兵们那些话哪能到不了高立仁的耳朵里。虽然耿兴对于讥嘲和说闲话的士兵加以训斥，甚至还动了拳脚。就是这样也堵不住士兵们的嘴。所以高立仁将士兵那些讥嘲的话憋在肚子里，怪刺痒。

在士兵眼睛里，高立仁还是嘴上没长毛的孩子，乳臭未干，整天还调皮捣蛋，给耿兴出难题。耿兴早就有所准备，景州人俗话说：没金刚钻，不揽瓷器活儿。耿兴想，他跟高立仁在一起难度不小。可是这小子看着奶声奶气，却很好玩儿，一肚子花花肠子。里头数不尽的损招，总是出乎意料，西关耿家与北关高家干的那些场仗，耿兴算吃尽了苦头。耿兴就觉得怪有趣儿，也想过与高立仁较较劲。他每次站在高立仁面前，就下不了这个手。高立仁一副难堪样子，他把自己的疾病当成了自己的过失。看上去矜持，还有几分羞涩，几分认真，不只是他，就是士兵走到他面前，也都和气和正经，连说话的声音也变得低缓。越是这样，越引发士兵在私下议论，说三道四。高立仁不只是瘦弱得可怜，嗓子里发出咴咴声。细高的个子，好像随时都会倒在地上，扶也扶不起来。不只如此，这里还有高立雅的嘱托。他们共同保守着一个秘密：一个姐夫一个是小舅子。所以士兵们不懂，是耿兴围着高立仁团团转。耿兴蛮横粗暴，对士兵们不留情面。但士兵们还是怜悯耿兴，就这么个赖声赖气的小子，还真把耿兴整治了。高立仁说什么，想做什么，他都由着高立仁。还好，高立仁并没干出格的事儿。

一天，齐排长带士兵们来到一个树林，高立仁便坐在一个树墩上，在那里喘气。耿兴一离眼，那些士兵便围拢过来，他们猜测，其中必有奥秘。说这个言那个，想从高立仁的话语和口风里，试探出些事物真相。

一个士兵问：“你多大?”

还没等高立仁回答，一个士兵过来，还抓过他的手，掰着一根根手指头看，还说：“像妮子手指头。”

还有个士兵干脆伸手捏捏他的脸蛋，笑笑说：“真软和，就像奶孩脸蛋儿。”

高立仁没有想到这些士兵竟然干出这等无礼的事。那一刻，他还在喘气，一口一口，顾不了应对他们。

那些讥嘲话记不清，可有句话却记在心头，有张嘴巴说：“饿了吧，回家吃口奶再来。”高立仁就在树墩上坐着，低着头，一声不吭。

这时，耿兴走过来，嘴里骂道：“你们这些小子，百吗不懂，还不去操练!”

士兵就像受惊雀群呼啦散了。对高立仁来说，虽然经过这些难堪时刻，他觉得已经挺过来了。耿兴那么大身量，宽肩阔背。一双凶神似的眼睛，就是齐排长见了，也要让他三分。有耿兴庇护，高立仁不受气。

上午，天灰雾蒙蒙，空气湿润。阳光昏黄，空气里布满金色细小颗粒。齐排长带队沿着乡间小道行军，掀起一道尘埃。他们被一条河拦住，路到此终止。他们便沿着河岸，寻找一座桥。走着走着，他们便与敌人遭遇，齐排长看见一队日本士兵迎面走来，相隔二里多路。齐排长便命令队伍离开河岸，在没有路的旷野上斜插过去，甩开敌兵。可敌人越追越近，仿佛就在屁股后头，还不时地打枪。有个士兵胳膊中了弹。

耿兴带着高立仁这个痨病腔子，夹在队伍当中，在耿兴后头呼啦呼啦直响，跑不了几步就拼命地咳嗽。行军打仗，高立仁就是一边呼啦一边咳嗽，一边被耿兴拽着往前跑。后头是日本士兵追赶。枪声不断，子弹在头顶飞窜。日本士兵在后头哇啦大叫。士兵们都悄无声息地在旷野行进，他们越过刚耕过的土地，一块到膝盖的棒子苗，一块密匝匝的谷苗，一大片低洼闲散地。旷野上毫无遮挡。他们遇到村子，也不敢往村里跑，怕连累村民。一团麻雀啼鸣着在天空飞逝，一只鹰在空中缓慢滑翔。两只被惊扰的兔子逃窜。天上重重叠叠黑云，从缝隙可以看见一道白光。他们绕过一个叫陈村的村庄，在村南上了一个土岗。

齐排长说在土岗打伏击，被高立仁反驳了。从而，两个人争持了几句。齐排长说：“就在这儿。”

“在这里，就是活靶子。”高立仁慢声细语地说，“两颗炮弹就把土岗炸平。”

齐排长说：“你说在哪儿？”

“就在那儿。”高立仁指指南边黑黝黝密林，“有密林掩护，敌人也不知道我们有多少人。他们心虚，所以不敢妄动。这样就有我们得手的时机。”

齐排长打量高立仁，他说：“好，听你的。”说着就带士兵们进了密林。

耿兴回头望去，便看见那堆日本士兵分成两行，稀稀拉拉地朝这边追来。接着，耿兴他们便进了这个密林，士兵两条腿再也迈不开，耿兴让士兵拉开应战架势。

耿兴也是嘀咕，带高立仁来，是不是真的干了一件错事儿？这么让人累心，既要领兵打仗，还带着个拖累。等个十天半月，将高立仁送回去了事。

喝一碗粥的工夫，一辆装甲车上了土岗，在那里停下。后边跟着一队日本士兵也上了土岗。跟踪目标消失，使他们有些迷惘，犹豫了片刻。一个军官朝着密林指了指，日本士兵便朝密林走来。

耿兴跟高立仁潜伏在密林。高立仁看了一眼周遭，说：“不能在草丛里，在灌木里也不行。看着草高茂密，可以藏身，却挡不了子弹。”高立仁令士兵躲在大树后。耿兴还对高立仁说，不要对齐排长指手画脚。这是齐排长脾气好，要是其他人，他会挨顿训斥，说不定还会挨耳光，吃不了兜着走。

高立仁说：“都到这一步，还顾得了那么多，这都是命哩。”

高立仁还说，把日本士兵引进密林。与敌人短兵相接。

高立仁还说，干邪的，软的怕硬的，硬的怕愣的，愣的怕不要命的。就是要跟他们拼个你死我活。

高立仁还说，把手榴弹扔出去，把子弹打出去，灭敌人气焰。

高立仁最后嘱咐，不惜子弹和手榴弹。打完了，抡大刀。

他拉着耿兴选择藏在一棵大树后的土堆后面。当听见日本人装甲车吱吱呀呀从北边开过来，高立仁探出头看了一眼，被耿兴拽回来，他说："你找死哩。"

高立仁说："一辆装甲车，后边跟着有二十多个日本兵。"

耿兴脸色铁青，但他笑着说："老鼠拉木锨，大头在后边哩。"

说话间，装甲车开过去，便看见车后敌兵身影，纷乱的腿，脚踏在地上，扬起尘埃。此刻，枪响了。地雷爆炸。手榴弹、枪声响作一团。他俩右边草丛里潜伏着的两个士兵中弹而亡。高立仁感到愧疚。之前，他应该告诉他们，不要在那儿潜伏。就像小时候捅蜂窝，一群黄蜂呜嗡追赶。天上密匝匝全是黄蜂。枪声密集，子弹扑扑落在四周遭。说不定下一刻，就让蜂蜇上，刺就会留到体内，那样钻心疼。在此刻，最大的威胁就是装甲车，在树林里横冲直撞，霸道、狂野。

此刻，士兵们看见一根树枝似的影子晃了过去。跑到装甲车面前，丢了颗手榴弹，手榴弹爆炸。在爆炸光影中，士兵都看清，就是那个病秧子，他还挺在那儿。那只是刹那光影。下一刻，高立仁像箭一般登上装甲车，他往装甲车里丢了两颗手榴弹。装甲车再也动不了。耿兴见此，高声喊叫了一声，也不知道自己喊的那一声是什么。就也跟着冲了上去。他的叫声，仿佛是冲锋号令，随后，所有士兵跟敌兵扭在一起。那一刻就打乱了，将身心都陷入战斗中。耿兴跑过去，拽过高立仁，把高立仁放到一棵大树后。

高立仁说："你别管我。"

耿兴说："你给我待着。"

子弹就像鸟儿嗖嗖乱飞。肉眼看不到，一眨眼被击中，钻进肉里。敌兵进入丛林，耿兴便拿出在景州城干仗的架势，冲入敌群，与敌兵展开肉搏。耿兴身手如此敏捷，就像一只豹子那样，手脚之快。一时间，将敌兵阵脚打乱。敌人还没醒过味儿来，就一个个被击倒击晕。八路军士兵与敌人短兵相接。敌人就像跟树肉搏。一队日本士兵一步入丛林，便进入迷境，全都懵头懵脑，稀里糊涂地被击败。逃出去的日本士兵，再不敢进树林。那一刻，他们被树围困，被击倒。自这一天起，敌人害怕树林，便烧毁树林。可说不定哪一刻就有好大一片树林拦在前面，使他们恐惧和疑惑。

丛林伏击战获全胜。

第一场战役归来路上，高立仁满面笑容，他跑到耿兴面前说："兴哥，你听听。"

耿兴说："听吗哩？"

"真痛快，我喘上气来了。"高立仁嘿嘿一笑说，"我不呼啦了。"

他可以吐痰了。他有生以来第一次吐痰。他本以为是硬物，比如铁块和石头堵在他气管里。直到吐出第一口痰，他感觉一下子透亮，气一下子通了。他此生以来感觉到了从没有过的舒适。虽然他受了伤，他并不去感觉流血和伤痛，而是喘气的痛快。他可以想怎么喘就怎么喘。他看见所吐出的像棉团之物，那就是他喘气不通畅的根本。从而，他就有了对付气管堵塞办法，就是吐痰。这是他有生以来尝到第一次吐痰之快。

这场战役，给高立仁带来愧疚，两个士兵在草丛里送命，他应该把他们拽出来。这一仗，高立仁挨了两颗枪子儿，一个是左肩，一个是右臂。医生把子弹从肩胛骨和锁骨取出。

这次战役，齐排长牺牲，耿兴被提拔为排长。高立仁被提为副排长。从此，每次战役，高立仁总有招数战胜敌人。有他支招儿，所以打一场场胜仗，耿兴便一次次提升。高立仁也随之得到提升。

这次丛林伏击战，缴获不少武器，士兵装备提升，还扩大了队伍。

之后，高立仁对耿兴说："这是丛林战法。"从此，耿兴也就喜欢上了树林，树林不只是遮阳，还能守护他们。

2. 迷雾般困境

一年后，耿兴提升为团长，高立仁提升为副团长，上级归还了他们的马匹，在丛林伏击战缴获的一块怀表也配给耿兴。天阴着阴着，一场雨从天而降，耿兴和高立仁带领他们团行走在泥泞道沟。有的路段水深没过脚脖子。雨越下越大，道沟便成为水沟，水越流越急。他们不得不爬上道沟，在道沟两边走。在雨中行军，没有阳光，分不清昼与夜，甚至分不清季节。暄地几乎将他们吞没，黑土地像胶一般黏糊，一脚踩下去，就很难拔腿。士兵都深陷泥泞困顿之中，忍着疲乏、饥饿，经受着冷雨。在这种时刻，士兵战斗力极差，就是遭遇不到敌兵，也会被天气击垮。每一步都很难，他们被困住了。他们就这样一天天行军，寻找出路。耿兴骑着马跑前跑后，有两次马失前蹄，他从马上摔下，滚一身泥。高立仁却信马由缰，虽然缓慢，没有掉队。

偶尔，天空出现一道裂缝，出现一道白光，虽然不见太阳，却带来希望。就这样，老天仿佛要睁眼，可下一刻，黑云再次合上。先是滴滴答答大雨点，之后便暴雨如注。士兵们还不停地朝前走。他们就像鸟虫那样，在毫无遮拦的天地之间被雨淋。他们走进一片树林，耿兴令士兵停下。清点人员、食物和武器弹药。他们都站在树下。高立仁发现，在树上的雀鸟，被雨淋湿羽毛，偶尔张开嘴发出哀啼。就是这样，士兵也会在雨中打盹儿，甚至睡着了，鼾声如雷。

天空云又黑又密又低，压得人透不过气，一切尚不明确，黑暗和雾色掩盖了一切。他们在不停地走着。他们与部队失去联系。偶尔会碰到熟悉村子，走出村子随即迷失。往哪个方向走，都会有敌兵伏击。到处都被挖掘修筑了战壕、掩体和碉堡。雾很浓，说不准在一团浓雾探出日本士兵。射击、丢手榴弹和肉搏。说不准迎面枪声四起，火力猛烈，他们不得不趴在湿泥地上。天黑，又一团团雾，什么都看不清。不知什么时候，从浓雾里探出刺刀，捅了过来。便顺着刺刀找到持枪的敌人，与之格斗。还会有一团叫喊的雾，像个带刺圆球，每根刺都是刺刀，在大地上滚动。有两次，他们一伸手，便摸到墙壁。看清后分辨出这是敌人碉堡。还能听到里头的叫喊声和哈哈大笑声。耿兴令士兵围住碉堡，猛攻一场。最终，他们打算炸毁碉堡。这样的天气，炸药潮湿，引信都湿透了，点不着。碉堡里敌兵却悄无声息，仿佛是空的。他们想撬开碉堡的门，最终也没能打开，只得放弃。他们离开，碉堡里的叫喊和笑声却在耳畔响起。

高立仁骑在马上，把缰绳搭在腿上，马鞭不知在哪一刻丢了。这匹马却没有丝毫犹豫，蹄腿坚定，缓慢前行。脚步很轻，踏在泥路上，还是发出吧嗒声。就是遇上浓雾，便一头扎进雾里。这匹马给他带来一丝信心。

他们记不清是哪一天，也不知在哪一刻。耿兴怀表忘了上弦，停了几次，所以也不知道时间。总之，不管是什么，看不清，摸不透。在这样迷蒙混沌之境，让人沮丧，给人以挫败感。敌兵越杀越多，他们被包围了。只听枪声、爆炸声和刀枪撞击声，就这样没完没了，不知持续了多久。耿兴和高立仁叫喊着，叫喊声就像旗帜。这声音引导士兵振作精神杀敌。

一场持久搏击之后，他们击溃敌兵。耿兴令士兵撤退，而高立仁则说，一直向前。耿兴走到高立仁面前，他们商讨怎样应对这样艰难的局面。要是这样下去，就是不被敌人击垮，也会被恶劣天气拖垮。高立仁分派几路人向前探察。所派出去的士兵都没有归来。周遭危机重重，他们被围困了。所以两个人便起了争议：耿兴说停下来，让士兵休息，跟敌人干一仗；高立仁则说，不要停下，一直往前行。

“让士兵们喘口气，休整一下。”耿兴说，“等天晴了再走。”

“哪还有喘气的时候。”高立仁说，“在这里是等死。”

走下去，或许有条出路。停下来，便是灭亡。两个人怎么探讨也无路可走，他们的愿望就是第二天能够看见黎明的曙光。

他们挨过了，等来黎明。雨停了，虽然阴天，有一团团雾，天空还算明朗。可是他们走着走着，雾越来越大。他们走出道沟，脚下已没有路。再向后看，也看不见来路，所以就硬着头皮往前走。他们还蹚过一条水流湍急的水渠——这条渠有四丈宽，士兵们不得不涉水过渠。可是，过了渠，前边雾更大，仿佛一堵墙。仿佛到了异域，非常陌生。耿兴和高立仁令队伍停下，谁也不知身在何处。接下来是一片沼泽，再走，就是一望无际的水面。士兵不得不脱了衣裳，举着武器弹药和衣裳前行。开始水很平静，越往前走，水便流动，越走，水越湍急。一不小心，就会被水流冲走。士兵们相互照应，手牵着手，会浮水的带着不会浮水的。高立仁在前边走着，他会浮水，士兵都跟在后头，最后头是耿兴。高立仁将一根绳子拴在马缰上，将绳子往后传，传到绳头，便会有个士兵用一节绳索接上，甚至腰带都用上，就这样，一根绳子将一个团紧紧连在一起。高立仁第一个说："往后传，抓紧，不要掉队。"每个士兵都会说："往后传，抓紧，不要掉队。"

水上雾气变化着，一股子糜烂气息飘过，一股子燃烧气味儿夹杂着血腥味儿飘过。后边士兵不时传来惊叫声，还有叹息声和呻吟声。耿兴想，在这样艰难时刻，用怎样的话来鼓动士兵气势，也是废话。不管是谁都在默默地忍受着。他看每一张脸，都带着恐惧和失望，仿佛都这么说：过不去。水面上漂着木头、树枝和各种尸体。在行进的队伍里，会有一阵剧烈咳嗽声，之后咳嗽声连成一片，几乎所有的士兵都在咳嗽。高立仁更是咳嗽不止。他呼进的全都是尘埃、污水和棉絮。他抓着手里绳索，他要看看，究竟走向何处。队伍以一根绳索连在一起向前行。高立仁心怀坚定信念，他以为没有过不去的坎儿。虽然这样，他头脑也心生疑惑：以为已陷入绝境。当时气氛紧张，都压抑着，尽量不出声。在迷雾里，突然有一道白光闪过，借着白光，高立仁看见前面草地，他想这是否是幻觉。当士兵都踏上草地，便传来一片欢呼声。高立仁说："现在高兴为时尚早。"此刻，耿兴过来，与他商量怎样从迷雾走出。此刻，一阵清风刮过，高立仁深深吸了一口气，他似乎看见了前头的希望，便朝着清风来处说："朝那边走。"他们就朝着那个方向，也不知是东是西是南是北。走一里多路，便看见一片大树林。士兵点燃火把，火把在林间发出幽暗的光，还不如刚才那团亮光十分之一。这些树木每一棵都有三百年树龄不止。在这样的黑夜，依仗火把，只照到树身局部，再往上高过头皮二尺便模糊不清。高立仁可以断定，这些是高耸入云的大树。现在，士兵们终于脚踏实地，他们在一片小树林稍作停留。他们都在整理自己散乱行装，擦拭枪和清点子弹。脱下衣服，将水分拧干，晾晒到树枝上。

高立仁第一个打马朝树林深处走，此刻，士兵也都整理好行囊，跟在后头，耿兴还是走在最后。树林很深，树木高大，黑暗无底。高立仁举目望去，在浓密枝丫间，依稀看见有星光闪耀。高立仁在此情景里，觉得心头一亮。已经很久没有见到有星星的晴空，这个神秘树林上空没有乌云。他感觉到了另一个世界，他还在疑惑之时，此刻，一个士兵来报："不远处有呼喊声。"

高立仁说："听见喊什么了吗?"

士兵摇摇头。

高立仁说："你真听见了？在哪个方向?"

士兵说："听清了，"说着举起右手食指一指说，"就是那儿。"

高立仁即刻来了精神，仿佛刚刚醒来一般，还举起双拳，打了个哈欠。高立仁支棱起耳朵听了一会儿。除了树叶从树枝断裂和飘落声，再也听不到其他声音。高立仁停下马，辨别了一下方向。他还在犹豫。他想，那是不是士兵幻听？高立仁不知身在何处，他走遍景州大地，别说见过，就是听都没听说过有这么个地。他面对士兵指的方向，坐在一个大树墩上。高立仁想，总会有出路，可出路在哪儿？就在此刻，他再次看见一道亮光一闪。这一刻，他看清了，那是只兔子，或者是只羊。可是一只兔子，或者一只羊怎么会在这雾霾笼罩的黑夜发出一团白色亮光，这又是不是幻觉呢？高立仁悄悄跟在兔子身后。兔子总是不远不近（三丈）。总之，那就像个精灵。他便跟着这个白影向密林深处走，士兵的脚步声在后边响成一片。

走到林间空地，他令士兵安营扎寨。高立仁放马于林间，独坐一个大树墩。他坐在那里，似睡非睡，他睁开眼，看见自己那匹马在咀嚼林间青草。当他再次闭上眼睛，见一道强烈白光透过密林的树冠枝叶，照亮林地。他便随光而奔跑。那团光距他越来越近，他抓住了那团光。将那团光压在膝下，又拔了几棵谷莠子草，将那团光捆了起来。这样，他意识里便得到了这一团光。这团光呼出的气体清新芳香，他肺腑顿开。他吸了口气。就在此刻，这团光蹦蹦跳跳地朝一个方向而去。他便跟着这团光向前走去，绕过几棵大树。走了一百多步，那团光突然消失。他惊讶之际，再次睁开眼睛，见伙夫已经支起炉灶开始烧饭，林间亮起无数火把。点燃篝火。火光照着士兵疲惫而沮丧的脸孔，他们在火上烤湿透的衣裳。滚滚雾烟向上，升到树梢飘逝。就在此刻，一个黑影撞了过来在他腿肚子上蹭了一下，再次钻进灌木丛。树林里有野兽。没有风，周遭寂静无声，士兵咳嗽、呻吟、叹息、低语，都像在梦里。

高立仁在思考着，怎样走出困境，踏出一条路。食物的香气独具诱惑力。菜汤和棒子窝头，有一碗菜汤足矣。菜汤里没点儿荤腥，漂着芝麻油珠儿，肥白的蜜虫子，有时只有窝头咸菜。就是这样，没有荤腥的日子，饭食更香甜。不像在家，从不觉饿，吃那么几口就堵在胸口。肚子一直满满当当，还不时反流酸水。说不定食物还从嗓子眼儿往外冒。现在，恰恰相反，肚子像个无底洞，吃得再多也填不满。

之前，他就像一只羊那样，被圈养在墙内，就看见一堵墙。就是到大街上去，不是跟在高长忙身后，就是跟在高李氏身后，或者高立早身后，或者高立明身后，或者高立雅身后。头脑意识里，有一根绳子拴着他，他到哪儿，都被牵着。到如今，只是换了一只手，是被耿兴牵着。他在思考，到哪儿都会受牵制。

现在，他又被困住了。他站了起来，离开大树墩，牵着马朝前走。在他意识里，士兵们都跟在他身后。走了三十多步，被一道屏障挡住。这道屏障是长在一起的大树。他沿着这道高大树篱走着。他想必有一个缝隙可以走出。他走了很久，就连手指般缝隙都没有。他想，就是一块绝地，也要走出去。他掏出匕首，在树篱上划了一道。树皮很厚，难以割破。就在绝望之际，他听到嘎吱一声门响。他朝门响的方向看去，见一个白上衣妮子走出来。这妮子穿一件黑宽腿裤，一双黑布鞋。那样黑暗的夜，他却能看得清妮子的脸。他转过脸那一刻，妮子开口了："真是你哩，快进来吧。"

那扇门打开，从门里射出亮光，照遍整个树林。他说："还有很多人哩。"

她说："我知道，都来吧。"

他说："这么多人，招得开吗？"

她说："再多也招得开哩。"

高立仁睁开眼睛，见天光放亮，他自知又是个梦，可这是个吉祥梦，是一个好兆头。这一刻，高立仁还不确定，他是否能走出困境。

3. 兔子，阳光

第二天早晨露湿重，到处湿淋淋。高树上不停地往下滴水，草叶上也满是水珠。高立仁爬上一棵高树梢头。他发现，不管爬多高，眼前全都是树。这一次，树围困了他们。此刻，他隐隐听到哭泣声，他顺着哭泣声走去。在林间空地，他看见三个士兵在那里，望着太阳哭泣。一个士兵转过头来，他说："瞧哩，高副团长，太阳！"高立仁这一刻确信，他们逃脱了。高立仁头缓缓地向树上望去，他看见了久违的太阳。他也止不住地抽泣了一下，抹了把泪，他大声叫道："操练，操练！"随着他这声喊，林间放亮，树梢叶子上的阳光映照树林。士兵列队操练和跑步。高立仁从树上下来，十几个士兵已经准备好绳子、砍刀、铁锹和镐头，高立仁带领士兵，再次进发，寻找一条通行的路径。走着走着，他们听到了鸟叫，树林稀疏，越来越明。就像梦中一般，在他们面前，是重重密林。高立仁牵马前行，在密林里穿行。树如此密，只能挤过人，马被拦住。这时树后出现了一个妮子，妮子为高立仁牵过马，朝着密林深处走去。这情景让高立仁疑惑，莫非是梦里的那个妮子真出现了？

丛林之路蜿蜒迂回曲折。那妮子拨开丛林，带领他们在密林中拐来拐去。一次拐弯时，高立仁无意间看了这妮子一眼。这妮子眼睛耀眼，使他不得不垂下羞涩的眼睑。就这一眼，他看清妮子宽大额头上留有刘海儿，掩盖着她像阳光下树叶般的脸蛋儿，挺拔鼻子和嘴唇组合成微笑的脸庞。她穿一件绿格格黑格格衬衫，一件阔腿绿条黑底裤，没有扎绑腿带，一双黑布鞋，脚也没有裹，走起路又稳又快。到后来，高立仁发现，这个村子里的妮子都没有裹脚。中年妇女也没有裹脚。只是老年妇女里有一两个人是小小的裹脚。他以为眼前这妮子很神奇，就像个仙女。她从何处来，是这个村子的吗……这些念头拥在他脑子里。况且，他跟她在一起，感觉浑身暖融融的，四周摇动着满是阳光的枝叶。他身体轻松，呼吸顺畅。

仿佛树林有数不尽的门，隐藏于密不可分的林间。高立仁以为再没路可走。妮子回过头来，冲高立仁笑笑。她走过去，嘴唇翕动，仿佛默念咒语。轻轻抚摩枝叶，一阵风刮过。嘎吱一声，就像年久之树发出呻吟之声。丛林便打开一道缝隙，有三尺宽。士兵便钻进门。就这样绕来绕去，高立仁都觉得被绕进去了。东方闪出了亮光，他们走出密林，前边出现一个村落。影影绰绰一片土屋，都是起脊屋顶。妮子把他带向村子。高立仁说："不对，我们不是来这儿。"

妮子说："你想到哪儿？"

高立仁犹豫片刻，并将本意给她讲了。妮子听了，她说："好吧。"她又带他们在旷野和丛林七拐八拐，左转右转，把他们弄得晕头转向，最终，还是上了一条路，走向村子。高立仁说："不是这条路。"

妮子反问："哪条？"

高立仁低头无语。妮子彬彬有礼，请他们进村。高立仁说："这么多人，村里招不开。"

妮子说："招得开，再多也招得开。"

他说："我们不想进村。"

妮子说："那是早一天迟一天的事儿。"

高立仁并不知，妮子把他们引到村边，就是不让他们在这里乱撞乱闯，打破村子规矩。高立仁执意不进村，他已经跟耿兴商量好，打定主意，选择林地当作营地。在丛林里搭起营帐，驻扎下来。高立仁没有接受妮子的邀请，他不知道这是在何地，距景州城有多远。他怀有这样的心情，准备安定下来，在这块土地上休整队伍。

妮子说，要给他们取些粮食，便与他告辞。此刻，耿兴走了过来，望着妮子背影，他问："她是谁?"

高立仁摇摇头说："不知道。"

转眼间，妮子身影消失，一只白兔子蹦跳着进了一片枣林。

高立仁与耿兴召集排以上军官到这边开会。这次会议，经过核查，六十七个士兵失踪，他们带的食物都被水浸泡，已经霉烂。就是这样，伙夫还是蒸窝头，熬野菜粥。士兵经过几天折腾，又吃了霉烂棒子面蒸的窝头、熬的粥，闹起痢疾。高立仁为此苦恼，他担忧，这样下去，不只是失去战斗力，士兵也会都不治而亡。

枣林边还有一条叫清凉江的河流涓涓流淌，与一片丛林相隔。傍晚，高立仁走在林边高地，望着这个村子。村子里有几座高瓦房，其余都是平顶土屋，每座房子高大而工整，每座房子朝外的都有高窗。这样房屋显得有些奇特。他们不敢贸然行事，还没到村里去过。他和耿兴也告诫士兵不要到村子里去。他想，这村子叫什么名儿?里头住着些什么人?黄昏到来，每一座房屋烟囱里都冒出炊烟。这样，就把他与村子拉近。

探察四周环境，就是想解开丛林和村庄之谜。他们还不确信是否走出迷境，是否从一个迷境走入另一个迷境。耿兴和高立仁决心弄清地形和这里的路况。他们与七个士兵一起走进一个村子附近的枣树林，黄昏已至，枣树林里飘着一丝丝雾气，停在一个地不动，伸手就能抓一把。夕阳在残云之后，就像一个人蒙上被子，蜷曲着就要睡去，就开始做梦。这个时节，枣树结满青枣蛋子，一股子青枣蛋子气味儿。高立仁他站在树间，望着西天红色云彩，他觉得是第一次看见这情景。那么多第一次。

高立仁在清凉江岸边的营地中。他坐在树林与灌木丛之间。河涛哐哐击岸，还有归林啼叫雀鸟伴随着他的思绪。风轻轻地推摇老榆树，发出嘎吱声，听上去像一个挑担子的人，压得扁担吱呀作响。

突然，闻听大车和牛蹄子声，人声嘈杂。一个士兵来报：四个村民赶着四辆大车，拉来了米和面。士兵卸车。那妮子也来了，背了一麻袋马齿苋。她将这些马齿苋交给伙夫，给害痢疾的士兵煮汤喝。士兵喝了马齿苋汤，病情好转。之后几天，每个黎明，她扛一麻袋马齿苋给伙夫。这里空气清新，又能看得见阳光，再加之服了马齿苋汤，士兵们都来了精神。

高立仁抬头，带他们走出丛林的那个妮子微笑着走了过来。露出笑容。高立仁见到这个妮子，不由得站了起来，不知是否该向这个妮子行个军礼，以答谢她带出迷境之恩。这个念头一闪而过，他以为那样做太突兀。此刻，他看见其他士兵也站起来，迎接这个妮子。直到走到近前，他看清，她穿黑红蓝条子夹袄、蓝裤，束一个大辫子。一双明亮大眼睛，一张长瘦脸，挺拔鼻子直到额头。妮子走到高立仁面前便说：“你是高立仁。”

他说：“你知道我叫高立仁?”

她很自信地点点头说：“跟我来。”

说着，她带领士兵和高立仁进村。这是第一次。

村子房子很高，他被带进一条胡同，就像走进山谷。他不知为什么，他们把房屋造得这么高，且都是一层，都为土屋。屋顶为起脊，自下而上都为土墙，没有一块砖。这样的房屋在书上见到过，他仿佛走进古代。每一座房屋色调又这么协调。此刻是正午，阳光下，房屋显露出金色。由于风吹雨打，一些泥皮脱落，便露出里头一层精心编织的树枝条。每座房屋四周，都长着高大树木，掩藏着房屋。要是不进入，会误以为这是片丛林。要是不走到近前，不会发现人迹。

高立仁问："你知道景州城吗？"

她说："景州城谁不知道。"

高立仁问："这里离景州城多远？"

她说："二十来里。"

高立仁大惊。这么近，还有这样的地，他怎么不知道，真乃孤陋寡闻。高立仁说："在景州城之西？"

她说："不要问得太多。"

妮子含笑，声音轻柔。

三天后，事物渐渐明了。高立仁便知道这个村子叫曹屯，那个妮子叫曹惠双，随着时间的推移，丛林、旷野、曹屯以及房屋和人，离得越来越近。

曹屯的傍晚即将来临。大半士兵已经恢复体力。曹惠双再一次到来，请耿兴、高立仁带领士兵到村子里。曹惠双说服了村里的人，接纳了这支军队。这是有史以来开进村子的第一支军队。这些人第一次看见这么多小子，并且都个儿顶个儿棒，看得眼花缭乱。就是这样，耿兴和高立仁商量，士兵分批到村里去。

高立仁带士兵们进村时，夕阳红光还在，西天堆积着红云彩，将整个大街染红。大街上摆满桌凳，一百多张桌子，足够士兵坐。在村头站着一群娘儿们，在那里迎接他们。当他们走过去，她们一句话都没说。仔细打量每个士兵脸颊，在这些脸颊中寻找着。当士兵走过，耿兴走在最后。只有他听到窃窃私语，之后发出笑声。要是这样，肯定找到了她们刻意寻找的脸孔。

晚饭时，一队妮子走来。身穿黄色花格和蓝色花格衣裳，蓝条格子宽腿裤。她们端着托盘，盘子里有瓜果和糕点。

女人们在大灶台前，哼起一曲小调。高立仁用心听着，他要记下这个歌词，这些声调。

多年后，战争结束，耿兴和士兵们回想起这一段往事，都这么说："就跟做梦似的。"第一缕曙光洒在大地，树林迎来第一声雀啼，知了扑棱着沾满露珠的翅膀从一个枝丫飞向另一个枝丫，随之一声尖厉的叫声，这声音唤醒未来，却又在泯没过去，现在也随之消亡。那些景象便越来越淡，渐渐模糊不清。

高立仁回头看眼前妮子，并不高大，他却必须仰望，才能看她那张脸。他口渴，喝过水，他看清这张脸，高鼻子、大眼睛、尖下巴颏，宽阔而宁静的额头都闪着温柔之光。

妮子都穿粗织土布，上头还有深浅的花格。

曹惠双低下头来羞怯地说："坐吧。"她说话语气低而清晰，他恰好能听见。

他说："你就是这个村的？"

她指了指说："就是这个村。"

他仿佛见过这个庭院，可此刻，他似梦非梦，心生疑惑，有些迟疑。

曹惠双说话时，他头脑就更清醒了。

他又问："这是什么村？"

她说："这个你还问，你看。"

于是，高立仁便看见，在夜空若隐若现景州塔的影子。他的意识便回归到景州城下，仿佛他还看见高高的城墙和城门楼子，恍若是在景州城郊野，在护城河边。清凉江水哗啦一声，使他再次清醒过来，这是在曹屯。

曹惠双便笑笑说："鲤鱼撇鳍哩。"

接下来寂静无声。妮子说话声音很轻，但他足能听到，而他尽力将声音压低，就是再低，他所发出的声音犹如惊雷。

她说：“你是带兵的？”

她说“带兵的”，便勾起他羞辱之情，他的脸上泛起红润。他想抑制发烫的面颊，却更烫了。瞬间，汗水便流了一身。他举起胳膊抹了把汗。“带兵的”这三个字，带有讥嘲意味。当他抬脸看她，一副矜持脸孔。下一刻，她便憋不住，发出咯咯的笑声。他想着好好带兵，他并不知道该怎么做。他感觉，他的脚一走路仿佛就是错，他的头脑一思考就发热。

高立仁感觉曹惠双对自己特别关照，他不知道，这是他大哥高立早的嘱托。高立早与曹惠双已经订婚，那么，她便是高立仁的大嫂。其实，曹惠双从看见高立仁第一眼，就认出了他。除了身子瘦弱，脸模儿几乎跟高立早差不多。第一次相见，她心里就挺热乎。高立早说过，不要对任何人谈及他们之间的事儿。

就此，曹屯成了他们的大本营。每到出兵，曹惠双为他们打开曹屯之门，他们便冲了出去。每一次出去时间不等，一两天、三四天、十天半月，或者时间更长。每一次归来，曹惠双早已为他们打开曹屯之门，迎接他们归来。一次次战役，计谋、埋伏、阻击、拼杀……到处都是死亡迹象，都是毁灭阴影。

高立仁说：“全毁了，死了那么多。”

曹惠双掏出手绢，为他揩去泪水，她说：“你别哭，你别哭。”之后，她也抽泣，泪水滑过脸颊，掉到地上，她又说：“难为你了。”他越是克制，就越泪流不止。何况还有这位妮子陪伴着他哭。哭就哭吧，他忍了这么久。他早就想大哭一场。虽然他想到，现在不是痛哭流涕的时刻。他就是这样不冷静。

此刻，他闻见曹惠双身上所散发的浓浓榆皮气味儿，来自她的抽泣。从此，他要是闻见这种咸榆皮味儿，便可以到达至高美境。也就是说，他看见一张美丽面孔，一个身姿，他便闻见这种气息。他一直在想，怎么会这样，榆皮味儿会与一张美丽面孔联系到一起。

他哭着说：“你别哭，你别哭。”

此刻，在地上所有的嘴都在说：“你别哭，你别哭。”草木嘴巴，虫鸟嘴巴，兽禽嘴巴。就是一块坷垃、一片瓦碴儿也这样发声：“你别哭，你别哭。”越是这么说，就哭得越痛。大地一片悲泣。

之后，便下起了大雪。雪也很静，就像柔软鹅毛从他脸蛋儿擦过，不久便落了厚厚一层。他感觉雪温暖柔软，身体舒适无比。在这一种境地入梦更易。这种时刻，头脑清醒，身体轻盈，就是这样的美妙时刻，下一刻，便入梦了。

就在此刻，他听到马蹄声，耿兴骑马飞奔而来。耿兴身后，是战车，战车上坐满士兵。一个个满脸尘埃，有的头部包裹着绷带，还有的挎着胳膊。刚刚结束一场战役。

4. 和平之门

冬天，飘着轻盈雪片，犹如落叶。地上已经下了厚厚一层，没了脚踝。很静，高立仁脚步很轻，他不想惊扰这一场景。暴雪并不使他迷失，他反而更加清醒。

所到之处，所有一切都非常宁静，哪怕一块土坯，一根椽子，一只墨壳虫，一棵草。

那么，高立仁便迈入了宁静圣洁之地。这便是他从小就慕求看见的情景。当他走近，便仔细打量眼前一切，还伸手去摸，一砖一瓦、一坯一木都是真实的。

这些坯像石头那样硬，见棱见角，平滑，闪着金光。每一块坯竖立起来，便是一堵墙。这些坯都有其温度，仿佛铁匠刚从炉中夹出的铁。所以高立仁走进去，便感觉温暖。

雪后天晴，阳光和雪光亮得令人眼晕。曹惠双来叫他到村子里去。高立仁便披了棉袄朝村子的方向走。村子四周都是坑塘，冰上铺了厚厚一层雪。村子四周是一个连一个的大坑塘。坑塘里全都是水，将他阻隔在外边。在坑塘间，一条通往村子的路。路大约一丈宽。路两旁是高大的榆树和柳树。树叶已经落尽，只剩下黑色枝干。在树下，掉落一层细碎枝棍。踩在上头，发出咔嚓破碎声。

村子里有个空场，没有大街。整个村子就一个大门楼，就像一座城的城门。曹惠双没带他进门，而是走进那个大空场。大空场里已经堆了很多人，坐在地上的，蹲着的，站着的什么姿势都有。他掉转过头，朝北望去，见是一座高屋，约七丈，比大杨树还要高。

在村子里有很多传说和神话。传说：明永乐年间。曹怿是明朝一员猛将。杀人太多，一夜梦醒，便带着家眷逃到此地，缔造了曹屯。曹屯是照着他的想象、观念和传统意识建造的，整个村子布局都由他设置，每一座房屋都是由他来构筑。

初到时，一望无际荒芜不毛之地，一片片泥沼。由于劳累，曹怿便扎起帐篷。他弯下身子，将双手插进松软泥土，捧起一抔，闻了闻，然后将泥土放回原处，他对妻子曹胡氏说："就在这里吧。"曹怿将此地起名为曹屯。

最初第一座房屋，由外地请来工匠，购置青砖、青瓦、石头和木头，青石做石基。他有六个小子两个妮子，每个小子妮子长大，便盖一座瓦房，给予她们做成家之用。

房屋修好，曹怿便在村子二三里之外种树，大都为榆树、柳树、枣树、桃树、杏树、梨树和杜树，并以树种群分。一代一代人繁衍，人丁增多。树木变成茂密丛林，将曹屯包围起来，便形成一道屏障。

曹屯人很勤勉，勤于劳作。种树风气延续下来。小子出生，一生须栽种树三千余株。妮子出生，要纺百担棉，织千尺布，缝百身衣，做百双鞋。对于做工优良又做得多的妮子，要给予表彰。

曹屯在扩展，子孙繁衍，树木阔大茂盛。不知过了多少年，一代一代人死去，唯独曹怿还活着。他所有银两都已花光。所以不再去请工匠，而是自己修造房屋。此前，曹屯自给自足，丰衣足食。村子设有铁铺、磨坊、油坊、石厂、轧棉坊和碾棚等，在村北一个共有的大场院。除了购置石料和铁，还制造所用的犁铧、镐头、碌碡、磨盘和碾盘等。养殖牲畜都为旷野散养，有一套对牛驴的驯化方法。关于那些白兔，曹怿还记得，外逃那夜，他四子曹今提了一个兔笼子，笼子一公一母两只白兔子。他还训斥曹今，把兔笼扔掉。因为他那辆大车，装不下这么多。曹今抽泣，执拗地将兔笼抱在怀里。兔子被带到此地之后，在旷野自由繁衍，到今天白兔子遍地，已有五百余年。

每当添丁进口，曹怿就分割一块荒地给这一户。本村都是他的后人，所以没有偏向。原来大片荒地在撂荒，没有被开垦。一旦分派给谁，这个人便辛勤劳作，将这块地养成良田。

房屋由曹怿构图，由子孙辈来搭建屋舍。曹屯是一片古老的奇特建筑群落。屋脊青瓦，人字大屋脊。其形状、色彩和布局，都与平原地域其他村子不一样。从建筑上，从墙的厚度和梁檩选择上煞费苦心。这些房屋从北到南，排列开。最北边建造最早，五百余年，越往后，一代一代更替，一直排列至今，就像曹屯年谱一样。

房屋墙的厚度是两块竖着的坯厚，一块坯大约一尺，加上泥皮，那么墙大约二尺厚。冬暖夏凉。每座房子高约两丈。内膛宽敞，窗子却很小，都是用等同直径的木棍，密匝匝砌垒在土坯里。所以每间屋子很黑。而门却很大，足有五尺宽，六尺高。当门打开，屋子便可以透进阳光，将室内照亮。

现在活着的村子里三个老者，一个是曹怿，五百余岁。一个是曹钦，九十一岁。曹钦从记事起，曹怿就是这个样子。白发白胡须，满面透红，额头闪亮，没有一丝皱纹。再一个就是曹旺，七十四岁，他两个也就见证七八十年，而其他年月是怎样的，曹怿本身就是个不解之谜。但曹屯人都信曹怿。

桃花源式和平净地已经年久，五百年没有受战争干扰，不管是土匪，哪个派，哪股军队都没有途经此地。没有路，仿佛人迹罕至。都以为这是一片丛林。况且丛林很难进入，各股势力来去匆匆，从没把这片丛林放在眼里。丛林四周全都是一派荒蛮迹象。高立仁他们之所以能到达村子，实属万幸。是因为曹惠双引导他们，为他们开了曹屯之门。

在打开门前，曹惠双与三长者商量了很久，曹惠双说服了他们，村子决定无限期让这支军队留驻于此。曹怿却预言：曹屯将被毁灭。

部队没开进村子之前，村里人都为之担忧，因为这是曹屯第一次迎来这么多人，况且又都是军人。队伍开进时，士兵个个无精打采，多半患痢疾，又留宿林中，渐渐都放下心。

曹屯。村庄之门，只有最有声望的人才可以打开。开门是曹屯最大的秘密，几百年来就是因为守护这个秘密，所以曹屯才如此安定。

高立仁和耿兴带兵出村，由曹惠双为他打开村庄之门。村庄之门是十几棵高树，榆树、槐树、杨树，村庄之门嘎吱而开，如此宽阔，可以并排走开七挂大车。

曹惠双引高立仁进到这座高大房屋。大门打开，门轴发出嗡嗡响声。一群半大小子妮子大笑着叫喊着在屋里疯跑。一见高立仁和曹惠双，便戛然而止，飞跑出门去。高立仁与曹惠双相视而笑。这是个阔屋，九丈长，七丈宽。在中央有一排柱子。屋子中央有个一丈方天窗，阳光从天窗里透过来，映红西墙。

屋子中间四个坯砌垒的柱子支撑着屋顶。在最上方，有两根交叉的大梁。他一迈入，便感觉到房间里的温暖。他转过脸去，便看见雪在飘舞。

室内空气清爽，虽然非常拥挤，却洁净无比。

这个房间很大，却并不冷。雪零星飘落，风却吹不进来，仿佛四周都有阻隔，将声音和外边的温度隔开，犹如在真空中，听不到外界嘈杂声音。

试想，也许是土坯的温度给这个房间带来了温暖。这么冷的季节，很难找到这么温暖之所。由此可以设想，那些冬眠的蛇、鼠、蛙和虫子，将自己置身于黑暗。在地下，没有灯，阳光却透过地面，将温度浸透到下面。

屋子里渐渐堆满了人，也是有坐在地上的，有蹲着的，有坐矮凳的，有坐椅子的，有坐杌子头的。高立仁估计足有五百多人。这些都与曹怿一族，都是他的晚辈和后人。曹惠双找了长板凳，与高立仁并摆坐下。

就在此刻，整个屋子静了下来。高立仁感觉一股清风飘过，抬头看去，见一长者。他穿一件藏青色长袍，一头银色长发，两绺白色胡须撇开，越过唇角，垂落到脖颈，下巴一大绺胡子直到胸前。红扑扑的脸庞，眼睛亮而生神。他挺直腰身，阔步在人群中行走。他身后，曹旺、曹钦两位和十几个中年人簇拥着朝阔屋走来。

曹惠双说，这便是她的祖爷爷，这个村的族长曹怿。一位中年人不知说了句什么，曹怿停下来，弯下高大身子，与这位中年人交谈。曹怿喉咙里发出哈哈笑声，整个屋子的人都笑着朝向他。他们大约都明了，曹怿与这位中年人交谈了什么。接下来，曹怿从衣兜里抓出醉枣，分发给在前排的孩童。他说："我今天是来庆贺，我们曹家今年添丁进口，小子四个，妮子六个。大伙都知道了这些喜讯，我不多说了。"

高立仁想，像族长曹怿这样有威望的人，肯定在上头讲些长篇大论的老套子话，还会提一提曹屯的过去和未来，让下一辈称许。还有曹屯老掉牙的旧传统，那些清规戒律等。接下来还有嘱托、训诫和指令等那一大套。没想到，就干巴巴这么几句，就笑着退场了。

耿兴带着士兵们来了，混在人群里。高立仁在士兵中、在农夫间，他沉默着，认真听四周的说话声和笑声，每个字都记在心里。

一个中年农夫搬一把椅子凑过来说："高副团长，快坐到这边来，椅子还舒服。"

高立仁说："我坐板凳就行。"

他站起来推辞，又坐下。另一个年轻农夫拿给他一枚鸡蛋说："你尝尝，还热乎哩。"

高立仁说："我不饿。"

"不饿就不能尝？"年轻农夫把鸡蛋塞到高立仁手里。鸡蛋还烫手，高立仁就那样，一直到离开，就托着那枚鸡蛋。

"你这样身板还当兵，还做官？"年轻农夫凑近高立仁耳朵，有些羞赧，"给我们说说，那一仗是怎么打的？"

另一位老农夫说："这会儿，才喘口匀实气儿。"

年轻农夫说："说说，真的有狐狸帮忙？"

另一个老农妇说："快别瞎说，高副团长才不是那样的人。"

那位年轻人说："高副团长就是这么干的是不是哩？狐狸给布阵，还有皮搭胡子引诱敌人上钩。树叶变成刀子，鸟变成手榴弹，变成枪子儿，就像鱼那样在空中拐来拐去，将敌人击倒。"

高立仁笑而不答。

"我说是吧，我说是吧。"年轻农夫对众人说，他又把脸转向高立仁，"是吧，高副团长？"

那些人，你一言我一语，也不争吵，说话缓慢，一板一眼。每个字都从嘴里飞出，带着五彩的光，并且又是用的方言俚语，还有俏皮话、歇后语和谚语。低微的嘿嘿笑声，仿佛下一刻被点燃后，爆发出火焰上升，像太阳一样明亮。

雪在升温。下一刻，大地将燃烧起熊熊烈火。

此一刻，几乎所有的人都围在高立仁四周，高立仁得到热情的年轻农夫邀请，到村子里去做客。高立仁转过脸冲曹惠双笑笑，又转过脸面对耿兴，一副请示的神态。

耿兴说："你去吧。"

高立仁笑笑。年轻农夫手伸过来，拉了他的手。他们出了门，朝右一拐，便看见村子高大拱形大门。他走过拱形大门，是一排向上台阶。上了台阶，便是宽阔大街。此刻，他才知曹惠双跟在身后。两旁高屋都背向大街。这位年轻农夫走在前边，不时掉转过头来，冲他笑笑。他们拐向一个宽胡同（约两丈宽）。他问族长曹怿的家在哪个胡同。年轻农夫没接他的话，只说了声："请吧，便把他引进一个门前。双开木门没有上漆。养护得却好。由于在门洞子里，不着雨水。高立仁进门，便看见耿兴在往一棵榆树上拴马。

高立仁说："你怎么也来了？"

耿兴说："我不能来吗？"

他们一起进了屋子，一个农妇冲他们腼腆地笑笑，他猜出是年轻农夫的媳妇。进了屋，给他找了个座位（炕边）。那一刻，他的手像被烫了一下，这个农夫的手就像一根棒子秸刚从灶膛里抽出来似的，手指头像冒着火头和一缕烟。

高立仁坐下，静下心观看四周。这个房间挤得满满的。不只是人，还有牛、驴、羊、兔子和鸡也挤在这里，所有的脸孔都透露着宁静的笑容。

高立仁感觉到脚下土地很热，温度通过鞋底已经到达他脚掌。

他的眼睛环视一遭，他都认识，有赵铁匠和李木作，刘瓦匠和陈财主等，都神一般地坐着。那些牛驴羊兔也露出神一般的脸孔。高立仁在思考，这是怎样做到的，看上去宁静，好像很冷，却是炽热的。要是手握得再紧一些，也许就会灼伤。

曹惠双来了。她端过一碗水递给高立仁。高立仁非常谨慎地接过碗。他看妮子一刻，在这张脸孔上看到了以往见过的类似神情，比如他娘老子高李氏、他姐姐高立雅。高立仁头脑随即闪现出这两个词：温柔、平和。

由此，他才知年轻农夫叫曹惠升，曹惠双是他的妹妹。曹惠双此刻手拿一根针，将一块块碎布片缝在一起。

高立仁记起，他还很小。他娘坐在老榆树下缝一件衣裳。他从地上捡起几块瓷片说："娘，缝缝。"或者捡起一条干棒说："娘，缝缝。"或者捡起几块石子儿："娘，缝缝。"是啊，在他的意识里什么都可以缝到一起，比如说将声音、说话声、呼喊声、笑声等；将气息、花叶香、草木香等；将各种光色，阳光下旷野，白色的云、蓝天、绿水等。小到一粒微尘，大到天地，都可以缝到一起，缝成美丽事物和场景。

曹惠双使高立仁想起娘老子高李氏和姐姐高立雅。到如今，他真正懂得了她们的每一种神情。他时常拿两种脸孔做比较：多么相似。

曹惠双缝补衣裳的手犹如舞蹈，那根针在指间低声吟唱。高立仁入神地看，眼睛不眨，就那样看曹惠双缝补。看一眼穿针引线的手，再看一眼曹惠双脸颊。

从曹惠双脸上，透过脸皮，仿佛他能看见各种美丽场景和事物。

高立仁想用一个词来形容这个妮子的面孔：美丽、端庄、清秀等，好像哪个词都不妥。直到一天，他得到解答，那张脸便意味着和平。

直到深夜，高立仁与耿兴回营地，高立仁说起曹惠双，喋喋不休。

耿兴说："你小子，说得我耳朵都起茧子哩。"

第二天，曹惠双再次到来。

听到曹惠双声音，高立仁和耿兴出屋门迎接。高立仁证实和完善了自己的记忆，他想：就是她。曹惠双便看见汉子耿兴和少年高立仁。

曹惠双热情地走过来，耿兴却闪在高立仁身后。曹惠双进门。他们坐在营帐凳子上。耿兴觉得循规蹈矩不行，正襟危坐不是。耿兴往日高嗓门儿低下来，几近耳语。

也就在这一刻，耿兴额头上多了一条深深的横纹。这一天，耿兴二十六岁生日。

高立仁说服曹惠双，将村子和平之门打开，再不关闭。

从此，曹屯，不只有难民拥入，还夹杂一些逃兵、土匪、叛徒和败类种种。自这天起，曹惠双那张脸越来越忧郁，就像笼罩在云雾里的太阳，越来越暗。至此，曹屯上空飘来一片片黑云，黑云一动不动地浮在上空，投下黑影，遮住曹屯街道、旷野和丛林。高立仁发现这一情景，他想到，是他打破了曹屯的传统和格局，这样，曹屯将面临灾难。他与曹惠双谈起，关闭曹屯和平之门。

曹惠双说："一旦完全打开，再也不可能关闭。"

5. 曹屯之谜

一个村庄，就是身在其中，在这个村庄土生土长，也不会解开村庄之谜。别说曹屯，高立仁以为解开了，但还是有更多的谜。当他走进丛林，他走进旷野、走进村庄，走进一个院落，一座屋舍。其中，就会有更多解不开的谜团。高立仁想，曹屯究竟有多少秘密，也许曹怿知道，而其他人也许只看见其中一部分。就像景州城，他活在里头，看见大街，大街上的人，护城河，城墙，大街两边铺子，还有大小巷子和胡同，这是其表象，谁也不知其庞杂度。就是像曹怿那样，活上五百年，也不会完全懂得。曹屯有自己的思想体系，就像景州城有自己的思想体系一般。也许永远不会懂。高立仁想，曹屯，就是曹怿所设置的迷阵。他以自己的心智，给人埋下伏笔。就是曹惠双，她懂得曹屯和曹怿吗？

深夜，高立仁梦见一头牛在营帐前，牛蹄子踏出的声音犹如鼓声，将他惊醒。高立仁穿好衣裳，缓慢走出营地，沿着村子与树林之间一条小径往前走。这条小径上长满野草，铺满叶子，他不时踏到一根树枝，树枝弹起，刺破他的腿肚子。他一直往前走，小路拐进密林，他一步步朝前走着。不知走了多远，他也不知树林有多深，脚一下子蹬空，便陷了进去。他以为这是猎人的陷阱。一直向下坠，仿佛是一个没有尽头的甬道，不知有多深。这情景犹如做梦，身子滚落速度越来越慢，停了下来。摔至最底层，他晕晕乎乎地睁开眼睛，深深喘了口气。此刻，他隐约看到一团光。他站了起来。很宽阔，还有一股股清爽的风吹来。爬着爬着，那团光却消失了。高立仁想，那是幻觉。他一边摸索着往前爬，辨识着身下泥土和周遭，就是梦，这是怎样的境地？就在此刻，三根火柴划亮，亮起三盏灯。灯光有些刺眼，他用拇指抹了把眼睛，睁开眼。第一眼便看见那位坐在凳子上的白胡须白头发长者曹怿，还有曹惠双站在一边。还有一个个农夫模样的人扛着麻袋从他们身边走过。高立仁想解释一下，他不想来，不想知道曹屯秘密，他是陷进来的。

曹怿语气亲切：“你吓着了吧？”他的语气，就像跟一个孩子说话。

高立仁摇摇头说：“我没有。”

接下来长者曹怿、曹惠双与高立仁便坐在三足杌子头上，守在一起交谈。开始有些迟钝、缓慢，也有停顿。之后便顺畅了，他们无话不谈。也就是这次陷入，歪打正着，高立仁与长者便融洽了。他们交谈，聊战争、历史、国家、社会、曹屯、佛家、道家、儒家、汉学、武功等。三个人聊了很多。高立仁也不知聊了多久，一天，一月，一年，一生？现在他知道，曹惠双就像景州人说的：上懂天文，下知地理。她懂文字，善算术，精通兵法，得到了曹怿的真传。

三个人的交谈被突如其来的脚步声打断。一位农夫进来报：“逮住两个可疑的人。”

“现在，不管什么人都往曹屯钻。”曹惠双说，“带进来。”

四个村夫拧着两个神色异样的人进来。他们被黑布蒙上眼睛。一矬一高两个。从那张脸看去，脸滋润透红，不像饱经风吹雨打的小贩。

曹惠双问：“你俩是什么人？”

“我是换泥模儿的。”

“我是卖糖瓜的。”

小贩说：“不知道，谁知道就跟做梦似的，稀里糊涂就到这里来了。要是知道，就是死也不来。”

长者曹怿挥挥手，那两个可疑人被带出去。高立仁说：“怎么办？”

曹惠双说：“送出去算了。”

高立仁说：“他们会泄露曹屯秘密，把情报传出去，敌人会派兵‘围剿’。”

“早就泄露了。”曹惠双说，“已经抓到了二十多个可疑的人。”

高立仁低声，仿佛是在喃喃自语，他说：“是我毁坏了曹屯。”

长者曹怿说：“别这么想。都有个定数。曹屯到今天，是它的宿命。”

高立仁说：“我会保卫曹屯。”

长者曹怿说：“不久，这里将是一片荒草野坡，再也不会有曹屯。”

高立仁说：“我想做到。”

长者曹怿说：“做不到，没有谁能做得到。顺应自然吧。”

高立仁说：“我能做到，我要做到，让我来保护你。”

长者曹怿哈哈笑着说：“我也要离开。”

高立仁说：“你要是走了，还回来吧？”

长者曹怿说：“有可能。”

长者曹怿说：“娃娃，你要保重。”他说这句话，仿佛也是预示。

高立仁告别长者曹怿。曹惠双带着他走出这间屋子。曹惠双举着一盏灯，顺着一条甬道往前走。这里有若干个房间，砖砌垒成，木头拼接。每个房间都足够大。直到这一天，长者才正式接纳了高立仁，曹屯接纳了高立仁。他跟着曹惠双走，看到数不尽的房间。

曹惠双回过头来说：“这是地下曹屯，就是被敌人发现，就是进来，也有来无还。”

高立仁便提出，他想借几个房间，装武器弹药。

曹惠双说：“用不着借，你想用多少就用多少。”

无数地下室就像迷宫。曹惠双带领高立仁，他们走过一个亮灯的大房间，门敞开着，里头有十多只苍鹭。有人在为一只苍鹭包扎伤口。高立仁想进去，曹惠双说：“我们快走吧。”

曹惠双引导高立仁一直向前，曹惠双手里的灯被风吹灭。接着是向上的台阶，一步步向上。一线光亮照了进来。他们直到走出地面，太阳已经升高，大地一片光明。

从这天起，高立仁经常利用空闲时间，到长者曹怿的宅院，与长者曹怿在一起，两个人在一起切磋兵法，排兵布阵。当然，还有设置机关技巧。长者曹怿将古战场上的战术和思想传授给高立仁，高立仁受益颇多。

当太阳初露，两只苍鹭出现在树林上空，落在一个树枝上。高立仁走过去，从苍鹭嘴里取下一块青管状树皮，剥开，里头是给这支队伍下的命令。他在等一个指令，等着与敌人交战的时刻。

前一刻，他还感觉到身体虚弱和不适，甚至还感到肺腑不通畅。他庆幸自己挺过来了。时间分秒而过，他挺过来了。经过了这么多场战役，他没有倒下。虽然几次被敌人子弹击中，流血，但他没有倒下去。他对自己说：要挺住。他就是怕倒下去。就像在家在爹娘老子面前那样，再也喘不过气来。虽然他咳嗽，嗓子里发出的管风琴声音还跟随着他，时隐时现，疾病魔爪伸向他。他一直不敢相信，现在，饥一顿饱一顿，况且吃的是稀粥和窝头，整天行军，却也能赶上步伐，没有掉队。他的双腿变得有力，气势将疾病压下去。他强大起来，疾病越来越小，就像一粒尘埃躲在他身体里，驱赶不走。

后一刻，是思想形态和灵魂游离。他仿佛化作一股轻风、一只飞鸟那样在天空，就像一片白云般羽毛那样轻，在天空飘舞思绪，自由飞翔。

这一刻，他感觉不到呼吸，再没有疼痛，感觉不到身体拖累，自由轻捷。

这样的意境如期光临，已经有若干次。在这样的年代，他对此并不迷恋。他想，这样的境界也许都会有，或多或少。

在曹屯，耿兴、高立仁和士兵都养得马肥人壮。这一天，他们接到命令，去王寺村增援兄弟连队。

到王寺村，便看见突兀在大地上的土堆，残垣断壁，一派血腥。

高立仁带兵冲进村子，与敌人一番厮杀，击溃敌人。一个农夫从西边一瘸一拐走过来。他认出高立仁，一把拉住他的手，对他哭诉。

高立仁让农夫坐在土坯堆上，给他包扎伤口。一堆苍蝇嗡嗡叫，赶也赶不走。地上死伤一片，他与士兵扶起伤者，之后，村庄举行哀伤的葬礼。这样的情景多么令人沮丧。

高立仁一路前行，大地满目疮痍，到处都是悲鸣声。

这个冬天，苍鹭没有迁徙，它们留在曹屯。初冬晴朗午后，高立仁站在河堤上，久久地望着水面。水边已经结了薄冰。当太阳偏西，他的眼前出现一个白色影子飞过。他目光追随白影，便看见一只白色苍鹭。这只苍鹭向南飞了约二十丈，便折返回来，落在他面前的河边薄冰上。它小心地迈动着脚步，探头探脑，仿佛在搜寻什么。此刻河水很清，缓慢地流动。苍鹭的步履恰似河水速度。片刻后，又飞来第二只。两只白色苍鹭影子映在水里，犹如天上的白云朵。他就在那里专注地看它们追逐和嬉戏。它们并摆站在薄冰上，望着静静的河水。冬日的河岸和天空寂寥空阔。没有云，没有虫鸟喧哗。太阳西下，两只苍鹭恋恋不舍地离去。高立仁非常感激它们，给他这个愉悦的下午。苍鹭离去的一刻，高立仁起身回营地。此刻，曹屯和营地上空升起缕缕炊烟。

傍晚，他走近一个士兵。这个士兵将脸埋在薄暮中，背对着天边红云，仿佛他在挽留最后那点儿可怜的夕阳。听到高立仁的脚步声，这位士兵也没有抬起头。他蹲着，就像一块石头。蚊叮虫咬，也仿佛感觉不到。是个中年人，比高立早岁数大一倍还要多。他叫郭怀深，日本军队在一个早晨，闯进他的村子，杀死了爹娘和妻子，三个小子，总共死了六口人。他脸色发青，穿一件薄衬衫，在风中瑟瑟颤抖。一眼看出，他还陷在往日悲惨场景中不得脱身。绝望和悲伤与他纠缠。

高立仁对他说：“新来的？”

郭怀深说：“昨天。”

高立仁说：“干过架吗？”

郭怀深摇摇头说：“没打过架，打过兔子。”

高立仁说：“这就行。”

接下来就聊多了，郭怀深聊到死去的爹娘、妻子和三个小子。周遭干枯草木听到后也跟着抽泣，高立仁与郭怀深聊到深夜。他们两个专注地聊，忘了时间、场景，四周围满了士兵，他们都不知道。一个士兵发出哽咽声，更多的哽咽声、悲鸣声响成一片。

深夜，高立仁睡着了，一个撞击声将他惊醒，像是重器撞击帐篷。他醒来，发现外边一个黑影，他披了件衣裳，点燃火把，走出帐篷，便见一个人倒在地上。高立仁用火把照他的脸，便认出是前几天那个叫郭怀深的士兵。第二天，当第一道曙光照耀曹屯，从东方丛林飞来一只苍鹭，在他上空盘旋，之后，便落到他面前，看着他。

高立仁去见曹惠双，他把郭怀深的死说给曹惠双听，他说这些时，带着深深的歉疚。他想再见一见曹屯长者。曹屯长者神秘莫测，不轻易露面。这天，高立仁将见长者的想法提出。曹惠双答应安排，下午带高立仁去见。

高立仁煎熬着等到下午，曹惠双来了，引导他朝曹屯走去。一直向东，在大街上走了一段，拐进一条胡同，走到一扇门前，曹惠双叩门。来开门的是一个农妇。走进门，是几间烟熏火燎的房子，屋门从做好那天起就没有上漆，门是敞开的，曹惠双带他进屋，撩起门帘，进东里间，一盘大炕，炕头一摞被子，白胡须白头发长者倚被而坐。长者曹怿笑容可掬，一个亮闪闪凸起的额头，脸很平整。高立仁猜想，他便是曹屯最大的谜，没有谁可以破解。窗前还坐着一位，由于背光，看不清那张脸，但头发在窗子透过的光中，能看出来白发多半。炕尾有一个叫炕琴的矮橱。炕琴前坐着一位清癯老者，比倚被摞子长者小十多岁。炕下坐着七个中年农夫。

长者们在谈论今年的年景，秋收季节将至。老族长问起高立仁爹老子高长忙，他多次到景州城去换谷种和棒子种。接着几个长者聊起高长忙和高家的地。高立仁插不上嘴。

高立仁垂着头，他没有坐。等了很久，他直截了当地说：“曹屯有危险了，不能再这样。”

谈话声停止片刻，又接着往下聊曹屯今年年景。高立仁再也听不进一句。他想也许是长者对他不信任，才这样做。他不想探找曹屯的秘密，他想把当前敌情说出来，可是他没法插嘴，他所想与长者们所聊的格格不入。他既尴尬又羞愧。高立仁想解释一下，大错已铸成。

他仿佛记起了什么，便告辞，离开村庄，朝着营地奔跑。他找到耿兴，把见长者的过程告诉了他。耿兴听罢哈哈一笑："杞人忧天，我就不信那个邪。要来就来吧，试巴试巴，干一场。"

高立仁低着头，没再说话。他喃喃自语般说出隐情，耿兴劝他不要忧心忡忡。之后，一天一天安然而过，高立仁淡漠了些，可一想到见几位长者的情景，记起他们说的话，认为那些话潜藏着更深含意。

曹屯长者曹怿刻意把他隔开。他不知怎样做，才能得到他们的信任。有个迷津，有隔膜，有个咒语。高立仁想，怎么才能撕破、推倒、铲平？高立仁闷闷不乐，他咳嗽得厉害。在深夜，他的咳嗽声传遍整个营地，每个士兵都能听得到。就这样折磨到第二天清晨，他走过营地，他遇见士兵，仿佛每个士兵都在问："你病了吗？"

第五章

1. 崔成县长押宝

多年后，所有事物都成为传说——关于高家和耿家的那些传说。西关耿家，耿兴身高马大的小子，以及耿兴那些跟随者，那些愣头小子，那些厉害妮子。北关高家，高立早大个子，带着浓浓文气，高家大少爷。还有崇拜高立早的景州城小子妮子。景州有多少个小子，就有多少个版本《高肃烈传》，景州有多少妮子，就有多少个版本《贞德传》。

由喜生悲，高长忙多次后悔那次给自己做寿，那是私心作祟。他一次次对高李氏说："做寿，我说不做吧不做吧，这回可行了。"

这天，高长忙黎明前起炕，背着粪筐到地里溜达一遭，没拾到半摊粪。进家门把粪筐撂在南墙根，便蹲下划拉那只羊。高李氏端过一盆子泔水倒在猪圈里。那头猪跑过来，将嘴扎进泔水，在里头捞了片刻，吱吱地叫了两声，将头一扭，便走到另一端，倒在那儿一动不动。高长忙对高李氏说："谷子熟了，还有十多亩棒子等着收。"

高李氏说："还想着那几亩谷子棒子，瞧这日子，整天没心拉肠的怎么过哩。"

"没有过不去的日子。"高长忙说，他拾掇着院子里的零碎，散乱镰刀、锄头、扁担和井绳等，还拿起扫帚将院子扫一遍，就去了小仓房，将所有布袋麻袋收到一块，捆了七捆。他头脑里认定他五十寿诞引起了后面一系列祸患，高家与耿家干架，一架又一架；日本侵略者两架飞机轰炸景州城；高家和耿家的小子们参加到抗战队伍……自从做寿那天起，就再没一天消停日子，整天心慌不说，高李氏说不定哪会儿叫苦连天掉眼泪。开始，有高立雅在，高李氏还有个掴舌的，有气也能往妮子身上撒。不久，耿兴带人攻打景州城，耿兴把爹娘老子及全家都带走，还让他们也跟着走。他们没走，高立雅却被耿兴带走了。高李氏觉得高立雅绝情，不与爹娘老子守在一起，真是白拉扯一场，又是疼又是恨。接下来是个无风之夜，家门早早关上，喝了口粥上炕钻被窝睡了。高长忙被敲门声惊醒，他说："我老听着有人敲门。"

高李氏说："你做梦哩。"

"你听听哩。"

"刮风哩。"

高长忙披一件衫衣，蹬上裤子鞋子，他摸索着腰带，一边扎一边往外走，走至大门前便问："谁哩？"

"我哩，爹，开门。是我，立雅。"

高长忙将门打开，反手闩门。高立雅朝屋子里跑去。此刻，灯亮了。再进门，高立雅站在屋子中央："娘，是我。"

高李氏说："你个小老婆子，还要娘哩。"

"娘，你这是说的吗话哩。"高立雅说，"这回是来接你哩。"

"整天盼你们回来，你屁股都没坐稳，就接我们走，说得怪轻巧。"高李氏说。

"我不走，哪儿也不去。"高长忙说。

说着，高李氏哭个没完，一把鼻涕一把泪。高立雅坐过去，把当娘的抱在怀里，哄了半天，也不管用。高立雅说："你小声点儿，叫人听见哩。"高李氏才停了下来。

高长忙说："说说的，棒子谷子都熟了，等着收哩。"

"爹，都到吗时候了，还有心收粮食。"高立雅说。

"就不要了？你真不知道锅是铁打的。"高长忙说。

高李氏说："你说说，都当什么兵，一家子都受连累，整天焦心。"

"就是不去当兵，你看看还有个好。"高立雅说，"只不过到外边躲躲，躲过这阵子再回来。”

“外边怎么待，秋越来越深，接着就是冬天，到处透风拉气，没个着落。”高李氏说。

高长忙和高李氏很执拗，高长忙舍不得他的地，高李氏舍不得她的炕头。高立雅苦口婆心地劝到天明，爹娘老子也不动心。高立雅说：“眼瞅着天就要亮了。你们不走，跟我一块儿来的两个兄弟还等在门外。”

高李氏说：“你走你的，我死，你也别回来。”

高立雅便掉着泪，低头硬着头皮往外走。

高立雅走后，高长忙和高李氏又吵架拌嘴。还是围绕着三个话题，第一是地里的棒子谷子，第二是高家宅院，第三最实际，那就是后悔没有跟高立雅走。高李氏说：“没路，这个可怎么活，死了算了。”

高长忙说：“怎么着日子还得过哩。”

高长忙便合计着怎么收棒子谷子。是日，下了场大雨，高长忙到地里，谷子地棒子地都插脚不下，往里一走，鞋子掉了。高长忙抽脚，转眼去看鞋子，陷进稀泥了。他扒拉半天，才从泥里把鞋子拽出来。这情景，高长忙泪水差一点儿流出来。棒子地也进不去，那些棒子穗都耷拉了，再不收，就要生芽子。他把鞋脱了，撂到筐里，赤着脚走进棒子地。掰了一穗棒子，剥开，便看见金黄色一排排棒粒。要是往年，是好年景。真没想到，日本人来了，这棒子谷子就不知怎么收。高长忙只得回家。

高长忙回家，见有一高一矮两个陌生人坐在门台上。他上去与这两个陌生人搭话，才知道是耿兴派来的，矮个子是七排排长赵龙，高个子是士兵吕正行。赵龙排长跟高长忙讲了当前的危机，说有叛徒告密，日本人说不定哪会儿就要动手。

听到此，高长忙说：“说说的，跟着立雅走多好。”

高李氏说：“你不是还收你谷子棒子哩。”

高长忙说：“你哭哭啼啼，骂也骂了。那样子，要将立雅给咬死。”

高李氏还有很多话被高长忙截回去了。接下来商量怎么走，上哪去，带些什么。高李氏犹犹豫豫，拿拿放放。就是这样，收拾了一堆。高长忙过来，他说：“是去逃难，又不是搬家。”

高李氏说：“你快往车上搬。”

高长忙已经套了车，还没等他搬，便有人来报，说有一队日本士兵过来了。赵排长说：“你带着几个人盯紧。”转过脸来对高长忙说：“大爷，快走，他们来了。你快走，一直往北，到一个叫河沟的村子。”

赵排长把高李氏扶上车，高长忙刚拿起鞭子，就听门外一阵枪声。高长忙还在那里犹豫。赵排长打开大门，拍拍驾辕驴屁股。驴往前一蹿就出了门。出了门，枪声再一次响起，一颗手榴弹爆炸，赵排长狠狠打了驴屁股一拳。驴一尥蹶子，朝胡同尾跑去。高长忙在车上差一点儿晃下来。他坐稳了，赶着车，冲出胡同，便上了一条窄路，窄路两边是深坑，深坑水都满着。高长忙拉了拉缰绳，让驴稳下来。

高长忙赶一辆大车，套两头驴。最初，走了一段平坦的路。高长忙和高李氏以为已经脱身，坐着大车，看着两边旷野上美景，想起当年风流岁月。想聊上几句，缓和一下气氛，当他开口时总以为不妥。所以就聊起三个小子和妮子高立雅。他的绑腿开了，扑拉开足有七尺。他赶紧把绑腿带往腿上缠，将带头掖紧。他看了高李氏一眼，感到自己绑腿带有些草率和敷衍。他想给她解释一句，却顾不上那么多。现在，要是绑腿带再开了，他就会丢在一边。让裤腿就像个扑拉缨子似的。车下被一个深坎颠了一下，害得他屁股都离开车辕，值得庆幸的是他又落在了原地。他一手抓住缰绳，一手握鞭子，就把绑腿带的事给带过去了。

道沟大约有半人深，坐在车辕上，与土地齐眉。所有的草展示着黑绿色叶子，显然对这个季节和这种气候不满。有些还是刚生出的草芽，长出的却是短宽而墨绿的愤恨叶子，骂自己生不逢时。他想，所有生命，越小越不知轻重。路两边的棒子棵显得很高。却也是墨绿色叶子。都长出棒子穗，吐出的穗头都变黑，分明都已经成熟了，熟老了。就像人一样，不管是哪个物种老了就会长胡须。也许这些棒子等不到有谁来收获。还途经了一片片树林。这些树大都苍老，没有谁知道它们生在哪个年代，那些老枝丫都下垂，疲惫劳累，直不起腰。拉边套那头黑驴，走不多会儿，就停下，不是拉就是尿。高长忙想，也许是它老了。他这几年就老是尿急，尿又尿不多。他年轻时可不这样，能憋一大泡。他那次从地里回来，走到半道上，再也憋不住。就跑到树林子里尿了很久。那一泡长得，足有耪两亩地工夫。他与高李氏聊大小子高立早，聊到三小子高立仁，虽然发出声声叹息，脸上却别有神采。他虽然很久没见高立仁，却听到传来的信息说三儿壮实了，还升了官，带兵打仗。聊着聊着，高李氏突然抽泣起来，高长忙便用衣袖给她揩泪，他说："不是好好的，又掉泪。"

高李氏说："就跟做梦似的。我就是想看看三儿。"

高长忙说："他挺好，别老是疑神疑鬼，这样有损孩子福报。"

高李氏点点头，两个人便接着聊，拣些高兴的事儿聊。反正千年黑万年白聊个没完。也许这样就会疏漏，错过河沟村了。他们过了八个村子。过每个村他都很犹豫，是进啊还是不进？两头驴不急不慢地走。一晃村子便走过了。每一个村子都不是他的留宿地。过了一个村又一个村，天黑了下来，前边又不见村的影子。他老是耳惊，听后边有一匹马追过来，马蹄声时有时无。直到他确信那是幻觉。他想，也许自己走错了路，赵排长再也追不来。其实赵排长等二十一人，与日本士兵交火，日本士兵越聚越多，不是死，就是被打散。开始，他还遇见几个推车挑担的人，可走着走着，再也看不见一个人。他知道，这条路很难。直到走上这条路，才知这条路难处所在。坑坑洼洼不算，泥泞不算，偶尔道沟里水深能没了车轴。他已经很久没走这么远的路。在年轻时，他走过很多路。这条路却如此陌生，他觉得无法再走下去。他还是挥动着鞭子，赶着驴子前行。可是两头驴子磨磨蹭蹭。偶尔车会陷进泥里，驴子累出一身汗，也不会将车从泥里拉出。他不得不让高李氏下来，他们一起赶着车，从泥里把车拽出来。就这样走走停停。他不知往哪儿走，不知那个叫河沟村的村子在哪儿。高李氏说，还不如死在家里炕上，这么难。高长忙抱着鞭子，他又累又渴又乏，有些昏昏欲睡。当夜来临，他们只好露宿荒野。两个人半躺在大车上。直到第二天黎明到来，他们赶路。他套上车，扬起鞭子，一头灰驴趴下了。高长忙才想到，这头驴子这几天都打蔫，肯定是头病驴。他一次次将驴子扶起，心疼地抚摩，他嘴里还喃喃不止："说说的，怎么这么远的道儿，还没见过吧？这回长见识了吧！""这就到了，过了前边这片树林就到了。""不是，瞧我这眼，是个村子。""饿了吧，先停会儿啃几口草垫补垫补。这些草不起眼，都开花了，这么蔫巴。"

要不是坐在车中央的高李氏发话，高长忙恐怕到了儿也打不住："你这个碎嘴子，这一路子叨叨，真让人麻痒心烦得慌。快住嘴吧，让人歇歇心。哪会儿添的这毛病。"

高长忙说："走了这么久，连个人毛都不见，就像走到了天边，一个犄角旮旯，都到哪去了哩？路上赶脚挑担的，推车拉车的，地里耪地的、割草的、拧辘轳浇菜的人呢？"

说话间拐了个弯，便进了树林。林中村子，门关闭着。高长忙停下车，在车上包袱里掏出一个碗，对高李氏说："等着，我去讨碗水喝。"转身跑到一个门前，拍打门环，拍得轻，重些，再重些。他嘴里喊了声："开门，是我呀，北关高家的高长忙。"

没有回应。他试着敲下一个门，整条胡同门都关闭着，没有谁开门。门都关着，他试着推每一扇门，门一动不动，门闩得死死的。关得太久，已经长在上头，与墙壁成为一体，没有谁能打开门。

高长忙抱着鞭子，打寒战，哈欠连天。两头驴也打喷嚏和咳嗽。从出门那一刻，天阴着，还不时滴几滴雨，分不清白天黑夜。一片死寂荒芜黑暗寒冷。大车颠簸摇晃，每一天，大车上物品都在减少。大车却越来越重，犹如一座山。多少年没走这么远的路了，他这次出门，第一，踏上一条寻找高立仁之路；第二，为逃亡；第三，为了找个地透一口气，憋了这么久。路再艰险也要向前走。他把驴子拴到车帮上，自己拉边套。车上除了随行物品，还带来高李氏给高立仁缝制的衣裳和鞋子，一大包袱。这些年间，他失去了两头骡子，一匹马，七头牛，还有那只大公羊。这次他们从家里出来，还失去了房屋，高家宅子被日军征用，做了日本军官的宿舍。

房子撂到景州城，仿佛再也回不去。如今，他所有的家产，就剩下这挂大车。

不久，这头驾辕驴子也趴下，高长忙将驴子扶起。他不得不亲自驾辕，高李氏拉边套，就这样走走停停。瘟疫在四处蔓延，传播给牲畜。就是这样，两头驴子走不动，驴迷惘地望着天上黑色的云。旷野一派枯竭，没有一丝生机。就是这样，高长忙拉着这辆大车，偶尔有道路铺展，便顿生希望。走着走着又坑洼不平，泥泞难行。大车陷于泥沼，费劲儿拉出来。

天越阴越密，飘起雪花。高长忙狠狠地说了句：“吗节气，下雪，老天爷没长眼。”

高李氏说：“可别这么说，惹恼老天爷。”

高长忙狠狠地把鞭子摔在车上说：“还怕吗？都这样了。”

高李氏说：“都这样了，你给谁使脸子？”

高长忙说：“我可不是对你。”

每一条路都是绝路，无路可走。一条明路，又宽又阔。走着走着，路便消失。高长忙由此得知，所有的路都有尽头。他就这样，拉着一辆大车行走在旷野。在漫洼地里拉着大车行走。

高长忙还没做思想准备，车帮掉了半拉，他依然拉车向前。车辕又折了一根，他也没停下脚步。

他在追赶，在旷野和村子看见谁都要问一声：“你见到高立仁了吗？”

他便得到回应：“他啊，你说他啊，刚走哩。”

每回只一步之差，就可以看见。或者是他疏漏，与亲人擦肩而过。

高李氏在一边嘟哝着："再快点儿，就要见着了。"

高长忙说："叫人喘口气哩。"

眼前的路朝着一个高岗延伸。高长忙用足了劲儿往下拉。他拉上高岗，朝下行，车跑得很快，他们紧倒扯腿，生怕跟不上。就在此刻，车轮飞到一边，滚到路边树林里。大车便侧歪到地上，一动不动。高长忙到树林里寻找，顺着车轱辘印找。可是，那印迹在林间草地上消失。他站在那里，想：躲哪儿去了哩？他从草棵扒拉到小树丛，最终在灌木间寻到车轮。他骨碌着车轮回到大车前，他抬起大车，就将车上包袱填到车下，支撑着大车。他将车轮安上，却无法固定。他越着急，越想不出办法，干脆就坐在斜坡上，守着大车。他一直在想，此刻要是有把斧头多好，高岗上满坡的杂树，都可以砍下。天上云越来越厚，飘起雪花。没有风，非常寂静。此刻，从高岗那边传来铃铛声。他想，这年月，谁敢如此招摇，还敢拴个铃铛？他刚想到此，三匹肥壮高头大马登上高岗。肯定是阔绰人家，势力又大。还真让他猜准了。下一刻，一个骑高头大马的人，在他面前停下，跳下马来。他不得已起身，抬头看马上的人有些面熟。

"高老爷，真没想到，在这里遇见你。"那人说，"你的大车怎么了？"

"一言难尽。"高长忙就将发生的事讲了一遍，这样倒霉，两头驴子暴尸荒野，只好自己拉车赶路。说着，高长忙眼睛湿润，就要掉泪。

"崔县长。"高李氏也认出这位就是大名鼎鼎的县长崔成，崔成到他家去找过高立早，那一次还拿走他挂在墙上的一幅画。那幅画自高长忙祖爷爷建起瓦房那一天就挂在墙上，崔成非要摘了去。高长忙开始护着，崔成说愿意出五百块钱。高长忙只好说，不要钱。崔成说，就我跟大少爷的情分，知道高老爷也不好意思拿我的钱。高长忙虽然不肯，还是眼睁睁地看着崔成把画摘走。墙上那一块空了下来，留下一片白墙，仿佛那画还在墙上挂着。

"哦，是高大娘。"崔成这才看清车上那堆物品中还有个人，有鼻子有眼，赶紧朝前挪动了几步，“这不，我娘生病，我接她到景州城看大夫，她说景州城兵荒马乱，不肯，硬拉生拽才上车。”

雪越飘越大。还刮起飕飕的北风。高长忙虽然穿着夹袄，却薄如蝉翼。崔成挥挥手，那辆华丽马车从高岗上下来，铃铛脆生，余音犹如雀鸟歌喉婉转啼叫。这是一挂轿车。车上红布黑布蓝布花花绿绿，令人眼花缭乱。高长忙的大车与那辆车相比，就是一堆劈柴。

“坐我的车回去吧。”崔成说，“你看看，天就要黑了，雪越下越大，总不能在漫洼地里落脚，前不着村后不着店的。”

“你带斧子了吗？”高长忙说，他一门心思将大车修上，“我出门没带斧子。”他将轮子扶起又说，“我记得带上了，一直带着。”

“大车不行了，就是修上也跑不了几里路。”崔成走到车轮前看看，再看看大车，“没想到高老爷坐这么破的大车。你的新车哩？”

“我哪儿有新车？”高长忙去搬车轮，用衣袖擦擦上头泥土，就像给一个孩童抹鼻涕，“就这一辆车。”

“不是有十几挂大车？”崔成打量高长忙一眼，小眼睛眨眯两下，露了露精神，“还有好大一群骡马哩。”

“没哩，没哩。”高长忙把轮子装到车轴上，又在地上找了起来，还在土里扒拉，心急火燎的样子，“怎么没有哩，上哪儿去了哩？”

“你们到哪儿去？”崔成说。

“找三儿，已经一年多没回家。”高长忙说。

“真不知道他在哪儿吗？”崔成说。

“要是车轮不掉下来，也许就找着了。”高李氏说，“崔县长，你知道三儿在哪里吗？”

“那么大少爷哩，他在哪儿？”崔成问。

“我还以为你们在一起了哩。”高李氏说。

“早就分开了，好几年没见着了。他没回来过，你们没见着？”

高长忙和高李氏摇摇头。

“修不上了，别鼓捣了。”崔成说，“高老爷，还是坐我的车走吧。”

“那怎么能行。”高长忙说着，将轮子装到车上。就在此刻，崔成身边一个敦敦实实穿黑衣裳的中年随从，过来硬把高长忙和高李氏扶上大车。他们在车上，被拧牢，一动不能动。

大车朝前飞奔。高李氏大声喊：“还有包袱！”

“顾不上那么多。”随从说。

此刻，便听到哼哼耶耶声，吸引了高李氏眼睛，便看见的确有个人裹在被子里，哆哆嗦嗦的，哼哼不停，仿佛就要死了。

崔成说：“别管她，坐好了。”

说着，车帘放下来。里头一下子黑了。坐这样一辆车，高长忙和高李氏觉得心里没底。高长忙开始还客气了句：“崔县长，我哪能坐你的车。”

高李氏说：“是啊。”就撩开车帘，往车下跳。

崔成将她抓着，像放一个泥塑那样放到座位上，崔成说：“摔着你啊！”

马蹄嘚嘚，铃儿脆生。车里还暖和些，不久，便稳下心来坐车。在车上，只有崔成娘老子在被子里呻吟，其他人都默不作声。就一会儿的工夫，崔成撩撩车帘，漫天飘雪，景州塔在雪中耸立，就像一个景州汉子。

雪大，没有风。很静。大车在雪中行，大车与雪发出轻微摩擦声。高长忙的手伸向车外，便摸到雪是热的。

高长忙听到马蹄再次踏上景州城大街，他说：“到这里就行了，今天谢谢崔县长。”他就要下车。

崔成一把拽住他说：“高家回不去了，回家就是个死。这样吧，我给你安排一个闲宅，先在那里住几天，我打听到三少爷下落，再送你去也不迟。”

车停在一条胡同里。高长忙辨识了下，这条胡同陌生。崔成把他们带到一个门楼子前，拿出一把钥匙，将门打开。崔成还令手下将院子里的雪打扫一下。可是雪越下越大，怎么也扫不净。那敦敦实实的随从见崔成往门外走，便也丢了扫帚，跟主子走了。

高长忙和高李氏被带到一间黑暗屋子。就崔成的脑子，他这样做，就是将高长忙和高李氏当作俩人质，就像景州城俗话说的——吃两面硬疙渣。从表面上看，日本人占了上风，可是，八路军不是吃素的。也不善乎。今天攻城，明天端个据点。要是谁干了坏事，说不准吃枪子儿，被掏了被窝。所以崔成怀有恐惧心，要是日本人胜了，他就将高长忙和高李氏交给日本人；要是八路军胜了，就交给高立早。高长忙和高李氏不知道其中道道，崔成看上去知冷知热，非常恳切，说话一字一板，每个字都很实在可信。

“多久没见到少爷们了啊？高老爷。”崔成右手扶着八仙桌一角，“有些日子了吧？他们忙啊？”

“高立早啊，就没回来过，也不知忙个啥。”高李氏坐在床上，这间屋子里一张床，没有炕，她还不习惯。床上褥子是刚铺上去的，暄暄乎乎，坐一会儿，就觉得有些硌屁股：“三儿来过一次，掏把火的空儿就走了，现在不知道在哪儿了。”

“也不给个信儿。”崔成压低声音，“可不能叫日本人知道，那可就吃不了兜着走。”

“是哩，现在他们是死是活还不知道。”高李氏把一床被垫在屁股下，还觉得薄了些，“有麦秸吗？”

“有，要那个干吗？”崔成上去摸了把，是有些薄，“我这就叫人抱两床被子来，不要麦秸，生虱子、臭虫，还招跳蚤。”崔成这会儿也不提他娘老子的病，仿佛一个大闲人，坐在这里。就这样，聊了一会儿高立早，又聊了会儿高立仁，接着又聊高立明，还聊今年的收成。

提到收成，高长忙唠叨了几句，今年谷子棒子长得多高，谷穗棒子穗多大。说到这儿，高长忙说到地里看看。

“不就是几亩谷子几亩棒子嘛，就别看了。”崔成再次提到高立早和高立仁，“大少爷和三少爷真没回来？”

“连个影子都没见哩。这么说你见他回来过？”

“说不定这会儿就在景州城。”崔成说。

“那赶紧找找。”高李氏说。

“谁找得着？”崔成说，“我要是见到他们，就让他们来接你。听人说三天前，他还来过景州城，赶着几辆大车。”

高李氏说：“我说是吧，这个大行子也作祸了。”

高长忙说：“不会吧？”

崔成笑笑说：“先说说你那个宝贝三小子三少爷吧，那个痨病腔子，他跟耿兴在一起，你知道吧？”

“这个知道。”高长忙说，“别提这个，一提这个，她（高李氏）又伤心掉泪。”

崔成凑近高长忙和高李氏，他说：“你真不知道？三少爷可出了名。据说他现在不呼啦，喘气匀实啦！”崔成嘿嘿笑着，那神情，有讥嘲也有恐惧。脸上神情复杂：想威严却怯懦，想镇静却恐慌。

“知道吧？”崔成说，“日本人出十万块悬赏他。”

听到这句，高李氏哭哭啼啼。

“日本人一直在找三少爷，找了这么久，这一次恐怕下了决心，必须找到他，还要糊口。说不定，你们知道吧？高老爷高大娘，日本人跟立仁队伍干过好多次，是他手下败将。日本人可不服输，他们有个樱花行动，也叫‘铁壁合围’，要搞一次‘围剿’，一次大‘扫荡’。派了多个军事专家，动用大部队，现在都往这里集结。想想哩，景州城这么好的地，这么好的平原，富庶之地，肥得流油，谁都馋得流口水。我都不敢信，像三少爷那么个瘸瓜、痨病腔子，一下子就当了团长，还让日本人闻风丧胆。三少爷的战术，日本人摸不透，被打得晕头转向，昨天晚上，打了一夜。直打到天亮。那是一场糊涂仗，日本人自己跟自己打起来了。后来发现打错了，停下来。在护城河边发现一只死兔子、一只死狐狸。景州人都说，三少爷稍一动脑筋，日本人就吃败仗。就是啊，一只兔子，一条狐狸，一棵树都帮着他打仗。当然，我也为三少爷担心。我让你们在这里待几日，等这场雪化了，我把你们交给立早。不要怕，要信我。我只给日本人当差，混一天两半晌，当一天和尚撞一天钟。我不是汉奸，也不当卖国贼。曲线救国，总有我翻身的时候，那一天到来，给日本人颜色看看。我不会将你们交给日本人。你是大少爷的老人，我也拿你们当老人对待。你是大少爷亲爹，也就是我的亲爹。”

“你不是拿这个来哄我吧？”高长忙说，“你说的这么邪乎，都是些传言，不是真的。”

“真的哩。”崔成说。

“我说哩，怪不得哩。那是抬举三儿哩。”在此刻，高李氏也不哭泣了，而是听得眼睛生神，脸上还带着笑容，她还嘟哝说，“不承想，三儿出息了。”

崔成露出难色，他道说这些年所吃的苦。在日本人手底下怎么受气，他只不过是日本人的奴隶，傀儡县长。要看着日本人脸色行事，要是误解就会遭殃，整天提着脑袋做事，就是这样，还受日本人呲哒，就像呲哒个孩子似的。总之，崔成对着高长忙和高李氏又是表忠心又是发誓。

高李氏说：“你一个大县长，日本人还敢呲哒。”

崔成说：“大娘，你不知道，咱在日本人手下，就是三孙子。也就算人家仆人，就是一个日本小兵想怎样支使就怎样支使。要不是看着咱这里人这么受罪，这么受难，就是想为他们办点儿事儿，尽个人所能，我早就不干了。再说不干这个，干什么去？像我这人也是命苦，赶上这么个时代，兵荒马乱，没个清净地。”

高长忙说：“合着你也难，都很难，是不是，崔县长？”

“就是，那么多眼睛，都瞅着瞧着的。一句话，一个神色弄不对付，那可就遭殃，轻了挨一顿揍。就是挨嘴巴子还得赔笑脸。说不定还会蹲大狱、吃枪子儿。听说前几天西边有个县长就让日本人给毙了。这分寸很难拿，恨得要命，怕得要死，还得硬着头皮，强作精神，赔着笑脸，在日本人面前跑来跑去。咱向着谁哩？还是咱自个儿人，又不能让他们看出。说不准就定一个通敌罪名，那个就吃不了兜着走了。”崔成说着，还不时地划拉着后腰，昨天后腰这里挨了日本兵一枪托，现在还隐隐作痛。

高李氏说：“哦，你也够难的。”

崔成说：“是哩，都难哩。”

对崔成来说，高长忙高李氏，烫手山芋，扔了不行，拿着不是，深不得浅不得。还好，就让高长忙和高李氏住在这个宅院里，躲过目前的灾难。在高长忙的心里，崔成心眼儿多，得提防着。他就住在这个宅院，到时候就有人送来米面油盐。院门一直关着，有两个把门的。对他们来说，那就是个牢狱。他试过三次，一次想深夜溜走，悄悄地将门打开，两个影子站在那里，将他从门里再推回院子。第二次想从后门逃走。他打开后门，却是一堵墙。有一天，他发现横放在屋檐下一个梯子，便搬了梯子想从墙头逃走。他刚摸到梯子，就闻听有个声音说：“别动心思，跑出去也是个死。”从那一刻，在他的意识里有了一个认知：跑不了。就这样在屋子里干等着。高李氏心里别扭，炕上有被褥，就是没有针线簸箩，连根针、连块布片儿都没有。

开始十几天，崔成来过两次。第一次，还带着伤，拄着拐，右胳膊吊在脖子上，缠着白布，高李氏对他提出，将他们送到城外，随意什么地都行。崔成说，过几天，他会派人赶一辆车把他送到三少爷那里去。崔成走后，高长忙对高李氏说：“还不知崔成包的什么馅儿。”高长忙让她再不要多嘴。他现在是日本人的县长，说不定日本人已经知道他们就在这间黑屋子里。随时都有可能闯进来，把他们送进日本人牢狱里去。高李氏说：“你怕也没用。说这个，也就是试探一下。”

第二次，高李氏问崔成什么时候放他们走。崔成说，这里是最安全的地。要是出去，命说不准哪会儿就丢了。

高李氏说：“你答应的都不算。”

崔成嘬着牙龈，叹了口气说：“我也是没法儿。”

高李氏说：“你这样，还不如让我坐牢，把我交给日本人算了。”

再往下说，高长忙示意她闭嘴，高长忙说："别说疯话。"又把脸转向崔成说道："崔县长，在这里挺好，谢谢崔县长。"

崔成说："你别谢我，谁叫我跟大少爷好哩。一家人不说两家话，你就安心待着，我真没有再好的办法。"

高李氏说："你不是说立早来过，耿兴也来过，三儿也进过城。等他们进城，把我们交给他们不行哩？"

"每次，都是他们出了城第二天才听到消息，我可见不着。我也想给他们捎个信儿，让他们来接你。"崔成说着，拿起桌上一把梳子梳头，又放下，"行，我要是见着他们，让他们来接你。"

高长忙说："这样挺好，崔县长也不是外人。我们就住在这里。"

崔成转身，撩了门帘走了。高长忙说："真是妇人之见。要是崔成这小子拿我们当诱饵，钓立早和立仁他们，那可就坏醋了。"

高李氏说："看着崔县长没那么坏。"

高长忙说："人心隔肚皮，做事两不知。"

从这一天起，崔成再没来过。院子里两个人守着，又不敢妄动。高李氏求两个守卫，见一见崔成。那两个就像两根木头、没嘴的葫芦，说什么他们都不吱声。在他们意识里，这两个把门的一直守在那儿。到咽最后一口气，那两个影子也没有消失。

景州城一天比一天黑暗。雾霾压迫着景州城，没有风，乌云盘踞上空。看不见景州塔顶，护城河水昏暗，开福寺门前冷落，教堂已经被日本侵略者占据，成了兵营、狱所。偶尔，还有走街串巷小贩，小声吆喝。街上店铺大都关闭。三两个人爹着胆子开门。

小野大佐与县长崔成串通一气，他要看景州繁荣景象。崔成找了一帮乌合之众，到每家商铺劝说。当然，还会动用武力，用枪逼着开门。在枪杆子面前，要是喘口大气，说不定就要吃枪子儿。门一扇扇开了，可是里头黑着灯，门前再不挂灯笼。街上行人都很少，谁还有心到铺子里买东西？偶尔会出现一个尖厉的声音，那便是抑制不住的哭声。

深夜，敌人军火库被炸，敌人的军营传来密集枪声，手榴弹爆炸声。墙头被炸倒，还有那些门，被炸得焦煳，半边囫囵沿儿。白天几个日本兵在饭馆用餐，吃着吃着就死了。一队日本士兵赶来，把掌柜和伙计都抓了起来。还听说，日本士兵的宿舍，士兵睡着觉做着梦就被抹了脖子，脑瓜儿被开瓢。

没有谁说得清道得明。说不准，一个杂货铺伙计从柜底下拿出一杆枪，将敌人击毙，也可能是一个小贩挑着一挑子茴香走进一条胡同，从菜挑子里抽出一杆枪。一个卖泥人泥模儿的小贩，从一堆泥模儿扒拉出一颗手榴弹，投向正在巡逻的日本士兵。

就是在那样的气候那样恶劣的环境下，在一天早晨，街边槐树又发新芽，城门楼子上那棵歪脖子榆树又发新枝。街边墙根下又钻出草芽和小树，在等待着一场春雨。

崔成第二天来，看那样子，就像小子在外边受了气，到娘老子这里来诉苦那样子，还挤出几滴眼泪。每次崔成必说的话，一定是希望让二老健康，等到高立早来了，把他们交给高立早，才算完成使命。

这样奇冷的罕见天气，到外边也是个冻死。窗外的雪已经封锁所有风的信息。屋里头很静，什么声音都没有。他们仿佛在一座山下，就像孙悟空被一座山压了五百年。崔成第二次走后再没来。他们就安下心住着。来送吃喝的人来去匆匆，高长忙想打听一下，外边现在是什么时候，是否还是那么黑暗和阴冷，太阳是否从云缝里露过一次面……

高长忙和高李氏就等在那里，等着枪子儿射来，或者一块弹片飞来，将他们击中。每一刻，都会飞来，不知什么，发出噼啪声和哐当声，将门窗击中。他们在院子里的积雪下发现砖头，将窗子堵上。反正逃不出去，就这样百无聊赖地待着，不知过了多久。他们坚定信念：活下去，就是要见到高立早、高立仁他们，哪怕说一句话再死，那样也就知足。他们吃得节俭，一顿吃一口饼子。没有菜，也没有粥。渴了，将手伸出窗子，掏一把雪填进嘴里。

最后一天，粮食吃完，吃掉最后一粒碎渣。两个人就坐在那里，闭着眼睛，在此刻，除了等死，再无其他。

就是这样，高李氏跪在墙旮旯，磕头祷告，嘴巴翕动不停，在为高立仁、高立早、高立明和那些勇士祈祷。只求保佑她小子妮子平安，假如可以，她拿自己生命换取。

一个深夜，高李氏从梦中惊醒，她坐了起来，把高长忙推醒，她说："不好。"她说，她梦见高立仁——他就像二小子高立明那么壮实，脸带微笑，脸蛋通红，坐得那么近，还闻见他小时候奶腥味儿。

"回来了，三儿。"

"娘，我回来了。"

"这回就不走了吧，三儿？"

"不走了，娘，不走了。"

这是上一刻的景象，到下一刻高立仁脸一下子变瘦，不住地咳嗽，嗓子眼儿发出呼啦声，之后，高李氏就醒了。

高李氏开始抽泣，一把鼻涕一把泪。高长忙说："瞧你，哭得跟李三娘似的。"

高李氏抽泣着说："听见三儿嗓子呼啦，咳嗽得厉害。"

是这样，高李氏所听见的咳嗽声和呼啦声，犹如破碎声，就像一个碗、一口缸的破碎之声。她从梦中醒来，高立仁咳嗽声和呼啦声犹如从前。她最怕的就是这种声音。就那样咳嗽和呼啦，下一刻，仿佛高立仁就散架了。她所担忧、所恐惧的就是这种声音。可是，这种声音却一直在她耳边响，从没有停止。窗外的风声就像呼啦声，还伴有咳嗽。天地间全都是这种声音。可现在，不知高立仁在哪儿。这是自高立仁离家，唯一一次，她梦见他。这个梦如此真切，比现实还要真实。她醒后，那场景历历在目，高立仁瘦高个子，那张瘦脸，高鼻子，大眼睛，大脑门，浓密黑发都如此清晰，他的笑容没有变，跟在家时一样。

高长忙说：“别吱声。”

就在此刻，一个响雷炸响。

高长忙祷告，来个更响的。把一切劈开，哪怕死，也要再看一眼太阳。是啊，雷声，就像一根烧火棍那样，带枝杈的影子，弯曲如蛇，在云层里搅动。就像擀面轴子，将面团似的漫天云雾擀来擀去，最后擀成一张薄饼。闪电利刀切割成条状。在面板上摔打去面醭。接下来，条状的雨泼向焦土，发出呲啦声。

高李氏哭声拉韵地说：“你听听啊！”

高长忙说：“别吱声。”

外边的雷雨声与高李氏哭泣声相呼应。

高长忙和高李氏蜷曲在墙旮旮，仿佛一喘气，雷的爪子就伸向他们，抓一道深痕。

那一刻神志，不知是死是活，是鬼是人，是梦是醒，将一切混到一起。一次次被雷声惊醒。

高李氏小声说：“听，炮声，枪声。”

高长忙嘟哝说：“老天爷，老天爷，老天爷！”

饿了七天，就要死了，也许已经死了。已经不能确认，是灵魂还是肉体在走动？犹如在梦里那样，仿佛还可以到达，仿佛能够到达。醒来了吗？还在原地。到时候了，该行动了。可是，梦魇在继续。身体可以跟得上思维。想跑就跑，想跳就跳，想飞也可以。从此岸到彼岸，不需要船和桥梁。从地到天，不需要梯子。在云端，在天河里浮游，自由自在。总之，想到哪儿，就到达哪儿。犹如头脑里思想跳跃，比一只鸟雀还要灵动。

下一刻，醒来了。像死一般静寂。动了动身子。可以动，这是否还在梦里？雷雨已消退。从窗子里，从墙的洞孔，透过来亮光。他们的意识里，院门还有人把持着。高长忙想，再试试怎样打开后门。他走到门前，将后门打开。就在此刻，后门哐当倒在一边，紧接着，堵着后门的墙轰隆垮塌。黑屋子即刻明亮。举眼一看，门前便是景州城最长最宽的大街。此刻，他们看见太阳再次升起，大街再一次恢复到往日簇拥场景，都带着笑颜。所有店铺门大敞四开，门前还挂了红灯笼。那边鞋帽铺的伙计，登到高处，将灯笼熄灭。这情景，仿佛就是昨天，到如今，已经恢复到当初。从虚幻梦境到真实，战争与和平只一墙之隔。他们从人群那里得知，崔成带着钱财家眷逃得无影无踪。

高长忙仿佛记起来了什么，他与高李氏相互搀扶，沿大街走着，多么熟悉的漂亮大街。

他走到高家巷，便看见了自己的院门。回到自己的院落。他们打扫和清洗，将一切清除。房间里还遗留着日本侵略者的气息：粗暴、蛮横、淫威。还有女人脂粉气，那种说不清道不明的香气，闻起来让人恶心。

2. 包袱

高立早挎着一个包袱，先是沿地平线走着。大约是凌晨，没有太阳，他在灰白色雾气里晃动。他记得这条路，沿着这段堤岸，拐过来，一下子近了，接下来便看清他那张长瘦脸和高鼻子。

高立早身后还有一个人，是身材不高其貌不扬、比他小两岁的曹天明，算是随从，算是个护卫，也算是秘书。两个人一高一矮，沉默不语，走了这么远路程，却没有说一句话。

不久，从地平线出现一片树林。越往前走，这片树林越大，这是一个村子。接下来，一片树林连着一片树林，在这些树林里是些房屋、人和牲畜，还有雀鸟飞过。他背着一个包袱。由于路途漫长，包袱显得沉重。其实里头就有几本书、两块窝头和几件换洗的衣裳，还有一双鞋子。当然，包袱里最重的家什就是那把手枪。这是一支藏而不露的枪，很少有人看见过。接下来，景州塔便在雾霾里显现。景州城到了。景州城门楼子也从雾中显露。两个日本士兵抱着枪，倚着墙打瞌睡。高立早硬着头皮走近，他也觉得头皮发麻，也知道此刻脸色也不会好看。两个日本士兵惊醒，睁开睡意蒙眬的眼睛，高立早一边冲两个日本士兵招了招手，进了城。高立早穿一件长袍，本来是黑色，由于穿得太久，一块黑一块黄。他也知道，穿一身这样衣裳，在景州城有很多眼睛能将他认出。但他还是选择穿这件长袍，就是想让景州城那些眼睛看见，他高立早还是高立早。布是娘老子所织，棉是爹老子所种，衣是娘老子所做，穿在身上，还像当初那样合体。他大摇大摆地走过一家家铺子，停下，望一眼橱窗里头所摆的商品，一个木雕人穿黄袄红裤，长发，蹬一双乌亮红皮靴。这是刘修三的铺子。天还早，店铺还没有开张，有人打开一道门缝，探出头来察看大街上的动静，还举头望一眼天空。这个季节，到处冰凉梆硬，在街角，还堆着没有铲尽的残雪，远处屋脊上一层雪还没有融化。

他来景州城与上级接头，接受新任务，再就是买一些药品。他与曹天明一前一后沿大街走着。看上去像没事人，在散步。他那两条大长腿一步一步越过街上一个个行人。他一直向西走过教堂，教堂门前有两个日本士兵站岗。他看着日本士兵。本来两个日本士兵在说笑，当他目光投过去，便停止说话，都低下头，换了严肃脸孔。他走过两个日本士兵，往前便是开福寺。他们接头地点是景州塔北门。

高立早在景州城开福寺前停了片刻。门前很静，里头不见一个僧人，也没有一个香客。他直接到景州塔北门，等了片刻，便看见耿兴和高立仁两个人说笑着走过来。高立早刚想去迎。还没有搭上话，便听到跑动声。高立早冲着那两个人挥手。耿兴和高立仁两个人便朝西边护城河方向跑去。一队日本士兵沿街从东向西跑去。日本士兵穿皮靴，走路就像马蹄声。声音越来越远。高立早围着景州塔一圈圈转。不远处，便看见两个影子进了开福寺。高立早就在那里站着，他还在等。开福寺前人越来越多。就在此刻，两个日本士兵走到开福寺门前，对进寺的人搜身。大约两刻钟后，高立早想离开。就在此刻，一个日本士兵将他拦住，就要搜身，他刚想掏出包袱里的手枪，此刻，南边槐树后枪响了，一颗子弹飞了过来，日本士兵中弹倒地。枪声一响，哨子响了，两个日本士兵朝景州塔跑来。他们误以为有人上了景州塔。接着戒严笛声响起。不多时，日本兵来了一个连的兵力，把景州塔围了里三层外三层，将景州塔内一层层台阶数了几遍，都给蹭亮了，连个人毛都没找见。

高立早和曹天明一起朝护城河方向跑，几个日本士兵在后头追赶。子弹扑扑地落在身后。他觉得腿被踢了下，他差一点儿跪下。他想，肯定被击中了。还能跑，腿还不是太软。他跑了不远，就有一个黑影过来，抓住他。他仗着身高马大，将这个影子踢倒。这个影子抓着他的手不放，他猛力抽了两次没抽回。高立早脚下被这个影子绊了下，便摔在了地上。他与这个影子便抱在一起。此刻，枪声响成一团。他与这个影子滚打。这个影子又黏又滑，抓也抓不住，推也推不掉。他就像在做噩梦，想抽出手来给对方一拳，就在此刻，那个影子突然松手，仰脸倒下。曹天明拽起他，朝前跑。城墙坍塌，他们从一堆乱砖头子上踏过，越过城墙，就到了护城河。他们贴着墙根跑了一段。护城河有一段干涸，他们从这里过河，河中心一股细流还流着清水。两个人脱掉鞋，从水沟里走过。高立早打了个愣，这时刻，曹天明便背起高立早，涉水过河。他们便到了西关。一个门楼探出一个人头，冲他们招手，高立早辨识向他招手的妇人，大约四十岁，箍一块头巾，穿一件蓝袄一件蓝裤。他一进门，这位农妇便说："受伤了。"高立早才发现血已经洇出绑腿带，幸亏有绑腿带绑着，没有流太多的血。妇人伸手想解高立早腿上的绑腿带，给他包扎伤口。此刻听到不远处响起咣咣砸门声，还有日本士兵哇啦哇啦的叫声。高立早和曹天明相互看了一眼，他们摇摇头，也不知该如何是好。妇人却说："你们来。"便带他们到堂屋，推开织布机后边的门，示意让他们进去。

他们便进了这扇门。这是一个套院，还有三间简陋屋舍。高立早和曹天明走进去，躲在里头，听着外边动静。他们听到开门声，日本士兵的叫喊声。直到砸门声远去，外边平静下来。

此刻，高立早才发现自己坐在一张光席大炕上，没有褥子被子，炕上靠南墙还放着没有盖板的破柜子，里头空空如也。柜子上还有一架破纺线车。灰色的墙，偶有麦秸毛刺探出来。炕梢头那面墙泥皮都掉了，露出了坯。堂屋一架破织布机框，也落了一层尘埃。高立早腿肚子在流血。曹天明过来，撕了块衫衣给高立早包扎。血止住了，很疼，就像一条浑身长刺虫子在身体里拱动，朝着心和头脑钻过来。高立早想，要是让血自然流淌就不会疼，那样血会流尽，命也就丢了。活下去，忍住疼痛。曹天明说："差一点儿让敌人逮住。"

"我们怎么暴露的？"高立早说，"要是被逮着，决不当叛徒。"他的语气很重，这句话仿佛是一句誓言。

曹天明点点头。高立早困乏，一合眼，打了个盹儿。他醒来，天已经黑了，还掌了一盏油灯，照得屋子里昏黄。他身下已经铺上了褥子，也盖了一床被，伤口仍隐隐作痛。

妇人来了，提竹篮，竹篮里装着一盆粥和一箅子棒子饼子。妇人说："饿了吧？"说着，就放了一张地八仙桌，把饭放在上头。高立早拿了一个棒子饼子，一口咬了半拉。他那样子，就像饿死鬼托生的一般。妇人见此状便笑了。高立早手还哆嗦，看他那样，巴不得一口将一箅子棒子饼子都吞下去。妇人给他拿来一双筷子说："还有咸菜。"把一小碗咸菜放到桌子上。高立早夹了一大箸子塞进嘴里。曹天明也没见过高立早有过这样的吃相，高立早把一个棒子饼子吞下去，这才稳下来，抹了抹嘴巴，羞赧地笑笑说："都吃，都吃。"

这时，高立早瞥了一眼妇人，便看了满眼。妇人一张黑色圆脸，一双明亮单眼皮小眼睛，肉乎乎的鼻头，一头乌黑头发。穿一件黑色夹袄，夹袄袖口都快掉了，连着一点儿。他与曹天明吃饱饭，她过来收拾桌子。将空碗空箅子放到竹篮，她的袖口掉了出来，她赶紧放下箅子，把掉出的袖口掖到袖子里。她抿着嘴，露出羞涩的表情。后来，话聊多了，才知道，妇人的男人叫李凤春，一年前被日本人抓走，再没回来。从此，高立早便叫她春嫂。之后，高立早把这里当成他们的堡垒，在这里开党小组会。直到有一天，他到春嫂家。那个家被烧毁了，只剩下房框子。后院三间小屋也被烧毁。春嫂已经殉难。

这一次，高立早在春嫂家住了五天。当他一瘸一拐地走出套院，与春嫂告别。春嫂说：“你行啊？伤还没好。”

高立早说：“行了。”

他被扶到一头牛脊背上，在夜幕里骑牛出城。一路上，感慨颇多，有几次泪水都流出来……黑夜隐藏了他，他举手擦泪，也没被曹天明发觉。

那次负伤，他醒来，首先想到自己的包袱。他伸手去摸，没有摸到，他欠欠身子想起来，腿疼得厉害。他轻轻触摸伤口。绑腿带已经被松开，已经被春嫂洗干净，晾在院子里枣树枝上。下午，当他再次醒来，春嫂将子弹穿透的绑腿带补好，叠放在枕边。

曹天明将包袱拿到他身边。他伸手捏了几下。包裹里沉甸甸的手枪还在，那个年代关于高立早的包袱传说很多。像高立早这些人，都有一个共同的包袱。包袱皮已经很旧。一看那张疲惫的脸就是经过了长途跋涉，不知走了多远的路。穿一件黑棉袄一件阔腿棉裤，打了绑腿。冬天平原的风没有遮挡，冷风飕飕地灌进来，就像一把把刀子，在身上乱剔乱割。地上一片片像云翳般的残雪，看上去是雪，其实已经结成硬冰。脚下的残雪发出咔嚓的断裂声和破碎声，深一脚浅一脚朝前走着。天灰暗，虽然雪光映照着重重影子，难以断定是黑夜还是白天。高立仁并没有离开景州城，他还在等。那个年代，组织被破坏，每一时刻，他都有被捕的危险。就在受伤的第三天，高立早伤势稳定。曹天明几经联络，他与其他七位工作人员接上头，会议在春嫂家后院开了一天。传达上级指示，研究当前敌情等。面临三场战役：第一，在危急困苦时刻，大都有畏难情绪，甚至有的还投敌叛变，要坚持住，撑下去，怎样将被动局势扭转过来；第二，恢复被敌人毁坏的网点，发展强大地下组织，打进敌人内部；第三，敲掉日本侵略者运河航道，铁道运输线；第四，拔掉最嚣张的龙华、安陵等据点。会一直开到深夜。

3．大青牛

说话间高立早和曹天明走进一个叫里厢屯的村子，村口站着两个小妮子，六七岁大小，头发乱蓬蓬的，脸上脏了吧唧，穿了满是洞眼的上衣，下身穿单裤，脚赤着，没有穿鞋子。这下可以分辨出来，一个是小子一个是妮子。

高立早说：“还不回家，在这里不冷啊！”

小妮子看了一眼高立早，哧溜一声抽了一下鼻子，就像一根虫子，清鼻涕便抽进鼻腔。她没说话，依旧那样看着他。小妮子分明是在没好气地反问：这个还看不出来？

这两个孩子就像两棵小树那样站着，一动不动地抱着肩胛，脸色发青，嘴唇发紫。腿就像树干那样，上头还有斑斑点点的污渍。下摆裂开的缝隙，肚子瘪瘪的，就像人常说的：前心贴后心。反正就像一片薄叶那样。现在乌云遮日。要是有阳光，就会将肚腹里头的肠子肝花都显露出来。是啊，像这样的小子妮子，就像雏鸟那样，上头一张嘴，下头一个大肚子。一层透明薄皮包着五脏六腑，就那么一兜，一眼就能看得出。两个孩子手缩在袄袖子里，一阵风吹来，他们打寒噤，还是一动不动，眼珠都不骨碌一下。

曹天明说：“这么冷的天，就是再禁冻，也会被冻坏。”

他们肯定冻得不轻，身子在微微颤动，就像用脚踹一棵柳树那样颤动，还会掉下几片叶子。高立早从身后包袱里掏出一块棒子饼，这算是最后一块了。他看了一眼，饼子在包袱里没个饼子样，他闻了闻，没有一丝馊味儿，棒子香气淡了些。

还没等他把那块棒子饼子一掰两半递到两个孩子面前，两个孩子掉头就跑了，一蹦一跳的比两只兔子跑得还快。就像他要掏出什么神器，下一刻就砸在他们头上。高立早笑着想，要是给他们一碗香喷喷的粥，穿一身像样衣裳，能遮体保暖足矣。那么他们脸颊刹那就会变得红扑扑，也会露出笑容。说不定还从嘴里发出像雏鸟那样的笑声，黄唇嫩舌，就像刚从地里钻出的幼芽所发出的声音。那种声音能给这个世界带来希望。他头脑里出现这种情景，就是几只幼鸟将头仰向上天，张大嘴叫，仿佛这么一叫老天爷就会将一粒草籽、一条小鱼或者一只虫丢到嘴里。就像人常说的，天上下白面。迷蒙幼雀，它们有那种意识，只要是那么叫，就能唤来一只鸟叼来食物往嘴里放，所以就有这样本能的意识。就像一个婴儿大声哭唤，那么就会有个乳头塞进嘴里。这个小子和这个妮子就站在那里，不叫不吵，也许已经叫过了，就是叫破了天，也不会有谁将食物丢到他们嘴里。

这个村子早就陷入一种沉寂，不只是人走路说话的声音，就是一声鸡狗的叫声都没有，所有的人都沉默了。

有个大胆妇人，声音稍微大了点儿，她喊了一声“高校长”就顿住了。一个破烂宅院，几间屋舍，说不准下一刻就将坍塌，还支着柱子，山墙斜歪着。门框都没有，门不知哪一刻就烂掉了。窗子也只剩下一个窗框。家里一股热乎气儿都没有，灶筒里很久没有冒烟。就是这样，两个老太婆、三个妮子，露出深浅不一的笑容。她们已经在这里站了很久，分明是在等他，迎着他站着。高立早跟她们都很熟悉。他从她们间的缝隙里进入，就像走进茂密树林，树给他闪出一条路。虽然他叫不出名字，他知道哪个是哪个孩子的娘老子或者奶奶。

她们的脸转过去，对着高立早笑笑。再掉转回去，忙着手里的活儿。烧火的烧火，揉面的揉面，洗菜的洗菜。

这些人所穿的衣裳都很陈旧破败，也分辨不出哪个时代的衣物，仿佛一直就穿着这种衣物：黑色、灰色和蓝色。款式并不新颖，可是穿在身上却显得很体面。

她们都打了绑腿，还有裹脚布。那些脚，就在有限的地走来走去。绑腿布都秃噜了，在脚上缠绕，也顾不上去裹一裹。还有两个箍了头巾，只露出一张脸。说是头巾，只不过是块布，那种家织的方格布，红方格黄方格。要是真有那么一块布，箍在头上，显得鲜艳无比。就是那三个妮子，虽然年轻，也是灰色的脸。一眼就看得出，那是以野菜充饥的后果。就连一个饼子渣都见不着。她们的鼻子灵，什么味儿都闻得出。

就在这个院子里，渐渐地院子里熙熙攘攘，足有百十号人挤在院子里。高立早微笑点头。接下来，开始讲课。

讲着讲着，这些人脸上就都露出了笑容。偶尔会发出愤怒的叫喊声，也会爆出热烈的笑声。也有的从嘴里冒出棒子饼子味儿。那下子，仿佛都吃饱了。高立早的讲话能当饭吃。接下来，都嘁嘁喳喳讨论。

“不当亡国奴!”

“把日本侵略者赶出去。”

这种混声、喑哑之声传遍整个平原。这声音就像种子和卵子，随风随水而动。种子将在深深的冬夜思考，耐着性子等。那些生长来自脚下的拱动，终将探出头来，显露其真形。

在过去，冬日农闲时，他们脱去旧衣，换上新衣去走亲访友。坐在一起无话不谈，聊农事、聊家常事，聊一些趣闻，也聊孔夫子和董夫子。那一刻，春意盎然，谈笑风生，进入一种更高更美好的境地。平原上的人，都到过那种境地。那情景，董夫子仿佛就在对面，给他们上课。可眼下，一切都改变了。日本侵略者到来，像狼那样横冲直撞，大开杀戒，将这人间仙境变成地狱。

给他们说，把一切说给他们听。他们听到了，眨巴着小眼睛。开口诉说了，这沉默的孩子。从生下来，还没有说过话。

给孩子讲课。那些流鼻涕的孩子，嘴上都生了口疮，鼻下人中还有一块疮疤。手上长疥疮，脚都冻裂了，还在流血。

高立早讲，曹天明讲。一课又一课。

一课讲给大人，一课讲给孩子。

上罢两节课，高立早、曹天明便被带到另一个院子里。这一家在村里算是富裕户，闻见炊烟味，还有熟棒子面香。闻见这种气味，心就会稳下来。一个农妇正在烧火，见高立早进院，便站了起来笑脸迎接，右手拿着勺子，左手还抓着烧火棍，烧火棍头上还冒着红火头。妇人给高立早和曹天明打了招呼，便再次坐到灶前烧火，还呱嗒呱嗒拉着风箱，从灶膛里蹿出一股子烟一股子火的。

进到东里间，高立早被让到炕上。高立早也不客气，蹬掉鞋子坐在炕上，曹天明坐到他一边。随后，饭菜端上来，一人一碗熬白菜汤两个饼子。高立早只掰了一块饼子，喝掉那碗白菜汤。曹天明喝着白菜汤，将一张纸币偷偷放到炕席下。吃罢抹了抹嘴刚要下炕。妇人进来，见此情景便说："高校长、陈老师，吃啊，锅里还有哩，怕凉了哩。我这就掀锅去拿。"

高立早说："吃饱了哩，再吃就撑着了。"

那妇人说："你们文化人，都这么小饭量。再吃点儿，就着热乎。"

曹天明说："真吃饱了。"

说着，便下了炕往外走。刚出院门，农妇便追出来，她说："又往炕席下塞钱。"

妇人就跟曹天明在那里拉扯，半天也没拉扯开。高立早说："赵大嫂，这个有纪律，谁敢违反。"

妇人说："我才不管纪律，回回弄这个，一回手就把钱塞到炕席下。"

高立早笑笑说："哪有这么多。"他把曹天明和农妇拉开，把钱再次塞到妇人手里，"又不多，你就拿着吧！要是这样，下回饭时就不往你们这村里赶。"这下子，还真把妇人给唬住了，愣愣地接了，不知在那里思忖些什么。直到高立早和曹天明身影在胡同口消失，她也没挥挥手，也没看见他们是怎么走的。

刚出村，就见南边尘埃扬得很高，接下来是马蹄声，出现一个马队，领头的是高立仁。

高立仁打马而来，在高立早面前勒紧缰绳，他跳下马，叫道：“大哥，你上哪儿去？”

高立早惊喜地冒出一声高叫：“三儿，是你啊！”

原来是高立仁带兵路过。他走到高立早面前，跳下马来，把高立早拉到道边，一副神秘样子，说：“哥，在运河西岸三里，有个曹屯？”

高立早说：“知道哩，你去曹屯了？”

“队伍就驻扎在这个村子里。”高立仁说，“你去过，有个叫曹惠双的你肯定知道。”

“你小子毛的，也知道曹惠双。”高立早拍拍高立仁的肩头。

“哥，那里真好，那个在林间的村子，树旺草美，牛羊成群。那里人过着简朴的日子，穿衣不讲究，但都体面。那里有个老者，据说五百岁不止，雪白的头发胡子。还有个叫曹惠双的妮子，你一定要见见她。”

高立早哈哈笑着说：“这样啊，下回我到那个村，可得好好看看哩。”

“哥，真的哩。你不信？”

“三儿，我信哩。”高立早说，“三儿说的都是真的，谁敢不信哩。”

“是哩，哥，你真没见过。”

高立早摇摇头，又点点头，一个劲儿地笑。

“哥，等有空了，我带你去。”

高立早说：“瞧你身上火药味儿，刚打过仗？”

“是啊，哥，干了一仗。这回干掉日本一个中队。”说着，他指着驶过来的大车说，“瞧，七大车，瞧把大车压得嘎吱嘎吱响。”说着，指着走过的日本降兵，“这些是俘虏。”

那些日本俘虏都低着头走过。

“日本人要有大动作，铁壁合围。很多日本兵往这里开，你可要小心。”

“来就来吧，来了就让他们走不了。”

他们又说了会儿爹娘的事，高立仁说派人找过，也不知崔成把爹娘藏在了什么地方。高立早说，现在局势未定，一时崔成应该还不敢把老人怎么样，先找到人再找机会把二老接出来。

两个人告别。高立早朝着另一个村子走，高立仁朝曹屯方向走。

高立早和曹天明告别高立仁，朝下一个村——古城村走去。吃过饭，觉得身子暖和过来了，脚步却沉重，迷迷瞪瞪。

每一步都深陷泥泞，再拔出脚，就这样一步步往前走，要不就是磕磕绊绊。一抬头，就能看见日本兵炮楼，还看见一个士兵抱着枪站在上头向这边张望。

他不由得弯了下腰，在道沟里加快脚步，这样，路边棒子和高粱遮挡住他们的身影，不能疏忽大意。有一次，他们被日本兵发现，一枪打过来，子弹射穿一棵小树，就像一只虫子扎进土里。当然，日本兵平时也不敢从炮楼里出来，龟缩在里头。

走在路上，看着距炮楼很近，其实还有一里多地。日本兵据点给四遭村庄带来诸多不便。

时常，有农夫干活儿，播种，锄地，被当作活靶子，说不定被飞来的子弹击中。日本兵在炮楼前曾射死三个人，射伤七个，其中一个重伤，一年多下不来炕。就这样，炮楼周遭的土地没有谁敢去种，都撂荒了。日本人还向村里征修战壕民工，把那块土地掘得到处是壕沟。那可都是肥地，往年能长出籽粒饱满的麦子、金黄黄的棒槌儿和大谷穗子。炮楼周边的地越来越开阔。

他身后的曹天明急走几步，伸手接过高立早手里的包袱。他们尽量加快脚步。每一步几乎用掉了全身力气。这样方可以行进。当力气用光，力气还未及时生出来，他是多么感激自己身体还能撑住。此刻，他疲乏至极，又渴又饥。他问了一句：“天明，前边是三里庄吗？”

曹天明说：“是哩。”

他说："过了古城村就是运河。"

曹天明说："是哩。"

他到过三里庄村无数次。说话间，村子近在眼前。

这时高立早和曹天明都看见了一个巨大的影子飞了过来，一晃又飞走了。犹如一个场景，或者事物在头脑里呈现，下一刻消失得无踪无影。两个人停下脚步细看，的确有个跳跃影子，原来是一头受惊的牛以不可阻挡之势朝这边冲过来。

高立早不慌不忙，迎头冲着那两个牛犄角走去。真牛气，那牛呼出来的气，把高立早吹了个侧棱个子。那牛一见高立早，便避开，朝前跑去。高立早一把拽住牛缰绳。那牛既肥又高大，一股子蛮劲，将他扽了个跟头，差一点儿趴下。高立早抓紧牛缰绳不放。牛又往前抵了几次，就停下了。崔金升跑过来，一边呼哧呼哧喘气，一边说："高校长啊，真是谢谢你，要不是你，这牛就没命了。"

还没等高立早回应，他又扑拉着牛脖子说："这个你还不知道啊，怎么往鬼门关里瞎闯，那些妖怪正等着你哩，你不要命了。再往前跑就是炮楼子，去了你就知道那刀有多快，一刀捅胸膛，你连叫一声、喊一声冤屈的空儿都不会给你，就给炖成烂肉。"那牛眨眯下眼，一声不吭。崔金升跟牛面对面地站着，站了片刻说："高校长，你说说，日本兵让我把牛送去，你说说怎么办？"高立早说："卖给我吧。"说着，就掏钱袋。他说："先给你这些，其余欠着，下次给你。"崔金升有些为难，他说："这个合适吗？"高立早说："合适哩。"

从此，高立早就骑着这头牛四处游走讲学。当然，还有些蹊跷传说：这头牛把日本兵的炮楼给拱倒了。高立早骑上这头牛，子弹就打不到他身上，带兵打仗，无往而不胜。直到抗战结束，他把牛送还给崔金升。那时他已经是地区行署专员。他还坐在崔金升家的炕上，吃了一碗汤面和一个棒子饼子。

4. 运河之役

高立仁在曹屯军营，正操练士兵。太阳升至树梢，他接到情报，有一艘日军装载军火的轮船经过运河，高立仁找到耿兴，唤来三营和排以上军官。高立仁和耿兴便周密部署。这一次耿兴带队，高立仁带一个连策应。

安陵南运河河套，就是鬼嗬谷那一段。运河拐了个像水筲的提系一样的弯。在河下游有个叫大回流，湍急的河水形成三个大涡流，就像三个大喉咙，噢哟直响，犹如鬼哭狼嚎。水高流急，流大浪高时，那声音便在河套回荡。尤其夜深人静之时，那声音如此真切。

沿安陵往南大约两里，有个卡口，这里最窄。河湾河道向前渐宽，水流平缓。

耿兴骑马往前行了一段，再返回，勒马缰停下，跳下马来。他决定就选择这一地点埋伏。十一个士兵一组，共计三组，跑前跑后忙碌起来。

在河湾卡口部，这里水流湍急。拉起第一道缆绳，两头拴在两棵粗大榆树上。缆绳掩藏在水下大约半尺。一排排浪打过，缆绳会显露出一点儿。在下游还有两个同样缆绳。这三股缆绳拉好后。耿兴便令士兵在河岸密林中隐蔽起来，以免暴露目标。

河水映照乌云，一排排河浪，将乌云揉碎、挤压成碎片。一个哨兵爬上一棵高树，在上头瞭望，察看上游动静。

河岸寂静，一只狐狸从灌木中走出，走到水边，喝了口水。也许发现了水中鱼儿，在水边嬉戏起来，在浅水里跑动。玩了片刻，狐狸停了下来，一动不动地站在那儿，片刻后，缓慢上岸。在岸上走一段路后，突然仓皇而逃，钻进灌木丛，在那里消失。之后，一只兔子蹦跳在林间，啃食几口青草。它感觉到危险，便扭头朝河堤下奔跑。之后，几只鸟雀在枝头上啼鸣。

三道缆绳就像三条巨蟒拦在水边上。在河滩上，士兵将缆绳涂抹上河泥。再往上，被深深草丛掩盖。直到岸上丛林，拴在一棵大树上。另一端拴在对岸一棵大树上。

在三道缆绳上游，六只小木船在河上游一百五十米到二百米处，在两岸分散开，在水边漂荡，扭动。时而顺水而行，时而逆流而上。每条船上两个壮汉手持船桨不停地摇啊摇。河水很急，摇一身汗也摇不出多远。几个人就像戏要浪涛的水鸭，喉咙发出喑哑的号子，犹如船桨与船帮的摩擦之声。

接下来，耿兴挑选二十人，坐船到对岸。耿兴交代：隐藏在树林里，察看战况，伺机行事，趁敌人不备，给敌人致命一击。他一再叮咛，不要轻易下手。士兵们坐在船上，抓紧缆绳，一点点前移。水流很急，他们格外小心。船摆渡到对岸，二十个士兵全部隐蔽起来，耿兴才放下心来。一切都按战前高立仁的谋划，进展得还算顺利。接下来便是等待的时间。耿兴高大的身影在河岸上晃动，他走向水边，弯下腰，伸出双手捧了捧水，撩到脸上，重复三次。然后使劲抹了把，脸上滴着水滴，他一步步上岸。时间过得很慢，耿兴想，是不是情报有误，或者敌人改变了时间？耿兴打过几次伏击，他觉得这一次最为难挨。他把手伸向胸膛，掏出怀表：下午两点一刻。他又想，是否情报可靠，是不是真有轮船开来？是不是轮船在上游哪个码头卸了货，掉头往回开？就在此刻，他记起高立仁的话：打仗，要沉得下心，不要心急。就像吃饭那样，细嚼慢咽，不要囫囵吞枣。不可能一口吃个胖子。

树上哨兵从树上出溜下来，报告给耿兴，一辆装甲车开了过来。耿兴命令士兵们隐蔽，都躲到树后，钻进灌木丛和草丛。装甲车轰鸣声越来越大，淹没河浪声音。装甲车开过时，耿兴真痒痒，他欲站起来，向树林外走，被身边陈营长拉住。

哨兵再次爬到树上。耿兴以为最难挨的就是等的时间，无奈和困顿，他不知怎样度过这些时间，一秒长于百年。在那里等到地老天荒，白发苍苍。一生多半时间在等待里耗损。

日头已经西斜，哨兵在枝头上就像雀鸟叫了声："来了。"哨兵出溜到一个树杈上，将身子歪着，头垂下，嘴巴向着耿兴，他说："大约三里地，一艘轮船吐着黑烟，后边拖着三条大木船。两岸有装甲车，还有敌兵。"他说的速度很快，但伶牙俐齿吐字清晰，"在对岸也有一辆装甲车，也有一队日本兵跑在后边。"

耿兴说："对岸有多少兵？"

哨兵说："跟这边差不多。"

哨兵报告完毕，再次爬上高树。

耿兴没吭声，脸上露出一丝笑意。果然不出所料，敌人有备而来。耿兴想，不排除敌人耍诈。上次伏击一艘货轮，却是一艘空船。这次从敌人阵势看，可以排除敌人以此当诱饵让他们上钩的把戏。俗话说，真的假不了，假的真不了。他想着，拉开架势，让双肩转了几匝，再攥起双拳，在脸前晃晃：终于等来对手，痛快地干上一架。

耿兴令士兵分散开，隐蔽在河岸树林和灌木丛。耿兴则站在岸上，朝着上游眺望。河上游有个弯，遮挡住视线。耿兴举头望树上哨兵。哨兵冲他示意，并伸出右手食指指了指，那是说：马上就到。哨兵朝低的枝杈移动。

耿兴看见一艘轮船的船头探了出来。片刻，整个船身暴露。顺水而下，却如此缓慢。渐渐地，耿兴感到了轮船对河水的挤压，浪越来越大。听到发动机的轰鸣声，耿兴往树林退去。哨兵此刻发出隐蔽信号，就像雀鸟啼鸣。耿兴走向密林，躲在一棵榆树后。他刚站稳，便见一辆装甲车开过来，装甲车后跟着一队敌兵。装甲车速度慢，与河中轮船并行。耿兴同时发现了对岸装甲车和跑动的敌兵。

轮船越来越清晰，船上两个日本士兵脸孔都能分得清。戒备森严，一种临战状态。耿兴想，肯定还有更多士兵在船舱，老鼠拖木锨——大头在后边。

轮船拖着三条大木船，木船上堆起像山一般的货物。每条木船上也都有士兵看守，抱着枪，望望此岸，再望望彼岸。敌人有备而来。日本人在鬼啕谷已经吃过两次亏。

船过河水，推起河浪拍击着河岸，吧嗒作响。河水被挤压，河水在上涨。这艘轮船不算小，显得宽宽的河道有些狭窄。轮船上竖着旗杆，旗杆上一面日本国旗在风中抖动。几个持枪的日本兵端枪望着河面，当轮船靠近小船时，日本兵警觉地将枪口对准小船。士兵摇啊摇。轮船距小船只有十几米远。轮船挤压河水，激发滚滚河浪，小船颠簸，冲着河浪逆流而上。

日本士兵哇啦啦大叫，示意河里的小船赶紧躲开，划船的士兵冲他们怯笑，露出一副恐怖表情，佯装往岸边划。就在此刻，听到嘎巴一声，两岸树林摇晃了几下，连河水也跟着晃动。耿兴想到，这是撞断了第一根缆绳。轮船上日本士兵还没缓过神来，耿兴便喊了声："干!"

就在此刻，轮船汽笛响起，犹如声声丧钟。

轮船撞断第一根缆绳，速度明显减缓。轮船上的士兵还没回过神来，岸上枪声响成一团，就像炒一锅豆子似的炸锅。船上日本士兵有中弹的，有的趴在船上抬不起头。还没行三丈远，便撞到第二根缆绳。

一个日本士兵冒死端起机枪，一阵狂扫。缆绳被打烂。轮船冲过第二道缆绳。再走三丈多，第三道缆绳拦住轮船。

那一刻，仿佛一切静止了，定格成一个画面。河水风平浪静。轮船静静地漂动，所拖动的三条大木船也漂动无声。两个士兵现身，他们每个拿出特制手雷，抛向火轮。接下来是一阵阵巨响。河岸上枪炮声四起。

六只小船，靠近轮船，十二个士兵朝着轮船丢手榴弹，一顿狂炸。接下来，将两个炸药包丢到轮船上。

第三根缆绳使轮船再不能向前，烟筒冒黑烟，机器轰鸣声震耳。炸药包爆炸，轮船驾驶室的窗子被炸毁，开船的被炸伤，舵手被炸死。轮船摇摇晃晃、斜斜歪歪地横在河面上。

东岸装甲车上迫击炮嘎嘎作响，打得西岸耿兴他们抬不起头。轮船上士兵这才有喘气机会，都蹿出来，冲着西岸攻击。这么，三股势力，一股是东岸装甲车和敌兵，一股是西岸装甲车和士兵，再加上轮船上敌兵。这三股合在一起，这些日本士兵训练有素，把耿兴他们压得抬不起头。

耿兴见势有些亢奋，他几次欲冲上去，跟日本士兵来个肉搏。

河里六只小船都划向岸边。日本士兵持枪瞄准，小船晃来晃去。更何况波涛汹涌，挡住视线。七个日本士兵端着枪对准小船上士兵，扣动扳机。可此刻，扳机很重，怎么也扣不动。一个大浪打到轮船上，溅起水花，扑了七个日本兵一身河水。瞬时，轮船冲向小船，掀翻小船，两个士兵落水。

六只小船靠岸，船上士兵下船，有四个士兵中枪倒地。其他趴在河滩上一个被当地叫作“狼窝”的沟壑里，端起枪，瞄准轮船上的士兵。

耿兴下令，先干掉岸上的装甲车和敌兵。一场短兵相接厮杀开始，爆炸声响起。西岸平静下来。

同时，东岸犹如闪电映照河水，随后一声巨响，装甲车炮声停止。东岸爆炸声、枪声和厮杀声响成一团。

干掉两岸的敌人后，只剩下河中的轮船，犹如瓮中之鳖。

耿兴觉得这才是得劲的时刻，便令士兵一阵猛打，压得船上的敌兵抬不起头。

趴在狼窝中的士兵这才缓过劲儿，再次爬上小船，朝着轮船摇划过去。跳过滚滚河水，爬上敌船，与敌人肉搏。此刻，鬼啕谷发出幽怨的号鸣。这是一次有计划有谋略的劫持，照高立仁的部署行动，一切都那么有次序。轮船停息了，失去动力，在河面上随波逐流，三条大木船撞到一起，朝岸边漂动。

那些岸上的士兵，几乎能闻到死神的气息，却没有谁惧怕。十几个士兵转过头来，一个士兵在密林中奔跑，抱着炸药包扑向装甲车。一声轰响，一辆装甲车被炸得跳了起来，落到地上，一动不动。

一共两个炸药包，是高立仁前夜制造的。出发前，高立仁令人将两个炸药包放到车上。他们不只是在日本军火库得到了火药，还早就得到了火药制造秘诀。也就是说，高立仁预测到，日本兵会增强防护，尤其是鬼啕谷这一段。

日本人轮船被炸毁，可没有失去战斗力，船上敌军拼命反抗。轮船在河心朝着下游缓慢游动，渐渐沉向河底。就是这样，这些训练有素的士兵，还在抵抗，但是他们在低处，已经成了活靶子。轮船漂至鬼啕谷大回流，一下子掉了进去，涡流犹如张开大嘴将轮船吞掉。

装甲车被炸毁，可里头悄无声息。士兵知道，装甲车里头肯定还有人。这会儿被炸晕，或者蒙圈。绝不能等他回过神来，便上去打开车门，将一枚手榴弹丢进去。一眨眼工夫，手榴弹又被扔出来。一个士兵快速拾起，塞进去。随着一声爆炸，装甲车燃烧起来。耿兴见此景，便想到小时候在运河边的情景。那时，他还年少。老人说河里有像大锅盖似的河龟。他跑过去等到河龟上岸，日头很毒，他蹲在河龟面前，在那里等着。很久，也等不到河龟伸出头、睁开眼。最后，他举起镰刀，用力剁，将镰刀剁进龟甲。就是这样，河龟头还是缩着，也没见到河龟头和眼睛。

耿兴跑到岸边，招手让士兵卸货，还雇了四十多个附近村子的壮汉。耿兴的喉咙发出嘿嘿笑声。三条大木船上的货物卸下来，装到大车上。一共二十多辆大车。将货物运往曹屯。

这时传来一声爆炸，一颗手雷在一条大木船上爆炸，升起一团烟雾。耿兴便看见一个影子在轮船上，还拿着一挺机枪，朝那些卸货的士兵和壮汉扫射。耿兴看清了，那是个日本军官。耿兴见状来了精神。他三步五步下了岸，走到水边。摇着一只小船，朝轮船划去。

耿兴转过头来，大声喊：“等着的!”迎上去，硬拼。

日本军官见有人朝轮船靠近，便掉转枪口，朝耿兴扫射。子弹打在船帮上嘭嘭响，穿透船底，水溢了出来，就像泉眼。船上的士兵和岸上士兵把枪口对准这个日本军官。日本军官不得不掉转枪口与士兵们对抗。耿兴腾出空来，借着水力，靠近轮船，爬上去。日本军官发现有人上船，刚想掉转枪口，没等扣动扳机，耿兴扑了上去，摁住日本军官的脖子，两个人就厮打起来。

这位日本军官叫土本，是个武士，是一个大佐。他没有把耿兴放在眼里。几个回合后，土本便觉得耿兴不是善茬儿，不是好斗的主。耿兴一双手快如闪电，闪电过后，再等片刻才能听见雷声。就像一只豹子爪那样快。土本大佐弄不清耿兴是什么功法，三拳两脚，他便被击倒在一边，只得服输。土本大佐叽里呱啦还叫了几声。直到后来，耿兴才知道，土本表示不服，因为他身上三处中弹。

耿兴将土本摁在地上，找了一根绳子，把土本捆了，押到船上，带到岸上，交给一个士兵。这个士兵把土本丢在大车上，一起拉到曹屯。

士兵跟大车押送货物，将死伤士兵拉到曹屯。

耿兴见都已收拾妥当，士兵大都离开，还有二十余人跟着他走进树林。走进林间，刚想上马，突然传来一阵剧烈枪声，耿兴右腿中弹。他扶着一棵大柳树，没有倒下。透过茂密枝丫望去，见一群日本士兵像狼一样扑过来。安陵车站日本守兵来增援，耿兴手下士兵再次迎敌。一颗手雷滚了过来，他往一边跳了一下。手雷爆炸，耿兴昏了过去。

第六章

1. 骨血

耿兴睁开眼睛，四周一片寂静。他没有动，再次闭上眼睛。等他再次睁开眼睛，便意识到，只要他闭上眼睛，就很难睁开。他极力睁眼。他感觉很疲惫。就在此刻，他听到河涛轻轻地拍打着河岸，若有若无。他的意识清醒过来。要不是河涛声，他还以为睡在被窝里呢。他手伸了伸，摸到衣裳，里头是硬硬的骨肉。他想坐起来，他觉得很难。他的右胸痛，把手伸过去，湿乎乎的。手从衣领伸进，摸了把，便摸到了胸口的伤口还在流血。衣裳和肚皮也湿乎乎的。他这才想起不对头，猛力用劲坐了起来。再看刚才躺的地，那里泛着一片灰光，他又摸了摸，有些黏。他认定是他肋条骨断了，伤口还在流血。他再次听到鬼啕谷发出哀号，呱——呱——就更清醒了。

他扶着树，站了起来。他确信，已经站立了，他还能站立。扶着一棵树往前走了几步，他还能走。虽然他的脚无力，踩上地面上软软乎乎，坑坑洼洼。碰到下一棵树，他扶住。不管朝哪个方向走，都有一棵树拦在前边。他想：能走，会好起来，再过一会儿，没准就行了。他弯下腰，摸了一把，便摸到一颗头颅。脚下堆着尸体，他的脚试探着迈过，还是踏在一具尸体上。他找不到没有尸体的地，他无法插足。他还是踏过一具具尸体，向前走。再往前走，没有树可扶。他朝鬼啕谷的方向望去，便看见灰暗河水，犹如一条宽阔大道。伤口的血向下流到脚上，鞋和脚都湿了，一走路，发出呱呱声。他听到这声音就厌烦。他将身上夹袄脱下，撕下一块，摸索着，将伤口扎紧。就像扎一个布袋口。

他记起，打了胜仗。对，炸毁轮船，得到武器弹药。接下来出岔子了。安陵车站据点日本兵听到这边枪声和爆炸声，全部出动增援。这里距安陵车站三里。按照高立仁的部署，他应该炸毁轮船就撤兵，是他小看了安陵车站的援兵。不多时，连镇和景州的援兵也赶来了。这里距连镇十七里地，距景州十八里。安陵日军来增援，并把此信息报告给景州城和连镇据点敌军。连镇、景州两方敌兵增援。这是应该想到的。他以为已经胜利，有些得意。是卸货耽误了时间。他送走最后一辆大车，他手下只有二十多个士兵。他想，看来二十多名士兵全都牺牲，一个都没剩下。

一个黑影从空中飞过，听上去好像叫了一声：你回来啦！耿兴抬头望去，一片静寂。那声音却留在头脑，分明是高立雅的声音。所以，此刻他心头只有一个想法，找高立雅。去河沟村，找高立雅。他辨认了下，便朝运河上游走，他迈进一个弹坑。他从弹坑里爬出。他感觉无力，身体轻飘飘，头有些晕。血流多了，身体成了空腔。他弯身摸了摸伤口，还在流血。为了不迷失，不走冤枉道，他还是想照原路走。大约往北走了两里，他看见了那条东西道。

他摸到一棵小树，从腰里掏出匕首，在黑暗里朝这棵小棵割去。他割断后，去其树冠，这根棍子就是他的手杖。他拄着一步步向前走去。

他就像在闷葫芦里，不是哪挨哪，哪对哪。他只是隐隐听见高立雅的声音招呼他。这声音若有若无。木棍拄在左侧，他的左胸肋骨断掉了，少了一截，左腿无力。

他听不到高立雅的声音了，他迷路了。要是她的声音再次出现，他就不会迷路。他所走过的是一片片收割过的土地。一片高粱已经收割，遍地高粱茬儿划破了他的腿。他坚持走下去。很迷惘，轻飘飘一点儿力气都没有。他不能停下，就是走着，一闭眼睛，就会做梦。他不知是否该停下，是否该一直行走？他意识很混沌，他揉揉眼睛。当左胸伤口疼痛时，他想摸一摸。他要是去摸，也许就会摔倒。偶尔，他清醒了，却一动不动地站着，他不知上一刻在做什么。他的身体不听支配，疲惫和饥渴也在折磨着他。

他看见远方灯光，就像一颗星星。他一步步地朝灯光走去。不管怎么走，灯光一直那么远。他知道迷失者会在黑夜里看见魔光。那不会是虚幻的吧？他想加快脚步，稍快一些，他就打出溜，就要栽倒。不知走了多久，灯光近了，他看清那是一扇窗子。他想，这家肯定有人。又走了十几步，一片水挡住他的去路。他想走下去，喝口水。那个坡很陡。他往前一迈，肯定会掉进水里。水闪着黑光，无边无沿。对耿兴来说，这完全是一个陌生的世界。哪会儿出来这么片水？他想，就是见鬼，也要试试。

他先往左绕，直到偏离了方向，再也看不见灯光。他走一步非常艰难，左边胸膛很软，他的身子老是往一边倾斜。他矫正几次。这样走肯定很难看，让人笑掉大牙。他想，顾不了那么多了。他停下脚步，辨识了老半天，他拿捏不住。他不得不回来，再朝着相反方向走。他想，肯定有一条路，或者有一座桥通往这盏灯。他觉得还是偏离方向。这一次他执拗前行。直到看见有座房屋。他想，不管哪个村，要敲门问路。不管怎样狼狈相，不顾脸面。他在这个宅院面前转了一圈，没摸到门。在此刻，看见一丝光亮。他大约走百十步，便看见一扇有灯光窗子。心底便升起强烈的希望。走到近前，灯光照到窗外，隐约照见秫秸扎的篱笆墙，还有树枝编织的门。他将门搬开，走进门，他叩门那一刻，犹豫了片刻。摸了摸衣领，抻提衣襟。他想，也不知自己是个吗样子，别再把人给吓着。他叩响门那一刻，那声音惊魂，他出溜到地上。他试了两次，想站立起来，却再也没有力量了。他听到门里头有个妇人喊了声：“谁啊？”他听到了，想应一声，却再没有力气回应。门开了，一位六十岁老妇人端着灯，耿兴看到那张被灯光照亮慈祥的脸颊，老妇人惊讶地看着他，他想：我把她吓着了。老妇人问：“你找谁？”他觉得一下子轻松了，便昏了过去。这一刻，老妇人扶住了他，喊人来将耿兴扶进门。

耿兴被一声婴儿啼哭惊醒，他听到那边屋子有人跑动，并伴有惊喜的叫声：“呀，大胖小子。”一个生命诞生。堂屋烟气蹿进来。拉风箱声音，走动声音……

他的伤口被包扎好，老妇人为他擦洗身体。他感到四周像棉团围裹着他，他一闭眼，又睡着了。他再次醒来，天亮了。灰暗的光透过窗子，屋子灰暗。他的伤隐隐作痛。他想伸手去摸，却感觉那么无力。老妇人进来了。这次他完全看清了，一张慈悲笑脸。他想：怎么这么熟，她是谁？

老妇人带着笑容说：“你醒了。”

耿兴说：“这是什么村？”

老妇人说：“时村。”

“时村，我来过。”耿兴低声说。

老妇人端来米汤，喂给耿兴。耿兴喝罢米汤，觉得有了些力气，他想坐起来，被老妇人摁住，她说：“你不能动，伤得太厉害，流了这么多血。”

天已经亮了，阴天，分辨不出是什么时候。耿兴发现左胸缠了纱布，很专业，肯定是大夫给包扎的。来接生的是个大夫，不是一般的接生婆。老妇人进来，端来一碗水。他听到院子里的鸡叫，那是杀鸡的声音，耿兴说：“不要杀鸡。”

“我二小子媳妇添了个小子。”老妇人接着叨叨了几句，“命不济哩，这年月。都命不济。”她还掀起被子，看他左胸的伤，“还疼吧？大夫说，还好，没伤着心。”

耿兴此刻便记起那声婴儿啼哭。便记起昨夜灯光。那是为产妇点亮的灯，指引他来到这里。要不是灯光，还不知走多少冤枉路，还不知能不能走下去，活到现在。

耿兴就这样似睡非睡、半梦半醒地度过了两天。老妇人给他端过来了鸡汤。他坐起来，倚着山墙，望着窗外，秫秸篱笆墙，新扎上的，白色秫秸秆很整齐，那扇门用树枝编织，没有掉落的干叶还在上头。篱笆外四棵大树，大树前便是一个大坑。他昨夜就站在坑对面，望着有灯光的窗子。

接下来，他看见一群妮子像蝴蝶舞蹈般地朝他跑来。西关的小子妮子，多么熟悉的脸孔。战争没有结束。他还要与士兵一起攻破被强盗霸占的景州城，被围困的村落，被围困的树林，被围困的运河，被围困的大地。景州的小子妮子，这些坦荡眼眸，这些热情面庞。在后边，还跟着三只羊和一头驴。他认得，这些都是他家的。

高立雅响亮的声音一次次叫他：你回来啦！他回过神来，是老妇人在跟他说话。老妇人端着一个碗，带着笑容坐在炕边。

他的脸还望着窗外。妮子们不见了，眼前分明是他娘老子的脸孔，她是那么年轻，她的神情那么温暖。

一个小小子撩门帘，露出一张小脸。门帘一次次被撩开，有时露出一张小妮子脸。耿兴是被他们哧哧的笑声惊醒。试探着。不知谁推了一把，一个小小子被推进屋来。外边一阵嘻嘻笑声。小小子爬起来，出溜跑出去。外边响起拍打声、哭声，接着是老妇人的声音："小兔羔子，都到外边玩儿去。"那帮小小子小妮子便叽里咕噜跑到院子里。他们坐在院子里玩瓦碴儿和石头子儿，一群鸡咯咯叫着围着他们转，还有一头小猪缓慢地走着，喉咙里发出哼哼唧唧的声音。

耿兴心说，这次算栽个儿了，这个面子迟早有一天要找回来。

他还没有这么躺过。耳边是堂屋里传来面板与刀的撞击声。此刻，军营的伙夫也许正在灶前忙个不停。

中午，老妇人端了一海碗打卤面进来。他的肚子又在咕咕叫。他不只是嗅到了芝麻油香，还嗅到了酱香，使他胃口大开。他坐起来，左胸还有些痛。那碗面诱惑他，他便将这疼痛疏忽。

“你别动，你还不能动。”老妇人说。

他撑着劲坐起来，去接碗，他说：“我能行。”

“你伤了两根肋条骨，一乱动，骨头长不好。”老妇人说着把碗和筷子凑到他面前，就像喂婴儿那样夹了一箸。他没再坚持，张开了嘴。他尽力做得斯文一些，不像昨天那样没个吃相。不过也不能太慢，让她那么端着，把胳膊都累酸。

他吃过又睡着了，他听到跑步声，那声音仿佛是在军营。他醒了，就像在自家炕上，就这么一天多工夫，他就把这里当成了自己的家。他还不知这老妇人姓甚名谁，何许人也。他要是问，那就犯了大忌。到如今，他还不知道娘老子叫什么名字。他就这样，半梦半醒。他比一只飞鸟还畅快，从一个场景到另一个场景，从一个事物到另一个事物。断断续续。

黄昏，当雾霭在篱笆间盘绕，夕阳余光微微抖动。老妇人还端来一条咸鱼。刚才他闻到煎咸鱼的味儿。这两天，把老人吓着了。他现在能坐直了，自个儿端碗吃饭。米粥香，小米面窝头香，咸鱼更香。咸鱼碗烫手。咸鱼煎过后，再摆进碗里，上头撒上黍米，这便是此地有名的蒸黍米鱼。不只是咸鱼，每一粒黍米透着腥香。他再次想到高立仁所说：细嚼慢咽，不要囫囵吞枣。这一次他真的细细品咂。吃这顿饭的时间比往日要长四倍。

吃过饭，他说：“打搅这么多天，我该走了。”

“还不行。”老妇人说。

他说：“婶子，我还有要紧事儿等着办。”

“还办哩，差点儿没死了。”老妇人扶他倒下，给他盖上被子。

第三天早晨，耿兴醒来，他心情很好，感觉不到左胸的伤。他的意识里，已经在这盘炕上躺了许久。觉得可以了，便穿好衣裳，他在炕根找到鞋蹬上，便朝屋外走。走到堂屋，还没出门，头晕袭来，浑身一下子变得无力。要不是他扶着门框，就会摔倒在地。就在此刻，老妇人跑过来说：“怎么下来了？给你说不行哩。”说着，老妇人扶着耿兴进屋。耿兴进屋，觉得自己就像一块坯头子砸在炕上。

老妇人说，不要出去，让人看见，人多嘴杂。这几天老妇人不让任何人进这间屋子。老妇人答应他，在七天头上，送他走。

熬到第七天头上，耿兴穿好衣裳，还打了绑腿，穿上鞋子，坐在炕沿上，老妇人进门便说：“我看出来了，你真有事，我也不留你。我让我老大把你送走。”

耿兴递给老妇人一个布包，他说：“这些您留下吧。”

老妇人说：“不能收，快装起来。”

两个人就在那里推让半天，布包还是让老妇人塞进了耿兴兜儿里。耿兴说：“好吧。”算顺从老妇人。不过他一转眼，就把那个布包塞到炕席下。此刻，一个壮汉赶着一辆牛车停在院子里，壮汉叫了一声：“娘！”

老妇人说：“你真走。”

耿兴说：“我真有事儿。”

老妇人说：“这个我知道，你要是不受伤，准是个大忙人。”耿兴站了起来，老妇人伸手来扶。

“我能行。”耿兴说，“您看看，是不是哩。”耿兴虽然这么说，他心虚，走了几步，便心慌出汗。耿兴走出门，老妇人对那壮汉说：“还不过来帮帮手。”那壮汉便跑过来，扶着耿兴往外走。耿兴停下，他回过头，他要再看一眼这位老妇人。他在那里停下，等老妇人走近，他说：“我叫耿兴，您就拿我当您的亲儿子，您是我亲娘。”老妇人只是笑笑。之后，耿兴来时村，那个宅院不复存在，残破篱笆墙一段有一段无隐约可见。他几经周折，找到这位老妇人。大拴送他那个下午，有人告密，来了一帮日本士兵，将他二儿媳和小孙子给杀了，将房子烧毁了。当时她正在邻家串门，躲过一劫。

车夫中等个子，是这家的大小子。三十多岁，一张大黑脸，大额头大鼻子大嘴，一双小眼睛，景州地区车轴汉模样。穿一件对襟蒜疙瘩扣子袄，一件深裆阔腿裤，一双黑布鞋。戴一顶瓜皮帽，没有绑腿，显得扑扑拉拉不利索。耿兴跟他说话，他笑而不答。那辆老牛大破车，转动时啪嗒、啪嗒直响——不管是什么路，老是踩一个点儿。耿兴问："兄弟，你叫啥？"

"大拴。"他粗声粗气地说。走一段泥路，大拴不得不挽起裤腿，在地上跟牛一般走了一段。自此，耿兴却看出了大拴的牛性子脾气。大拴再坐到车上，两条腿耷拉在车下，上头有好几道旧疤痕。那准是在割高粱时在地里被高粱茬儿划的。大拴右手食指和中指指根背上，也有块像新钻出幼芽似的疤痕，那准是在割草时，镰刀割到石头、瓦碴儿或瓷片上，镰刀崩起来，割到食指背上。是在右手上，大拴肯定是左撇子。他拿鞭子也是用左手。耿兴手上也有相似三块疤痕，是在左手食指和中指根背上。耿兴想，这小子可干活儿了，肯定是把好手。

大拴诚实厚道谦逊，执拗，有主见，一副不可抗拒、十足把握的神情。不管是谁，上了大车，必须听他的。耿兴再跟他说话，他不再吭气。车颠得厉害，他的左胸有些痛。大车这个速度，再慢，到中午也能见到高立雅。河沟村比曹屯离得近，他现在这样，没脸面见高立仁。大车扬起尘埃，在车上积了厚厚一层。云很厚很黑，空气里弥漫薄雾。但还可以看见路在远处地平线消失。不远处树林和村子缓慢地从大地露出，变得清晰。昨天伤口已经不疼了，从今天早起，就隐隐作痛。他被大拴扶上车，就好多了。往西一拐，他便看见那条熟悉的道沟。那个晚上他走偏了路。天很黑，他在漫洼地里迷路了。他想，那天要是摸到这条路，就说不准现在躺在河沟村，在高立雅身边。高立雅坐在一边守着他，手里还做着针线活儿。车突然停止，一条河横在前边。

"桥被炸断了。"大拴说。

"你回去吧，我认得路。"耿兴说。

“不行。”大拴赶着车，在堤岸上前行。

“还是我自个儿走吧，送到这里就行了。”耿兴说着，就想在车尾出溜到车下。

大拴喝住牛，过来抓住耿兴，他说：“这个不行，我娘不答应。”

“你就说把我送到家了。”耿兴出溜下车。他的左胸疼痛袭来，直达头脑，遍布全身。他坚持站在那儿。

“你让我说谎。”大拴走了过来，一把抓住他，把他往车上推，“你说过谎吗？”

耿兴愣在那儿，大拴的话把他噎住。他不能说，他撒过谎。也不能说，他没撒过。要是他没受伤，就是大拴力气大，也不能将他推到车上。他再次坐到大车上，大车朝渠下游驶去。大拴解开车上包袱，拿出一张大饼。撕给耿兴一半，一半留给自己。大拴大口小口地吃着。渠岸很窄，只能过一辆大车，自从在河沿上行驶，大拴不再坐车辕，而是在车下行走。他将半张饼吞进肚子。搓了搓手掌，再次拿起鞭子。

“再往前走，越走越远。”耿兴说。

大拴扭过头，抬起头，眼睛转了过来，耿兴便感觉到大拴眼神的力量，他仿佛在说：你信不过我。耿兴把头转向一边，看着灰蒙蒙的雾色。大拴分明在告诉他，这条路我都踏烂了，下游不远有一座桥。不知走了多久，遇见一座桥。木桥晃晃荡荡，大车驶上去，吱吱嘎嘎响，仿佛一牛蹄子下去，就将桥踏断。耿兴望过去，便看见还缺了几块桥板，有块桥板已经开裂，上头还有斑斑点点的洞孔，可以看见下边流水。一过桥，天暗了下来。灰白色的路向前，耿兴问：“还有多少里？”

“别吭声，西边有个炮楼。”大拴说，“再有十八里就到了。”

十八里只是个大概。耿兴知道，景州一方，十八里的概念是：十八一奋拉，二十五。要是这样，还有一个上午路程。

他说很快，实际上却无限绵长。耿兴坐在车上，他现在只有任大拴摆布的份儿。走哪儿算哪儿，到哪儿算哪儿。他知道再说话也得不到好脸子，便沉闷下来。牛蹄子越走越慢。天越来越黑，耿兴坐着坐着打了个盹，大车停了。耿兴睁开眼睛。大拴说："到了。"

耿兴打了个哈欠，影影绰绰地看见有堵墙。四周看了一眼，便看见，那两棵大柳树，耿兴说："还真到了。"

大拴硬硬地说："看看是这里吧？"

耿兴说："没错。"

"你认得家门？"

"这是说的吗话！"耿兴说着下车，也没觉得胸口伤痛。大拴来扶他，他把大拴手扒拉到一边，好像在说：到这里，你说了不算。

大拴拿起一个包袱递给耿兴，耿兴拦了，他说："住下吧。"

"可不行。"大拴牵着牛掉头，"地里还有活儿等着哩。"

耿兴说："喝口水再走。"

大拴说："可不行，我得赶紧回去，要不我娘不放心。再说，天一亮，西边炮楼说不准打黑枪。"

耿兴终于听到句明白话。耿兴站在那里，眼瞅着大拴在夜幕里赶着大车，扑丢一下子，就被黑夜淹没了。牛蹄子声还有，还是那么慢，耿兴想，他什么时候到家啊？耿兴提着包袱跑了几步，便觉得左胸肋条骨咯噔一声，这下子疼得恶心。他停下，忍着，不得不慢下来。他感觉不是用腿走路，而是用两条肋条骨走路，每走一步，肋条骨就刺痛一下，像刀子剜。他走过那段大街，拐进那条胡同，走到那个门楼前，手掌拍响了门。

夜很静。高立雅听到敲门声，就像风敲打房门。高立雅侧耳聆听，就再没声了。刚要睡下，轻轻的敲门声再次响起。她再也睡不着，听着，果真有敲门声，她便蹬上裤子鞋子，披了夹袄，她轻轻问了声："谁？"

"我啊，我，开门。"

她听出是耿兴的声音，便点了灯，端着灯，将门打开。就在此刻，一阵风将灯火扑灭。高立雅想，这算灵验了，是耿兴冤魂不散。她想，不管是人是鬼，她也将耿兴迎进门。再次划火柴，划了七根，都没划着。那个影子说："瞧你笨的，还是我来吧。"耿兴夺过火柴，划了一下，着了，把灯点着。屋里头亮了，高立雅看见耿兴，头脑一下子大了，又一下子小了，还觉得浑身都长了刺似的，她还是问了一句："你是人是鬼。"

耿兴笑笑说："你说是嘛就是嘛。"

高立雅说："就是变了鬼，还这么没个正经。"

高立雅把耿兴扶进里屋。耿兴坐在炕上，他端着灯看了看熟睡的儿子——肯定是在做美梦，开心地笑着。随后他一头扎在高立雅怀里，昏了过去。高立雅把耿兴的腿挪到炕上，给他盖了被子。她还想，他要是鬼，盖被子也不管用。她还是给他盖了被子。高立雅再点着灯，在耿兴脸上照了照，认准的确是耿兴，但不确认，他是人是鬼。这个要等到鸡叫才能验证。耿兴睡得酣，高立雅眼都没合，便一直坐在那儿等。等来第一声鸡叫。她双手抓着耿兴，怕耿兴跑掉。她想，是个鬼，也得留下来。鸡叫过后，耿兴还在，高立雅也不确定，她想，也许等到天亮，是人是鬼才能见个分晓。眼瞅着天蒙蒙亮，耿兴还在睡。她又想，也许等到日头出来可以辨别。接着，透过窗子，看见东方透出一抹红云。她的心才落地，她喉咙里出声："你没死，你回来了。"听不出是哭声还是笑声。此刻，耿兴身边的婴儿挣踹着双腿，发出咿咿呀呀声。耿兴醒来，已是午后。耿兴摸了摸婴儿脸，又捏了捏婴儿小手。高立雅给他端了碗汤面，还有两个荷包鸡蛋。耿兴坐在高立雅怀里，让高立雅喂进一碗汤面。高立雅又舀了一碗，就这样，耿兴吃了四大碗汤面，撑得肋条骨都疼了。

耿兴说："还喂，伤口都疼了。"

高立雅说："喂你就吃啊，不知个饥饱。"

两个人就像聊闲篇儿似的说话。高立雅说着还掉了泪。高立雅说："三儿来过三次，还每天都派士兵来打听，问你是不是回来了。"

耿兴笑笑说："三儿来过？"

高立雅说："今天还派来一个兵，待了一天，天黑才走。"

高立雅说，前些天村里有人去景州城。听说耿兴和几十个士兵都在运河那场战役中丧生。也有说耿兴被日本兵害了，还把尸首吊在景门城门楼子上示众。

耿兴说："三儿说吗，他没给你说？"

高立雅说："他说吗？问吗也不说。再说他要是知道，还到家来打听？"

高立雅听到耿兴被杀害的消息，便给哥哥高立早捎信。高立早前天来过。高立早说，只要见不到尸首，就有希望。

高立雅哭着说："说不准，要是被河水冲跑了，到东海喂鱼去了。"

见不到耿兴，高立早也安慰不了高立雅，高立早说，他去找，便抬屁股走了。

八天，耿兴活不见人死不见尸。高立雅还揽着个孩子。这孩子从生下来不哭不闹。就是有了耿兴不好的消息，这孩子还咯咯地笑出声来。高立雅听了头皮发麻，浑身发冷，像被泼了一盆冷水。

此刻，高立雅方知，婴儿笑声，是给她一个信息，耿兴会归来。

话没落地，便听到马蹄声在门前停下。高立仁进屋，见到耿兴，便惊喜地叫了起来，上来便搂住，还那么大劲，耿兴疼得哎哟一声。

高立仁神情仿佛在问，哪儿疼？

他感觉到了疼痛，来自肋条，从肋条到心脏，再到大脑。就像疼痛幽灵在他身体里窜来窜去，突然间停住，占据他全身。他说："肋条——"

高立仁说："肋条？"

他看见了小瘦脸高立仁。高立仁一双手死死地抓着他。高立仁仿佛就是那根针，刺穿他脚掌的针，就像那颗钉子，扎穿他脚掌的那根钉子，就像那把镐头，刨断他脚趾的那把镐头。

耿兴说："三大船，三儿，满满当当三大船啊！"

高立仁笑笑说：“放心吧，都给你拉回来了，放在曹屯了。”

“你又给我留了一手。”耿兴脸上露出笑容，虽然掺杂疼痛，“看你这正经样子，不像干这事儿的。说你干的，没有谁信。你个鬼小子，心里装这么多，还真看不出来。”

高立仁说：“我还不知道你，见武器红眼，拿着当命。”

耿兴说：“是哩，武器是命根子。”过了片刻他又说，“没想到，真没想到这么回来，瞧我这个样子。噢哟——肋条疼。”

“疼得厉害？”

“不，没有。”耿兴说，“把我扶起来。”

高立仁摸了摸耿兴左胸：“摸出来了，是这个，对吧。”高立仁说，“不是一条肋骨，而是两条肋骨断了。”

耿兴才记起高立仁战前对他说的话：咱的武器已经足够了，把船炸了，把武器弹药销毁。不要再生贪念。他一起贪心，就肋条痛。该着的。这是阻碍，他要等。计划被推延，一切将推迟。被延误了。此刻，急躁、忧虑就像可恶小飞虫爬满他全身，驱赶不走，只有忍耐，任其横行。虽然行期会一拖再拖，他没有绝望。他一动肋条就痛。这样一动不动地躺着，时间显得长了很多倍，况且还有那么多絮烦，那么多啰啰唆唆部分。就像刚收割的高粱地，那么多高粱茬儿；就像树林里，那么多藤蔓，往前一走，不是绊脚，就是拦腰，甚至还会碰头。他伸手去摸肋条，肋条很远。他寻找肋条。他把它们遗失了。他呼喊肋条的名字。一条条肋条独立开来，是那些战死士兵的名字。他在旷野的树林与运河间寻求，呼唤。

耿兴在河沟村住一月有余。他思考了这么久，回过味儿来了。这天，在吃饭桌上，他对高立雅说：“我想走。”

高立雅说：“三儿不是说，让你多住些日子吗？”

“局势吃紧。”他说，“再说住得够久了。”

他醒来了，像往日那样，披上褂子，蹬上裤子鞋子，打了绑腿，骑上马，朝着曹屯进发。那些难见天日的时光。噩梦却在吞噬着他的精神，还差那么一手指头肚儿就要垮掉了。

2. 逃亡的巨人

对高立早来说，行路者，必须有坚定的信念。虽然有这样的思想准备，但进入了这条艰难旅途，这条路上有些事物和场景，似乎一直打算要将他的意志摧垮。他有过迷失，还在惘然中出现过虚幻，进入过虚幻之境。

那次他走进茂密树林，高大树木看似熟悉，却说不出树的名字。每一棵树分辨不出有多高，上方树冠茂密，遮掩了树梢，犹如密云一般。林间宁静，就像在真空，但有无尽的轻松和愉悦感。就像一个人跋涉远途，回到家园，平躺在炕上，将要进入睡梦那一刻的感觉。那一刻，若阴若阳，似梦非梦。

他扒拉开浓密枝叶，想穿透树林，到另一边。他越走，密林就越深。接着，眼前出现一道绿光，在光影里，一帮人围着一口大锅，有的手持长柄勺和长柄铲，搅动着滚沸的大锅，大锅向上的蒸气，与锅下的烟雾一起扑向浓密枝叶。最下方的是伙夫，在锅四周有若干柴垛，他们将秫秸秆、棒子秸秆、豆秸、棉花柴、芝麻秆儿、干树枝一起填到灶下。

他朝前走，便看见更多更大的锅排列在密林中。

他躲在树后，有一口锅直径七米多，有两个手持长柄笊篱的人，走到锅前，从锅里捞出满满一笊篱尸骨。那些尸骨发出白色之光，足以照亮树林。

更多的影子，密密麻麻的影子……这些可怜的人，就是借骨头那点光，照亮丛林。

借着骨头的光，高立早看清，在大锅的一边，不只是有高粱秸垛、棒子秸垛、豆秸垛、干树枝垛等，更多的是各种动物和人的尸垛。那些人在忙活着，手持大锨，将尸体一锨锨扔进锅里，直到将锅填满。

高立早看见一些动物和人还活着，他跑过去，与那个持木锨人抢夺大木锨。持大木锨的人脸上露出狰狞暴戾神色，反转过手来，将高立早推倒在地，然后用大木锨敛他，他掉头而逃，朝密林深处。可是，那大木锨铲倒大树。一片片大树倒下，他仰脸朝上方望去，却看不见天空。这里树很密，还有更高的枝叶遮挡着天空。

他逃掉了，走出这片密林。他回头望去，便看见悬挂在上空的那面日本国旗。

再往前走，他看见一堆白骨。他分辨出是一堆人的尸骨，而不是其他动物的尸骨。看见白骨，这些年间，见怪不怪。高立早还是下马，向白骨鞠躬行礼，仿佛那些冤魂和屈死鬼还在旷野上游荡。

高立早不停地走着，不时地摸一下腋下，那个包袱还在。鼓鼓的包袱装的全都是火焰。他要走遍每一寸土地，将火焰种子分送给每一个人。黑暗是相对的，没有绝对的黑暗。

他走进一个村庄，所有的门都关闭着，他去敲每一扇门，却都静寂无声，没有回应。这个村的街道时窄时宽，还左拐右拐，就像进了迷宫。他往回走，怎么走也找不着来时的路。他便掉头按原路返回，可走的再不是刚才的路。很虚幻，就像在梦境游移不定。他想，要是曹天明在就好了。曹天明今天去了另一个线路，在另一片村庄讲课。现在听课的越来越多，教员太操劳。他想，到哪算哪。硬着头皮朝前走。前边一堵墙拦住去路，这条街向右拐。他也不分东西南北，顺着街走。这个村子真不算小，大街很怪，没有一条胡同。又走了二百多步，前边又是一堵墙，再往左拐，便是两扇大门。他走过去，叩了多次，没人应声。他推了推，大门纹丝不动。他用肩头扛，大门咯棱一声开了。大门打开，发出嗡嗡声如闷雷。门打开了，里头并摆两行大车，朝前延伸下去。他断定这是个大车库。大车库像个无底洞，他朝前走着。这些大车肯定在这里置放过久，上头厚厚一层尘土。在两边墙上，还挂着鞭子、绳套和笼头。越走越暗，他走到最底部，便看见与刚才类同的两扇大门。这两扇大门是闩着的。他抽开，再次打开大门，便是一条宽路，他沿着这条路向前走。走出村子，走进一片荒野。

此刻，黄昏已至。在旷野树林里一群人在那里走动。当他走近，才发现还有堆在一起聊天的。还有数十个窝棚，每个窝棚两边挂了被子挡着，便围成一个空间，很隐蔽，谁在里头，在干什么，没有谁能猜得出。

窝棚中央，垒起炉灶，起火烧饭。他定神望去，一个农妇将一篮子坯头子、砖头、瓦块和石块放进锅里。汲来的井水早就备好，添进锅里。接下来高立早不解，这农妇坐下来烧火。她将一双腿伸到灶中，点燃了自己双腿。双腿越燃越旺，就像劈柴那样噼啪作响。高立早冲过去，要将农妇腿从火中抽出。就在此刻，有两个壮汉过来，嬉笑着说："谁不知道哩，你是高家大少爷。"高立早的目光被这两个壮汉吸引。这两个壮汉虽然很瘦，可显得强健，浑身是劲。那胳膊虽然细，却显得粗而有力，要不然，怎么会阻拦得了他。高立早从没见过这样死皮赖脸的人，硬往前挤，这样三个膀子就撞到一起，互不相让，就这样僵持着。他们憋足劲，使出全身力气。呼呼哧哧嘴里喘着大气，挤了满身汗，三个人都快黏到了一起。

高立早说："那人腿烧着了。"

一个高大汉子说："你看走眼了。"

高立早说："不能再烧了。"

汉子说："这个谁不知道哩。"

高立早说："要是晚了就来不及。"

汉子嬉笑着说："来得及，慢抻劲儿不少打粮食。"

高立早差点儿就被激怒，他压住心底火气，恼羞还一股股向上泛。他感觉浑身热辣辣的，就像烧着似的。

高立早想将大汉推到一边，他就像大树那样长在地上似的，纹丝不动。这才激起他的好奇心，便扫了一眼。这条大汉比他高过一头。高立早算是少见的高个子。这条汉子一张方形黑红脸膛，一双大眼，眉毛又黑又浓，鼻子挺拔，厚嘴唇。一头蓬乱头发，穿一件藏青色长袍，一双青布靴。他身后是一辆大车，大车一边还有两头骡子将头扎进一个麻袋吃草料，还扬起脖子打个响鼻。灶里的火光一股股朝外蹿动，映照着旷野。火苗差点儿扑到农妇脸上，头发都燎着了，发出呲啦声，还有一股子烧羽毛焦煳气在旷野上弥漫。高立早与这个巨人般身影僵持着。不知过了多久，高立早突然回过味儿来，他想，原来自己身上也有这种粗野秉性，这样太不斯文了吧。恐怕这辈子，还是头一次与他人挤在一起，这样摽劲儿到何时算个头。这下子露馅儿了，原本也如此粗俗。当他闻到煮胡萝卜、红薯和青棒子穗的香气时，便朝热气腾腾的锅望了一眼。

高立早记得有这段传说，饥民拿腿当劈柴，拿坷垃、半头砖、石头当食料煮来吃。他的意识再一次回到异常场景，农妇伸进灶里的腿燃烧不止，比木头都禁烧。她拿着烧火棍还将自己的腿左右扒拉一下。腿动了动，燃烧得更旺。灶里蹿出火苗，将她的手燎着了，火苗蹿到胳膊，又到头脸上，她整个人都在燃烧。眼瞅着被烧得焦煳，那肉皮都卷曲，露出骨头。他往灶前走了两步，高大汉子把他又拽回到大车旁边。他嘴里不由得嘟哝了句："救救她!"突然，两个壮汉闪开身，高立早跑过去，见那农妇将腿从灶中抽出，拍打沾在上头的黑灰，站了起来。拍打下裤子，上头一层明火被抖掉，还有点点火星。她手持铲子，弯腰掀开锅盖。顿时香气扑鼻。胡萝卜香、红薯香、嫩棒子香四溢，在旷野肆意飘散。农妇铲进一个碗里，给高立早端过来："高大少爷，你尝尝哩。"

听见叫他"高大少爷"，而没叫他高校长，也没叫他高立早。高立早经过刚才那番肉搏，他觉得自己一下子不知在哪儿，他的心大跳，撞击胸膛，那一声叫才把他唤回。他拿不准，这是头一次，还从没有经历过这样的情景。可是，这种场景，就像一块石头丢到水里，激起浪花和涟漪，随之便消失了。他一次次回想这一场景。刚才那是幻觉?在怎样情景下才会出现那种荒唐滑稽幻象?是他神经太紧张，还是由于疲惫和饥渴，还是由于困顿？之后的岁月，不管他有多累，多饥渴，多困倦，这种幻象再没出现过。

他就站在那里，看着农妇端着碗，就像供奉神灵似的样子，以往的日子，他就像神那样被拥戴，每到一处前呼后拥，他从不曾疑惑。

他坐下来，与村民盘腿坐在炕头上、院子里、林间和草地上。一张张虔诚的脸，笑容自里向外，就像一棵树那样，露出枝叶和花，由此去想象其美妙之根。

还没等高立仁接碗，一个壮汉将碗夺过去。接下来，一堆人拥到锅前，手持筷子的，持勺子的，持铲子的，持笊篱的，围着那口大锅。

夕阳在西天黑红色云中沉沦。此刻，胡琴响起。他转眼看去，那条高大汉子手持胡琴，坐在一把椅子上，在那里奏鸣。还有一堆人围在那里，这堆人将头探到高大汉子腿上的胡琴前，眯缝眼睛听着，仿佛与左边那一堆人似的在津津有味地用餐，并且还不时地咂摸嘴、吞咽。高立早听出是本地歌谣。流传至今，琴音不变。古老、坚定、苍劲、婉转而绵长。犹如一双妮子巧手，将细碎的线段接到一起，无限延长。高大汉子就像个牧人似的，在他的身边，那些听众，都俯首聆听。就是他的牛羊和鸭鹅。高大汉子身穿灰色长袍。暮色昏沉，白昼与黑夜的边缘，就像带毛刺叶子形状，以此展现开来。高大汉子所奏的调子与此刻相匹配，黑夜此刻蒙上一层神秘色彩。当然，那些赶脚的人，并不畏惧黑夜到来，推着独木轮车，还在深一脚浅一脚地赶路。他深知，说不准下一步会插进狼窝，或者一脚陷进泥里。那样，会人倒车翻，顷刻间一切将损毁。

胡琴。

当傍晚来临，这是大地上唯一的声响。雀鸟都沉默了，牛羊不再叫唤。可是，昨天的狗到哪儿去了，还有昨天的猫，昨天的鸡鸭……此刻，琴声却格外响，犹如一道光亮。由此聚集，那些流浪逃亡的人，那些在灾难中的人群，还有那些牛羊，那些骡驴，那些虫子，都围堆而来，都凑过来。那些刚吃过饭的人，吃坯头子、坷垃、砖头瓦块和石头的人，就像兔子和老鼠那样，躺在草丛中。或者说，就像一条虫子。当然，谁也不知道，一条虫子趴在草叶上，是怎样的感觉。在这个旱季，大地没有一丝水分，甚至一点儿潮气都没有。吝啬的老天爷，也不给一滴露湿。

夜在一步步紧逼，高大汉子腿上的胡琴却不会中断，声音越来越强。犹如一把利刀，在黑夜与白昼间划割，将此区分开来。是啊，这是一场生死格斗。与夜、与黑、与恶、与非……这条高大汉子穿的长袍已经破旧，当初长袍本是黑色，时间改变了一件长袍的颜色。当然，大汉那张脸也已改变。

高立早记起了这个巨人，景州城有名的陈家大胖子，来自陈家富户。高大汉子身量大，他站起来，脸显得小了些。在这个群落里，与其他脸相比，要大一半不止。他站起来，就像一棵大树，高立早走过去，他比这条汉子矮一头不止。

是啊，景州城财主和他的家眷，怎么也到荒野上来了呢？高大汉子陈四起，他有一张阔脸，一双小眼睛，嘴巴显得也小，满张脸就一个大鼻子。他长袍的扣子直系到下巴，可长袍由于破旧，丁零当啷松松垮垮，与他那张脸并不相配。他穿了一双新黑布鞋，白色鞋底。就这双鞋子，还能显露出他以往的宽裕家境。

陈四起诉说他所遭受的苦难。他提到自己所经历的事，就像大白话那样平淡，慢声慢语，还夹带着粗声粗气嘿嘿之声。自喉腔动荡而发，且带有回声，犹如一口巨钟被击响之后的嗡嗡之声。谁都知道那是哀伤，可听起来就像讥嘲，听者却倍感酸楚。

陈四起的声音像胡琴一般诉说——他家的祖宅是景州城最阔气的宅院，起脊挂瓦带帽翅，雕砖刻栋显气概，是祖上留下来的产业，一辈辈积下来的。去年被日本人征用，他爹娘不同意，被关进大牢里折磨死了。

“到了儿我家没了，就满景州城转悠。走累了便坐下来拉胡琴。那一刻才知道，我就像人所说的丧家之狗。听人说是刘修三看见我家宅院眼红，撺掇日本人将我家宅院霸占。跟日本人在庭院里寻欢作乐。有一次，我转到自家门前，我看见刘修三站在那里，他也瞟见了我，唤来人，像赶狗那样赶我。还有一个拿着枪比画着。我赶紧逃了。逃出了景州城。”

陈四起的声音突然停止了，看了高立早一眼，转了话题，苦笑着说：“瞧瞧我，原来家里高朋满座，现在我要家没家，连口吃的都没有。”

高立早说：“你投奔亲戚，先挨过这阵儿。”

陈四起说：“没指望，都指望不上。亲戚朋友也不是没有，可现在一个都找不到。有的被日本人杀了，有的不知逃难逃哪儿去了，反正一个都找不见了。是哩，到哪儿去了哩？”

“你上哪儿去哩？”

“没地去哩。”他恳切地看着高立早，“跟着你行不？带上我。”

从这天起，高立早队伍里多了这个巨人。

高立早知道是自己出现了幻觉。可能很多难民也出现过这种幻觉，当然，要是真能捡到些半头砖，或者瓦片，就能烧一锅香喷喷的饭那就好了。像瓷片和陶片这样稀有物，丢到锅里，当香料，树皮和草茎是烧菜的食料。烧腿煮饭的场景在人最难熬的时候，才会在脑子里闪现。

3. 罗锅徐金栋家

这天，高立早从道沟出来，走在一条小路上。这段路不明，时隐时现。他隐隐听到马蹄声，举眼望去，见东边扬起一道墙一般尘埃。高立早躲在一棵树后察看动静。那是个马队，眨眼间闪电般地走到近前。他认出是高立仁带领骑兵连打马而来。高立早见是高立仁便从树后闪出，高叫了声：“三儿！”高立仁勒缰停马，一见高立早便笑了，他跳下马跑到高立早面前，说：“大哥，你上哪儿去？”

高立早说："徐堡定。"

高立仁让高立早上马，两个人骑一匹马朝徐堡定奔驰。喝一碗水工夫，徐堡定到了。高立早走到一个门楼前，高立仁也随着高立早进去。

走至院子，一个罗锅农夫弯着腰笑着迎出来。此农夫叫徐金栋。戴马虎帽，长瘦脸，小眼睛小鼻子。后边跟着一个强壮农妇，叫徐陈氏，黑红圆脸，身材粗壮，头发乌黑，浓眉大眼。手里拿一根烧火棍，烧火棍头还冒一缕灰白烟。那架势，分明是想藏在农夫身后。要是早年间，也许她就这么一直藏在他身后。农夫劳累过度，再也直不起腰，显得矮了许多。不知从哪一天起，农夫再也藏不了她。她还是习惯躲着，一张羞涩的脸，紧抿着嘴笑。

农夫直直身子，来牵高立早的手，把他往西里间引。一般，高立早坐东屋，有一盘迎贵客大炕。高立早进了西屋，便和高立仁亲热地聊。高立仁说，高家祖坟再次被盗挖。这次盗墓人是日本兵征用民工干的，几乎将高家所有的祖坟都盗挖，尸骨一具没剩。

高立仁说："没这么欺负人的。"高家祖坟被盗挖以后，高家族人偷偷地把墓边散落的一些碎骨捡到一起，也分不清谁是谁的骨头，就把那些骨头埋回墓里。高立早说："三儿，急也没用，迟早要算这笔账。"

外边是拉风箱声，屋里蹿进来的烟雾，还有棒子饼子香，熬白菜汤的气味儿。高立早稳稳地坐在那里听着高立仁的诉说。

高立早说："快说说，你的身子最近怎么样？"

高立仁说："现在不呼啦了。"

"听说你负伤了。"高立早说着就解高立仁的扣子，扒他的衣裳，高立仁使劲躲避，"你看你，还像小时候那样小脸子。"

高立仁说："哥，谁小脸子哩，你说谁哩？"

"洗脸了吗？"

"哥，你又逗我。"高立仁笑笑说，"耩棒子耩谷子，你心里最有数。”

“你该推推头。”高立早说，“记着娘的话，头发长了你就爱病。”

“哥，不对，我现在头发多长也不病。从当兵那天起，我还没病过。”

高立早怜惜地在他头上摸了一把：“看你这样子，不像净是鬼点子的人，可叫日本人吃了苦头了。”

“哥，老鼠拖木锨，大头在后边哩。”

“说你呼哧你还真喘上了。”高立早抚摩着高立仁的手，将耳朵贴近高立仁嘴巴，“让我听听还喘不？”

“哥，也怪了，一当兵就不喘了，你说怪不怪？我就是当兵的料，老天爷就是这么弄的，对吧，哥？”

“黑了，比在家时还瘦一圈。”高立早说，“你可小心，日本人对你可恨得牙根疼，一千块大洋要你的人头。”

是啊，高立早老觉得高立仁还没长大，但现在高立仁比往日黑了，像是换了一层皮。高立早摸了一把他的脸蛋儿，没有变，还像过去，像刚钻出的嫩树叶那样，并且还一脸的茸茸毛。高立仁一身旧军衣上头还有三块补丁。

就在此刻，闻听东屋叫喊声一团，屋顶都像要被顶翻。高立早想，东屋肯定有客人，还挺重要。他猜不出是哪来的贵客，也不方便问。此刻，徐金栋进来了，他笑笑说：“让你见笑了，来了几门子老亲，在西屋赖着不动，今天委屈高校长了。”

“没事哩。”高立早说，“来了吗客人？”

徐金栋朝高立早凑了凑说：“这年头，还不是逃难的亲戚，老表亲。这些亲戚，都穷横穷横的。”

说着，徐陈氏也探进头来，说：“高校长，饭熟了，你就在西屋吃啊！”说着就把吃饭桌放炕上。

高立早说：“还有桌子吗？”

“还有张面板让他们凑合着吃口就行了。”徐金栋说。

高立早下了炕说：“我们就在一个桌上吃吧。你的亲戚，也不是外人。”

徐金栋过来摁着桌子，他说：“你不知道，高校长，你是文化人，他们都是粗人，跟你吃不到一起。”

“吃到一起了。”高立早笑着往屋外走，徐金栋也不好阻拦，也就照着高立早意思，把桌子搬到东屋。高立早跟了进去，里头炕上坐着三个，炕下长板凳上坐着两个。高立早撩门帘进屋，这几个人死瞅了高立早一眼，便把头扭到一边。

徐金栋一一介绍，那些脸方才扭过来，才有个笑脸子。炕头坐的叫李德才，是个木作。瘦子，往那里一蜷，一小堆巴。炕尾坐着两个，一个叫赵铁生，一个叫李大囤。下边板凳上坐着的一个叫张世学，一个叫王宝树。这五个岁数大都三四十岁样子，看似一个模子烙的。一说话高低不一，有的慢声细语，有的就像爆料豆子似的。

之后徐金栋又把高立早介绍给他们，那些眼睛睁大，张大嘴巴：“噢，是你啊！这回可见着了。瞧瞧今天是什么日子，真有福气，能见到高校长。”

徐金栋把桌子放上，都围拢过来。还给高立早拿了小凳子，高立早说：“我不用。”

高立早骗腿儿上炕，转过身对高立仁说：“你坐在我一边。”

高立仁说：“不行，我得走，外边还有那么多人等着哩。”

徐陈氏说：“赶上饭时，你也吃吧。”

“不能蹭饭吃。”高立仁笑笑，“哥，我走了，你们都坐吧。”说着扭头就走。高立早又下了炕，送别高立仁。走到门楼那儿，高立早叫住了他，从包袱里拿出一个铜五星，这个铜五星是他闲来无事拿一个弹壳在铁铺的铁砧上，用锤子敲打成的。铜五星形状又像个鲫鱼轮廓，乍一看，就像真鱼似的，可并没有鱼鳞，没有鱼翅和鱼眼，鳃却张着。高立仁拿到后，如获至宝，攥在手里。

然后高立仁辞别往外走，徐陈氏追出来说：“别走啊，饭都熟了。”高立仁摇摇头，脚也不停，徐陈氏追上他，把一个烫手棒子饼子塞到高立仁手里。高立仁推不掉只好将这个饼子接了。

高立早再回来，便闻听屋子里热闹了，都亮开嗓门儿，大声说话，相伴哈哈笑声。高立早进屋一刻，这些喉咙也没停下。这些人都有一肚子话说，憋了很久，到今天才有空儿往外倒。高立仁坐在炕上，看这几个人。都是受累受苦的人，受了不少屈，一张张脸都是铁青色，仿佛刚在土里掘出来。眼白刺眼亮。要是张开嘴笑，露出牙齿，能把屋子照亮。

赵铁生是个石匠，他说，村里的磨盘、碾盘和碌碡都是他凿的。还有院子里那块砸布石，门前那对石狮子也是他做的。李德才是木作，徐金栋的门窗，还有屋里的柜子、橱子、板凳是他做的。门窗上铁箍门环、箱箱柜柜的铁活儿都是王宝树所打。张世学和李大囤都是瓦匠，是掌作的，他们带人给徐金栋盖起这座房子。所以虽然是老表亲，几个都非常气势。他们都没拿工钱，只吃窝头白菜汤。

徐金栋就像一头驴那样，弯着身出来进去的。进来，就笑着给桌上客人倒水，此刻徐陈氏在外边叫了声：“快，给我舀点儿水来！”徐金栋就像头驴似的跑出去。

一桌子人嘻嘻哈哈聊个不停，赵铁生说：“高校长，你也不说话，一看就是个书生。”周围一下子便静了。

高立早说：“我听着哩。”

你说一句我递一句，声音越来越高，紧接着吵得脸红脖子粗。他们都强打精神说话。一阵吵嚷过后，都耷拉下头，闭上眼睛，像是打瞌睡。王宝树突然说：“还说哩，连个家都没有了。”这句话声音不大，五个匠人便都抬起头，相互看看，再低下头，再也不吱声，那些眼眶里都汪着泪水。睁着，不敢闭眼，一闭眼，大滴泪水就会掉下来。

五个匠人，铁匠王宝树算最黑的一个，全都是因为他天天跟铁炉、铁砧、铁器打交道。他已经做了师傅，不再抡大锤，可一手持钳夹铁，一手持小锤一干就是半天。他那张脸虽黑，看去却是最圆润的一个，不像打铁时弄的黑灰。他穿的衣裳虽旧，却很干净，也平整。一件蓝褂子，一件黑裤子。赵铁生皱巴巴一张小脸，像没长开的一朵花，皱纹虽多，也能看得出就三十多岁。李大囤肉鼻子肉眼，说话闷声闷气，听上去很憨厚。张世学平头正脸，头发梳过了，身上衣裳还算平整。李德才头发像乌鸦巢，尖嘴猴腮，鞋脱了，放在长板凳一边。那儿放了一堆鞋，散发一股子脚臭。这些匠人虽然贫嘴呱嗒舌，聊到正题也不含糊。这些人干活儿都会闹出响动。像打铁，不只是叮咚叮咚响，还震得地发抖；石匠敲打石头声音也脆生，节奏感也很强，一响就是若干日不停歇；木作敲击声也不小，还有锯声和刨子声；瓦匠瓦刀是十全宝贝，敲断坯、砖瓦。这些匠人在一起无休止地谈论。一句话说罢，努努嘴，抻脖子瞪眼，吐吐舌头。这样显然有些鸡零狗碎，这样可以遮掩羞怯，之后，这一章也就翻篇。聊到正题，都眨着眼睛思考，你瞅瞅我我瞧瞧你。就在此刻，那铁匠说话了，他说："还是听我的吧。"

石匠赵铁生说："瞧你这嘴，笨得像抿裤腰似的。"

铁匠王宝树反唇相讥："你会巧说，还是你说。"

高立早笑笑说："说说呗，都说说。"

第七章

1. 李桥村

风箱停了，烟还往屋里蹿，熏得人直流眼泪。

石匠赵铁生咽了一口唾沫，又吧嗒吧嗒嘴，仿佛吃到了苦味食物，咽下去，还满嘴苦，久久不得退去，又不得不回味，他粗声拉韵地说："说就说，怕吗？这个不丢人。"他说不丢人这三个字时，一脸羞赧，他停了，在那里思考。那些眼睛都凑过去看他那一脸难色。他好像满嘴苦，难以下咽便吐到炕根那儿。接下来，他用哭腔说："我是李桥村的，是石匠出身，从祖辈就干石匠。家境宽裕。李村人都很勤劳，匠人、农人都很卖力气，所以日子过得还算富足，吗也不缺。一村子爷儿们娘儿们一团和气。我从七岁起就跟着爹老子学着凿石头。"说着他还伸出手，"你们看看我的手，就像块石头蛋子，还满是石头末子。受累归受累，不只是我，李桥老少爷儿们都不是受气的主。当然，也不会惹是生非。李桥村人都做事坦荡，也很诚实，都是有情有义的人，什么事都不隐着瞒着……"

那一天就是死也忘不掉。记得清清的，一九三八年农历四月十七日。话还得从我弟弟赵铁蛋犁地犁出三杆枪说起。铁蛋赶着牛犁地，犁到半截地，牛突然停下来不走了。他扬起鞭子抽了牛屁股，牛往前拉了一下，就在此刻，看见地上几根棍子从土里浮出。就跑过去看，这哪里是棍子，分明是三杆枪。他四周瞧了瞧，见旷野上就他一个。他再没心犁地，脱了夹袄将枪包起来。那么个夹袄包不住三杆支支棱棱的枪。他将枪戳在筐里，赶着牛回家。铁蛋想，这是偷偷摸摸的事。铁蛋走得急，并没有发现，有两个人看见了他筐里的三杆枪。这两人便是马保久和马保常哥儿俩。他们看见后，就去东村找到舅家表哥，他舅家表哥给日本人当翻译官。

村里马家兄弟俩告密，开始谁都不信。这两兄弟在村里还算正经。李桥村爷儿们，没个不正经。两兄弟个头儿顺溜，平头正脸。邻家盖房修屋，还有打坯割麦子累活儿，哥儿俩都去帮忙。有些天，两兄弟昼伏夜出，很难看见他们的人影。

这天傍晚，有人看见两个伪军到马保久家里嘀嘀咕咕老半天，马保久带着两个伪军偷偷摸摸地在村里走了一遭。谁也不知道天降大祸。第二天早晨，听到杂乱脚步声。日本兵把我家院子团团围住。事后，我才听说，那天开来百十号日伪军。不只围住我家，还有十一个宅院被围住。日本兵把人抓出来，赶到大街上。

那天，我坐在桌前，刚端起碗，一群日本兵便闯进来。不由分说，就将我拧住，把我媳妇也拧住。我赶紧说："我给枪，给枪还不行？"我便朝藏枪的炕洞走去，却被一个伪军拦住，他说："老实点儿，别耍花招。"我也不知怎么着，那天很乱，日本人再没提枪的事儿。被推搡着，像赶羊似的把我们赶到大街上。我一看，大街上乌压压人已经满了。都闷声站着，低垂着头，真像一群羊。那天，李桥村让日本人给端了。都在想，日本人怎么知道的呢？都拿得这么准，八路军、武工队亲属和民兵无一漏掉，都拿了个正着。肯定有告密人，一个日本士兵走过来说我通八路，不由分说就在我左胳膊下挑了一刺刀。只听褂子哧啦一声破了，还挑着里头的肉。血即刻流出来。我不心疼肉，心疼褂子。这是我媳妇一针一线给我缝的，刚穿了一季。我忍着，低着头，不敢喘大气，也不敢看日本兵一眼，有个日本兵还上了房，支起一挺机枪。就怕再给几下子。还好，他没再动刺刀，就在那里站着。大家都不敢吭气。

从一条胡同里飘来烟气，瞧过去，浓浓黑烟。李三朝见是他家房子被点着，便朝胡同里冲去。此刻，枪响了，李三朝倒在地上，他挺起身子，刚想爬起。枪又响了，他脑袋被击中，也没弹蹬下就毙了命。这下子，人群就乱了，就在此刻，机枪响了。枪一响，就像割草一样，人一片片倒下去。当时我也倒下去……机枪一响，大雨滂沱，对面不见人影。我被大雨浇醒，不敢睁眼，心想，要是个梦有多好。我还是睁开了眼，我身边横七竖八倒着的全是尸首。日本兵到村里来，明着，他们的目的是搜八路军武工队，他们眼里看到的全都是财物、牛羊和鸡猪。他们把村子都掏空了，财物和鸡猪装满几辆大车，套上牛驴。那下子，整个村子一下子瘪了。要吗没有。那天雨一直下到天黑。才见日本士兵人背肩扛。赶车的赶车，牵驴的牵驴。走得连个影子都没了。我动了动腿脚，觉得不痛。又动了动胳膊，也不痛。我这才从地上爬起来。我倒下，全都是觉得中了枪子儿，还不止一颗。从那天起，我老是这里疼那里痒，我要不是中枪，怎么跟原先不一样了呢？有几个爷儿们受了伤，还没死。我试着抱起一个。就在此刻，没死的爷儿们都跑过来。我们把这些受伤爷儿们抬回家。

在李桥村，是有些人加入武工队，还有些当了民兵。还有些人觉得不该惹是生非，老老实实过本分日子，真没想到灾祸临头，真是天上掉下来似的。“那天，铁蛋捡到枪，来到我家。两个人几年前为祖上传下来一块地闹过纷争，都到了碰头不说话的份儿上。可是在抗日形势下，别想个人利益，两个人越说越近乎。都是亲哥儿们。赵铁蛋本来以为哥哥胆小怕事，提到打日本肯定就是缩头乌龟。没想到这么痛快，便打消疑虑。说起他捡到三杆枪，不知怎么办。话刚出口，我就积极回应，我掀开炕席，露出炕洞，我说：“兄弟，先把枪藏起来，以后有用处。”我还让媳妇烫了一壶酒，两个人聊到深夜。铁蛋抱着熟睡的小子回家。天刚麻麻亮，一出院门，就觉得不对头。走到大街，见四周全都是黑黝黝鬼影，他加快了脚步，还绊了个趔趄，差一点儿摔倒。他怀里抱着熟睡的孩子，差点儿没把孩子扔到地上。他抱紧孩子，一步紧一步走，刚想往胡同里拐，就在此刻，枪响了。铁蛋中了一枪，倒在地上，血流了一地。那三岁小子还在睡梦中，日本兵举起刺刀将他挑死。

这一回，李村大伤元气。十一个爷儿们当场毙命，二十二个受伤。还杀死了几个妇女和孩子。还有一个人被这些日本兵丢到猪圈里，填上土埋了。这天，日本人抢走四匹马、七头骡子、二十一头驴、四十二头牛，烧毁房子四十二间。想想哩，本来日子穷，受得了这么糟践，还叫人怎么个活哩？到后来，才听人说，那天遍地日本兵将村子围了个严实。传说就是我弟犁地犁出那三杆枪招的祸。我从炕洞里拿出那三杆枪，带着村里几个弟兄，投奔了武工队。武工队让我们留在李村，找到告密汉奸。

一开始，不知道谁告的密，也不知道谁干的。有一天，马保久找我，让我给他劈一块磨刀石。我想，马家就是有钱，这会儿还有心思买磨刀石。我劈好磨刀石，送给马保久，一进马家胡同，飘着一股子腥臭。闻来闻去，就闻到马家。我敲打门，马保久来开门。他在门口挡着，不想让我进门，我觉得蹊跷，马家北墙根枣树上搭着一张牛皮，在北墙上还钉着一张羊皮。弄得满院子膻腥烘烘。我把石头给他撂到院子里想走。我往屋里一瞥，见他家大木盆里竖尖冒溜一大盆肉。马保久喊住了我，说给我磨刀石钱。我走过去。这时，马保常端出一盆子肉，看着像牛肉，又像羊肉。便闻见那股子熏鼻子臭味。

从马保久家出来，我对他们便起了疑心。我回去跟几个兄弟商量，我们决定盯紧他。一个夜晚，有个兄弟来送信，说两个人进了马家门。我们仨去马家门口，耐着性子守在那里。不知过了多久，马家门吱的一声开了，见是一高一矮两个人出来。开门时，一道光闪了闪，看出那两个人的轮廓。穿日本兵服，一个扛了一杆枪，另一个腰间是一把撸子。我们悄悄跟到村西那棵大杨树边，冲上去，把那两个人摁在那里，把他们捆了，押到碾棚里，点上灯。那个腰间挎撸子的面熟，经过审问，知道那家伙是日本翻译官，是马保久的表哥。我们没有折腾他们，问吗他们都认账。可他只字不提马家哥儿们是否告了密。我突然诈他："你跟马保常串通一气，把李桥村爷儿们害了。"马家表哥说："这个全不能怪我，民不告官不究。"听了这句话，就全证实了。我们把这两个捆在两棵树上，再一次摸到马家。我上去敲门，马保久应了一声，还以为他表哥敲门，他说："怎么又回来了？"接着门开了。我上去把马保久摁在地上，他不服，使劲挣揣。我用膝盖狠狠顶着，他再也不能动。另外两个弟兄冲进屋子，把马保常制伏，把马保久拧进屋子。马保久扑通跪下说："我有罪，我有罪。"马保常也跪下说他也有罪。两个人就把事情前前后后一字不落地叙述。在去告密之前，两个人也很犹豫，觉得对不住人。可最后还是迈出了这一步。去找到当翻译官的表哥。那翻译表哥说他们立了大功，等着领赏吧。此刻两弟兄觉得有些过头，他们央求表哥别连累其他人。事到如今还管了那个。这样，就引来日本兵，那一顿烧杀抢掠……我们连夜套车把这几个人送到武工队。村里我也没敢回去，跑出来避一避。

2．荒原

赵铁生说罢，咽了口唾沫，他抹着眼泪说："多可怜人哩。"

瓦匠张世学说："是哩，天上掉下来的事儿，做梦都梦不见的事儿。"

徐陈氏已经烧熟饭。徐金栋和徐陈氏往屋里一碗碗端汤面。坐在炕边的瓦匠张世学和李德才也跑进跑出端饭。竖尖冒溜一大笄子棒子饼子。齐刷刷手伸了过去，拿了便咬一嘴棒子香。

高立早盘腿坐在炕上，他在喝一碗菜汤。一边认真听，他想一字不落地记下。屋子里全是烟气和土腥气，桌子上还有一盘子咸菜，半笄子棒子饼子。这是一座旧屋，年代已经久远，墙被岁月之烟尘染黑，屋的梁檩上丁零当啷下垂着蜘蛛罗网和堆积着轻浮棉絮动物茸毛，细碎叶片，烟熏年久邋灰在不停地摇摆，仿佛下一刻就将塌落。

接下来，瓦匠李大囤的声音再次将他吸引。李大囤虽然黑了些，说话声音洪亮，相貌堂堂，脸上带着坦荡笑容，仿佛在说：要什么尽管说。

接下来瓦匠李大囤叙述这一节："有个叫碱村的村庄，你们都知道吧？"一桌子人都抻脖子瞪眼看着他，耳朵支棱得挺长。

高立早说："我听说过，试着想去那个村子，几次都没见着。那可是个神秘村哩。"

李大囤听了这句话，也变得神气起来，开始了他的讲述。

那里待久了，也不想出来。就像人们说的"桃花源"。那是荒漠中的一个村落，就三户人家。景州城往南偏西，到龙华镇，再往南，十几里路程，是一眼望不到边的碱地。那一次我从景州城回家。走夜道，走错了路，就误闯了碱村。碱村没个正当名字，叫碱村，因为在碱地。

我在荒地里走着，就看见远处灯光。便朝着灯光走去。现在也不知道，这灯光把我引过去，是对啊还是错。我进碱村那个晚上，见什么都怪怪的。房子是斜楞着的，并且还是圆形。我绕房子四周走了一遭，我往那边走，房子尖顶都往我相反方向歪，好像嫌弃我，躲我似的。我看见一扇门。这哪是门，分明是一个树洞，凿开一个洞，洞上安了两扇门。我叩响了这扇门。

敲敲门，一个农妇把我迎接进屋子，叫我坐在杌子头上。那张杌子头不平，上头像是放了些砖头瓦块一般硌屁股。我强撑着坐着。杌子头是椭圆形，桌子是菱形。靠墙放着一些圆柱形的器物，后来才知道那是放物品的箱箱柜柜橱子。有盖子，有橱门。桌子最少的六条腿，还有张桌子有数条腿，怎么数都数不清。不管有多少条腿，在哪儿放，怎么搿都能搿平。那个农妇盘腿坐在炕上，窗台上一盏灯，她凑到油灯上补一件褂子。那条褂子密麻麻大小窟窿眼。说算件褂子，其实还比不上一块铺衬。她捏着的针像一片柳叶。那根线像一串青蛙卵。我想，这样的针怎么缝呢？可她缝得那般细心。我坐在那里哈欠连连，还不住地打瞌睡。我还想这是到了哪儿，还有这样的人，来了客人也不给找盘炕睡上一觉。

不知过了多久，鸡叫了。鸡一叫，外边一阵风声，树叶子哗哗作响。到后来，我才知道，那是一天开始。每天清晨，树都会闹响动。鸡一叫，树一响，天亮了，就都顺过来了。那么个小窗，还裱糊着灰色窗纸，阳光是怎么透过来的呢？那女人缝的那件褂子真漂亮，就像一只蝴蝶翅膀，上头全是大大小小花朵。上午，我看见她家妮子穿了。从没见过那么合身的衣裳。我想，哪个妮子穿上都会长七分人才。我见着这个妮子那一刻，一下子愣住了。那一刻，我感觉一阵风，就把我刮跑了似的。当我回过神来，见那妮子坐在榆树下蒲团上纺线。也许喝碗水工夫，也许一天，也许时间更长。只记得前一刻那妮子正朝我走来，后一刻就换了另一种场景，她坐在那里纺线。

我想，是不是到了仙界？那女人端一盆棒子面子进门。我想她是到碾棚里去推碾子。她笑眯眯地说："来吧，吃饭吧。"我恰好肚子咕咕叫，早就饿了，从昨天到现在，还粒米没进。她从我身边走过，我闻见棒子面味儿。一下子又把我变回俗人，看来那妇人和那妮子也算是凡人。

吃饭时，我一直盯着那妮子看，我想垂下眼皮，可是不行。那妮子很羞涩地低着头，我也觉得怪害臊，想把目光移开。我费尽力气，也不能移开。无奈。那妮子给了我一个棒子饼子说："快吃吧，都凉了。"我咬了一口，棒子饼子绵软，还香甜可口，我吃罢第一口，就一口一口地吃起来，再也停不下。那一顿，我把那箅子棒子饼子都给吃光了，还觉得饿。

知道这妮子叫青翠，是第三天早晨醒来，我突然发现与青翠睡在一盘炕上。我睁开眼睛一看，太阳初露，屋子里亮闪闪，她那张桌子是一块大独榆木，桌子上放着一个筒形梳头匣，还有一把梳子，一把篦子。一个瓷瓶，里头插着一束满是骨朵和花朵的花。花散发着腻黏香，仿佛生出丝丝缕缕像蜘蛛一样的丝网，把我粘在里头。我想爬起来，离开这间屋子，发现自己被捆绑住一样。就像一只蛾子那样，撞上蜘蛛网，被蜘蛛捉住，用网状布紧紧包裹了起来。我在愣神时，青翠倚着窗台在那里打盹儿。她睁开眼，看见我就笑了，她说：“你睡得真香，喘气也匀实。”我说：“我怎么在这里？”她反问我：“你还能在哪里？”之后，她一脸忧郁，随之还带着恐惧。她给我说刚做了个梦，梦见房子烧了，她也着了。她死了，全都死了。我说：“就打个盹儿的工夫。”她说：“是哩。”我穿了衣裳，蹬上鞋，我羞臊、愧疚地说：“我不该睡在这里。”说着，就走出屋，见妇人已经烧熟饭，已经放了桌子，桌子上摆了筷子碗，就等着我醒来掀锅吃饭。吃饱饭，我就像在自个儿家里一样，拿起锄头下地。我锄着锄着，就想，错了。扔掉锄头，又想了片刻，是啊，锄地算吗错？所以又拾起锄头。

我围着碱村转了一转，不到喝碗水工夫。东西两个宅院。西边是大哈（我大舅哥）宅院，东边是二哼（我二舅哥）宅院。大哈是很和气的人，不爱说，光会笑。给他说话，他也只是笑。他并不是腼腆，就是话值钱。跟他在一起的那几年，也没听到他说一句话。他个子不高，穿一身破衣。之后，我才知道，再新的衣裳穿到他身上都是破衣。大哈虽然不爱说，却有个漂亮聪慧的妻子，是他从外边带回家的。真想象不出，像大哈那样的人，怎么将一个俊俏聪明伶俐的妮子带回家的。大哈有三个小子两个妮子。大的那个已经十三岁。眼瞅着，他媳妇有孕在身，肚子一天比一天大。二哼则相反，爱说，见了人就说个没完。该说的不该说的都要说，嘴上没个把门的。他中等个子，爱光膀子。他在东边院子里。娶妻六年，有两个小子。

“这个秋天，给我和青翠修了个宅院，那些打坯的日子。在修屋前，大伙堆在一块儿商量到半夜。第一，房修好了，让青翠他娘，也就是我的丈母娘跟着我过。我答应了下来。第二，要我帮着大哈种地。那时我还没有地，地都分给了大哈和二哼。后来，我跟青翠开了些地，却怎么种也种不好。麦子就像鼠胡子，种的棒子、高粱还没鸡腿粗。青翠她娘说：“不能种，要是能种早就种了。”就是这样，只要有空儿就到开垦地里去。那里有耪不尽的草，而种的庄稼也不比个草高。我也只能断了这个念头。

院子里早就备好梁檩。虽然人不多，木作、泥瓦等都拿得起。造的屋子都还应心。在打造桌椅、杌子头、箱柜时，我提出要方形的。青翠示意不让我多嘴，她说，就照着原先样子打。还为我添置了各种工具，像扁担、水筲、簸箩、推车，还给了我一头灰驴。就这样，我跟青翠独立门户，碱村就多了一户，共有三户。

有天下地，我看看四周茫茫旷野，除了这几处宅院，院子里外的大树，还有大片树林。四周别说村子，就是一座房也没有。除了这块地，四周全都是荒草野地。荒地上长满蒿子草、茅草、野芦苇、灰菜、苣荬菜、打帚草和大红荆树。我觉得不对头。我是谁？我叫吗？我都全忘了。碱村的人从不正儿八经地睡觉，只在吃饭桌上打个盹儿，或者倚着树打个盹儿，或者走着道打个哈欠，就算睡觉。干活儿累了，就在地头盘腿歇会儿。不多日，我也像他们一样，不睡觉，光知道干活儿，干累了就靠着树打个盹儿。之后，脑瓜儿就清爽了，就接着干活儿。

在冬闲时，青翠还从橱子里拿出书来读。我就倒在她脚边，听她读书，她一边读，还一边跟我交谈书里头的那些字。就这样，一个冬天过去了。春末，她带我去杏园摘杏。一走进杏园，满是杏香，差点儿没熏晕过去。杏园结出的杏都像胡萝卜，粉兜兜儿鲜亮。她伸手摘一个咬了一口，便凑到我嘴边让我咬一口。秋天还有桃，桃像菜瓜。

很少有人进碱村，这里没有打香油的，没有卖豆腐的小贩。极少有谁走进来。走进碱村的人，不会有人走出去。小子长大了，就被赶出碱村，到外边混个媳妇回家，从此安心过活，一直到老死。而妮子也是到外边拐个女婿来。凡进了碱村的人，再也不想出去。像我这样误闯碱村的还算头一个。对他们来说，算是白捡。那两年青翠眼见着大了。爹娘往外赶，她硬不出去。我那天敲门，青翠她娘打开门，一见我平头正脸，不傻不苶，个子不矮。我坐上杌子头那一刻，就生了这个念头。她借我打瞌睡的空儿，出去叫青翠看。青翠看了，还算满意。就这样，两个人稀里糊涂就过到一起了。

一天，青翠带我在荒原上走了一遭，让我认清了到外边的路。我说："你怎么让我看这个？"她笑着说："叫你走你也不走哩。"两年多，青翠给我添了一个小子一个妮子。小子两岁，妮子四个月。在我的眼里，碱村没变，跟我见第一眼时一样神奇。青翠也没变，她还是那个仙女。通往外边不是没有路，还挺明。只要不安心留下来，那就能出去。所有进来的人，开始想出去，渐渐地就不想离开。

这天，我在地里耪谷子，忽闻村里一声响，就像霹雷，就像二踢脚声。接下来，村子里竖起一个烟柱。我知道不妙，是着火了。我往家跑。还没跑到家，见七八个日本兵围着我丈母娘一家和大哈、二哼家等十七口人。他们都跪在那里，烟雾遮天蔽日，火光映照着他们一张张恐惧的脸孔。我躲在树后，刚想跑过去，此刻枪响了。一阵乱枪，十二个人都歪七扭八倒在那里。我不相信眼前情景，真像做梦。那一刻，想冲上去，把事情弄个明白。我的手脚就像被钉在那儿。

在碱村，外边是怎样的，都不知道。自从我到碱村，没有到外边去过。碱村的人都忙着种地，忙着养育孩子，想都不想到外边去。这些人仿佛被遗忘了，他们也把外边给忘了。哪见过这样魔鬼般的恶人，他们这般行径都让我看愣了。我狠狠拍了拍自己头，发觉这不是梦。我就在那里眼睁睁看着，那些影子在火光里窜来窜去，不知在做什么。天黑了下来，其他房子也烧着了，火光冲天。十几个影子围着火光跳来跳去。

我在那里站了一夜，见那些人都倚着树睡着了。我便悄悄走过去，在一棵树后，我看清那一张张脸。我不信，要是人，怎么能那么干？为什么？我爬到一棵茂密的树上，察看这些人的动静。不久，一个人醒了，站起来。其他也都醒了，他们在树下列队，排成一行。其中一个汪汪一通叫，之后，他们便跑步朝西而去。我数了数，十一个。

我也又渴又饿，跑到被烧毁的房屋前，辨认出青翠和我两个孩子的尸首，大吐了一场，把肚子里脏器都要吐出来。我感觉天旋地转，便昏死过去。不知多久，我醒过来，见自己躺在尸堆里。弄不清自己是鬼是人。我坐了起来，我能坐。我哭，我能哭。我叫他们，他们都不应。叫天天不应叫地地不灵。我感觉身子轻飘飘的不受指使。我还辨认出丈人爹，丈母娘。辨认出大哈一家和二哼一家，把他们放在三处。就是这样，我还觉得青翠和两个孩子都不会死，其他人也不会死。我就坐在那里守着，不知过了多久。我还是挣扎着，在南边选了个地点，把十七具尸首埋了。那天阴沉沉的，雾霭灰暗。不久，飘起雪花。我从没有感觉到这么冷。我想，我是鬼，就冷。随之，我又想起青翠，痛哭一场。那一场哭，不知哭了多久。身上落了厚厚一层雪。我想，就是鬼，也要活。我在地窨子找了些吃的。还有几个棒子饼子，两根胡萝卜。此刻，我想，进了碱村的人再也走不出去。我想活下去。我记起青翠给我指的路。便拿了棒子饼子和胡萝卜，揣在兜里往外走。走了十几里地，我突然听到有人叫喊，便顺着呼声走去。见是一个伪军躺在那里。我觉得害怕，转头要走，他叫住了我：“救救我——”我只好扭过头，走近他。见他半倒在红荆丛里，倚着一棵大红荆树，他说：“行行好——”我便拿出一根胡萝卜，他接过胡萝卜，就往嘴里塞。咬了一段，无力咀嚼。他咽下第一口胡萝卜，便睁开眼睛。这伪军三角眼，一张瘦猴脸。身材很瘦。像只瘦猴。穿的军服皱巴巴，松松垮垮支支棱棱。他咽下一口胡萝卜说：“真是个好人。”我这才记起，这小子跟日本兵是一伙的，就将胡萝卜从他手里夺回来：“全杀了，一个没剩。”他说：“我吗也没干。”我想给他几拳，可看他这可怜样子，又不知怎么下手。我扭头想离开，他哭声拉韵地说：“别丢下我。”我回过头，见他怪可怜，又把那半拉胡萝卜递给他。他吃过又向我伸手，我把第二个胡萝卜给他。他说：“兄弟，你行好行到底，把你兜儿里的饼子掰给我一块。”我思量了片刻，觉得不好回驳他，就给了他一个棒子饼子，他吃过棒子饼子，坐了起来，抹了把嘴说：“兄弟，你能带我出去吧？”我没吭声，他又说：“这么说你知道出去的路。”我还没吭声。就在此刻，他端起枪，对准我，他说：“快带我走。”这时我才记起，刚才在他身边那根烧火棍，原来是一杆枪。上头还有亮光光刺刀。我一动不动站在那儿。过了片刻，他将枪摔在地上，跪在那儿。他就像一只秋虫那样，经一夜霜打，战栗地说：“兄弟，你行行好。”我点点头答应了他。

此刻，天黑了下来，我借星星辨别方向，我跟他并肩往北走去。他说他叫吴病，去日本留学，被日本人招到军队里，当了一名翻译。他跟我便聊起他跟那群日本士兵误闯碱村的经过——

一队十一个迷路的日本兵误闯荒原。他们走了三天三夜，在荒原上迷失。他们先选择朝一个方向走，并折了荆树作为标记。走着走着，却又看见他们折倒的红荆树。红荆树很高，叶子已经干枯，上头还有淡红色干花。天很冷，几天没吃饭，都浑身发抖。士兵们都穿着单衣，风一吹，就像蝉翼一样薄。对荒原的恐惧就像天上黑云似的沉重，空气里弥漫着一种死亡气息。为首的友江少尉很冷静，他辨认着荒原地形和方向，选择走出荒原途径。这时突然看见地平线上树林中宅院像几只大船漂浮着。友江少尉以为是海市蜃楼，虽然很谨慎，他们还是向碱村走去。越来越近，当碱村清晰地展露在他们面前。他们忘了饥渴、恐惧和寒冷，狂热地朝碱村跑去。走近后，那不过是三户人家三个宅院，便惊喜地跑向宅院。他们很扫兴，土垛矮墙，简陋土坯房。

他们进了一个宅院，就像客人那样，让吴病给他们当翻译。友江少尉冷静地命令士兵与这些人保持友好。他们问清，这块盐碱地就有三户人。虽然只有三户，这也是个村庄，名叫碱村。

进了一个宅院。他们若进无人之地，进了屋子，便爬到炕上。他们用刺刀逼迫人给他们烧饭。这个是青翠住的宅院。

青翠她娘给他们熬了粥，贴了饼子。日本兵见此便恼怒地一阵哇啦，青翠她娘什么都不懂。日本兵翻箱倒柜，没找到粮食，也没找到值钱物件。

日本兵轮奸了青翠。青翠的爹老子拿起菜刀冲进屋子，一刀砍在这个日本兵肩上。日本兵哇哇大叫，一刺刀刺在他左胸上，接着又刺了几次，青翠爹老子当时没死，却奄奄一息。

青翠她娘拿起一把剪子刺向日本兵，此刻枪响了，青翠她娘也被击中，倒在地上。

几个日本士兵兽性大发，将他们拖到村前。

大哈那边见到院子里进了人，他第一个意识便知道日本人进了碱村。友江少尉虽然很客气，大哈低着头，没说话。友江还是耐着性子，让吴病做翻译，说只讨一碗饭，指一条路，让他们走出荒原。友江少尉说个没完，吴用也费尽唾沫，大哈就是不开口。这便惹怒了友江少尉，给了大哈一耳光，还骂了一声“浑蛋”。大哈忍不住，就回了一耳光，那耳光比友江少尉还重几分，打得友江少尉金星乱冒。友江少尉哪吃过这亏，便令手下士兵将大哈拿下。大哈力大无比，与三个日本兵拧在一团。又上来两个，才将大哈制伏。接下来，几个日本兵进屋，将大哈媳妇和五个孩子轰出屋子。他们在一个箅子里找到几个棒子饼子，便分开吃了。

三日本兵在二哼院子里却受到友好招待。二哼给三日本士兵烧了饭菜，还拿出一坛子酒给日本士兵。饭没烧好，三个日本士兵就在锅台前团团转。先拿了棒子饼子吃了。饭菜还没端到桌子上，枪就响了。三个日本士兵便跑了出去。此刻，大哈那边和青翠这边所有人都押到房前空场。奄奄一息的青翠爹娘老子倒在地上，大哈被摁着，吊到一棵榆树上。

友江少尉不知二哼跟这些人是一家，便提出让二哼带路，走出荒原。二哼只得应从。当友江少尉提出做好足够干粮，二哼也应从。之后，日本士兵举枪将空场上的人和吊着的大哈击毙。二哼便红眼了，便与友江少尉扭在一起，还咬掉友江少尉一根手指头。一阵乱枪，二哼与媳妇孩子四人也遭枪杀。

当把人杀害，这些日本士兵搜遍了所有屋子，再也没个人毛。友江少尉甚是后悔。没找到人，友江少尉便下令将房子烧掉。房子被点着后，便下令离去。就在此刻，友江少尉肚子咕咕叫，便想到这些房屋里找些吃的。大火燃起，为时晚矣。

他们在房前列队，十一个，其中两个伤兵。他们搜了大半天啥也没有搜到。他们烧掉房子，然后转身，背向大火，朝地平线走去。走到天黑，还是同样不变的地平线。他们不得不夜宿盐碱地。盐碱地之夜，四周都是黑影，当风刮来，四处是哭泣声和嘟哝声。

这些饥渴日本兵，第二天天没亮，便上路了。他们在荒原上行走一天，前边的路还是不变的地平线。碱地里没有路，他们都迷茫，不知向何处去。他们后悔杀死了那些人，到如今连个向导都没有。他们想回到烧毁的碱村，找些吃的，弄些井水解渴。可是，他们再也回不到碱村。这片碱地之大，一眼望不到边。地上只长着碱蓬棵、扫帚草、羊角菜、羊脂草和野芦苇，还有高大的红荆树。这里碱蓬棵长得高，还有大片的红荆丛，还有满枝头粉红色红荆花。他们又渴又饿，便捉兔子和狐狸。喝兔子和狐狸的血止渴，吃兔子和狐狸肉解饿。当然，他们也打天上飞鸟，比如说鸿雁、天鹅、白鹭和鹳。

天阴着，厚厚乌云压着整个荒原，分不清是白天黑夜。绝望的阴霾笼罩着碱地。直到兔子狐狸四散而逃，天上再也见不到一只鸟，就是一只麻雀也不见。就是这样，他们的刺刀东一下西一下，四处挑。第四天，他们进了一个大蛇窝。在红荆丛里飞出一条条蛇，缠住了他们身子。他们拿出军刀与这些蛇开始一场战斗。天上飞的，地上爬的，全都是蛇。这些蛇也在捍卫这片土地。虽然这是一块不毛的贫瘠之地。

由于饥渴，他们把这些蛇当食物。他们吞掉蛇后，就成了疯子，在荒原乱跑。就这样跑散了，他们看见了兔子，举枪便打，接着对面也响起枪声，原来看见兔子和狐狸是错觉，他们打中的是自己人。他们就这样对射。死伤大半，而剩下来的却也不聚集到一起。其实后来有几个走出了荒原，他们并不以为走出了，他们的魂儿丢在了荒原上。不管是谁，一到荒原，就将留在那儿。

在他们眼里出现幻象，出现了山河、石桥、城市和楼阁等美景。

走进去，里头空无一人。摆着亮闪闪的瓷器和奇珍异宝，他们将宝物装到一个袋子里，背着这个袋子直到咽下最后一口气，倒地而亡。

李大囤最后说："再说这个伪军，他是偷偷离开那些日本士兵的。他很冷静。独自一人朝一个方向走。他想，这样肯定能走得出。但不管怎么走也没能走出。我把他带出荒原，他一走出荒原的边就疯了。他以为没有走出，就像行尸走肉那样，行走在龙华集市大街上。"

3．耿兴锄奸

这天，是个阴天，耿兴接到锄奸任务。打马跑了几十里路，来到景州城下。他骑着马围着景州城城墙根走了一遭，还下了马。护城河边是一片低矮红荆，他砍了一捆，又砍一根大脚趾粗的榆树枝，弯成筐系，放在一边。他便将那些红荆条理好，铺开。圆形筐底编好，将筐系稳上，就一层层往上编。他看了看太阳在云彩后头，距中午还有些时候。此刻，他将筐收好花边，一个结实的筐编成了。他试了试，笑了笑，还算满意。他还不尽兴，便在一棵柳树上砍下一根根枝条。

叉巴着腿把一根根柳条的皮勒掉。太阳斜照过来，他出了一身汗，便往树荫里挪挪屁股。就这样挪了三次。他便抓起柳条钻到深深树荫下。他将勒好没皮的白柳枝条摁好，开始编一把笊篱。他一边编笊篱，心里就有了谱儿。笊篱编好，头脑思路明朗。他编好笊篱，又将剩下的四根柳条编了草帽戴在头上。之后，便骑上马哼着小调，慢悠悠地进城。守城伪军都认出了他，像耿兴这样的大英雄谁不认识？想瞅一眼耿兴样子，又胆小怕事，头不敢抬。耿兴在街上溜达了片刻，还跟三个熟人打过招呼，便走进一条巷子。在此刻，伪军要是打个黑枪也能把耿兴打死。可是，他们愣不打。可以想象，那些缩头乌龟，此时要是谁闹出个动静，让他听见，说不定，下一刻，就将他的窝给端了。就是那些个汉奸都巴结他，耿兴有一本账，汉奸干坏事就画一个黑点，干好事就画红点。那个账本简直就是阎王爷的花名册，谁死谁活都在那个账簿上呢。

耿兴发现，有两个伪军跟在他身后，也就有十多步那么远，耿兴想，这两个家伙算有胆。便在僻静处停下，等着他们走过来，便闪身而出："哦，是郑老七啊？"

另一个说："耿兴哥，你认出我了，我是郑老七，他是张老四。"

耿兴便问起李桥惨案、孟庄惨案、郑庄惨案、马村惨案等，还问起高家祖坟被掘，高氏祖宗骨头被盗挖之事。

郑家老七说："全是他，李大麻子干的。"

于是乎，郑家老七和张家老四两个伪军将所知道的全部透露给了耿兴。

李大麻子土匪起家，膀大腰圆，脸上油光光，如今，他是景州城内警卫司令部司令，手下就那么百十号人。可是，他依靠日本人权势，为非作歹，欺男霸女，杀人放火，无恶不作，犯下滔天罪恶。对李大麻子，景州人敢怒不敢言。

李大麻子网罗一群铁杆汉奸，专门捉拿武工队队员、游击队队员，有二十多个八路军官兵遇害跟他有关。他手下，还聚集一些叛徒。耿兴除掉李大麻子的念头，在两年前就有了。

耿兴便问李大麻子在哪儿。郑老七便说："李大麻子在景州城与一个叫花布衫的妓女相好。他在景州城买了一处宅院。那里是与花布衫厮混的地点。"

耿兴听罢，转身便走。郑老七说："我也去。"

张老四也说："我要去。"

耿兴说："你们跟着做吗？碍手碍脚的，快擦擦鼻子玩儿去。"

两个人缠磨了半天，耿兴说："你们认得花布衫住在哪儿？"

郑老七和张老四点头说："知道。"

耿兴来到大街上。黑夜将至，大街上零星行人，偶尔，还有挂骡子车驶过，铃铛声沉闷。那些铺子门框上方都挂了灯笼。尤其刘修三家的铺子，更是灯火通明，好不热闹。郑老七和张老四指路，拐进一个窄瘪胡同，这胡同只有一个人行得开，要是有家什往家拿，都靠手搬肩扛。别说行车，小推车都推不进去。这条羊肠子胡同绕很多弯。耿兴在胡同里钻来绕去，蹭着他两边的肩膀。一路上，郑老七和张老四说，他们给日本人当差，也是无奈。他们让耿兴带上他，他们要参加抗日。

耿兴停下来，将头转回去，他说："你们还是留下来，好给我传话。再说，过些日子打景州城，你们做内应。"

是张老四和郑老七把耿兴带到李大麻子的宅院。一个雕花砖门楼，高门楼两扇对开大门。从门缝里看，里头灯光闪烁。耿兴走到门前，郑老七和张老四也跟了上来，耿兴伸手将这两位拦住，他说："这是我的事，用不着你俩掺和。"

郑老七说："你不知道，里头有十多个卫兵，就你一个，怕你吃亏。"

耿兴说："就是吃亏也用不上你俩，就别插这个手。"

张老四说："那我俩就在门外等着。"

耿兴说："要是喝碗粥的空儿我还没出来，那你俩就快逃。"

郑老七说："看你说的，我们哪儿能干那个。"

耿兴让他们退到一边，便去推门，门闩着，耿兴便叩了三下。门里问："谁?"耿兴说："表舅家的，刚宰头猪，送肉来了。"

那门刚打开一道缝，耿兴借机推门而进。把那人扒拉到一边，挨了两脚踹。那人没敢叫出声。耿兴便大摇大摆地往里走。此刻上来两个卫兵，问："谁?"

耿兴笑着说："连我都认不出，还在这里瞎混。"

两个卫兵还没醒过味儿来，耿兴早就进门去了。一进门，见李大麻子赤条条，像个大肉豆虫似的，正搂着花布衫亲热。听到门响，李大麻子还以为是他家用人，便说："快滚，没看着我忙着哩。"

耿兴一步步走近。这时李大麻子看见穿一双旧布鞋的大脚和绑了绑腿布的长腿，才抬起头看耿兴这张脸，一下子蒙了，赶紧去拽布衫穿了，又蹬裤子，没笑强努，嘴里还说：“我说哩，喜鹊叫了一天，这会儿你才来，真是稀客，我刚才还念叨你哩，怎么就见不着你。”说话间，李大麻子穿好衣裳，走了过来扶着耿兴，“老弟，我叫人烫壶酒，弄几样小菜。”

耿兴推开他的手说：“过饭时了。”

李大麻子搬了搬椅子，也就挪动了那么一寸，可是椅子发出吭咚声，就像铁石响动，他说：“别老站着了，快坐下。”

耿兴一屁股坐下了。他将屋子瞥了一眼，便看见此刻叫花布衫的女人不知哪儿去了。屋子突然变得整洁有序，床上被褥都已经叠好，地上扔得乱糟糟的鞋子衣物不知都哪儿去了。这间屋子很大，一张雕花床透着枣红色。床边一张长几，前边一张八仙桌，两把椅子。

耿兴不适应这个香兮兮又臭不拉唧的屋子，刚才他差一点儿被熏蒙了。那是鸦片气和花布衫脸上和头上的油脂味儿。他保持脑瓜儿清醒，异常冷静。李大麻子热情劲儿有点儿过头，全是装出来的。他刚刚吸过鸦片，看上去挺精神。耿兴要看看，李大麻子要何等伎俩。刚才，李大麻子扶他的手还哆嗦，说话声音也有些发颤。他想，到了儿，就像人常说的，耍猴的别让猴耍了。

突然门外有人喊：“李司令，买来西瓜给你抱进去啊!”

李大麻子说：“舅家表哥来了，就别进来了，先放到门台上吧。”

就在此刻，突然两个卫兵冲了进来。见此情景，耿兴一下子揪住李大麻子脖领子，他说：“你想干吗？我可不吃你这一套!”

那两个卫兵一见这阵势停在门口。李大麻子便摆摆手示意让卫兵出去，嘴里还骂了句：“不识个眉眼高低，没看见我跟表哥聊天？”

两个卫兵迟疑片刻，便退出屋子，还把屋门掩上。

李大麻子吓秃噜了，他说：“耿团长，我怎么了？你说说，我哪里对你有妨碍？”

耿兴说：“李司令，听说你在景州城，和景州城外的村子都布了眼线？”

李大麻子说：“我哪能干那个？都是景州人，胳膊肘能往外拐？”

耿兴说：“把高家祖坟祸害得乱七八糟，你怎么说？”

李大麻子说：“我也是被逼无奈。你知道，日本人可不是东西，什么都干得出来。我也就是在人家手下混口饭吃。”

耿兴冷笑着说：“你倒成了没事儿人？”

“你别难为我了，耿团长，真不是我。”李大麻子说，“你想要吗，我给你，我都给你还不行？”

耿兴拍下桌子，他说：“那好，就坐下来聊聊。”

李大麻子就直直坐在那儿，他说：“空嘴无凭，我现在都拿出来给你看看。”说着就从衣兜里掏出一把钥匙，将案几上一个小柜子打开，他先是拿出几张纸，他说，“这是钱票。”说着又拿出几个金条，“还有个好好哩。”又往小柜子里掏，就在此刻，李大麻子抓到乌亮手枪，黑洞洞的枪口便对着耿兴。

耿兴嘿嘿笑着说：“稀罕玩意儿真不赖，说说看，从哪儿弄到的？”

李大麻子脸色突变，他说：“我知道你小子不是好来头，我不怕你！”

“你要是有种，就冲我脑门子来一枪。”耿兴说着，忽然朝窗子看了一眼，“谁？”

李大麻子也朝窗子望去，就在此刻，耿兴上去一把夺过手枪，将李大麻子摁到八仙桌子上。李大麻子说：“哟哟，疼死了。是给你闹着玩儿，你还真想来真的。”耿兴的胳膊肘压在李大麻子头上，李大麻子说：“你手太重哩。”耿兴说：“给我老实点儿。”李大麻子说：“老鼠（老实），老鼠叫猫吃了。”就在此刻，李大麻子竟然硬挺挺地抽出手，拳头打在耿兴脸上。两个人抓把了几下，就搂在一起滚在地上。就在此刻，第三只脚出来了，在耿兴后背上踢了一脚。耿兴瞥了一眼，便知就是那个叫花布衫的女人。那个女人手里还抓着一把刀子在那里比画，思量着怎样下手。耿兴与李大麻子在地上滚来滚去，那女人就像个影子在上方晃荡着。耿兴朝那个影子重重踢了一脚，便听到一声像猫挨了一棍子似的尖叫声。就在此刻，那把刀子下来了，捅到耿兴左肩上。耿兴骂道：“你个臭娘儿们，看我怎么收拾你。”他话刚落地，左肩上又挨了一刀。这一刀捅到了骨头上，耿兴痛得直想吐。耿兴意识到，这个叫花布衫的女人危害更大，便放开李大麻子，冲花布衫女人蹿了过去，一拳头打在那女人脸上，便听到低低叫声，就像猫垂死时的叫声。李大麻子大叫：“别动她!”说着便拿起一个瓷瓶砸在耿兴头上，瓷瓶哗啦一声被耿兴的头击得粉碎。耿兴此刻觉得有些蒙，但他吃劲眨眨眼，摇晃一下头，用力将花布衫摔在地上。只听扑通一声，闻听那女人叫了一声：“亲娘哎——”李大麻子拳头也飞了过来，耿兴用力拨拉了一下，拳头还是重重击打在肩膀上。李大麻子红着眼朝耿兴下死手，伸出双手掐住耿兴脖子。耿兴朝李大麻子脸上打了两拳，李大麻子也没松劲。李大麻子紧紧搂着耿兴。更何况花布衫此刻也缓过劲来，也搂着耿兴三个人便缠在一起，手掐嘴啃死缠烂打一气。耿兴身体就像被梦魇住一动不能动。

就在此刻，枪响了，惊醒了耿兴，他蒙眬地看到有个影子蹿动。李大麻子掐耿兴的手松开了。花布衫也松开了手倒在一边装死。那个影子又给了花布衫一枪。有一只手扶着耿兴，他听到是郑老七的声音：“耿团长，没事儿吧?”

耿兴恢复了意识，感觉到肩膀上伤口疼痛，便伸手摸了一把。郑老七撕了块被单，给耿兴包扎伤口。门外枪声大作，院子里大乱。耿兴趁机推开门，便见门外倒着几具尸体。他从尸体上跳过，跑出大门。

城里响起枪声，惊动了日本宪兵和伪军，景州城警笛响起。耿兴走到门外，晕晕乎乎被扶上一匹瘦驴，郑老七在后头扶着耿兴，便打驴出了胡同，沿街朝城门走去。

出城时，把守城门的四个都站在那里，见是郑老七，其中一个问：“老七，上哪儿去哩?”

郑老七说：“三哥，这位兄弟得了急病，到城外安陵找陈瞎子看病去。”

另一个说：“你没听见打枪，还有戒严汽笛，可小心点儿。”

郑老七说：“你就放心吧。”

说着，守卫便去打开城门。就在此刻，一个日本士兵从门洞子里出来，还伸直双臂打了哈欠。定神看见此情景，便叫喊着上去阻拦。就在此刻，城门开了一道缝，日本士兵刚往前跑几步，郑老七的枪响了。日本士兵倒地，其余守卫都吓愣了。郑老七把城门打开，出城，其他人跑在马后。

跑出城，走了一段路，耿兴疑惑地说：“不是说叫你留在城里吗？”

郑老七为难地说：“耿团长，现在不行了。暴露了，留下就得死哩。”

耿兴看见不只是郑老七一个，还有五个伪军装扮的人，便问：“都是吗人？”

郑老七说：“没外人，这个是俺哥，那四个是俺哥的铁哥儿们。”

耿兴说：“张老四哩？”

郑老七说：“他咽气了，死了。我想把他带出来，顾不上，真顾不上。”

4. 赊粮

景州人本来慢悠悠地活着。曾经如此，数不尽的丛林从城墙外到城内，再从城内到城墙外，从城内向着护城河和旷野延伸。护城河芦苇粗如手指，黑绿色茎秆一直向上，芦苇丛在风中舞来摆去，轻轻哼唱着永不衰老的歌谣。那些像碾盘的荷叶在水面上铺开，一朵朵荷花盛开。那些鱼，鲤鱼和鲢鱼游来游去，张大嘴巴，亮出无声喉咙，冒出气泡，便是吟唱着一曲千古绝唱。曾经这样，一条条直挺挺的汉子从大街走过，满面红光，阔脸高鼻，英俊雄健。那些条汉子如今在何处？一个个身影都轻快窈窕，一张张俊俏和英俊的白脸。尤其是妮子，只要出来一个就白白净净，双眼叠皮大眼，鼻子虽然不大，很挺拔而又肉头。当然那张脸，不只是见人，就是看见猪狗也是一张温和的笑脸。那些美妮子如今何在？这座城既出那么多美女，又出那么多英雄豪杰，总是有来头的。活脱脱生命，就像一棵树，既有皮又有骨；就像一条鱼，既有鳞又有肉又有骨头；就像一只雀鸟，既有羽毛又有肉又有骨。都说景州城是一块风水宝地。城墙、护城河、街道，每条巷子胡同，每一座宅院，每一棵树都要论道论道，都有个讲儿。是啊，那些宅院里有俊俏妮子和英气少年，是啊，护城河里有鱼。是啊，树上有桃梨和枣。是啊，铺子里有那么多新鲜玩意儿。来吧，占卜吧，推算一下，预测一下，男婚女配，娘生日孩子满月，还有几只鸡孵出、母猪下崽儿、驴产驴驹子都有个讲究。光天化日之下大街，走着些许绅士啊贵夫人等。那些小商小贩，也尽兴地吆喝。可是，自从日本侵略者到来，大街上行人稀少，再没有往日繁华簇拥喧嚣场景。如今，日本侵略者将景州城人仿佛都拖进虚幻场景，拖进地狱。说不定哪会儿子弹便会飞来，命也就丢了。就像景州人所说，那些年，把脑袋揣到裤兜里度日。那些身影再从大街上出现，便显得匆忙和犹豫，那些好脸子也全不见了。

街口老槐树下盲人老头拉着胡琴，胡琴声传遍整个景州城。乍看去，还以为是个铸铁像，穿着破衣烂衫，头发蓬乱，黑色的脸，一双手，胳膊赤着，光着脚，丁令当啷的像是一块块布拼凑的裤子，大腿下边的裤腿都烂掉了。这样糟烂的裤子衫衬仿佛穿在铸铁像上的，仿佛已经穿了千百年。可是，这个铸铁像在动，双手缓慢地拉琴……所奏响的声音牵动整个大街上的情绪，并且声音朝着渺无边际旷野飘去，飘遍整个平原。

景州城所有店铺比街道高出一米多。大街上的人，赶集上店，到两旁铺子里买物品，都要登七八个台阶。这样做，是在说明这家铺子高级，铺子里的货色也货真价实。这样，就给人留有想象空间。阔绰铺子修上青石台阶，还有木头台阶，再就是砖头台阶，还有土台阶。

从而就有三六九等。上了台阶还有一条窄窄甬道，这个甬道可以从这个铺子到那个铺子串联。要是集日，就会有很多人挤来挤去，就有很多人从上头摔下来。要是个年轻人摔下来，算不上什么。要是老人摔下来，一时半会儿爬不起来。当然，在集日，尤其是雨后，一般老人都不会上集，尤其到街两侧铺子里去。要到铺子里，不只是有钱，还得有把子力气。

铺子还涂染上各种油漆。大都是黑色漆。也有涂绿色、蓝色、黄色、绿色的油漆。还有菊花、牡丹花、莲花等。五光十色，五彩缤纷，五花八门，每一扇门每一扇窗都格外显眼，招人耳目。看上去，有的就像个风范老者，有的像花枝招展的妮子。

高高在上的铺子，必须攀缘才可以买到物品。一眼就看得出，哪些铺子是给有钱人开的，哪些铺子是给寻常人家开的。这些铺子，什么杂货铺、油盐酱醋铺、包子铺、米面铺、肉铺、豆腐店、酒馆、茶馆、布店、帽店，什么都可以买到。

还有一家两层小楼，那个排场，青石台阶，雕花门窗，镶有各色玻璃，那个年代玻璃可是新鲜货色。那些彩色玻璃还可以照见人影。

门把手是铜的，门是大红油漆漆成，光亮润滑可以照人。那些木料都是从南方运来的珍奇木头。走进去，还有一排六个太师椅供客人坐，还有一张案几。那是刘修三家的茶社，与寻常茶社不同。也就是那些达官贵人，可以坐在案几边喝喝茶，一碗茶可是不贱，最贵的能值半斗米的价钱。这个谁都知道，那是有钱人喝的茶，一般有身份和有钱人才可以往那里坐。要是没钱可不能沾那座位的边，要是过来个伙计，一张笑脸低声说："喝一碗?"那就赶紧起来逃掉，还羞个脸红，整整三天，都不知这张脸往何处搁放。就是多年后记起这个事儿还臊得慌呢。

财大气粗，膀大腰圆。这家掌柜刘修三，这几年可发福了，圆鼓溜地矬蹦子。那个年月，要是人群出了个胖子，那才稀罕，这个看那个瞧。

况且这个刘修三还谝拉他的肉多，迈着八字步，横行，只穿个小汗衫和大裤衩，腰和腿都露在外。这么宽的大街，招不下他。所以只要他上街，他便占据了整条大街，那些眼睛里看见的都是他。

当他往外一走，便会听到惊叫声、惊叹声：瞧，刘掌柜，刘修三——

景州城的那些人右手食指都指着刘修三，那可不是捅脊梁骨。那些嘴巴都在发出赞叹，一边说一边吞咽唾沫。

他来了，大摇大摆腆着大肚皮走在大街上，朝自家茶社走去。多么耀眼的身姿，刺得眼疼，他可没有浑身长刺，全怪多看了一眼，铁匠低下头，闷头子打自己的铁。木匠低下头，将一块木板刨平。小贩压低声吆喝。全都低下头，服了吧，服输了吧？

他盘踞景州城已经多年。那架势，就是整条大街，都是他家的，都归了他。

每一次，刘修三满面红光地出现在茶社，肯定有生意可做。茶社里聚集那么多达官贵人在那里招摇一番，就像登台演戏一番。这些人嗓门儿都高，那么两嗓子一嚷，满景州城都听得见。刘修三的茶社，是政客出入的场所，也有客商聚集，也不乏匪类和江湖浪人。刘修三在他的茶社里，一笔笔生意成交，他便发了大财。

此刻，茶社已经挤满了客人，刘修三走进茶社，大家都站了起来，他朝人群频频摆手：“来啦，今天茶怎么样，喝出味儿来了吗？”转眼对戴瓜皮帽的伙计说，“去把昨天我拿来的好茶让各位品品。”伙计点头离开。

刘修三隔窗满街踅摸，突然看见一个熟悉身影，便跑出门去，把这个人拦住：“大少爷，是你啊！你可回来了，还不进来喝碗茶？”

高立早说：“是三爷啊，瞧你这脸福相，我都要认不出。”

“大少爷，我给你捎去的信你收到了吗？”

“收到了，听说你在北门里修一座学堂，这可是行善积德的好事儿啊。”

“对啊，你猜猜，学堂为谁修的哩？”

高立早摇摇头。

“为你啊，大少爷。我就是这样想的。修一座气派学堂，还得有个称得上的人来掌管，我就想到了你。我心里有你啊！不，咱景州人心里谁不服你这样有文化的人。瞧瞧，你往街上这么一走，就给这条大街带来文气。那些人把你赶到乡下。你连个遮风挡雨的地都没有。像教育科那几块料我瞧不起，尤其是那个李校长，就是撒泡尿，和把尿泥捏个就比他强。多可惜，流浪教员。还给了个衔儿，对不对校长，狗屁，全都是那些畜生作弄人。那些人说你高家现在这样，是因为我在日本人那里使坏。根本不是那回子事儿。你可别听信那些，都是挑拨离间，那是造谣。还是咱们哥儿们近是不是？”

“都是过去的事儿了，别提那个了，再说我现在不是挺好？”高立早说，“三爷，你知道我爹娘的下落吗？”

“这个真不知道。”刘修三说，“听说你把他们接走了。”

高立早说：“这些日子你见过崔成县长吗？”

“他公务忙，好多天没见。”刘修三把脸贴近高立早，把高立早上上下下看个仔细，“瞧瞧你穿的这件长袍，还是几年前那件，都旧得没颜色，上头还有一身补丁，现在就到我铺子里去，扯几尺布，做一件袍子。鞋子也有现成的，你这么大脚我特意给你留了一双。吃苦受罪别人不知道，这个我可知道。”说着，刘修三端详高立早，还捏捏高立早的袍子，“瞧瞧，这布都像葱皮子似的，你可是高家大少爷。”往上看高立早，“大少爷，到我茶社里坐坐吧！算我请你，今天絮叨絮叨，拉呱拉呱，聊个痛快。”拽高立早胳膊进门，“大少爷大少爷大少爷……”

“我还真要登门拜访。”

“瞧你，我都舍了这么大脸，还是给个面儿，大少爷，高大少爷。”

“好吧，我也有事相求。”高立早看了刘修三一眼。

刘修三说：“我就盼着你张嘴，我也想着给你办个事儿。好吧，进屋说吧。”

刘修三拉着高立早进了一个房间，刘修三说：“这个房间从修上那天，就等着你这样的贵人来，总算等到了，快坐吧。”

一个伙计进门，走近刘修三耳语，刘修三说：“没看见吗？今天有贵客。谁也不见。”

高立早说：“听说齐副省长都到你这里来坐过。”

刘修三咧着嘴，凑近高立早低声说：“狗屁，是个贪官，那眼珠子都瞪圆了。那家伙来了，看见什么都好，恨不得把我整座铺子、整个宅院都搬他家去。”

高立早说：“这么说他还到你家去了？”

刘修三说：“真是一言难尽，他就是冲着我那个家来的。我给他了，给了不少啊，四根金条。可是，他却看中我的盆盆罐罐，还有吃饭的家什。就这样，把我吃饭的家伙什都拿走了。现在我是吃吃不香，睡睡不下。”

伙计沏了茶，倒上，端到高立早面前。看上去刘修三要哭，他用衣袖擦拭一下眼睛说：“大少爷，这是给你留的茶，杭州的龙井茶，已经留了一年多，我就盼着你来哩。”刘修三欠欠屁股，给高立早倒满水，他说，“三少爷还好吧？”此刻进来了个伙计，刘修三与伙计耳语几句，伙计便点点头退出屋子。高立早抬眼看了刘修三一眼。刘修三便表白：“我没别的意思。在景州城，除了你大少爷，我还有谁哩？我是跟日本人走得近，我也得活下去。真是家大业大哩，我还不是为这个家受屈。我在日本人那里真是受得够够的了。你说我怎么办？反正不能死，不能老是藏着躲着。不能找个地，钻进去再也不出来。到如今，一肚子苦水，也就是见了大少爷往外倒倒。瞧我，光顾了自个儿，我还老想哩，三少爷那身子骨怎么会吃得了那个苦？让他回来吧，我让他给我管一摊子，准比在军队里强，那可是掉脑袋的事儿。”

高立早说：“这眼下，谁也说不准掉脑袋。三爷，你的脑袋可小心着点儿，说不准日本人一转性，刀就没个准头。”

刘修三笑笑说："大少爷，那可不行。要别的行，就是要这个不行哩。你真会开玩笑。我这脑袋可值钱，还是留着看景儿，留着闻味儿，留着吃香喝辣。"他拿起高立早面前的水碗想喝，又觉得不对头，有些尴尬，还是恭敬地放在高立早面前。高立早面对这样轻贱的嘴脸，忍受住，坚持坐在那里。他不知刘修三啰里啰唆还要说多少。高立早看得出，刘修三那股子劲儿，亮光光大胖脸，扁平鼻子，肥耳朵，小眼睛一直眯缝着。就是眯缝得再小，也能透露出：全都是好事儿，净是大买卖。接下来刘修三清清嗓门儿，再次开口说话："大少爷，你不知道，今天我这么高兴，有多大的好生意也不如你能来让我高兴。怎么说日本人也是外人。咱们就像亲兄弟，日本人是远亲，说不准早就出了五服，也许八竿子都搂不到。"

高立早笑笑说："三爷这么看？"

刘修三说："是哩，大少爷。你可是识文断字的人，你读到过，那个徐福带了三千童男童女远渡重洋，才有了这个日本国。听说日本人拿徐福当祖宗供着，还修起高大神庙。日本人这次来也是认祖归宗。"

此刻，伙计进来，提着个布包袱。刘修三说了句："放这儿吧。"伙计将包袱放下，退出屋子。刘修三笑嘻嘻地打开包袱，拿出一块布料说："瞧瞧，这是从日本国进来的洋布，你瞧瞧多细发。"拽高立早手，"你摸摸，多滑溜，就像娘儿们细嫩肉皮。"接下来，拿出一个相机，"你来看看，这家什，在你脸前一照，就能把你的样子收到里头，把你留在一张纸上，像真的一样。不像镇上王二家照相馆里的相机，坐在那里，鼓捣半天，照出来的都模糊不清。"说着又拿出一面镜子，"这也是日本造，不像原先镜子，照人走形，一张脸歪歪瘪咧。这面镜子照出来的很清楚，就是一个丑八怪娘儿们，也能照出个美人儿。我就盼着社会稳定下来，不再提心吊胆过日子。"见他包袱里的东西引不起高立早的兴趣，思考了片刻，硬着头皮聊下个话题，"大少爷大少爷，都说你跟匪类有勾连，咱可不能干那个，可是要出人命。还有那个耿兴，听说当了团长。他当了吗我也不服，最可气的是他把三少爷也拉下水。你让三少爷回来吧，在我这里，有他的荣华富贵。”

高立早说：“人心隔肚皮，这个说不准。”

刘修三说：“私心谁都有。日本国旗在景州城头上挂了四年了吧？在这四年里，发生了很多变化。谁也不知道哩，指望着哪块云彩下雨。就是有私心也不能那么干。大少爷，咱可不干那个。你是个明白的文明人，你不会。”

高立早说：“我要是真干了哩？”

“我是说闲话。别吓唬我，你看我的手都抖了。”

高立早说：“别装了，你什么都知道。”

“谁信哩？我想哩，像你这样人人都敬佩的人，没有谁会说三道四。那都是给你栽赃，那都是谣言。我不信，要是那样，把我两只眼睛抠下来摔个啪。我信你是正经人，从不瞎来胡侃。在这个景州城，也就是我站出来为你辩解，我是站在你这一边的。”

刘修三坐到高立早一边的椅子上，说：“不管你怎么做，我也跟你是一边的。从小我还不是跟在你屁股后头跑。有人骂我，有奶便是娘，甚至骂我是汉奸走狗。我的心跟明镜似的，我知道怎么做，我可什么恶行都没有。”他给高立早倒满水，“要说哩，都还不了解日本人，这些人也懂道理，要是不惹他，也没什么。谁叫那些人出来，与日本人对着干，把他们惹急了，才刀兵相见。可不能惹急了他们，得悠着点儿劲儿。”

高立早说：“看来你把日本人给摸透了。”

刘修三得意地说：“是哩，谁也是有心肠。也像咱们一样，看是不是真心。在他们面前抖精神不行，装孙子也不是，耍小伎俩更不中用。就是一路子对他们好，让他们看出好来。让他们吃得撑得慌，养得肥肥的，我就想做生意，就想发财，再没有别的。我累，支撑起这个门面，也是使了吃奶的劲儿。”他对高立早耳语，“到处都是钱，都是亮闪闪的金子。往浅里说，到脚脖子。往深里说，说不准，一头扎进里头，把你淹死。我现在能过这样的日子，也算瞎猫碰到死耗子。从前，我们在一起，和尿泥，玩风鼓轮。我们也捉蜻蜓和蛤蟆玩，这些小生命，命都不长。你还说我哩，逮着蛤蟆攥出尿。这个你说得很准，要是将一只蛤蟆攥在手里，使老爷们儿劲攥，还真流尿。”

在刘修三心里，他自己就这样，仿佛老有一只手将他攥得死死的。他祈求祷告过也不管用。他不知哪儿错了，拿怎样的架势才能逃脱？他想到这里就想撒尿。有几次还拉到裤裆里。虽然没人看见，可他却成了心病。他非常在意裤子里那点儿尿，湿乎乎怪难受。他不敢闭眼，一闭上眼，就陷入黑暗，那只大手就在抓着他。最重要还是羞赧之心阻挡在前边。不管跟谁坐在一起，他不看这个人眼睛，也不看脸色，眼睛直勾勾地瞅着对方那一双手。他嘀咕着：是这双手吗？不像。他观察了千万只手，也都觉得不配将他攥到里头。眼下，他看高立早这双手。这双手够大，手指头也挺长。他不会将刘修三抓在手里。那么是谁，崔成县长？有这个可能。日本人？有这个可能？耿兴那个坏种？有这个可能。乍看上去，都不会。又觉得哪个都会，也许就是哪个不起眼的老阴蛋种在暗处使劲发坏，将他攥得死死的。所以他就努劲地赚啊赚啊，赚了这么多，还是不行。他到开福寺拜过啊，也到天主教堂去过。他有一颗虔诚心，随时感觉到自己心跳。黑下睡觉，耳朵贴到枕头上，那不是枕头里头敲小鼓，而是胸膛里那颗心闹出的响动。多么不安的一颗心啊，它在诉说自己的不幸和冤屈，那是一曲直到死才停歇的哀歌啊。

“你知道，小时候，我可吃了不少苦，谁家的小子都欺负我，骑着我头上撒尿拉屎。大少爷，就是你护着我。有一次崔家几个小子将我那一通作践，要不是你走过来，救了我，那一回肯定就过不去。还有一次，陈家小子坐在推车上，让我推着他。那可是景州城有名的大胖子，我推着他累得大汗直流，连呼哧带喘。你看看我现在，谁见了我都拿着笑脸。我才不在乎是真还是假，反正给我个笑脸就行。我就喜欢看见这个，我也知道，人们在我眼前摇晃尾巴，觍着脸，就是讨口吃的。是不是啊，大少爷？”

高立早说："现在生意不好做。"

刘修三说："可不呗。日本人也鬼着哩，小算盘噼啪响，每一笔都算计着哩。"沉默了片刻说，"你刚说有事相求，可不能说求。你要什么只管拿，这可都是咱家的。快说，用点儿什么？"

高立早说："买点儿粮食。"

"粮食，别说买，我这就打发人，给你送家去。"刘修三笑笑说，"要糁子还是面子还是米，有两口袋就够了吧？"

高立早说："我的肚囊可大。你两个铺子的粮食我都买了。"

刘修三说："你笑话我，行行，都给。"

高立早说："好，那么你跟我走一趟。"

"别别，大少爷，你还动真格的啊！"刘修三很为难，将嘴巴咧到耳朵后头，"两个铺子都是合伙开的，"他瞥了高立早一眼又说，"再说铺子里也没多少粮食。"

"看你这样子，我有钱。"说着，高立早一抖包袱，桌子上哗啦一声，便堆满了钱。"三爷，跟谁不是得做买卖。"

刚才说的都是桌面上的客套，他觉得今天将有事件发生，没想到是高立早来找他。他本来想应酬一下把高立早打发走，真是请神容易送神难，高立早一坐下屁股就没抬。他听说过高立早那个包袱厉害，说不准下一刻会抖搂出什么来。所以他还不敢冒失。这下子，刘修三汗都出来了，急不得缓不得。他说谎没用，装孙子没用。他说，高立早这些钱根本不够买粮的，这样吧，必须用个招儿，就是让高立早派人装出一副劫粮气势，那样，他也好给日本人有个说辞。高立早说："不行。我不劫，钱不够我赊粮。"

刘修三往窗外看了一眼，今天街上人比素日多了两倍，茶社门前成帮成群的人走过，在这里转磨。这下子，他才知道，真的要有事儿发生。茶社里的人也越聚越多，那些椅凳上都坐满人，还有一些人站着端着碗喝茶，却一派寂静，茶碗放到桌子上，与桌子的撞击声，还有倒茶水动静犹如雷声。就眼下，他不敢动，眼一眨，眼睫毛就像大风刮过树林的声音，喘气声很大，他一喘气，仿佛眼前桌子都会飞走，墙被吹倒，屋顶也被掀翻。他不敢张嘴，他要是露出舌头，就会像大马勺那么大，再也缩不到嘴里。过后，刘修三想，那一刻怎么会有那种感觉？他想高立早会什么，不过是有个万能包袱。他意识里，大街上的行人，他茶社里那些人都是他一抖包袱抖出来的。而门外也有杂乱的脚步声走动。到现在，连跟伙计搭句话的空儿都没有。他想，这是硬抢，他还没有吃过这么大亏。但是眼下，再大的事儿他也点头应了下来。他与高立早走出屋子。他的茶社看上去那么陌生，况且不像往日都是熟悉的面孔。他在人群中寻找，一个都不认识。他跟高立早上了大街，大街也非常陌生。他想，不是在做梦吧？他的右手掌在左手背上用力拍了两下，很疼。高立早问了句："怎么了？"

刘修三笑笑："一个苍蝇。"他跟高立早坐上一辆大车，马蹄嘚嘚，朝东门里粮铺驶去。这辆马车分明是他心爱之物，怎么也如此陌生，还有驾辕骡子和拉套叫驴也不是本来那个样子。一抬头，他再次看见高立早背着的包袱，那个包袱一直没离身，要是向外抖搂些吓人的什么东西来，那就更糟。他过去，奓着胆子摸摸高立早背着的包袱。很轻，仿佛里头是空的。就是这样，恐惧带来想象，随时会从包袱里蹿出一只老虎，或者就像人们传说的那样，拥出千军万马和飞机大炮。刘修三也感觉到了，他完全被控制了。高立早不只是控制住他的身体，还控制住他的灵魂。他看见高立早那一双手，他就在高立早手心里。就是头脑转一转，心动一下都不能。事后他想，怎么那一刻还不如一块坷垃、半头砖和石头？也会把人绊个趔趄。那一刻，他就像抻线木偶，全被高立早把持。那一刻，他看见日本士兵巡逻队，他想呼喊，他嗓子眼儿被堵住了。他看见有个日本士兵还看见了他，跟他很熟悉，还冲他摆摆手，笑笑，可他什么都说不出来。

刘修三想，事物打哪儿出现变故？从高立早借粮那一刻起，高立早就用了魔法。也就从那一刻，一切都变了，他非常顺从，高立早说什么他都听。直到他到两个粮铺，把粮食扛完那一刻。他还跟高立早一起，到他的药铺里拉了一车药。

高立早想到了，刘修三将会表现一番。以往都是这样，用不着他开口都会办妥当。高立早没给刘修三吃迷魂药，也没牵他的鼻子。此刻，他就像对待这头牛那样，不受约束。不过他心里还是格外谨慎，说不定刘修三哪会儿回过味儿来，对他来一口。当然，他知道刘修三的习性。刘修三这样做，完全是为了讨好。所以高立早也就不停地称许。就像过去那样，刘修三捉到一只兔子，或者逮住一条大鲇鱼，或者摘到几个桃子，或者摘到一个西瓜，便也给他送过来。高立早笑笑说："不赖，好好，你真行。"

刘修三像一条狗那样摇尾巴，不只是将库里粮食都给了高立早，他还带着高立早，打开一扇门，高立早便看见高大的仓房里的粮食。刘修三说："大少爷，我就这些家底子，你都拿去吧。"刘修三这样表现，就是让高立早看见他一颗真心。

高立早看见，这里全都是陈谷子，就像一只只活脱脱的眼睛，仿佛还发出清脆的笑声。高立早令人将粮食装到车上。车停满了刘修三的院子。装着粮食，来到药铺，刘修三也是将压箱底的好药拿出，也都装在车上。高立早说："三爷，你这么讲义气，我怎么补付你?"

刘修三说："别提这个，咱没外人。"

高立早还是打了借条。刘修三在接借条时还露出一副难为情的样子，把借条小心翼翼装怀里贴着胸脯的衣兜儿里。

这一次，高立早却没有丝毫称许，没说"好"没说"行"也没说"不赖"。高立早紧闭着嘴，这让刘修三拿不准、猜不透他高立早在想什么。刘修三以为高立早会非常惊喜，可是高立早不露丝毫神情。刘修三想，这下子，大少爷可变了，如今他是何方神仙哩?

到傍晚时分。格外寂静，所听见的都是吃喝的声音。那些酒馆菜馆，那一路子狼吞虎咽的样子。那些贪婪嘴巴不停地吞咽和咀嚼，直到把肚子撑大，昏昏欲睡，一头扎到床上睡得像死猪一样，鼾声四起。沉睡吧，景州城！在这样的时刻。大车队从胡同、巷子、院子赶出来，朝西关飞奔，朝龙华镇方向，朝着曹屯驶去，牛马骡驴蹄声如雷，车轮发出轰隆之声。

刘修三送走最后一辆车，与高立早话别。高立早说：“不出两个月，钱就给你送来。”

刘修三说：“又提这个，见外见外。”

高立早挥手与刘修三告别，骑上牛。街两边昏暗灯火只照出像蒲团大的亮光，还发出唧唧如秋虫之声，高立早骑牛，踏着浓重暮色，便消失在夕阳沉沦薄暮笼罩的茫茫雾霭大街。刘修三眼看着高立早骑牛消失在他眼前，直到牛蹄子声再也听不到。就在此刻，一阵风刮走雾霭，大街一下子显露，却死寂而阴冷。大街上人一下子稀疏，再次变回本来的样子。

刘修三想想，这一整天，是怎么过去的，都在雾里，现在终于从迷雾中出来。他头脑慢慢清醒。他在大街上踉踉跄跄、深一脚浅一脚地走着。他浑身发软，还头晕，左耳朵还发出一阵阵像刀抹似的疼痛。他辨识了一下，便朝茶社方向走去。

今天，看见大少爷了，大少爷穿一件旧袍子，没戴帽子。

他觉得行了，还是不行。只要跟高立早在一起，就要围着他团团转。就像一只青蛙面对一条蛇，那条蛇张着嘴吐着芯子，青蛙还往它嘴里跳。从小，一见高立早就懵头懵脑、鬼使神差围着他团团转。看着他脸色行事，恐怕做错了什么，惹得他不高兴。可高立早并没有施计，看上去坦坦荡荡。本来，开始，想说服他一起干，是为了高立早好。高立早也会挣到大钱，虽然他不是做生意的料子，是个穷酸书生。刘修三还是想说服他。说了那么多，真是太天真。简直是痴人说梦，多么蠢笨。怎么会这样？一见高立早就傻得没了知觉。他絮絮叨叨说那么多简直是犯傻，现在他终于明白了，不是一路人。高立早很明确，就是冲着粮食和药来的。他肯定，就现在，高立早再回到他面前，他还是那样围着高立早团团转。现在，粮食没了，药也让高立早拿走了。日本人不会不知道，一觉醒来，说不定要掉脑袋。他想好对策，到时候日本人就是知道了，他就说粮食被八路军劫走了。眼下他只好设法四处筹集粮食，并派出去几辆大车到外城和外省调集粮食。他心生怨恨，这是高立早让他这么作难。眼下这一关怎么也要过得去。他一夜没睡，老是心惊，打个盹儿就扑棱一下子吓醒。他就躲在屋子里，不敢出门。直到第二天下午，他想不能这么等着，就是死也来个干脆，便硬着头皮去了茶社。见茶社跟往常一样，已经坐了不少客人。他走进去，一一打过招呼。他见那些笑脸都带着疑惑，与往日不同。他还是硬着头皮坐下来，跟客人搭讪。一坐下来，仿佛椅子少了个腿，倾斜了下，要不是伙计过来扶住，他就出溜到地上。到如今，他并不知道自己脸色发青，也不知自己神情，自己架势。他记起来了，想起来了，要说的话，可是咯噔一下子。昨天的事儿就像石头似的重重砸在心头，他便怦然心动。他觉得再也把握不住，已经不像从前。他这双眼睛，看什么都走样：窗子、桌子、碗，那些脸和眼睛，青不是白不是，黑不是黑红不是红，没有一个圆乎和方正的，都斜斜棱棱。他只好站起来，笑着说："你们坐，我去一下。"说罢，他抽身逃脱。他觉得要到一间屋子，或者回家，到花园，站在花间，或者到哪个小妾那里。此刻，没有一件事物让他提神。

他缓慢地在大街上走着，好像丢失了什么，低头寻找。所遇见的人要是细看刘修三那张脸，就能看得出，他的眼睛半闭着，仿佛下一刻就要睡着。天上云很厚，那些影子显得有些散乱和模糊。当他抬头，却看清了那些脸，每个人脸上仿佛都透着诡秘。已经透露出来了，都是冲着他来的，冲着他的钱财，还有他的家眷来的。他必须推开每一扇门，亲眼看一看。可是他再没有一点儿力气，没有走路的力气，没有喘气的力气。他进去了，进了自己宅院，到处软软和和。到哪儿站也不行，坐也不是。就找个屋子，一头扎进去，坐到椅子上。他真想大哭一场，可又记不起悲伤缘由，就此耽搁停顿下来。他病了，是吓出来的病。他疯了，他要把持住，要克制，不要让人看出来，他是个疯子。他一头扎到一张床上，便闭上了眼。他不知道是睡着了还是不睡。他抑制着，使自己静下来，他打瞌睡了，他竟然还能打瞌睡，这是个惊喜。突然窗外哇呀一声，心就剧烈狂跳，也就再没睡意。

最终，他醒过味儿来，是高立早把他逼到这份儿上。高立早并不是打劫，是买他的粮食和药品。他想，他没有吃亏啊，可老觉得吃了亏。高立早仿佛拿走了他什么，仿佛在他庭院里，在他的铺子里掏了一把，在他身上掏了一把。他把他所有的家产，妻妾、妮子小子、铺子都想了一遍，没少什么啊？他还一遍遍在身上这儿捏捏那儿摸摸，没少什么啊。可他意识里少了，并且少了很多。他想，总之是吃亏了，而且吃亏不少。他想小时候跟高立早在一起的每个场景，每个细节，最终结论是：高立早行啊。他决定，就是吃亏也要把这个忘掉，这一关总得过去。日子还得过去，铺子还得开，戏还要唱。就吃个哑巴亏，苦水咽进肚子。

其实，景州城满大街都传开了，高立早怎样进城，运走了粮食和药，还骑牛大摇大摆地出了景州城。

三天过后，刘修三稳下神来，便接着茬儿踏实干事。这天，茶社刚开门，他正让伙计沏好一壶茶，刚倒上水，还没端起茶碗，来两个日本宪兵，让刘修三去一趟。刘修三想，事儿说到就到了。便站起来，在两个宪兵前边朝着日本宪兵队部跑去。他想跑快些，别让更多眼睛看见，多显眼。可那天，大街上反而那么多人都看在眼里，都一清二楚发生了什么事。可是下一眼，刘修三从宪兵队部出来，一副春风得意的样子。这样，便叫景州城爷儿们丈二和尚摸不着头脑。

事情原本实情：刘修三一到日本宪兵司令部就全吐露了。

一进日本宪兵队司令部门，便见小野在院子里站，阴沉着脸。小野挥挥手，他便跟着小野进了一间屋子。传说中小野就是个魔鬼。刘修三走到他身边，觉得他是个人，可细咂摸又是鬼。现在，最重要的是把眼前这一关过去。此刻，刘修三犯嘀咕。小野跟他聊了些生意上的事儿，接下来，小野的手在桌子上一拍说：“你铺子的粮食都到哪儿去了？”

刘修三说：“粮食啊，对啊，粮食哩？”

小野一双眼像刀子。刘修三觉得一下子瘫到那把椅子上，不只是汗水滴滴答答往下流，他那把筋骨、血肉、五脏六腑混杂在一起，就像稀黏粥流到椅子下面。接下来，他就如实地说了粮食事件的始末。刘修三知道自己存不住事儿，迟说不如早说。他将事情翔实叙述了一遍。之后，他身上的汗便解了，也感觉坐到椅子上，还能挺直腰板。他一下子踏实了。他将事情说清之后，小野并没有恼怒，便微笑着说：“高家，给我聊聊高立早。”他不想说，小野再三逼问，他便将高家来龙去脉又叙述了一遍。小野听罢，他说：“我要拿到他。”刘修三接下来便出谋划策，说高立早就是高立仁的哥哥。他迟早要说服高立早在他新建的学堂里干，并且把高立仁那个病秧子弄回来。小野说：“高立仁，可怕的高立仁。”

所以刘修三从日本宪兵队司令部出来，就有了刚才那副春风得意的样子。刘修三没想到，这么快就从小野身边脱身，全怪他那张嘴，逃过一劫。

他记起来了，当初，并不如此。那时他还在少年，到处都开遍绚烂花朵。穿过胡同的时刻，说不定就会有个悦耳声音唤他的名字，他转过头去，从墙头探出来一张妮子笑脸。那声音，那神情，就像河水那样，可以沁入心灵。他想过，纵身跳下去，让其将自己吞没。他试过那种感觉，在护城河里，他扎下去，便摸到水底松软的淤泥，他将手伸进去，便摸到了又白又嫩像妮子胳膊似的藕块。他用力扯断，拿回家，让娘老子烧菜。盘子里的菜，丝丝拉拉藕片粘在一起，夹一块，还有拉不断的丝。大片荷叶，一片荷叶就足以覆盖整个河面，一朵亭亭玉立的荷花盛放。他揭开荷花一猛子扎下去。他的心酥脆成粉末。就像在两个磨盘间揉碾，从磨盘与磨盘缝隙里流出的带着浓浓香气的面粉。

从生下来那天，他爹刘本初就压榨他。还不到十岁，就让他到集上卖菜。当他把钱全交到爹老子刘本初手里，还一个劲儿地数叨他没出息，一辈子也长不大，老是做亏本生意。他给爹老子刘本初要一毛钱想买个发卡给高立雅，这是一件比生命还重要、比月季花还美的事物，却被一口回绝了，爹老子刘本初说：“这么小点儿人也想花钱。”

刘本初弯腰凑到刘修三面前，伸手就是一巴掌。刘修三伸手捂脸，“没有，一分也没有。”刘本初在那里嘟哝。从此，刘修三只要见到爹老子刘本初，仿佛都会听见：没有——

要是他有那一毛钱，要是能买到乌亮发卡，就能去见一见高立雅。听听她叫自己名字的声音，看她的笑容，看她怎样将发卡别在头发上，露出漂亮的额头，那个黑粗黑粗的辫子。他没有，他将卖菜的钱藏起来。鞋里、柴垛里、一堵墙坏缝里，像他爹老子刘本初那样埋进土里。哪一次都不能得逞，不是被爹老子刘本初发觉，就是娘老子抱柴将他的钱一起填进灶里烧掉，要不就是他找不到自己藏钱的坏缝。一堵墙那么多坏缝。他也记不清将钱藏在了哪儿。

直到后来，刘本初死的那一天。刘修三等九个哥儿们把爹老子刘本初那间屋子翻了个底朝天，也没找到一分钱。九个兄弟坐在一起大眼瞪小眼，似乎都在追问：钱哩？谁也不说话。很多很多钱，都哪儿去了？而刘修三一直做这样的梦，他发现那些农夫犁地，犁出了一堆堆钱。他蹲下，把手伸进大地，在泥土里翻找，他一个梦一个梦扒拉，很累。终有一天，他得到要领，就是将手伸进泥土，就能一把把掏钱。大地有掏不尽的钱。终有那么一天，他梦见遍地是钱。

到如今，他再也看不到那些景象。

梦里全都是耿兴将他那顿臭揍，把他揍醒了。

他要发奋挣钱，就是想改变。

到如今，他的钱太多，钱多了给他长胆，也压得透不过气。可是，有多少钱又管什么用？如今，高立雅已经嫁给耿兴那个无赖匪类坏痞子。耿兴一直在欺压他，不只是揍他，还抢夺了高立雅。全毁了，耿家，对，就是耿家给弄毁了。耿兴那小子，怎么这么多人喜欢他？他要到哪儿，就像潮水般簇拥着他。耿兴在那里玩呢，跟鱼游，跟荷花说话，跟浪头玩耍。他会浮水，他水性好。很多人都淹死了，可他还活着。俗话怎么说：好人不长命，祸害活万年。他是用了什么魔法引诱那么多小子妮子？瞧那些贱气妮子，恨不得一头扎进耿兴怀里。那是迷幻，到时候吃亏上当哭都来不及，让人家卖了，还给人家数钱呢。夜来了，夜来吧，现形吧，那只大手，不怕你，现在有钱了。钱多的是，谁也猜不到有多少。能买一座城，一个省，一个国。

当夕阳完全沉沦，暗红云也都不见了。这时候天空绿里透蓝，蓝里透绿，像宝石，像水晶。此刻天空景象迷人，景州城管这种天色叫什么来着：暮。对，暮色。他还不敢确认是不是暮色。但他确定，这一刻谁都感觉到美。他久久沉浸于暮色，不想从这种色彩里出来。暮色就像一面镜子，白昼投下最后的影子。从而，隔开了黑夜与白昼。这种景象很近，仿佛又遥不可及。暮色给天空蒙上一层美丽而神秘色彩。这种迷幻色彩怎么得来的呢？暮色就像骑着一匹马，一条腿耷拉在左侧，一条腿耷拉在右侧。左侧是白天，右侧则是黑夜。上弦月映照，那颗叫大猫的星出来了。大猫出，二猫赶，三猫出来白瞪眼。伙计搬着杌子头出来，蹬上去，站直，伸直双手，将灯笼摘下。拿出火柴，划着火，点上。他小心蹲下，一只脚试探着，缓慢落地。杌子头侧晃了下，他差一点儿摔倒。这是个开场，下边就有好戏可看。听见啪的一声，一只虫子撞在灯笼上，它是第一个到，就像天上那颗叫大猫的星星。接下来，蠓虫、蚂蚱、金壳虫、墨壳虫，全都瞪着瞎眼瞎撞。已经来了一只，又上来一只，飞蛾扑火啊！就这么盏灯。那不是真的，只是个光。这全都是虚幻，全是假的，终有灯枯油尽时。瞧瞧现在多热闹，都以为有些什么，还挺多。都在虚幻里撞来撞去。

那么，我是蜥蜴？我是青蛙？我是蛇？反正不是蠓虫，也不是蚂蚱，也不是墨壳虫，更不是令人嘲讽千年的飞蛾。我就是这样，趁着这乱乎劲儿，吃得饱饱的。要赚，赚得更多。不只是耿家，还有李家、陈家、王家，总之全都是贱货，就像飞蛾那样在耿兴这盏灯笼四周飞。是老天爷给了我机会，让我收拾这些贱货。我会，我行。我干了，全干了。

要是有仇恨，谁会忘掉呢？就是为了耿兴给我那一顿揍，恐怕这辈子揭不下来。我就是报这个仇。

我的手也不小，我就不能把他攥出尿来。全都是硬邦邦的家伙。

我有钱了，也是想像耿兴那样，也像个灯笼那样，让那些妮子小子围着我转。不管我有多少钱，这些不识趣的行子，就不认二大爷大铁勺。

这些，总会派上用场。小子被押到船上漂洋过海，当劳工；妮子更有大用场，拣有姿色的，送给日本人，让日本人高兴高兴。还可以卖钱。一万年不得赎身。就是这样，我让他们见识见识。陈家、李家、赵家、周家、张家……那些个叫秀芹、歌铃、金环、玉翠、银珠……的妮子。

在街中，开福寺和教堂之间，刘修三建起了大庭院，这便是臭名昭著的“丽园”，生搬硬套苏州园林那一大套。假里假气，像气吹纸糊的似的，就像要把戏变戏法。说不定一转眼就出现在眼前，说不准下一眼就再也见不到了。倒腾出来的场景和事物都那么虚幻，就像电影里罩着的画面。就是这样，也叫景州人大开了眼界。有花园，有戏台，有假山，有小桥流水，珍奇花木，别有一番江南情趣。除此之外还养了十一条大狗。那简直就是个狗场。这些狗没完没了地繁衍，分派到他各地的铺子和庭院。本来街心是密集平民屋舍，他利用日本人的势力，廉价购置这些宅院，就像他做生意那种强买强卖。

直到后来，这情景多了，就见怪不怪了，再说景州人的耳朵鼻子都起了茧子，都麻木了。铁路上一车皮一车皮运来木头、檩条子，都有一腰粗，抄起来就能做栋梁。还有石料、石灰、铁头和玻璃等。全城大车和小推车都派上用场，都给他运建造的材料。可是，这些脚夫和车夫所得到的工钱微薄。除此之外，他还移栽一棵棵大榆树，这些榆树移栽到他家都没有再生出一片叶子。后来这些大榆树都派上用场，很多乌鸦飞来飞去，呱呱大叫。

在街心修建庭院和花园，占地一百一十七亩。刘修三这样做，就想着自己作威作福。整个景州城全都是他家的了。

原先宅子里的人家，有的去城边上修建简陋屋舍，有的失去家园，流离失所。

刘修三铺子里那些卖不出去的货色，都摊派卖给赶集的人。要是不买就算扰乱治安。这算是给日本皇军做贡献。

刘修三一个月有四五天在景州城，还有其他重要事务缠身——打理他在天津卫的铺子，他在京城的铺子。他每到一处，都要在最繁华的街面开起自己的铺子，并且每到一处，都有他的家，妻妾成群。

刘修三的庭院，所有台阶和路面都是青石头砌垒。一座两层小楼，墙基是青石，上边是青砖，屋顶是青瓦。屋里是白色石灰墙。在景州城，那是最白的墙。

他将有名有姓的木作请来，为他打造木器，木器都是好木头。那些木头有楠木、紫檀、花梨木和沉香木。他家打造木器的那些日子，整个景州城飘着各种奇异香气。

那个黄昏，刘修三庭院里开了一场盛宴。请了戏班子在戏台上演了一场《打渔杀家》。那场宴会请的客人足足有八十一大桌，客人很杂，各行各业都有，有京城的，有天津卫的，还有景州城的客人，反正是，有人有神也有鬼。

除了拉拢人，他就想借请客之计谝能谝能他有多阔绰，显摆一下他的势力。

第八章

1. 高立早遇险

高立早骑上牛，下了河岸，走进一条道沟，这条道沟很长，要耐着性子。他骑在牛背上，他的头部恰好与道沟上的杂草齐平。这样，显得天就小了，也看不见地平线。说不定下一刻，道沟便上了坡，走上坦途，便豁亮了。还会有个村庄霍然出现眼前。村外茂密树林遮掩，大街也有宽有窄，房屋高矮不一，有土坯房也有砖房，有平顶屋也有起脊大瓦房。有时路过一片树林，走很久也走不到边。况且有些树林还有大片林间空地，空地种有谷子、棒子、高粱等，在靠近河边，或者有水井和坑塘的地就会种些蔬菜。春天，会种些茄子、茴香、黄瓜、菠菜、各类豆角等。秋后是栽种冬瓜季节。那些青涩冬瓜随着寒冷到来一天天长大，在地里到处都是。所长出的白菜、萝卜和冬瓜都像婴儿那样喜人。直到霜降，第一层霜雪铺满枝枝叶叶，都被霜打得蔫了吧唧。接下来是抢收蔬菜季节。手要是慢一些，说不定，一场大雪会将蔬菜捂到雪下。那也是刨胡萝卜的季节，一镐镐下去，刨出一嘟噜一嘟噜赤黄胡萝卜，翠绿胡萝卜缨子。

高立早从牛背上下来，坐在林边休息。或者到渠下去，取一碗渠水，他在舀水时十分小心，那些像针鼻线头似的小鱼群，看见高立早的影子，便拐动身子，游开了。这个时期，每条路上都有逃亡的人群。他们牵着牛驴羊猪，行动十分缓慢。有时候，他走一天的路，经过河流和树林，经过村镇，都看不见一个人影。犹如被碱噬的大地，寸草不生，一派荒芜。

又厚又浓的黑云笼罩景州天地。这样的夜里，黑风肆虐。他记起娘高李氏一手端灯盏，一手像弯月似的护着灯火。灯火摇曳不定，每一刻都会有被风吹灭的危险。他娘老子还是端着这个灯盏从西房走进东房，从东房走进牛舍，从牛舍走进羊圈，从羊圈走到猪圈。将每一处都探察一遍后，便将灯盏放到窗台上，盘坐在那里，就在那个豆粒大的灯头下纺线缝衣。风透过窗纸，不时地袭扰灯盏。高立早一觉睡醒，娘老子高李氏还端坐在那里缝一件夹袄。鸡打鸣，狗都叫了，娘老子也没吹灯。高立早意识里那盏灯从不曾熄灭。

他这样经常走夜路的人，要是有盏灯为他照亮前边的路多好呢。在黑夜里行路要格外慎重，沟沟坎坎、坑坑洼洼，颠簸是小事，主要是有很多分岔，要是走错了路很麻烦。还会经过池塘、渠、河，要是掉进去，也很危险。记得他家马车上一直有一盏灯笼，那辆车夜晚出门，就挂起一盏灯笼。

高立早走过随庄、大高义、野林庄、李高义这几个村子，都要到高氏墓前，祭拜一下祖先。那些高大坟墓，已经被盗挖过若干次。

那些年，高立早以行脚教书先生的形象，掩饰他共产党景州地下县委书记的身份。这条路异常艰难，高立早有几次险些陷入敌人魔掌。第一次在北江村南道沟里，这道沟与其他道沟不同。起起伏伏，蜿蜒崎岖。最深处有一丈多深，最浅处只到腰间。这条道沟大约七里路。道沟两旁全都是高粱地。在那里他与“清剿”的日军相遇，是那头大青牛驮着他进了深深的高粱地，跑出几里地才得以脱身。

还有一次遇险是在刘集村。

刘集村大课堂。那一天聚集了几十口子人，屋里屋外，有大小孩儿，有老少爷儿们，有姊妹娘儿们。高立早在讲台上，就是个巨人。他站在台上，讲天文、地理、语文和算术。讲当前的战争局势和党的抗战策略，在墙上挂着一块带着兽形图案的纸，也就有二尺长、一尺多宽。这张纸折叠多次，有些部位都开裂了。那上头站立的分明是鹰隼展翅的样子，却有个带鳞的蛇形身躯，这便是传说中的龙的形象。

这便是高立早所讲的主题。讲着讲着，他会从包袱里掏出一个算盘、一本书，或者掏出一杆秤、一把镰刀、一把锤头。景州爷儿们说，瞧人家高校长，包袱里吗都有哩。

讲课至收尾，便听到密集枪声。枪声过后，讲台下一片安静。讲台下听讲的人都沉默着，他们还沉浸在刚才高立早的话语里。高立早朝窗外望了一眼，院子里一条狗一边吠一边从院西跑到院东。鸡扑棱着翅膀，飞一般地跑过。外边突然暗了下来，高立早跑到窗边，听课的人们一下子惊醒，便像潮水向门外涌动。高立早说："不要拥挤，外面有我们的人。"

由于叛徒告密，一队日伪军开到刘集村，把村子包围。高立早紧急疏散人群。县大队与敌兵交火，掩护高立早和群众撤离。

已经有一年多没有爹娘老子的信息，高立早所得到的消息都不确切。有人说他爹娘老子在刘修三家里，有人说是伪县长崔成把他们藏在某处，有人说是在日本人手里，总之众说纷纭，但没有人说亲眼见过他爹娘老子。每次他走在景州城大街上，他就觉得爹娘就在那些关着的门后面。他敲门，声音是不是太小了，门里头没有谁听到。他提高声音："喂，有人吗？"不管是张家还是李家的门，不管是赵家还是刘家的门，都关得很严。听听，有动静。再细听，是风声。"喂，有人吗？"这天凌晨，拐来拐去，最终他不由自主地走到自己家门。在他的意识里，只要他叩响自己家门，门一开，就能看到爹老子披着棉袄来给他开门，接下来就能看到娘老子那盏油灯和油灯后面的笑脸。

他走上台阶，敲了三下，门嘎吱开了。门是虚掩着的。"嗷嗷"一声，一条大黑狗蹿了出来。他转身而逃，这条狗一口咬住他的脚后跟，他感觉狗牙已经穿透鞋子，刺进肉里。他蹬蹬脚，也没有甩掉大黑狗。他与狗厮打，掐住狗脖子。狗腿力气很大，蹬得他胳膊疼，蹄爪划了他几道，胳膊在流血。他用力掐狗，渐渐地，黑狗腿爪无力，翻白眼。就在此刻日本士兵吹响了哨子。这下子，就像捅了马蜂窝。

已是清晨，大街上零星行人。一群狗上蹿下跳地拥上来。

高立早爬上一堵墙，跳进一个院子。他从另一堵墙跳出，是一条胡同，没跑几步，前边出现了个人影。拐弯钻进另一条胡同，这条胡同也有便衣。不管他往哪儿逃，都有成群的狗拦住他的去路。他上了一堵墙，跳到一个人家。从一家跳到另一家。他沿着墙头跑，上了房，从一个屋顶跳到另一个屋顶。他朝着北边城墙方向逃。就在他跳到另一个屋顶时，一只手伸向他。他转过身去，见两个人朝他扑来。他与这两个人厮打。他挣脱了，将两个黑影打下屋顶。他转身跳下房。可是，却跳进了便衣堆儿里。他被摁在那儿，一动不能动。他被绳子捆上，被押着，沿着一条胡同往南走。走到大街上，在刘修三杂货铺前，刘修三跑了出来，说："太君，他可是良民啊。"

一个便衣冲刘修三踢了一脚，刘修三倒在地上，他大叫："抓错人了，他是高大少爷啊。"刘修三从地上爬起来，追了上来，拦在前边，他说："太君，真错了。"刘修三又重重地挨了一拳，嘭的一声他被打翻在地。刘修三大叫："没这么打人的，往死里打啊!"

高立早想，这是日本人以他爹娘老子当诱饵，引他上钩。他是撞进来的。他就像一只蝴蝶撞上蜘蛛网。翅膀粘在蜘蛛网上。他越动，就越动不得。他见到过这种情景，回归北飞的雁，撞上高高大网。雁扑棱着翅膀，那些绳索勒进肉里，在流血，它们发出惨叫，被猎鸟人一只只装进麻袋里。

高立早还在挣揣，一个硬邦邦的家伙砸在他身上。两把手枪在他眼前晃了晃，这是两个日本便衣特务。对高立早来说，这是天大的羞辱。他用尽力气，将这两个日本便衣特务甩掉，举起拳头一刻，却被更多的手抓住。恼怒由心而生，可他用尽力气，手脚再也不能动。他的手被反绑在背上，绳子勒得肉疼。

站在一旁的伪军挤挤眼使了个眼色，在那里帮腔说："别挣揣了，没用。"

那个日本士兵推搡他，还给了他一脚。他听到一声狗叫。转眼望去，一群狗拦在前边。他惊讶地想，怎么多了这么多狗？日本士兵推搡他走近，那群狗便闪在一边。一个个摇头摆尾，全都是欢快的样子。这些狗张大嘴，露出长长的舌头。

时值腊月，滴水成冰。高立早被拧着双臂，穿过景州城大街。除了日本士兵和便衣，大街上没有一个人。

高立早被带进教堂，进了一扇门，之后便下了地下室牢狱。高立早被关进牢房，这就是臭名昭著的教堂地下室监狱。两边紧闭的门，从小窗里露出一张张熟悉的面孔，他们大都是他的学生，高立早一步步朝着纵深走，仿佛距地心越来越近，仿佛走在大地脉搏上，地心咚咚，大地动脉跳动。越来越响。就在此刻，一扇门哗啦打开，他被推搡进一个黑暗屋子。屋子里没有床，也没有椅子，异常潮湿，将手伸向地面，便能摸到潮湿硬邦邦的砖地面。墙上集聚着水珠，一滴滴向下滑落。地上铺着谷草麦秸，坐在上头，能感觉到地面，抓一把能攥出水。阴冷湿气带着一种臊臭味。高立早不得不选择中间那个位置，他坐了下来，想喘一口气。可是，这里的空气稀薄，令人窒息，憋得他头痛。不知过了多久，也许是一刻钟，也许是一天，也许是一月，也许是一年，也许是一生，房门哗啦打开，进来一个矬个子，高立早只看出他身体轮廓，而看不清面孔。这个人说："大少爷大少爷，我来晚了。全是误会。他们说你是八路，你怎么会是八路哩！"说着，就来扶高立早。高立早听得出，这是刘修三的声音。他的胳膊从刘修三手里抽出，他说："是三爷？"

刘修三说："我来救你啊，还拿了两根金条。行了，现在你自由了。"

高立早说："叫你破费了。"

说话间，出了地下室，高立早想透口气，空气如此污浊，他没有吸到一口清新空气，四周看了看。距大街很近，全都是宪兵。大铁门紧闭着。高立早想，这来得太快。他跟着刘修三，就是要证实一下事物的真伪。

高立早说：“这是到哪儿？”

刘修三说：“好久没见到爹娘了吧，我带你去见见。”

高立早疑惑地看了刘修三一眼。他与刘修三并排走，头脑里产生脱身的念头。此刻，别说逃跑，就是一转身，就会过来人，将他拧住。他身前身后左右许多影子攒动，就像许多飞虫。他一思考，刘修三就在那里说话。一路上，刘修三说个不停。现在，是刘修三说说道道的时候了。当然，刘修三还提到高立早爹娘老子。不管聊起哪个话题，高立早都不答话。刘修三说：“大少爷，你还是像小时候一样，不爱说，净看事儿。”

刘修三带着他，拐进一条小巷。小巷里很多人来来往往。一路上，他想逃。二十多个形形色色的人与他擦肩而过，甚至还蹭得高立早身子晃悠，他不得不停下。这是些形迹可疑的人，都是冲着他来的。直到现在，高立早回想，这些全是日本人的便衣特务。一个深宅大院。高大门楼。他这方才认出，这是他家的宅院，可又不太像。

小野大佐和刘修三的得意算盘是：第一步，高立早答应留下来当校长；第二就是写一份自首书；第三步与他们为伍。那么一切就迎刃而解。高立早这一刻咬定，不当校长，不让半步。他想，这很难，要经过很多困苦磨难。现在，他做好准备：受刑和死。

“哪儿疼，大少爷？我给你揉揉。”刘修三说，“你瞧瞧太君对你多好。他知道你精通汉话，早想见你一面。”刘修三说着凑近高立早，越来越近，都挨着了高立早的肩膀，高立早往后躲闪。“只要你答应，在我办的学堂里教课，不就万事大吉了哩。”刘修三冲着高立早耳语，“嘴上答应了，就行。你不就出去了？别扭，大少爷，这会儿不是时候。这会儿别要你大少爷脾气。”刘修三眉飞色舞地在高立早面前叨叨个没完，“大少爷，这些年咱没个不好，不就是让你帮我这个忙？就是口头上你也不答应，这样可不好，要是把太君惹急了，拿多少钱也没用。知道吧？大少爷，别弄得事儿不好办，到时候拿多少钱也赎不了你。”高立早说：“让学生照着日本课本学，我可不会日语。”刘修三说："大少爷，不就是做做样子，迈过这个坎儿就都好说了。那个日本字很简单，我都能认出来，你这样识文断字的人比我灵透一万倍，那个还不是小菜一碟。"刘修三说着，还用食指捅捅高立早胳膊，他的这一举止令高立早起一身鸡皮疙瘩。高立早很反感，他不自主地将手伸向胳膊，划拉了下，他隔着棉袄都摸到了身上那层鸡皮疙瘩。

"大少爷，还是快点儿吧，你言语一声，事情不就了结了？就去看爹娘了，就这么简单。"刘修三再次伸出食指捅捅高立早，"大少爷，不就是一句话的事儿，说了这句话，身上也不疼不痒，也掉不下块肉。不信你说说试试，吗也没有。你说啊大少爷，快说啊！"

"旁边歇着去。"高立早没好气地说，除了这样一句，他在头脑里找不到其他的话来替代。他的声音不大，那语声，就像给刘修三一耳光似的。

刘修三仿佛也感觉到了，他举手捂脸，抹了一把。他觉得这句比打他一耳光还重。那声音扑到他脸上，就像糊到他脸上一层，他的脸霎时滚烫。他说："大少爷，我可是为了你。要不是为了你，我费劲巴力地干吗？到如今，就一句话，不就都解脱了？"

刘修三劝说了足有两刻钟，这两刻钟他可做足了功课。他想过，要是事情办成了，这可是笔大买卖，就会赚上一笔。眼下的生意，全靠日本人撑着。要不是这样，有宅子亏不了地，还不全赔进去？刘修三不死心，不停地劝说，说得口干舌燥。他想，这个高立早，这么不听劝，到头来吃苦头的还不是你自己？他说着说着，两个彪形大汉过来，将高立早拧着，向屋外走。

第二次审讯，高立早想，身体的疼痛不比思想上的疼痛更深重——那种蔓延式的疼痛。开始，他还冷静地对待每一鞭子，每一种刑具。他想，人这辈子什么苦都得吃，那么他就尝尝各种刑具的味道。当第一鞭子抽在他身上，他一下子愣了。一道火在他身上飞蹿，直达心脑。但他还是冷静下来。他忍着不动声色，保持沉默。可是他发现，他的嘴紧绷着，牙齿咬得都痛了。就这样，他吃了十鞭子后，再品咂。

他想，也不过如此。审讯人见鞭子不奏效，便开始用烙铁。他这次做好了准备。当烧红的烙铁烙在他胸膛上时，他的眼睛盯着行刑人，他见行刑人手有些发抖，低下了头。这一烙铁感觉烙在心上。他的心火烧火燎地痛，扩展到大脑。审讯人首先提出第一个问题，就是让他当刘修三的景州完小校长，他一口回绝；第二，让他供出他三弟高立仁的联络方式，他还是一口回绝；第三，让他供出共产党在景州的地下组织，他还是一口回绝。

他被绑在十字木架上，捆着胳膊和腿，一动不能动。他发现胸膛、腿、胳膊湿乎乎的，有几条虫子在爬动，他在流血。他感觉到了十字架木头的温度。他发现，他已经与木头合在一起了，他就是木头长出的新枝。这样，木头便可以经过他来呼吸和说话。直到最后，他昏了过去。敌人泼冰水，让他苏醒。他发觉身子抖得厉害，自己控制不住。他感觉很热，怎么会发抖呢？他感觉灯光和人都那么虚幻，他确认自己还活着。最痛的是给他灌辣椒水，往手指甲和脚指甲里揳竹签，他十个脚指甲有三个脱落了，手指甲四个脱落。十个脚趾和十个手指都在流血。不知什么时候，他醒来了，发现自己躺在铺了干草和麦秸的地上。

高立早清醒地想到，这是在地下室监牢。

开始，他的眼睛是睁着的，可时间久了，也就闭上眼睛，他的眼皮也很重。他感觉到哪儿，身体的重量就到哪儿。此刻，他听见墙外沉闷的声音，就像一块重石砸在地上。接下来一声呼喊，然后寂静下来。屋子很黑，没有窗子，四周全都是墙壁，只有一扇门。

高立早再睁开眼睛，屋子里亮起了灯。此刻，他心底两种念头在搏击：一种是死，一种是活下去。哪怕有一口气，也要跟他们干到底。可总是死亡的念头占上风，他想，死很难，比活还难。他猜测着自己生命结束的时刻，日本人会以怎样的形式，将他结束：枪毙，砍头，活埋？到如今，他不在意以怎样方式了结。他被折磨了两天两夜半死不活，一次次昏死过去又一次次醒来；他从一声声呼叫中醒来，听得出，噩梦尚未结束，那是刘修三的声音。高立早睁开眼睛那一刻，刘修三坐在高立早面前，他哭哭咧咧地说：“大少爷，你活过来了，你可活过来了，这可好。活过来就好，大少爷，你这会儿知道了吧？大少爷。”刘修三把高立早一只血淋淋的胳膊抱在怀里，“都这么说，日本人狠。我也不知道日本人这么狠心，把你打成这样，这回我可知道了。看我怎么救你，我这就回去，把老家底儿都拿出来。大少爷，听我一声劝吧，别再与日本人为敌，没个好。你看看你现在这个样子。”刘修三说着拿出手绢，为高立早擦拭脸上的血，“大少爷，我知道你猜疑，是我跟日本人串通一气。我可没给你设套子，全都是我鬼迷心窍，我也是中了日本人的诡计。小野说，他有办法，让你到我学校里来，没想到他竟然用这种法。大少爷，你现在答应了，就一了百了。趁现在还来得及，你就说个软和话。到我学堂里，不就自由了？你知道吗？他们给你扣了那么多大帽子，说你是地下党，是八路军。我给小野解释说，你是个儒士，只会教书，不会干那些舞枪弄棒的事儿。我把嘴皮子都磨破了，小野哪听得进去……”

高立早将眼睛闭上，听刘修三叨叨不止。最后，刘修三无奈，他说：“大少爷，你睡着了？你先睡吧，好好养着，醒来就不疼了。睡吧，睡吧，睡吧。”说罢在高立早脸上还划拉了一把，便退了出来。高立早又昏了过去。

不知过了多久，高立早睁开眼睛，在上方，有一个高窗。窗子也就有一尺见方，镶浅蓝玻璃。在窗子下方，一块玻璃脱落了，出现了个洞孔。也许是哪个调皮鬼丢砖头瓦块砸坏了玻璃。他才记起，外面街两边高大古槐，每逢槐树开花季节。大街飘浮槐花香气。从那个洞孔，他能够辨别出早晨到来，不只是透过来的光，还有透过来吃早餐的气息。这样，他就可以判断一天的时间。

2. 谁之罪

第四天刘修三跑来了，他蹲在高立早面前，将他推醒。刘修三吐了一口长气，他说："大少爷，现在回头还来得及。你要是这样，我钱白花了。为你，我吗都干了。"刘修三四周看了一眼，凑近高立早耳朵说，"日本人要把你押解到北京去。他们说，你是要犯，犯了重罪。你的事儿他们全都知道。要是到了北京，我可就没办法救你，多少钱都不能买。你瞧瞧，我这几天瘦了一圈是不是？我跑断了腿，说尽好话，还挨了一顿揍。为大少爷，别说挨顿揍，就是去死，我也甘心。大少爷，你先应下来，就一了百了。来日方长，你想什么时候走，腿长在你身上，再说还有我帮你。"

高立早一动不动地躺着。

刘修三再将他推醒。高立早说："快去赚你的钱，做你的春秋大梦吧！去买吧，都买了吧。去卖吧，都卖了吧。"他说罢再次闭上眼睛，刘修三再推，没有将他推醒。此刻，一群日本士兵赶到，将高立早扶起来。是这样，扶起来，他又倒下。那一刻，他全然不知。日本军医摸了摸他的脉搏，还听了听他有没有呼吸。他还活着。他在昏迷中，敌人给他擦脸，换了衣裳，把他抬到一辆卡车上。一辆卡车开路，一辆断后，高立早躺着的卡车在中间，就这样出了宪兵队，朝东而行，直奔安陵火车站。事情突然。高立早想，也许下一刻就被处死。像他这样的，对敌人来说，已经没用。高立早醒了，不知睡了多久。他睁开眼睛，看见天空。天空中黑一块灰一块白一块的云，弯弯曲曲一道子一杠子在天空游弋。一片大鸟形状的云，静静地卧在天上，仿佛在那里孵卵，幼鸟即将诞生。

剧烈的颠簸使他完全清醒。卡车上方掠过若干树枝。一些树枝垂到车帮，他望了一眼天空。天阴着，他身上盖了一床被子。他身上的衣裳被换掉了。他们是怎么脱下来的？用刑后，满身是血，衣服贴到身上，就像他的铁壳。他在硬壳里，一动不能动，就像一只蝉，需要蜕掉皮，便可以得到自由。卡车上坐满日本士兵。他们抱着枪，一声不响。他试着想翻个身，却动弹不得，手铐和脚镣很重。

他不在意昏迷，不在意死。他没有想到，还能活到今天，还能看见天空。刘修三说："日本人要把你押解到北京去……"对他来说，到哪儿都一样，什么时候死都一样。他已经放弃了对活的欲念。他感觉到疼痛，被撕扯，被割断，被粉碎般的疼痛。他一动，不是这儿扯裂了，就是那儿开了个口子。

他想起春日的情景：把地刨开后，将种子撒进坑里，再埋上，几天后，就能长出一棵嫩苗。一个早晨，他与爹老子高长忙、二弟高立明、三弟高立仁下地，看见刚钻出的幼苗在清风里摇摆着稚嫩的芽叶，仿佛风再大一些，就可将芽叶吹飞。这便是最初的形态，让人爱怜。他们都围蹲在那里，透出喜悦神情。

夏日，就在南墙根，一家人围堆在那里，看一只羊羔诞生。刚产下羊羔，拖着长长的腥气烘烘的脐带。娘老子高李氏说："给你剪子。"爹老子高长忙接过剪子，伸到母羊尾部，咔嚓一声将脐带剪断。母羊一副疲惫的样子，高立雅去端来米汤盆放到母羊嘴边。

羊羔腿脚曲里拐弯，四条腿柔软地随意弯曲，可以来个对折弯。虽然抖得厉害，一条后腿弯曲，身子倾斜，后腿还是伸直，摇摇晃晃地站起来。弯曲的腿，绵软的脚试着走一步，差一点儿摔跤。左腿碰后腿，爹老子高长忙凑到羊羔前，嘿嘿笑着说："别不过马腿。"

太冷了。他僵直地躺着，一动不动。身上肉皮扯得一块一块，五脏六腑也不在肚子里。就像一个杌子头、一把碎麦秸、一个破碗、一双筷子，被随意地丢到房间的各个屋角。他一次次昏过去，再醒来，听到喊里哐啷的车轮声和汽笛声，就知道已经到了火车上。他很迷糊，试图将意识清醒一些，哪怕是疼痛，可是他做不到。不管是痛楚、火车汽笛声，还是车轮撞击声，都不能将他唤醒。当然，他不能确定，或者他不在意，他是死是活，他太累了，但还潜入噩梦之境，他的意识模糊，在梦里他似乎被放进一个器皿、一个瓶子，或者一个陶罐，向上的口已经盖上塞子，浇注了蜡，从此，他被锁闭着，万劫不复。至此，绝望情绪油然而生。他觉得透不过气来，一种强大的力量压迫着他，他用尽最后的力气从梦魇解脱。他以为解脱了，其实已经到了更深层的梦魇中。从而，对他精神和思想，甚至灵魂摧残，更重，更重……

此刻，没有风，没有空间，也透不过一丝风，他什么都感觉不到。不只是疼痛，还有疲惫，还有饥渴，还有憋屈。他身边响起枪声，他睁开眼睛，便看见那些惊逃的人群。他就像一个鸟巢，一群鸟雀从中飞出，再折返归巢。之后，他听到咣当一声，车身摇晃了下，他的身子一出溜，差点儿掉到地上。此刻，眼睛睁开了，他的意识完全清醒了。

卡车稀里哗啦，晃晃悠悠，像个醉汉摇摇摆摆，踉踉跄跄，没准下一刻就要摔倒，就会翻车。他听到喊叫声。不止一辆车，他想抬起身子看看几辆车。车帮很高，遮挡了视线。

这是第一次睁开眼睛，车在跳动，他整个身子在车上被颠起老高。他发现身上盖的被子滚到一边。他只穿了一件夹袄一件薄裤。他弄不清是被颠醒还是被冻醒的，接着听到车下的叫喊声。好像路上出现一条沟，日本兵下去，将哼哼唧唧的卡车推过沟。他想，怎么来的沟？

汽车缓慢行驶。余下的路很难走，全都是大坑和壕沟。卡车爬上爬下，高立早在车厢里颠来倒去。走一段路，就停下来，就这样走走停停。这些日本士兵不时被赶下车推车。被子又被盖在身上，很重，像压在身上的一块冰。他感觉有些恶心，想吐。头又痛又昏，还是昏睡了过去。

再一次睁开眼睛，他看见大大小小的信袋和木箱。他在堆积的货物中间的担架上。他想，这是火车行李车。那边，车门开一道缝，几个日本士兵站在那里，望着车外。他想问一句：火车到了哪儿？火车与铁轨撞击声太大了，这时又过来几个日本士兵，其中一个军官叫他们把门关上。门嘭的一声，便黑了。

第二次睁开眼睛，他被抬下火车，他看见一张熟悉的脸。当他被抬下铁道斜坡那一刻，担架晃了下，他睁开眼：虽然模糊，感觉是真实的。一片高大丛林般的骑兵伫立，他第一眼看见耿兴，便叫了声："兴……"

耿兴过来，抓住他的手说："立早哥，在哩在哩。"

火车四周密匝匝的骑兵林林总总站立着，全都是高大壮汉。在这些骑兵中，从抬他士兵的缝隙，他看见一个人骑马奔来，马蹄声戛然而止。一个影子从马上跳下来。他听到熟悉的声音："大哥——大哥——"

他看见他三弟高立仁那张脸，他用力呼喊："三儿，三儿！"他的声音很弱，他不敢断定高立仁是否听见。高立仁跑了过来，俯身抓紧他的手，看着高立早这窄小的脸。

高立仁记得大哥高立早那张脸宽大。他这一瘦，一下子跟他一样，高立仁抹了把泪水，高立早伸手想用拇指肚擦去高立仁的泪水，他做不到。他想笑笑，安慰一下高立仁。他没能做到。他想再说句话，他的嘴也发不出声。他听到自己在吐气。他说不出，也做不到。他不知用怎样的方法，才可以跟高立仁说一句话。他的嘴张开又闭上。他伸出手，想抚摩高立仁的脸蛋儿。他感觉高立仁距他那么远，他伸不到，再也伸不到，可是，高立仁一双手一直握着他的手。是他，是那个豆芽菜，那个痨病腔子握着他的手。他感觉高立仁的血流到他的身上。他很吃惊，高立仁的手竟然这么热。他安静下来，他感觉身子舒缓了，身下被子也变得柔软。高立仁好像还说了句什么，可他什么都听不到。他张大嘴，嘴发不出声，却再次昏迷。高立仁说："大哥，咱回去啊。"

把高立早抬上一辆大车。马车像一条船那样摇摆，平稳而顺畅，没有颠簸，也不快一股子慢一股子。马蹄嘚嘚有声，一步紧似一步，朝东南方走去，高立仁上了车，坐在高立早旁边。高立仁已为高立早砸开脚镣和手铐。这样，他便可以换一个姿势躺着，手脚可以自由地动。他想坐起来。

大车路过一片树林。这是一片榆树林。他看到黑色的枝上圆鼓叶苞。这些叶苞熬过冬天，就能长成一片完美的叶子。榆树枝叶间，他看见天空发白。他想，天就要晴了。他感到舒适，可以自由地伸展开四肢。他身下柔软和温暖，渐渐地他睡着了。

第四次睁开眼，他躺在一盘炕上。他想起来，欠欠身。他听到熟悉的声音："别动。"身下铺平了厚厚褥子。可他感觉躺在一座座山峰之上，接下来情景逆转，他躺在狂风吹起的重重河涛之上。他感觉疼痛，是医生在给他医治伤口。当他再次醒来，是四天后的一个夜里，屋里亮着明亮而温暖的灯盏。这次，他确信，他从噩梦中醒来，梦魇再不纠缠。他的身下是柔软的褥子。

阴暗的墙壁，刘修三那张脸好像又出现了，他说："行啦，大少爷，你自由了。"

高立早不自主地嘟哝，带着怒气："去——去——"

得知高立早被捕入狱，高立仁便派出暗探在景州城四处打探消息。这些天，他有过劫狱的计划，由于日本人看守太严，下不了手。

他们见刘修三从宪兵队出来，便跟了过去。跟到刘修三住所，经过追问，刘修三说，日本人要把高立早押往外地，具体哪儿他不知道。

高立仁问："是陆道、水道还是铁道？"

刘修三说："这个我不知道。"刘修三一脸为难的神色，他说为了救高立早，花了不少钱，有他半个家底。高立仁问完刘修三，也半信半疑，他决定派一路人盯着日本人出城的卡车，看有没有下手机会。

就是这天清早，他发现三辆卡车开出宪兵司令部。朝东开去，便命令十几个人到安陵车站等候，同时派一些人跟在卡车后边。

耿兴和高立仁带着骑兵营在运河、公路和铁路附近，等候命令。

火车喷着烟雾，呼哧喘气，车轮缓慢转动。开到吕家寨站，一个放羊的赶着一群羊在铁轨上。火车汽笛响了三次，放羊人显得着急忙慌、笨手笨脚，怎么赶也不能将羊赶下去。车过来的一刻，羊群快速散开。火车缓缓开往连镇站。几个装扮成农夫和匠人的士兵上了火车，向行李车厢摸去。

火车在一个叫古树榆的村子停下。前面出现了一棵倒卧在铁轨上的大榆树，那耿兴和高立仁带着骑兵在古树榆村铁路两边埋伏。

火车在古树榆村边稳稳停下，车门开了，耿兴带兵冲上了火车，过了一会儿，几个士兵抬高立早下车。骑兵都靠拢过来，站在四周，将高立早团团围住……

第九章

1. 高立早成亲

高立早醒来时，他一眼看见高立仁那张脸。他即刻记起，这张熟悉的脸便是自己的三弟，他右手还捧在高立仁手里。高立早这一刻，才意识到他得救了。六天之后，他的伤势已有好转。

高立早坐在炕上，端详着三弟，还像几年前一样，还是那个少年，还没有长大，还是一张娃娃脸，还像往日一样顽皮，说话慢声细语。

他问起高立早在牢狱中的一些细节，高立早说："别问了，三儿。"

高立仁眼里滴出一大滴泪水，他狠劲抹了一下说："哥，你等着的，哥，你等着的。"

两天后，疼痛退去。可要格外小心。稍有不慎，触到伤疤，便引来阵痛。这种疼痛不只是肉体上的疼痛，还会把他送到过去，牢狱情景便展现在他眼前。

这一次，不只是身体损伤，来自精神上的重创，使他缓不过劲儿。所以他沉默地等。现在，就是窗外鸟雀欢鸣，鸡狗和牛驴的叫声，也不能把他拽回来，归于从前。他感觉变得笨拙，甚至痴傻了。他想，没有谁会知道他的改变。

最初，他们喂他饭，他就吃。他自己能吃饭，他接过碗来吃饭。他什么都不说。在曹屯养伤的日子，曹惠双几乎每天来。他跟曹惠双交谈几句，便继续不下去，他感觉心乱，伤隐隐作痛。就此，曹惠双不再说话，许久后默默离去。

他不知道，现在是怎样一种表情。他是想露出愉悦神情，越想这么做，就越做不到。他在想：我是谁？我还是我吗？

大约五天，他能坐起来，八天，他能行走了。他感觉身子轻飘飘的就像草叶。他支配不了腿脚。他的脚触碰大地，如此松软。就像踩在棉团上，或者云上。他感觉肉体与灵魂已经分离。他既感觉不到自己的灵魂，也感觉不到自己的肉体。他在等时间颠覆他的耐性，时间更强大。他想过，借一张脸，一朵花，一片叶，一碗水，一种食物，一种药，一个声音，使自己回归。他没有忘记，一张脸，就像曹惠双那张脸；一朵花，就像满地矢车菊；一片叶，一片榆叶；一碗水，一碗忘川之水；一种食物，使头脑清醒的食物；一种药，提神良药；一种声音，来自门前娘老子呼唤的声音。他都有。可是，他做不到。他病了。

一个黎明，他摸索着穿好衣裳，蹬上鞋。他穿过大街，走出胡同，朝旷野上走去。深冬旷野寒冷，阵风袭来，他身体打战。他抱着双胛，在旷野上漫无目的地行走。他走在撂荒的土地上，或者麦田里，走过一个个麦垄。麦叶已经被冻干，倒伏在地上。冷风一阵阵袭来。偶尔，他不得不停顿。冷风使他惊愕。他想，假若在此冷风中得不到清醒，那将永远昏沉。他似乎醒来了，四周旷野呈现一派灰暗，像他一样在寒风里抖动。他想，真冷啊！他的脚下，是干叶沙沙声。地上还遗落点点硬冰似的雪，走在上面，嘎嘣作响。就在此刻，他发现东方红云闪耀。这是曹屯第一缕曙光。之后，天亮了，带着暗红。

在一些枯草上，覆盖着薄薄残雪。他发现雪下面蓬松的枯草隐隐透着一丝绿色。他辨识出，这是一棵蒲公英。便蹲下去，挠开雪，扒开草，看见草下的幼芽。他右手食指轻轻地抚摩叶芽。他想：它一直在。芽才钻出，也是第一个钻出的。他没想到。他瞧不起自己，他竟然还不如一棵草那样顽强。就在此刻，红轮从东方升起。此刻，太阳光映红了世界。他想借此回想，或者思考。可还是不能。他只好叹息，转身回村，再次倒在炕上。那蒲公英在他头脑长大。之后，另一种场景袭来：黑暗、刑具、疼痛、灼热感……不只是这一刻，就是几十年后，当他老了，他还不能忘掉。说不准哪一刻袭来，牢狱刑讯情景出现在眼前。他一直没法忘记，到了儿他都没能做到。

他扛起镐头，出了院子，走向旷野。他无目的地走着，踏得枯草咔吧作响。他走进丛林，找到一块林间空地，在那里刨挖。冻土震动他身体的每个关节，每条神经。他的手都麻木了。他不停地刨挖。他将锄头丢在一边，在丛林号啕大哭，就像一头牛的吼声。这声音传到曹屯，曹惠双奔跑着，在丛林里找到高立早，把他抱在怀里。曹惠双也失声痛哭。两个人停住哭，丛林没有风，异常寂静，仿佛只有他们两个。高立早说："我们成亲吧。"

"行哩。"曹惠双抹了把泪水点点头，片刻后，她又说，"你是吃苦太多，才决定的吗？"

"不是哩。"高立早望着曹惠双，"我太草率了吧？是啊，我们说好了，等到赶走日本侵略者再成亲。"

曹惠双说："你改主意了？"

"要是你愿意，腊月初六就成亲。"高立早边思考边说，"可是我什么都拿不出。"

"行哩，你说行就行哩。"曹惠双说着，拉起高立早往村子里走。高立早成了一把骨头，身子很轻，她一拽，高立早就起来了。他们并肩沿着清凉江往前走。他们一抬头，便看见高立仁打马过来，行至他们跟前，翻身下马。高立仁怀疑的眼睛看了高立早和曹惠双半天，他问："是什么时候的事儿，从什么时候开始？"

曹惠双说："小子家，想知道的还挺多哩。"

高立仁望了一眼高立早，又望了一眼曹惠双，他若有所思地说："真不知道，这里还有多少秘密。"

高立早说："你小子毛儿的，快擦擦鼻子玩儿去吧。"

高立仁嘿嘿一笑，上了马，打马朝营地方向奔驰而去。

曹惠双说："真是亲哥们儿。这是上天要让他最先知道。"

高立早与曹惠双相视而笑。

驴拉了一夜磨，磨了很多豆腐。婚事很简单，那一天，有族长曹怿、高立仁、曹惠双和耿兴四人。在这里，曹怿即是娘家人，又是证婚人。这一天，每个士兵都吃到满满一碗烧豆腐，馒头管够。士兵嘻嘻笑着说："就跟过年似的。"

一个月后，高立早虽然伤口还隐隐作痛，但可以自如走动。他在村口，看见一团白光闪烁着，就像阳光下的一面镜子那样，将光亮照在墙上，并且在墙上跳动。接下来，他听到马蹄声，他眨了下眼，高立仁便从一匹白马上跳下，站在高立早面前。就是他，三儿，还是从前那个晃杆，行为利落快捷，就像风那样轻。高立早想，三儿已经得道，他能够支配自己的灵魂，他就像自己的灵魂一样轻快。高立早上前去，拉住高立仁的手，两兄弟相互搀扶着朝村子走去，进了一个宅院。在进屋那一刻，高立早伸手搂了一下高立仁，他说："你还没有长肉。"

高立仁说："是哩，吃吗，吃多少也不长肉。"

高立早说："谁叫你那么多心眼儿。"

高立仁笑笑，两人从堂屋进到东里间。

上了一盘炕，上头有炕桌，两个人面对面盘坐在桌前。高立早问起高立仁的病，高立仁说，他很好。

高立早说："你的脸色可不好看。"

高立仁脖子向前伸了伸说："你看看，好多了。现在不吐痰，喘气也痛快。"

高立早摇摇头说："现在就叫个大夫来看看。"

高立仁说："看过了。大夫说，再用不着吃药了。"

高立早半信半疑地看着高立仁。此刻农妇已经燃了灶火，开始噝噝啦啦做饭。两个人，坐到桌前，桌上摆着酒菜。高立早平静地望着对方，高立仁皮笑肉不笑。

高立早说："我老觉得你有事儿瞒着我。"

高立仁说："真没有。"

高立仁嘿嘿一笑。两个人开始了一场特别游戏。哥哥拿出了镰刀，弟弟拿出了一片枯叶；哥哥将钱袋拿出，弟弟拿出那根铜的鱼形饰件；哥哥拿出一个瓷壶，弟弟拿出一撮金光闪闪像钻石般的陶渣；哥哥离开桌子，解开麻袋，便看见满麻袋麦粒，弟弟在衣兜里掏半天，掏出一粒馒头渣末。该拿出都拿出来，将衣兜掏尽，再反过来，高立早解开包袱，高立仁打开挎袋，再翻过来，抖落抖落。

高立早哧的一声笑着说："瞧你那些尘土。"

高立仁说："还说我哩，你哩？"

两个人哈哈大笑一场。

高立早伤愈离开。大地伤痕累累，满目疮痍，结一层血痂，皲裂成一道道壕沟。骨头堆成的骨丘，就像山一般的干枝。可是，他看见骨丘已经发芽，就要长成新树。他沿着道沟艰难行走，哪怕泥泞坑洼不平。

而高立仁那些天一直在病中，而且一天比一天重。高立仁病越重，便越能感觉到自己灵魂所在。一场战役将至，病痛不知去向。他沉浸在这场战役中，就像嚼一个枣那样津津有味。他所思考的是战争不能纸上谈兵，也不能生搬硬套，要打出灵性。

他已经与战争融为一体。就像景州大地那样，陷入了这场战争。战争可以改变一个人，改变一个国家，一切都面目全非。

每次打完仗，他在马背上，极力不让自己从马上摔下去。前边是耿兴骑着马。偶尔，前边的马尾都扫着他这匹马的脸。他回到营地，便倒在营帐里一动不动地躺着。午饭时，耿兴给他拿来了饼子和菜汤。他等菜汤和饼子温凉，便三口两口咽下，再倒在那儿。喘上一口气，支撑着坐起来。他非常珍惜倒着的时间。不能太久，会有士兵进来。他知道，病越来越重，他不知重到哪一步，距死亡还有多远。他刚入睡时，听见脚步声。他睁开眼睛，四周一派寂静，什么声音都没有。他想那是死神向他走来。灵魂与死亡已经纠缠在一起。

他的军人生涯，可以说在病痛中度过的。但有灵魂相伴，深重的病痛也可以挨过。每一次疾病袭来，他便与灵魂进行一次交流。他意识到，病越重，他距灵魂越近。有时候，他与灵魂紧紧地抱在一起。他第一次推开军营大门，呈现在他面前的是那些讥嘲面孔。他并非没有看见，他没往心里去，他不在意。那些脸孔与疾病相比，相差甚远。他记得那是个春日，阳光在脊背上，就像背着一个火盆。那天他的心就像天空那样晴朗，他走进旷野，停下，仔细观赏遍地野花。那是他第一次独享春天。他在那里站了很久，直到中午，耿兴把他喊去吃饭，那情景也没有结束。

那顿饭，一个窝头，一碗菜汤。几片白菜叶，没有油，清汤寡水。上头却漂着几只蚜虫。他用筷子将蚜虫拨出。喝了一口，很咸。他第一次尝到军营里的这种口味儿。把一块菜叶放嘴里，嚼不动，就像棉团那样有韧性。此刻，他看见灶边那个白菜根。这是去年的老白菜，已经放了一个冬天，在春天已经生芽，长出一串黄色花骨朵。一个士兵过来，上上下下打量他，以怀疑的目光看他；又一个士兵走过，上上下下打量他，也是怀疑的目光；一群士兵走过，全都是怀疑的目光打量他。那样看一个人，是要将人看矮，越来越低，这个人便无地自容，想找个缝隙躲起来。高立仁那么大个子，他却一直挺立着，他微笑着，去看这些士兵。他高高在上，士兵都比他矮，都在仰望。是啊，士兵们见这样一个弱不禁风的人像根豆芽似的出现在他们面前，再加上他那张娃娃脸，这个痨病腔子病秧子，都以为他没戏。高立仁也拿不准，一个士兵的名号放到他身上，他是否能担当。几场仗下来，他跟在耿兴屁股后边，就像耿兴的尾巴，或者是耿兴的影子。耿兴被提为排长，高立仁被提为副排长；耿兴被提为营长，高立仁被提为副营长；耿兴被提为团长，高立仁被提为副团长。士兵都以为看走眼了，这怎么会？一个痨病腔子、病秧子、药罐子、豆芽儿、娃娃，在士兵的眼里，这样一个指挥官，完全拿人命当儿戏。可有高大威武的耿兴站在高立仁一边，尽管窃笑，总也不敢出声。

高立仁独自在一旁，没有去看这些士兵。他在观天象，又像在看旷野奔跑的兔子。一开始，士兵们都知道高立仁是耿兴的小舅子，再说耿兴有个怕婆子帽子扣着，事情复杂，从大面上都温顺。又几场仗下来，才都顺头顺脑。他们发现，之后的每一仗，耿兴对高立仁唯命是从。高立仁净是些招数。渐渐地，士兵们便知，这个痨病腔子豆芽儿不可小觑。士兵对高立仁服气，不像一开始那样，小瞧了这个痨病腔子，这张娃娃脸，而是越来越对他尊敬和热爱。

当高立仁出现在士兵面前，就像一条大鱼那样，在大河里撇鳍，能激起一片欢乐浪潮，荡起重重叠叠的涟漪。先是欢笑声，接下来便是亲热的谈笑，欢快的大笑。

士兵们这种时光并不多，所以都格外珍惜。

又是腊月。傍晚。营地。没有风，异常宁静，士兵们都沉浸在宁静氛围，打着瞌睡，他们刚吃完饭，此刻夕阳将下。他们围坐在火堆前，闻听劈柴啪啦作响，将手伸向火，将冻僵的手烤一烤，或者将穿靴子的脚伸向火烤，直到靴子烤出臭醭味和煳气，才将脚缩回。

高立仁一般都是独处。士兵都不敢出声，怕打搅高立仁独处。每一次高立仁独处，并没有研习兵法，而是与身体疾病来一次搏斗。上一刻，他还与士兵们说笑，下一刻，他走进房间，便一头扎在炕上，经受疾病折磨。他不是不再咳嗽，而是喘气困难，就是将所有力量都用上，都透不过气。高立仁以为，疾病还是这辈子最大的疑难。除了疾病，他不知道还能败在谁手下。所幸每到战时，他的身体却都能够支撑下来，并且能昂首挺胸，抖擞精神。那一刻，看上去颇为神气，一股子势不可当的力量。

并非事先预谋和设计，每次战役都是即兴发挥。就像一个雕刻师手持刻刀，就像一个诗人触景生情，就像一个农夫手持锄头一般。一场战役来临，他的疾病仿佛退却。他完全换了另一种样子，他骑在马上指指点点，挥马扬鞭。

在士兵意识里，高立仁是这支队伍的灵魂。当高立仁出现，他们还是不敢相信，仿佛在说：就凭他，这么个痨病腔子，这个娃娃?

这一带的日军路过曹屯绕着走。伪军一个排一个连一个团起义投诚。有些不投诚的伪军，到时候也来通风报信。

曹屯，是他们的大本营，这支部队驻扎在这个村子、村子四周空场、河岸和树林。日本人对这支队伍既恨又怕，这个冬季，一场大“扫荡”由此开始，目标就是曹屯。

2. 除夕，初一

西边太阳还很高，照在营地帐篷。远远地，一辆牛车拉着一车装满面粉的布袋。族长曹怿挥动鞭子，一脸笑容。后边还有一辆牛车送来豆腐和白菜萝卜。两辆大车很慢，朝营地走来，吧嗒吧嗒牛蹄子声，大车吱吱嘎嘎。

高立仁坐在营帐前，他享受着下午阳光。之后，两辆车已经进了营地伙房前。一帮士兵跑来跑去搬白菜、豆腐。

像往年一样，四周一派祥和和喜庆。春天就要来了。偶尔，伴有鞭炮声。

高立仁心咯噔一下，他感觉被堵塞。这一刻，他想象将至的灾难：日本侵略者大“扫荡”，铁壁合围，围困曹屯。

这几日，接连接到情报。一场不可避免的恶战，就将到来。

对这场战役，有两种不同意见：一种是全部撤离，另一种是捍卫曹屯。曹怿主张撤退，他说，留得青山在，不怕没柴烧。高立仁则主战，利用这一战机，在曹屯布阵。这回，他才有施展自己战法之地，给日本侵略者一点儿颜色瞧瞧。

暮色的氛围，也流溢着一团团祥光。家家户户燃起灯火。每个门楼都挂上红灯笼。灯盏要燃烧一夜。一群群孩子跑来跑去，手持烟花，在大街上奔跑。偶尔，还能看见地上烟花绽放，一个接一个。

看似喜庆的曹屯，掩藏着一场灾难。此刻，还不被人知道。第二天醒来，大家都将告别家园，逃亡异乡。

除夕夜，高立仁在营地巡视，来到耿兴营帐。他走进营帐，将思考多日的作战方案说给耿兴。日军加上伪军，有上千人，高立仁打算自己带一百七十名士兵留下来，与敌兵对峙。耿兴在外围观察动静，干掉敌人重武器。

这个作战方案，让耿兴变脸失色。耿兴说：“不能这么干，你不能留下，谁都不能留下，全都撤走。”

高立仁顿了顿说：“我留下来，给敌人造成一个假象。让他们误以为都没撤走，都在他们包围圈之内。这些年来，我们营造曹屯，也要物尽其用。村子里的厚墙、掩体和四通八达的地道，还有储存武器弹药的地库，这个就够敌人喝一壶的。只要我们灵活运用，能打能退。敌人兵再多再强，也不能轻而易举拿下曹屯。”

高立仁说：“只是这次战役，曹屯将被毁。变成一片废墟。现在就开始准备吧，村里不剩一个人，衣被、牲畜家禽和犁耙绳套都带走，打开粮仓，带走粮食和种子。”

耿兴说：“要是留下，叫四营营长留下，他机灵，又有能力。”

高立仁说：“不行，这次不比往常。这次日军从各处调集，拿不准将领是怎样手法。开始谁都要试一试对方刀锋。这次情况格外复杂，瞬息万变，谁都难以看透。”

耿兴说： “这几天你憋在屋子里就想这些？不行，要留也是我留下。”

高立仁说：“你在外围担子也不轻。要分散开来隐蔽。在暗处，察看敌人动静，一旦发现敌人重武器，神枪手将其干掉。分散开，以排为单位，隐藏起来，在密林、河岸、村子和土丘间。注意不要意气用事，不要与敌人正面冲突。不要让敌人发现，这最重要。一旦被敌人发现，就设法逃掉。假如被发现，要让敌人误以为我们是些散兵游勇。耐心等待我们增援部队到来，一切迎刃而解。当然，敌人也会增援，但你们要离远一些，哪怕五里、十里，你在远处，并不是坐山观虎斗。最重要的，还是干掉敌人重武器，尤其是炮兵。”

耿兴说：“可是，我怎么向你姐姐交代哩？”

高立仁说：“事关重要，还想那个干吗哩？”

耿兴说：“那么你就多留些人？”

高立仁说：“人多瞎捣乱，鸡多不下蛋。我只要一百七十人。这些人，八十个投弹手，十一个神枪手，剩下的要些力气大的搬运武器。”

耿兴说：“我还是觉得这样不妥，不行，要走全走，要留下全留下。”

高立仁说：“怎么说的，我们有约定，战术听我的。”

耿兴说：“这几天你的脸色不好。我不放心。”

此刻，高立仁觉得一肚子话往外拱动。高立仁说：“你是听见我咳嗽了吧？听见我的腔子呼啦了吧？你听听，我现在喘气挺顺的，从我记事儿那天，我现在身体最好。这些年来，我们被压抑着，憋在曹屯，现在我也是给自己个机会。这样的事儿我不能放过，我要亲自干。来吧，是骡子是马，是叫驴还是草驴，牵出来遛遛就知道了。这一次，就是要跟他们玩一次真的。”

耿兴说：“听我一句话，都撤出吧。我们不能分开，我不能把你留下。”

高立仁说：“你还怕我撤不出吗？”

耿兴说：“到那时，房倒屋塌，一片废墟，就是有四通八达的地道，想撤出为时晚矣。”

两个人坐在那盘炕上争论个不休。最后还是高立仁占了上风。说服了耿兴。高立仁说：“这是个极好机会，以曹屯为堡垒，与敌人进行一次决战。这个时机，给敌人个颜色看看。这是跟他们算总账的时候。这一次，是一场消耗战。我们虽然不占绝对优势。我们依仗天时、地利、人和。虽然胜算不大，即使失败，也会打击他们的气焰。让敌人就此一蹶不振。再也缓不过劲儿来。倒是你要格外小心，要躲远一点儿。分散开，再聚集到一起。那个全靠你自己。要一直在外围。哪怕敌人援军到来，先不要动手。要看中敌人要害，给予致命一击。”高立仁用力吸了口气，“等第一批援军到来，伏击一下。一通狠打后撤出，要干得利索。让敌人摸不着头脑。让敌人已经分不清哪儿是战场中心点，也分不清你我，乱成一锅粥。这才是你们出击的好时机，就像一把刀子，捅向敌人。”说罢，站起来，他说，困了，便回了自己的营帐。

曹屯一片欢笑。家家户户把院子里撒满芝麻秆、秫秸和棉花柴。这样，那些不干净污秽之物，那些恶鬼和妖魔就不敢进院子。鸡叫头一遍，便破冰取水。将缸上层冰砸开，取来水，倒进锅里，烧开后，便煮饺子。吃过饺子，先给自己家前辈和长者拜年。然后便满村串，组成拜年队伍，朝着族长家走去。

族长曹怿一夜没睡。往年他也是不睡，他在替全族人守岁。可是今年不同，曹屯面临大难。他等着来拜年的人，他要把消息说给大家。他的大院子里已经站满了人。曹怿站在门台上，把不幸的消息传达给大家。人们听到消息，悄然无声，一起跪下给老族长磕头拜年，默默离开。

大年初一，曹屯所有人都背井离乡，走上逃亡之路。村里头牛吼羊叫人喊，都似悲鸣。一家家，一群群人，曹惠双带领逃亡队伍朝南走去。就这样，从上午一直到傍晚，曹屯人走了。

高立仁听到羊牛马驴和鸡猪的叫声，都那么执拗地不想离开家园。高立仁看见一个牧人赶着羊群，迟缓地走向街口。一个农夫用力地拽着牛缰，一步步艰难前行。牛低下头，向后倒退着，把农夫拖了个趔趄。农夫上去，手里的一截秫秸狠狠地打在牛身上，牛肚子像鼓一般砰砰作响，农夫一松缰绳，牛便趁机逃脱，农夫满大街追赶，从大街追到胡同，从胡同再返回到大街上。他还看见一个小妮子在那里坐着揉着眼睛哭泣。那个农妇说："你哭，你哭我打你。"那小妮子哭得更厉害。农妇上去一把拽住小妮子，没好气地拉拉扯扯地一步步往前走去，回到撤退队伍里去。

傍晚，高立仁走在丛林，他看见一匹白马在树林里，好像在飘飞。骑马人是一个青衣人，一头白发，当他转过头——是族长曹怿。高立仁追过去。没有蹄声，马匹犹如一阵清风。他怎么追赶也追不上。曹怿回过头来挥挥手说："回去吧。"

高立仁说："你上哪儿——"

曹怿声调不高，高立仁听到耳朵里却异常清晰，他说："我走啦——"

曹怿说罢，便在丛林里消失。

耿兴与高立仁作别。耿兴弯腰走进高立仁营帐。高立仁正端坐在床上，耿兴说："我想了一夜，还是一起留下来吧。我不能在外围，就那么敲皮打鼓地来几下子。"

"敲皮打鼓，不起眼，你看不上。"在此刻，高立仁像往常那样用力吸一口气，"你真不懂还是装不懂，你的担子不那么轻省。"高立仁咳嗽了两声，"你想让这些人都挤在这里挨打。这里不是羊圈……"他憋得脸发青，停下来呼吸，"我算过多次，不多不少，一百七十人足够。"高立仁声音很低，语气却很重，"真让人累心，这还用得着让我给你解释？曹屯经过多年营造，是战略宝地，能攻能守……"

"行行，我知道，我打外围。"耿兴低着头，他摆摆手不让高立仁再多说。

高立仁说："那还在这里等吗，还不快去？"

耿兴低头默默地钻出营帐。高立仁一屁股坐在三足杌子头上，摁着膝盖，把所有力气用在呼吸上。

3. 曹屯之役

高立仁与四营张营长、陈连长和李连长在地道里钻来钻去，每人端着一盏灯，清点武器弹药。一间间地下暗室放满武器弹药和粮食。所储备的武器弹药、粮食和干粮都一一清点，他必须做到心中有数。他从地道上来，在村里选择坚固房屋，当作堡垒，以备巷战。在哪儿埋下地雷阵，哪儿布下投弹手，哪棵高树和屋里设下神枪手，一一设防。通往村外的战壕和地道纵横交错，士兵都可以来往自如。他那样，犹如一个小孩子玩游戏般有兴致。高立仁对士兵们说："到时候了，就是要把这些年的家底抖搂出去，让敌人看看。"这些弹药和武器大部分是从敌人手里缴获。当人们撤离之后，高立仁按部就班，让士兵修筑工事。一切安排妥当，他让士兵休息，他派了哨兵在密林深处放哨。在高屋脊上架起重机枪，在一个大院子里摆上山炮。

接下来，是个死寂之夜。听不见牛驴马叫声，再也听不见鸡啼。可是，高立仁折腾到半夜。他所躺的枕头就像块石头硌脑袋，身下就像在一捆捆玉米秸上。他辗转反侧，才来了睡意。那一刻，枕头柔软了，身下的褥子也平滑。高立仁睡着了，他睡得很沉。他醒来，问问士兵有没有敌人的消息。然后再次睡着。就这样，他一觉一觉睡了很久，敌人还没有到。直到第二天上午，他听到了枪声，接着枪声密集。他便坐起来，蹬上鞋，跑到村口密林察看，他走到一棵榆树下，哨兵从树上跳下来向高立仁敬礼说："报告高副团长，没发现敌人。"

高立仁说："你没有听到枪声？"

哨兵说："听见了，看不见，最少离这里也有十来里地哩。"

高立仁像往常那样，坐在林间看天上惊飞的鸟雀。一群群鸟雀由东向西仓皇而逃，一边逃窜一边惊叫。之后是一些形单影只的鸟雀。这个季节只有雀鸟，再无其他。这些孤独的鸟一蹿一蹿向西而飞，眨眼在天空消失。高立仁想，也许此刻耿兴带领队伍与敌人交火。密集

枪声响了大约一顿饭工夫，接下来是零星枪声，接下来便平息下来。高立仁回到住处，坐在炕上，

张营长、陈连长和李连长，七个排长，都坐在高立仁四周，他说：“吗话别说了，这是死缠乱打的硬仗，不要怕，鼓足精神。”

高立仁拿出一张图纸，在桌子上铺开，他说：“这是族长曹怿老前辈留下的地下通道图。都熟悉一下，别到时候走不出去。这可是个地下迷宫。”

所有人伏在图纸上看了一遍，高立仁说：“都记住，顺这条洞一直往南走，见岔洞右拐，走到头，上去，便是清凉江西岸。”

陈连长说：“这么说这条洞通往西岸？”

高立仁说：“是哩，是曹怿老前辈的设计。这也是秘密。到时候，只要钻进地道，就可以脱身。”

众人都笑出了声。

他说：“都别笑，就是有地道和暗室的武器弹药和食物，也不是万能的。这场战役，也许我们能够活下来。我本来想少留下来一些，现在人数不能再少了。因为这是性命，更要精打细算。”他想吸口气，憋住了，他在那里顿了片刻，喘上了一口，笑着说，“瞧我，已经快不行了，还把你们留在这里当垫背的。我们要胜。我们就像在敌人心里的一颗钉子，就是把他们钉死在这里。”高立仁停顿了下，“话说回来，能参加这场战役，我感到荣幸，早就想痛痛快快地干一场了。”

张营长说：“我也荣幸，这次让他们尝尝曹屯的红薯（地雷）和胡萝卜（手榴弹）。”

李连长说：“我荣幸，给他们结账的时候到了。”

七个排长齐声说：“我荣幸——”

高立仁接着说：“听我说，这是一场苦战。谁也猜不准到底到哪一步。像往常那样，尽力减少伤亡。弹药再多，也要节省着用。就是等敌人近了，再把弹药抛出去，压得他们透不过气。这次不能像往日那样拼，为了省颗子弹和敌人肉搏，我们有足够的武器弹药，就怕用不

完。”他将作战方案布置完毕。当他说罢最后一个字，便听到村口传来枪声，他说：“准备去吧。”说罢，跟了出来，朝东边村口方向走去。

等待很苦，磨性子。一百七十个人等了两天两夜，还见不到敌人的影子。

也许是消息有误，敌人改变了计划。士兵们有些暴躁。高立仁吩咐下去，让士兵沉住气，休息好，以应对来犯之敌。

上午，哨兵来报，耿兴带兵骑马经过树林。下午，耿兴骑马来过一次。高立仁说：“不是让你们离远些吗？”

耿兴说：“多远哩？”

高立仁说：“十里。”

耿兴说：“那么远，到时候连味儿都闻不见，还听不到声儿。”

耿兴再说话，高立仁爱搭不理，他觉得无趣，便打马离开。此刻，已是黄昏。所有士兵进入掩体，准备应战。

冬天，树上没有一片叶子，密集树身遮挡住视线。只能依赖哨兵报告远方敌情。在二百米处，才能发现敌人在树林里晃动。高立仁仿佛听到摩擦的脚步声。就在此刻，一个哨兵跑来，说足有几百个敌兵朝这边开来。

高立早问：“有没有重武器？”

哨兵摇头轻声说：“没有看见大炮。”他想验证，是不是耿兴将敌军重武器敲掉了。之后，便听到枪声和手榴弹爆炸声。高立仁想，这是耿兴与敌人交火。枪声响了一夜，渐渐平息下来。

傍晚，一阵密集枪声和手榴弹爆炸声在不远处传来。又过了会儿，另一个哨兵来报：“前沿与敌人干上了。”

高立仁感到气管即刻顺畅，他笑着对张营长说：“这可来了。准备应战。”

先是一声枪响，稍停片刻，又是一声枪声。少顷，枪声激烈，手榴弹声音出现了。从而，便听出各种武器所发出的声音。高立仁细听敌人的各种武器，猜测有多少人。开始，只是普通战法。试探三次，便试着进攻。敌人进了树林，枪声大作。二十多个日本士兵没有一个逃出树林。树林里，错综复杂的战壕，仿佛每一棵树后都有一位士兵。曹屯四周全是茂密树木，仿佛在这里埋伏着千军万马，所以敌人不敢冒进。僵持。也是消耗精力和力量的时刻。

直到傍晚，有来自远方的枪炮声。高立仁想，是耿兴在打援。高立仁在林地和村子里巡视。寒冷的风打在他身上，在刮割他的肉，剐他的骨头。他迎风走去。高立仁看见敌人在外围点燃篝火。他布下哨兵，一半兵力撤下来休息。倒换着睡眠。当黎明到来，他把士兵唤醒。进入阵地。在黎明，敌人便开始第一次进攻。这次不再是试探，敌军像潮水般涌来。这一次，让敌人尝尝机枪和迫击炮。当敌人距树林三十步，高立仁说："干!"密集的枪声和手榴弹的爆炸声响成一团。

渐渐天亮了，这是敌人的第一次冲锋。敌人那架势，就想一鼓作气拿下曹屯，之后收兵。没想到这么难拿。来得快，退得也快。当然，有小股敌兵甚至进了树林，还进行一次肉搏。这一刻，才知曹屯如此神秘，令他们捉摸不透。

高立仁走了过来，士兵们把脸转向他，相视而笑，仿佛说，可尝见了。或者说，来劲，是那个味儿。

敌人第二次进攻在上午，太阳升至树梢。没有雾，风刮得很紧，扬起尘埃，天气灰蒙蒙。太阳就像个大甜梨似的在天上，仿佛还被蹭破一块皮，还被咬了一口。

在东边有个土岗子，所有敌兵都在土岗子后头。土岗子上长满杂树。偶尔，会探出头。那一刻很静。高立仁在最前线，观察敌兵动静。

张营长说："他们一时半会儿缓不过气，你先去歇会儿。"

高立仁说："不能懈怠，摸不透有多少敌兵，也不知道对方怎样用兵。"

张营长说："有我哩，你还信不过我。"

高立仁说："现在我能休息得了吗?"这一刻，他没有咳嗽，也不憋气没有呼啦声。他也不冷，精神头十足，浑身有使不完的劲儿。张营长给高立仁披了件外衣，顺势摸摸高立仁的手。他的手很热，脸蛋红扑扑。

高立仁话音刚落，便看见敌兵出现了。他们跑了一段距离，距树林四百步，都趴下。遍地敌兵像豆虫毛虫那样爬动。这一次敌兵格外慎重。他们挨了打，吃到苦头，便不敢妄动。

敌兵爬过一块洼地，缓慢地爬行。张营长说："真费劲，连我都想给他们使劲。"

高立仁说："准备。"

敌兵爬到距树林百十步时，高立仁令投弹手投手榴弹。那一刻，手榴弹就像大冰雹从天空落下，扬起高高的爆炸尘土，挟裹着尸块。敌方大乱，有的扭头向后跑，被在后头督战的军官拦在那里，便掉头攻击。此刻，机枪响了，一场乱仗又开始了。只有小股敌兵冲进树林，成不了气候，片刻就被干掉。

外边有些乱。成群结队的敌兵从曹屯南北而过。一会儿是日本士兵，一会儿又是八路军。高立仁想，打乱了，敌人增兵，我们援兵也已经赶到。

高立仁打退敌人二十三次冲锋，还有三次进来一堆堆日本士兵，三次残酷肉搏巷战，最终将敌人赶了出去。

战争惨烈，令人毛骨悚然。

第二天，初四。在停歇间，高立仁下地道，到地下室查看武器弹药，便放下心来。他想，武器弹药少了不少，要是雇人搬也不见得这么快。可见士兵的劳累、辛苦。他从地道上来，告诫士兵，要学会在战役间隙休息。士兵便睡在掩体、树林里、屋子地上、墙头边、战壕里，这些士兵就像农夫那样，一闭眼就能睡。可是，一有风吹草动，便能抖擞精神。

初五，高立仁听到炮声。高立仁想，敌人大部队已至。此刻，敌人大炮已经不能派上用场。援军一层又一层，分不清敌我。但他听到来自远方的枪炮声。时近时远，若有若无。

高立仁到丛林阵地去，他发现了成堆的死鸟：苍鹭。这些鸟不是南飞了吗？高立仁蹲下查看它们身上黑色的凝血。当他接近，一只苍鹭站了起来又倒下，扑棱翅膀。他摸到苍鹭喘气起伏，腹部温热。苍鹭翅下还在流血。高立仁令士兵将其他苍鹭尸体埋掉。他抱着这只苍鹭回到营帐，给苍鹭治疗。苍鹭一条腿被折断，上头沾有铁屑。他想，是弹片击伤的。一只翅膀有一个洞，这是子弹穿透的痕迹。高立仁想，假如剪掉翅膀，翅膀再次长出，不知需要多久。他找到剪刀，又将剪刀丢在一边。他将布穿插在翅间，为它包扎伤口，勒紧。把苍鹭放在他的床上。拿出一块饼子，给它喂食。苍鹭开始啄来啄去，辨识了片刻，便叼起一块，吞咽下去。第三天，苍鹭便能行走，那条腿还瘸着。

第四天，初六。炮声密集，狂轰滥炸。高立仁令队伍从树林撤到村子里，躲进地道，只留哨兵观察。旷野在燃烧，村庄在燃烧，树林在燃烧。

突然静了下来，枪炮声时密时疏，越来越远。黄昏，高立仁见一队八路军骑兵由西向东疾驰而过。高立仁不敢相信自己的眼睛，突然，一个熟悉的身影从他眼前闪过，他叫出了声："二哥！"

高立明勒住马朝他看了一眼，惊喜地叫道："三儿。"

高立仁跑了过去。高立明那张脸像一块炭，膀大腰圆的彪形大汉。高立仁说："二哥，怎么是你？"

"从延安来，带骑兵团到山东，恰巧遇上这次战役。接上级指示前来增援。"高立明说，"三儿，你快走吧。"

"二哥，战役中心就在这儿。"

"在东边，离这里十多里地，那里正在激战。"高立明听到轰轰炮声，举眼朝东方望了一眼，他说，"三儿，你快带着人撤吧，我得赶紧走。"

"二哥，你快去吧，别管我。"高立仁说着，他还跟在高立明身后。

高立明策马离去。高立仁在马后追赶了一百多步，他停下来，望着高立明背影渐远渐小。

之后，高立明一通厮杀。他才得知，曹屯是战役中心。那一天，战场向东移动了十多里。一天后，战役中心再次移回曹屯。高立明打马挥鞭，踏破敌阵，四进四出，再也没有见到高立仁。

第五天，初七。敌兵不敢冒进。曹屯外旷野四处是日本士兵的影子。就这样僵持着。

天阴得很密，黑云低压。有个士兵喊了一声：“下雪了——”

雪花稀疏，大团大团缓慢飘下。喝一碗水工夫，雪一下子密集，雪花小了，变作颗粒。暴雪。对面看不见人。即刻，地上铺了一层厚厚白雪。大雪将一切阻断。高立仁命令士兵在丛林里布下地雷。撤回到村子。张营长在丛林后、村头布下岗哨。士兵在村子里分散开，三五成群，在房屋里头燃起火盆，烤干粮，他们喝到了热水。雪沙沙打着窗纸。这样的雪天，几乎分不清昼与夜。高立仁下令：分发干粮，还分了些许糁子。他们各自烧饭熬粥，将大炕烧热，利用珍贵间隙休息，美美睡上一觉。各自为战，守在屋里。士兵们疲乏，倒在炕上便睡着了。

李连长与六个士兵睡一盘大炕。地雷爆炸声惊醒士兵。士兵爬起来，抓起枪。张连长令他们用雪洗脸，抖擞精神。他跑到大街，听到雪嘎吱作响，这是敌人摸进了村子。面前是一道雪墙。他们在一堵墙后等着。第一个敌兵从雪墙里钻出。扣动扳机。枪一响，就乱了。对面响起密集枪声，他们躲在一堵土墙后面，子弹打到墙上，砰砰作响。这下子全乱了，村子四处枪声，就像过年黎明的鞭炮声。张连长悄声说：“手榴弹！”便都拿出手榴弹，朝着枪响地投去。手榴弹接连爆炸，接下来，整个村子遍地是爆炸声。敌人投过来手雷。枪声戛然而止。在这里只是瞬间停顿。接下来一声枪响，整个村子响起密集枪声。张连长令士兵向后撤。还没撤十几步，张连长跟一个影子撞个满怀。于是，一场巷战、肉搏开始。在大雪迷境里肉搏，就像猜闷儿。

高立仁站在门前，仰望着漫天大雪，脸上透出孩童般的笑脸。他像个孩童那样，伸手接一片片雪花，让雪花在他手里融化。雪沙沙地打在他脸上、身上，他一动不动地站着，端详天象，雪越下越大，不久便没了他的脚踝。他一声咳嗽，引起卫兵注意，把他扶到室内。他将地八仙桌放在炕上，给自己倒了杯热水，便坐到炕上，看着向上升腾的一缕缕热气。

他坐到炕上，一夜没有合眼。地雷炸响，便知敌人已经发动进攻。

高立仁听到一声牛吼，顺着声音，便远远看见一个熟悉的影子，像是高立早骑牛的身影，后边拖着一道白光。高立仁不自主地喊出了声："大哥!"他断定，高立早已经参加到这场战役中来。

那天，高立早确实带着县大队和武工队员参加了这场战役。第一层在最中心，一百七十人；第二层，日本侵略者；第三层，来曹屯的抗日援军；第四层，日本侵略者援军；第五层，耿兴部。就这样重重叠叠。

在这样的雪天，一切都归为雪，一切都融于雪，都变成雪。雪吞没和遮盖所有。敌人士兵像鬼魂那样，从雪里走出。他们穿上雪白衣裳，戴白帽子，蹬白靴子。这样，便给我军带来困难。士兵吃亏不少，但这些身经百战的士兵，心不慌不乱。不久，便有了辨识能力。敌人在哪里出现，都能予以回应。

士兵们也以雪作掩体，将自己埋在雪里。他们竖起耳朵，听到动静，一个雪影过来，士兵便一跃而起，与敌兵搏斗，就这样击溃了敌人一次次的进攻。

早晨，雪停了。大雪屯门。走在雪地上，每一步都很难，雪没了大腿根儿，甚至齐腰。一阵阵炮声仿佛响在耳边，炮弹密集地落在掩体上，他们不得不躲到地道里去。炮声一停，他们从地道里钻出，大街上和胡同里全都是敌人。地雷阵不管用，丢手榴弹也不管用。巷战就在这个早晨开始。脚下的雪很滑，并发出吱呀声。敌人越聚越多，与敌人拼死一战，是他们的决心。就像在梦魇里击打。噩梦在向生命深处延伸。高立仁拿着两把手枪，蹲在一间屋子里。有两个士兵护卫他。雪屯门，门打不开。从门缝看，天空全都是灰暗颗粒，树枝摇动，发出嘎吱声。高立仁此刻在思考一个突破路径。这个雪天，谁都不可超越。朝着预设路径，还须循序渐进。在雪里厮杀的士兵，喑哑喊声被沉重天空折回到大地，埋进雪里，毫无声息。三个人用力推门，将门推开一道缝隙，伸出手将雪扒到室内。门缓慢地打开。高立仁叫士兵铲雪。两个士兵铲着铲着，突然扔掉铁锹，惊叫着跑进屋子。

高立仁说："害怕吗?"

一个士兵说："不是雪，全都是尸体。"

另一个士兵说："铲不动，真铲不动。"

高立仁走出去，他挥锹铲了下，反弹之力将他的手震麻。他感觉所铲到的就像硬硬的枣核。他蹲下去，摸了一把，那是一具尸体。高立仁扒开雪，这是一个叫周根四的士兵，与另外一个尸体紧紧地抱在一起，还保持着搏斗的姿势。他们没有战到最后，就被冻死在雪里。

高立仁伸出的手，在尸体上粘住，他用力拽拽不开。要不是一个士兵拿来火把，将冰烤化，高立仁也将冻死在雪里。可怕的雪，可怕的低温。这么冷的天气。村外还响起零星炮声，炮弹落在雪里，即刻悄无声息。就是在这样的时刻，高立仁保持冷静。这场战役是个梦魇，无休止的噩梦在持续。都发疯了，日本侵略者这群疯子，老天爷也被逼疯了。这是老天爷最后的招数。绝招，妙招。这一招过后，老天爷也将无计可施。

大雪，击退敌人围攻。那天，雪使战争沉寂，严寒将一切凝冻。这样，高立仁和士兵被雪围困住，攻进来的敌兵也被围困住。

士兵抱来劈柴，在一个破锅里点燃。劈柴燃起，高立仁咳嗽了一声。此刻，一个士兵来报，敌人被击退。

高立仁朝门外看了一眼，虽然天空黑云重压，透不过气。但他还能在空气中，看见点点暮色，在灰暗的颗粒中哭泣。他便知此刻是傍晚时分。就这样厮杀到傍晚，才将敌人击退。

此刻，不远处还不时传来密集的枪声。在枪声与枪声间歇，寂静，是对人灵魂的压榨。高立仁以整个生命来呼吸。就是这样，他也吸不进一口。空气也被凝冻住了，他听到来自四周士兵的吭哧声，他们也在艰难喘息。空气被隔开了，高立仁举起拳头，朝着空气击打。一次、两次、三次……犹如一层硬冰那样牢固。他被冰封住了，士兵被冰封住了。可是，他听到脚步声，一个士兵走进屋子，他感觉到一股子凉气像恶鬼一样扑来。恶鬼般的气体不可能用作呼吸。就是这样，他还在冷静思考。当士兵走到他面前，他便抬起头来，微笑着与士兵说话。他想，没有空气不过是一个假象，寒冷不过是一个假象，冰冻也是个假象，就像铁匠将一块铁放置在铁砧上，用锤头敲掉一层层铁皮，火星四溅；就像农夫紧握锄头，将土层划破；就像农妇拿起舀子，敲掉最上面的冰，哐当之声击破黑夜，带来黎明。取水烧早饭，让锅里飞出沸水的气息，让锅里飞出棒子面香气。

可是，他必须支撑住身子，呼吸完最后一口气。他的身子在飘，摇摇晃晃。他把握不住，随时都会倒下，再也爬不起来。可是，他还能站立，还能与士兵在一起。他身边放着一把枪，他随时都可以拿起手枪，跑到战场上去。就像一开始那样，骑马驰骋纵横，是那样随心得意。如今被身体所累，同样，也在锈蚀他的精神思想。他感觉非常疲乏。一夜夜与空气对垒，他想获取空气，他得到的却只有点滴。过去，他以为空气没有止境，空气跟他在一起，就像亲姊热妹。如今，却这样吝啬冰冷。他一次次祈求，上苍给他一口，哪怕一口透亮的空气。就像雨后旷野里，悬浮在开遍花朵的草地上的空气，还裹着细密水珠颗粒。只要张嘴，只要吸，空气就会流淌进肺腑。

他不知是否该对耿兴隐瞒病情，也不敢确定，他的病情已经恶化，一点点吞噬他的肌体。他感觉疾病对他的压迫越来越重。他不敢确定，能否坚持到最后，但他决定，他要坚持到最后。就是上苍再不给他一口气，他也要坚持下去。直到倒下去，再也爬不起来。

现在没有药了，留到最后的草药也被他嚼尽。现在，他不再依赖药活着，也不依赖食物。从前天，他吃过的那块干粮——一块棒子饼子，现在还在胃里。他后悔吃。就是那块饼子堵在那里，他才吸不进气。要是现在钻进地道里去，那里有温润空气，温度也适宜。现在要是撤退，掀开地道口，就可以爬出去。那样，可以得到药，可以支配他呼吸。可是他不能去，他就是要告诉士兵：他无处不在。

如今，他不能像只冬眠兔子那样趴在洞中苟活。他要走出去，他要站到雪地上去，站到最高处，顶住黑云重压。举起刺刀，刺穿挑破乌云，让景州大地重见天日。他站了起来，身子有些摇晃，但他不头晕。他扒开雪，扒开尸首，与士兵一起朝最前沿走去。他看见雪中一张张生动脸孔。他们活着，他们跑过来迎接他。

清点过了，一一报上数字。伤亡惨重，两个排长一个连长阵亡，张营长也受伤。剩余战斗力不到三分之一。也就是说，现在，他们还不到六十人。

高立仁感到阵阵心痛，他冷静下来，让士兵利用这个间隙加固工事，布雷设防。他清楚，要是没有雪，现在村子已经被夷为平地，千疮百孔，残垣断壁，惨不忍睹。现在，一切都被雪埋没。当敌人袭来，士兵与敌兵搏斗，高立仁便看见雪地上升起高高的白色火头，他与士兵被冰雪冶炼。温度和亮度展露出不曾有的虚幻。这种情景萦绕在头脑，那一刻，也变得狂热和急切。他们渴望得胜，却不得脱身。所有的景象都写下了这两个字：不屈。

高立仁再次睁开眼睛，他看见屋子里的昏黄灯光，再一次燃烧着希望。这是在地下暗屋，一切都那么寂静。偶尔，屋顶上土哗啦而落。他仿佛听到在上方的铁蹄，在雪中践踏。从某些洞孔和缝隙，还能传来枪炮声和爆炸声。他挣扎着坐起，朝着洞口走去。此刻，一个士兵拦住了他："高副团长，你不能去。"

又上来一个士兵说："你不能去。"

又上来一个士兵说："别去了，高副团长，你病得可不轻。"

他对士兵发出质疑，我怎么会在这里，你们怎么会在这里？

一个士兵说：“没有药了，再也没有药了。”

高立仁听到沮丧的声音，他说：“我现在用不着吃药，我能够喘气儿。”说着，高立仁吸气。他没吸进，迎来的是一阵剧烈咳嗽。当咳嗽过后，他拍拍身边士兵肩膀说：“真闷得慌哩。”

一共十一个士兵，一个少了双手和一条胳膊，一个断了双腿，一个头被纱布裹个结实。其他都倒在地上，他们在痛苦地煎熬，都沉默无声。高立仁似乎听到了那些伤口的喊叫，还在向外滴血。

高立仁绕开伤兵，沿着长洞一步步朝外摸索。他在这里，就变成一个怯懦的兔子，假如他能上去，到外边去，他就能变成一个勇敢的不屈的兔子。越往上越激烈，越往上越浑浊。他用力喘了口气，拍拍胸脯擂了下，他暗暗祈求：老天爷，再给我一些……

此刻，他的喉咙被卡住，再也吐不出一个字。他的意识很清楚，他所需的，就是一点儿空气。在此刻，假如能够给他空气，他能够顺畅地将空气吸进肚子里，那还有什么可怕的呢？哪怕是死，下地狱他也不怕。就是这样，他沿着镢头刨出的洞梯艰难向上，从洞里爬出。

他上来了，并且看见遍地厚雪，此一刻与彼一刻没有一丝改变，没有太阳，没有风，看不见天空，厚厚黑云层，大地被凝冻住了。高立仁踏了上去。他仿佛在云上，他的头有些晕，他还是稳住一步步向前，脚下发出刺耳的吱呀声。都死了吗？他向上艰难攀缘，每一步都有倒下去的危险。他在飘，身子很轻。假如他一用力，是就能飞起来的那种感觉。幸亏没有风，假如一阵风袭来，高立仁就像谷草那样被折断。要是谷草也是活着的谷草，要是叶子也是活着的叶子，可是，一棵谷草、一片叶子在这样恶劣天气怎样生存下去呢？他想抓一把雪，却摸到了硬硬的一只胳膊。雪，就像这些身体的衣衫。他顺着这条胳膊摸下去，他摸到了胸膛和头颅。这个身体动了，埋伏在雪里的士兵。他一路走一路抚摩，接下来，整个大地站立起来，朝前运动。脚步声越来越响，踏破厚雪，接下来，不知谁发出了一声压抑很久的声音。

那声音像雷声，像炮声，像牛吼马嘶……接下来，大地便燃烧起来。白色火光与天空黑云搏击。

天空回应，一场暴雪到来。暴雪，是被大地之火点燃黑云燃烧之后的派生物。在暴雪中，士兵们拼死搏斗。假如大地之火强劲，假如有足够火焰，就能将天空撕裂开一道缝隙。那么，高立仁就能透一口气，他就能吸到空气。高立仁想：就一口，我只要一口，就能坚持到最后。就是这样，高立仁还是将手伸向雪，不间断地抚摩，以唤醒更多士兵。这是一场英灵与魔鬼之战。炮声和枪声不断，不再停息，时远时近，就像个影子般移来移去。

就这样，一天复一天，打得天昏地暗，一切尚不明确，一切都不清明，一切都归于混乱，难见分晓。不知哪一刻，身处何处。地上雪在堆积，越来越高。漫天大雪纷纷不止。此刻，他得到让他撤退的命令，是耿兴派人传来的消息。是啊，假如退一步，从地道里逃走，那么，他就能得到空气和药。

他对张营长说：“你先走，带着兵和伤员。”

张营长说：“不，我们一块儿走。”

高立仁说：“快准备吧！”

张营长说：“你不走我也不走。”

高立仁笑笑：“听我的，你们先走，我随后就来。”

张营长疑惑地看了高立仁一眼，便随着士兵们钻进地道。

第十章

1. 和平春天

高立仁走在雪地上。他走遍曹屯废墟，寻找遗落的士兵。他不能丢下一个士兵。大雪覆盖了残垣断壁，在雪地上留下斑斑驳驳的色块，还留有往日烟熏气息。高立仁发现雪在动。他蹲下去，摸到了雪的温热和柔软，他捏到了骨头。他抓紧，一拽，便拽出一个士兵，他说："醒醒、醒醒！"他拍拍那张沾满雪的脸。这个士兵睁开眼睛，他叫了一声："高副团长。"士兵眼睛迷惘而虚幻。高立仁用力拍他的脸。拍了两下，便看见士兵眼里透出光亮。就像深夜推开一扇门，屋里头点亮着灯盏。士兵站了起来，他手里还抓着一杆枪。

"走吧。"高立仁说。

他说："高副团长，仗打完了？"

"结束了。"高立仁用尽所有气力说这句话，之后他用力吸气。他这么说，连他自己也以为结束了。很久没有听到枪炮声，雪地一片寂静。上一刻大脑空白，仿佛什么都没有发生，也没有战争。下一刻，当他看见士兵那张窄小的脸，像被冻干的树皮皱皱巴巴。他再一次回到残酷现实。高立仁与这个士兵走在雪地上，他依然不时地蹲下在雪上扒拉着，一个士兵，又一个士兵。这两个士兵被扶起，却戳不住个儿。高立仁没有放弃，直戳到这两个士兵能够站立和行走。他们四个相互搀扶着朝前走。就在此刻，一个身影走了过来。他们停下来，等这个人走近，是李连长。高立仁说："你怎么还没走？"

李连长说："我找遍了，找不到出口。"

高立仁说："我带你去。"在废墟上，他们寻找一条通道，一扇门。李连长走在前边。高立仁他们悄悄地在雪地上走着，滑出溜的雪地上厚厚一层雪。将左腿拔起，向前迈。再拔右腿，就这样一步步艰难行走。

茂密树林的树干都烧成黑炭，一些树被断开，或被劈成两半，朝着两边倾斜。他被绊了下，往前趔趄两步，便摔倒在雪里。

稍顿，他听见不远处，二十几多丈远有人。他断定那便是敌人埋伏在雪中。他蹲在地上，察看动静。等了片刻，没有动静，他们悄悄走近。见是一堆尸体，坐着的、跪着的、躺着的各种姿势都有。高立仁想，他们是被打死的，还是被冻死的？再往前望去，还有成群成堆的人。他们躲到一堵还没有倒下来的墙后观察动静。在此刻，高立仁突然吸到一口气，他定神而窥，这是哪儿，清新空气来自何处？只一口，就像高立仁所祈求，只一口，只一口，他吸到了。高立仁得到了这口清新空气，犹如吃一枚鲜桃子那样，他咂摸这一口气，在嘴里咀嚼，让嘴里鲜汁四溅。就是这一刻，他不只是感觉到思想存在，还感觉到了自己的灵魂。然后，他与一个士兵打了个照面，之后，便擦肩而过。高立仁转过身去，拽住一个衣襟。他感觉抓到后，这个士兵便化为雪。他再去拽下一个，也化成雪。片刻后，更多士兵朝这边走来。

高立仁说："都跟我来。"

李连长也去拦士兵。这些士兵一旦接触到李连长，也化成雪。高立仁愣住了，他看见一道道柔光缓缓朝他移动，随之一闪，进入他身体。这一刻，他感觉到了其中的吻合，多么妥帖。他身上顿生无穷力量。他挺直身子，挥动手臂，就像挥动一面旗帜。他用尽所有力气挥动。在他的挥动中，他感觉雪地融化，种子和卵都将被唤醒。他发现在雪地上一截长满叶子的柳枝，那么鲜嫩。他蹲下去，摸到柳枝，便感觉到这截柳枝带来的温度，一下子传遍全身。这一刻，从没有过的舒适、柔软和温暖朝他袭来。在柳枝下面，一截粗树干被埋在雪中。他扒拉了几下，露出树墩，树墩上方，已经被战火烧焦。下面接近地面的部分，却还活着。在雪中，又找到两个受伤士兵。三个士兵和李连长扶着伤兵往前行。这两个受伤士兵都处在昏迷状态。高立仁令士兵抬着受伤士兵朝前走去，在一堵还没有倒下的山墙前停下。他指了指，对李连长说："就是这儿，没错。"

李连长疑惑不解地看着高立仁，还是点点头。高立仁后边，三个士兵抬着两个受伤的士兵。他们机警地看着敌人阵地。高立仁在山墙下扒雪，山墙渐渐显露，他对李连长说："推开。"李连长疑惑地看了高立仁，用肩去扛那堵墙，好像要将那堵墙扛起。三个士兵也跟了上来，一起扛这堵墙。听到咯噔一声，一个土门被推开，李连长说："开了。"

高立仁说："进去吧。"

士兵和李连长把受伤士兵拖进地道。高立仁还拉着一个伤兵的手。此刻，高立仁便看出玄机，墙后边是另外一个境地。明亮，温暖，辽阔。那里是大地的另一个层面，一望无际，布满树林和草地，那一簇簇茂密枝叶，那些旺盛草丛，且开遍鲜花。

就在此刻，密集枪炮声再次响起。一颗炮弹落下。高立仁的手与伤兵的手脱离，他倒下了。当他睁开眼睛，他发现自己下半身被埋在雪里。他已经不在意呼吸了，他不知道自己是否还可以呼吸。那堵墙竖在那里，土坯门已经关闭。他听到墙那边士兵呼喊他的声音。他想推开，却不能动。他上不来气，被憋得再次昏厥。高立仁再次醒来，没有憋住，咳嗽两声，被两个日本士兵听到咳嗽声，掉转过来。他们发现高立仁，摸了摸高立仁还活着。日本士兵把他丢到一辆卡车上。他听到一个伪军说："走到景州城，他要是还活着，算他命大。"

另一个声音说："扔掉算了。"

一个日本士兵用汉语说："把他带回去。"说着将一件棉大衣盖到他身上。当他再次醒来，已经在景州城地下室大牢。

高立仁没想到，他距和平只有一墙之隔。墙后通往另一个境地，通向和平春天。当然，只要他伸出手，将门打开，就能看见开遍花朵的旷野，就能看见春意盎然的树林，看见那些笑脸。就在此刻，他完全镇静下来，门已经关闭，就不能打开。那么他就在此，守候和平之门。他举起枪，瞄准敌人，朝敌人射击。就在此刻，一颗炮弹飞来，落在他身边，墙轰隆倒下，他便失去知觉。

高立仁看见一个熟悉的身影，与他擦肩而过，将他差一点儿蹭倒。他回头望去，这是日本士兵。这样雪天，就像一块冰，他被冻在冰里。等冰消融，他才能重见天日。他在雪地上不停地行走，还在寻找那堵墙。他睁开眼，意识到刚才那个身影便是他自己。他梦想那堵墙后头，要是能走进去，他便能呼吸到布满花叶气息的清新空气。那堵墙倒了，是敌人把它炸倒的。就是这样，他还在思考，肯定有一个方法，通达春天和平之境。

昏迷中他看见高李氏站在院子南边布满畦埂的菜地。靠边是两畦黄瓜，挨东墙支起的木棍上爬满扁豆秧，扁豆开一串紫色的花。在院子中间种茄子、茴香、莙荙菜、蒿子菜和生菜。靠近北房上方架起一丈多高的木架，上头爬满葡萄藤和吊瓜秧。高李氏站在菜畦里，专心缝一件白衬衫。还没缝成的衬衫就像一大朵白色的花。针凑得很近。她的脸舒展，眼睛眯着，阳光太强烈，有些刺眼。高立仁从屋里走出，朝高李氏走去，身子显然有些摇晃。

高李氏说：“你好了吗？怎么出来了？”

高立仁没吭声，直奔高李氏，越走越快，投入她怀抱的那一刻，他闻见了，那些叶子，那些花朵。阳光照得他也眯上眼。高李氏抱起他，他感觉温暖舒适，高李氏说：“你好了？”

他还是没吱声，只是眯着眼笑，他感觉昏昏然，似睡非睡，似梦非梦。他鼻子里、嘴上、耳朵里，全都是阳光和花朵。

就在此刻，他的意识再次回归，他感觉身下支支棱棱，将他的身体架起。就像小时候在家，睡在干树枝垛上。也像在场院里，睡在谷捆垛上。望着天空密集的星星。意识越来越清晰，他完全醒了，憋不住咳嗽了几声。就在此刻，他听到脚步声，他睁开眼睛，便看见四个日本士兵走了过来，将他扶起，拖着他，朝着纵深雪地走去。他被放在一辆马车上，马车动了。他感觉马车并不是朝前走，而是后退，而且速度很快，他还听到马蹄踏在雪上发出沉重的嘭咚声。不久，他看见了城门楼子，接着进入一条街道。他看见了景州塔，并听到了开福寺的钟声。在此刻，他才看清，拉这辆马车的是两个人，而不是两匹马。驾辕的是一个高大的壮汉。他在大街上还看见三辆大车，大车都是人拉。在拉车人脖子上，还系有铃铛。他的意识开始明朗了，景州城到了。可眼前的景州城已经不同往常。街两旁的建筑奇形怪状，呈现灰黑色。大街上没有行人，也没有鸡狗。所有的一切都立在那儿，一动不动，犹如雕像。就在此刻，他看见一个布铺前，一个日本士兵在击打一个雕像，雕像发出铁石沉闷的声音。雕像一动不动地立在那儿，日本士兵打得不耐烦，举起枪，扣动扳机，枪响了，那个雕像的血像喷泉那样涌出。高立仁猛然坐起，被两个日本士兵压倒。他再坐起，再次被压倒，就这样反复四次。高立仁还是撑起头看。大车拐进一扇门，这情景还没有消失。大车在一个院子里停下，高立仁认出来，这是教堂的院子。一进院子，高立仁感觉自己也变作雕像。眼前情景有些模糊，片刻后，他就像雕像那样，被竖立起来。他听到一个怪声怪气的人对他发出询问。就在此刻，他看见几个日本士兵追赶着一群雕像朝前走去。那些脚使大地发出震颤，且发出沉闷之声。就在此刻，高立仁挨了两棍子，他被赶进雕像队伍，成为其中一员。从而，他听到那些喉咙发出喑哑声，低沉而悠远。高立仁也张开嘴巴，他的喉咙里也发出同样的声音。这群雕像被一一推进一间黑屋子。

这里有个带玻璃罩的油灯，足以照亮屋子。一张桌子，桌子后面坐着一个人，在这个人身后站着两个日本士兵。屋子周围贴墙站满日本士兵。高立仁记起，他幼时睡在炕上，一觉醒来，天刚亮。他便看见墙上烟熏火燎留下的那些形状各异的人身和嘴脸的图案。挨到高立仁，高立仁被推到那张桌子前。这间屋子，比雪地还要恶劣，他呼吸不到一丝新鲜空气。他腹部憋坏了，发出咕咕声响，声音从喉咙发出，此刻贴在墙上那些日本士兵模样的形体动了，并发出讥嘲之声。在桌子后头审讯官问一句，高立仁喉咙便咕咕一声。不知审问了多久，也记不清问了些什么，也不知他喉咙咕咕多久，他挨了两棍子，将他往审讯室外拖。日本士兵那两棍子击打得并不重，可是他身子一摇晃便倒在地上，他便昏了过去。当他再睁开眼睛，在一间白色的屋子，他盖着白色被子，床单、窗帘，还有进进出出的人都穿着白衣。高立仁想，他们误以为他死了，在给他举行葬礼。他想告诉这些人，他还活着。他是活着的，虽然透不出一丝气息，他神志清醒。他听见一个嘴巴说："他患有严重的肺结核。"

另一个日本军官模样的说："别治了，不值，扔了算了。"

一个医生说："给点儿药。"

高立仁的被子被撩开，他感觉到刺痛，针扎了进去，有些痛痒，高立仁不吱声。痛痒过后，他便能喘过气来了。

他见一个留小胡子矮个子说："他病得很重，要是不给药，活不了多久。"

他们在争论：

"让他死吧！"

"留着吧！"

…………

高立仁再次听到开福寺的钟声。此刻，他好像在景州城大街上信马由缰穿过。太阳明亮，街边大槐树花朵盛放，就像一团团棉朵。香气溢满大街。树四周蜜蜂、黄蜂和马蜂嗡嗡叫，那些蝴蝶也在花间舞蹈凑热闹。大街上簇拥着人群，咯咯嚷嚷，都松下心来，露出笑颜。所有的神情都透着和平自由神情，就像一头驴一匹马，身上绳套、枷锁、笼嘴、嚼子都一一去掉，感受着被解脱的松快之感。

曹屯第一声枪响，到最后枪声停止，一共打了七天。这七天，双方都有军队增援。这个战场越铺越大，一层馅儿一层皮，一匝一匝又一匝。就这样里三层外三层，那仗就打乱了。不时东移，或者西移。最终还是回归到曹屯。高立仁被包裹在最里头，外围的人，谁都不知里头这层包的什么馅儿。开始，耿兴一直在外围，到后来，全乱了，连耿兴也被裹挟到里头，他也不知置身何处，也就懵头懵脑地打。也就是说，这个战场场面之大，已经向外扩展了十几里，到处是枪炮声和炸弹声。耿兴也只能东拼西打。他还想呢，要是这样，还不如留在曹屯。

那天，曹屯方圆十几里，战火燃烧不止，枪炮声不断。这场战役，没有谁知道根底。那一刻，就像下赌注一样。把家底都押到这场战役上。把命都押在战场上。

雪，是雪，全是雪。没有任何参照物。这片土地沉寂下来。都睡着了，都被葬送了。高立明几次打马经过这片大地寻找高立仁，但就连曹屯村都找不到。高立早骑牛来寻高立仁，也没有找见。他踏遍这块土地，也没找到曹屯。别说高氏兄弟，就是耿兴也没有找到曹屯。

关于曹屯，待到春天到来，冰雪融化，他们才见到曹屯废墟，成堆的尸体，被烧毁树木的树墩密匝匝地摆开。

2. 他是谁？

曹屯之役前一个月，高立仁感觉自己病重。耿兴为他请过几位名医，得出结论：只要安生静养，待到第二年开春，就有病愈可能。他以为以他的智慧，能够斗得了病魔。以前每一次，他都将疾病击溃。可这一次，疾病是有预谋的反扑，来势汹汹。所以，高立仁意识到，他已经病入膏肓。

前一刻，士兵拉着他的手，他将拉进那扇土坯门。后一刻，不知来自哪的一种力量，使他的手与士兵分开。要不是敌人那一炮，也许他就能看见和平。很多人都走了，他们都能看见。他欣慰。

高立仁躺在一间坐满人的牢房里，他被叫喊声惊醒。他睁开眼，侧耳听，叫声悲苦凄惨，像把刀子一样，在心上一剜一剜。还有其他叫喊声，还有大笑声，叫人起一身鸡皮疙瘩。起了也就带着，那么厚厚一层，与肉皮融合。那声音是对牢狱、时间、黑暗、死亡的惧怕。在同一个牢房里还有三个人挤在一起：一位六十多岁的长者，留山羊胡，小眼睛小鼻子小嘴，可怜巴巴的样子，带着一股子怨气，坐在那里一直叹息；一个三十多岁的年轻人，中等个子，白净一张脸，左眼下长一颗黑豆般的痣；一名四十多岁的壮汉，宽脸阔背，看上去挺凶，他已经受过刑，被打得满身是伤，夹袄、裤子和鞋上都是血迹。山羊胡子长者是个补锅匠，他说他手头还有三个锅没补上，就被抓来了。他可一辈子没有失信过。那个白脸说他的猪还没有喂。那个凶汉说，他正宰羊，还没宰完，两个日本人进了家门，就抢羊。他手里拿着刀子，把两个日本士兵给捅了。那个白脸年轻人问高立仁："你叫吗？"高立仁那一刻憋得上不来气，所有精力都用在呼一口气上。他没有回答，其他两名不再自找没趣，没有问他。可是，从眼睛里看出来他们的疑问：他是谁？他们低声议论、猜测。从他穿着、他的个头来说，可以断定他是个军人。从他那张娃娃脸，那个病身子，便打消前边的断定，这怎么可能，他怎么会？他是个要饭的花子，他穿的一身军衣，说不定是从哪个尸体上扒下来的呢。偶尔，看守从过道里走过。他们已经习惯看守在眼皮子底下逛来逛去。就他身上军衣，可以断定，他是个兵，况且他是在曹屯战场上带回来的，日本人不会忘记。

从第一天起，日本人就带一些人一次次辨认高立仁是谁。日本人问："他是谁？"一个个都摇头不知。他是第一个从曹屯之役中俘获的八路军，所以日本人非常珍惜，想要得知曹屯发生了什么，有多少士兵，是怎样一支队伍。高立仁那张娃娃脸，又疾病缠身——这么个不起眼的少年，一个呼啦腔子。引起敌人注意的是，高立仁是唯一的俘虏。小野在审讯室里审问高立仁，问什么，高立仁只有这两个词：不知道，闹不清。他在牢里，并没有引起敌人的重视。偶尔，会有医生来，给高立仁吃上几片药，或者打上一针。高立仁知道，进了地下室大牢，很少有人活着出去。第三天，高立仁看见一张熟悉的面孔。这个人便是刘修三。高立仁快要认不出眼前这个人。他穿一身滑出溜绸缎棉衣，一件狐狸皮坎肩。滚圆滚圆，就像个刺猬缩成个刺球，滚到高立仁面前。他探出头仔细打量。他看着高立仁有些面熟。高立仁认出这个人便是刘修三。刘修三皮笑肉不笑，从头到脚将高立仁看了一遍又一遍。摇头，又点头，又摇头，又点头。在一边，站着一个日本军官，高立仁见到他只有一条胳膊，便知他是小野。那条胳膊还是小野初到景州城，被他们炸掉的。小野叫来二十多个人来辨认，那些人都说不认识。就是县长崔成都前去辨认，点点头，又摇摇头。最后，又把刘修三叫来，刘修三在高立仁面前站了许久，他说："是他，他是高家老三。"

刘修三确认他就是大名鼎鼎的高立仁，便由宪兵队司令小野亲自审讯。小野软硬兼施，不只动用了各种刑具，还用权力钱财名利引诱。小野还承诺，将高立仁送往日本国治病。军医诊断高立仁患有严重肺结核病。这种痨病，在当时属不医之症。小野感知，用怎样的方法也不能让高立仁开口，便决定把高立仁带到城西周亚夫墓南活埋。一同受刑的还有四个人，一共挖了四个坑。第一个受刑人被推搡到坑前。这个人哆嗦如筛糠，嘴里流着口水。这个人的脸和身形扭曲，刚才在大车上，高立仁与这个人对面而坐。这个人一双大眼，一个挺拔高鼻子，尖下巴颏儿，一张三角脸，五十岁样子，还算秀气。一路上，眼睛一睁一闭，就流出大滴泪水。日本士兵将他往土坑里推的一刻，他一把上去抱住一日本士兵脚。日本士兵用力甩了两下，没有甩掉，就用枪托砸，还不顶用。况且受刑人张开嘴，咬住日本士兵脚面。就像啃一块生红薯。高立仁猜测不出这个受刑人是求生欲作祟，还是想临死找个垫背的。在一边的几个日本士兵见状，发出像狼嚎般的大笑。接下来，两个日本士兵，将受刑人与日本士兵分开，吭哧一声推进土坑。受刑人还扒着坑沿往上爬。三个士兵一起下手，用枪托砸，用刺刀挑。直到那人再没有半点儿还手之力。几个被雇用的民工便挥锨埋受刑人。高立仁感知其惨状真实存在：受刑人被埋时，脸色变幻，直埋到脖颈，脸色已经变成土色，但手还不住在挠抓。最初并不顺当，每埋一锨，受刑人就会从土里爬出来。几个民工一脸恐惧地埋着，脸色煞是难看。还有一个民工举起铁锨冲受刑人头部铲了一锨，把受刑人铲蒙，才顺当些。埋着埋着，受刑人醒过来，再次从土里钻出。他已经无力爬上土坑。此刻，几个民工加快掘土速度。第一个被埋掉后，抡到第二个。第二个是张白圆脸，小眼睛小鼻子，一把抓住一个日本士兵，哭喊着说："不行哩，这不合适。"一边的日本士兵，一枪托砸在受刑人头上，受刑人便昏死过去。几个民工趁受刑人昏死过去，就将他埋了。第三个是一条敦敦实实壮汉，大约四十岁。一个日本士兵头歪动了一下，示意说，该他了。这个壮汉二话没说，便走过去，跳进土坑，等着活埋。高立仁做好准备，轮到他那一刻，他就像这个壮汉那样，悲壮地跳到土坑里去。

到时候了，轮到高立仁，他没有等到日本士兵发出指令，便朝最后等在那里的土坑走去。就在此刻，一个日本兵跑过来，一杆枪横在他前边。之后，日本士兵推搡他，再次坐上大车回城。高立仁此刻便知，日本人杀鸡给猴看这样的把戏没能奏效。

高立仁再次被推到地下室牢狱。他坐在地上。高窗透过一线光亮。他从脖子上摘下铜鱼，在眼前晃荡着。铜鱼的影子就像在水里游动。在光亮下他看身上密密麻麻的伤口，都已经结痂，大小厚薄不一。每个痂都与肉紧紧地连在一起，并且有些痂连着骨头。他轻轻触摸一个个痂。他想，这些终将会成熟，会脱落掉。就像蝉蜕皮那样。他记得孩童时在树林里，发现一只蝉蜕皮，他帮这只蝉蜕皮，把蝉剥了出来。这只蝉不只是翅膀再不得伸展，整个身子也歪歪瘪棱。他见到此状，心里很不是滋味。也就是自那一天，他再见到蝉蜕皮就躲开，不打扰，让蝉用心蜕皮。当一个人痂痕累累，也将完成一次蜕皮过程，需要耐心等，要是没有耐性，揭去痂，血就滴淌。果真，没有等到他蜕皮，两天后，他再次坐上大车。他被带到周亚夫墓前，被活埋。他做到了，就像那个壮汉那样，视死如归，大步走到土坑前，像幼时玩游戏那样跳了进去。时间很漫长。耿兴到哪儿去了？那个五大三粗的汉子，他肯定去曹屯找他。在这样雪天，不会有人找到曹屯。再说曹屯已万劫不复。

小野疑惑，是他吗？这个高立仁，这么个少年，就是令他们闻风丧胆的对手。高立仁说话有气无力，目光并不锐利，也没有敌意，说话还像个小妮子的声音般尖细。小野感叹，一个少年，战神，真乃神童，世界军事史上的奇才。

小野开始有两个妄念：其一，他想让高立仁屈服；其二，得到高立仁兵法，为他所用。天主教堂经过敌机轰炸，已经被炸毁，最高的十字尖顶也已折断。高立仁被关押在景州城天主教堂地下室。地下室每个牢房都铺了秸秆和谷草，吃喝拉撒都在这个牢房。从进来这间牢房，除了审讯和动刑，再也不可能离开。没有水喝，一日三餐三碗稀粥，里头有数粒米。阴暗潮湿地下室，不时传来高立仁的咳嗽声。

在地下审讯室，敌人引诱，审问，动用种种酷刑，高立仁脸上都带着浅显笑容。到了儿，日本侵略者也猜不透，他的笑容所富含的蕴意。敌人害怕夜长梦多，决定尽快处决高立仁。

刑具，令高立仁昏死过去，被拖到牢室。这次把他关到独立狱室。他醒来，他嘴里很干，嘴唇干裂般疼痛。他忍着不出声。他的咳嗽声并不大，却使他浑身胀裂般剧痛，痛得恶心。

他看到牢室屋顶上有一小团白光。顺着光看去，在南边有一个半尺见方小洞，那也算个窗子。高立仁想，这团光是怎样折射到屋顶上的呢？他站起来，朝上伸手三次，身戴脚镣手铐沉重，哗啦作响，他不能举得更高，看一眼那光是怎样照到屋顶。高立仁想，也许在砌泥墙时，混进一块白色瓷片，这块白色瓷片将阳光折射到屋顶。对高立仁来说，这一团光多么珍贵，不可以买卖，不可以兑换。这是他入狱以来，所见到的一丝光亮。就是在地下室狱所，他似乎能感觉到泥土温润和来自外边的气息。他头脑里出现父母身影。他闭上眼睛，他们的面孔就在眼前。当他睁开眼睛时，他们的身影便消失。尤其是他母亲高李氏那张脸，离得那么近，差一点儿就贴到他脸上。霎时，他心里热乎乎的。往日，他在母亲身边，他或许还躺在热乎乎被窝里刚刚醒来，伸一伸腿便踹到柔软被子。屋门外，高李氏在灶前忙着烧饭，传来咕嗒咕嗒风箱声。此刻，炊烟蹿进屋子，就像蛇贴着墙爬行，缓缓接近他。他听到娘说："三儿，醒了。"他转过脸，便看见那张笑脸，"来，先把这碗水喝了。"刚烧开的水，很热。他接过来，放到炕沿上。此刻，太阳将升起，从窗纸破洞孔透过来红色的阳光。他意识里在起炕，可是起了很久，也没有起来。接下来还闻见棒子粥香气，使他进入幻觉。黄色的粥与朝晖掺杂在一起的那种香气。透过窗子破洞，枣树静寂。接下来，一阵风掠过枣树。接下来，鸡咯咯叫，羊也叫，猪也叫，牛驴也吼，此起彼伏。高李氏进屋来了，她的笑容，一直是。她坐到炕边，划拉他的头发。他记起来了。要是在寒冬腊月，在睡觉前，高李氏将炭灰里烧热的砖包上一块布，放到他被窝里。那块砖出溜来出溜去，凉了暖暖了凉。还没出溜到脚头他便入梦。直到第二天醒来，他的脚还蹬着那块砖，已经凉了。早晨，她会将棉袄棉裤在灶上烤热让他穿。他穿上了，脊背上、胸膛和腰间，胳膊腿，一块热一块凉，有一块还挺烫。高李氏坐过来，她说："快穿上吧，你个呼啦腔子。"她的声音柔软像丝绸像丝丝缕缕白云像棉田遍地的棉花。她是谁，为什么？她侍候十几年。她盘腿坐在炕上，光着脚板，缝一片鞋帮，她停下来，笑盈盈地看着他，轻声说："真叫人疼。"她说给谁听？那一刻就他们母子两个。高立仁听到了，况且他看见了她赤着的脚，脚指头就像花瓣。还有她的手指，手指肚也是。她把他扶起，给他穿衫衣，给他穿裤子。直到来当兵的那天早晨，还是高李氏给他穿的衣裳。他在想，那张脸，一直在笑，对他笑。热乎乎粥和油瓤儿花卷菜团子饺子丸子。夏天，还会给他做凌凌饭和棋子面。从井拔凉水里捞出。凌凌饭熬南瓜最合味，棋子面、麻汁、菜瓜、咸菜末搅拌。嘴往碗前一凑，那些棋子面就像蝌蚪往嘴里游动，滑出溜的，差点儿将舌头拐带进去。他能记起菜瓜味儿，可是记不清其他的味儿。

日本军医诊断高立仁患有严重肺结核。要是不医治，最多活三个月。小野更是疑惑不解，像这样一个病人，又是个少年，真是想象不到。

小野很失望，他什么都得不到。虽然他的汉语熟练，又通景州方言俚语，他与高立仁很难交流。高立仁说出的话，他接不上茬儿。

小野开始对高立仁彬彬有礼，以大和民族礼仪接待高立仁。高立仁不买这个账。高立仁显然很傲气，他鄙视的目光使小野难堪。

比如，小野说："高团长，请坐。"

高立仁则说："坐吗哩，这是你家啊？还不把自个儿当外人哩。"

小野听到这句话，思考半天又说："高团长，我们还是友好地聊聊。"

高立仁说："跟你这个肺头聊吗，也不知个头青蛋肿。"

小野又思量了片刻。他在景州城还没有听到过这些话。他听到高立仁讥嘲语气，把他给说愣了。过了很久，他又说："高团长，你再说一遍，我没听清楚。"

高立仁看了一眼小野，他说："耳朵里塞了驴毛。"

小野答应，只要高立仁跟其合作，可以医治好他的病，可以到日本国，治好他，还让他受良好教育。

高立仁笑笑说："良好教育？经过良好教育就这德行，就干这强盗勾当？"

小野说："到现在，你还不理解我们，我们是来拯救你们国家和人民的。"

高立仁笑笑说："拯救就是侵略、战争、杀人、放火、作恶。"

小野后来回忆：高立仁的话生生愣愣，格外刺耳，甚至还有些结巴。有气无力，声音很低。听着很普通。过后咂摸，其味道越品咂越浓烈，犹如火药。简直就像铁石一样硬。几年后，小野回国，高立仁身影和那张脸还时常出现在他头脑里，他摇摇头疑问：他是谁？

之后，高立仁被押到城外周亚夫墓前，已经挖好土坑，就要将他活埋。

高立仁见到那个坑。刚刚下过一场雨，坑里还积了没脚踝深的水。他站在那里，讥嘲日本士兵，说他们不会干，这么浅的坑怎么能埋得了他。

高立仁仰脸看了一眼天空，等不了多久，就会放晴，就会看见太阳。稀薄云块透出银色之光。他扭头看了一眼周亚夫墓，再回过头来，看一眼小野，他说："快点儿。"

有个日本士兵举起枪，被小野摁下枪管，他倒吸一口气，就这么一个少年，视死如归，哪来的胆量？

接下来，小野令人掘土埋高立仁。那些锹铲到的是一摊摊泥，丢到坑里，溅起水花。高立仁在体验被活埋的滋味，埋到小腿，埋到大腿，埋到齐腰间，埋到肚脐眼儿……来的路上，他再次看见西关城门，看见护城河水黝黑，往日荷花都已枯死，四周寸草没生，到处一派死寂。刚刚经过一场百年不遇罕见旱灾，接下来是一场暴雨。这场暴雨过后，那些种子和卵子将被唤醒，扎根发芽。春天将至，到处生机盎然。怎样的灾难都阻挡不住，任何力量难以抵挡。

小野最初以为撬开少年的嘴巴并非难事。可是用尽伎俩，到如今，高立仁半字没有透露，就是使用迷魂药之类药剂，也不能将他的意志摧垮。小野彻底绝望。

景州城解放，高立早首先想到了高立仁。他想，让弟弟亡灵安息。将高立仁的尸骨安葬。

经过指认，找到活埋高立仁的那块土地。高立早抡起镐头刨挖。没有找到高立仁的骨头。那只小铜鱼，是他当年用子弹壳打造，亲手送给高立仁的。他还记得那一刻的情景：高立仁接过铜鱼如获至宝，便戴在了脖项。高立早想，肯定是被敌人发现，从他脖子上摘下来了。这也是天意，没见到一个证物，从而再也无法证实哪把骨头就是高立仁的。

此刻，耿兴与高立雅赶来，他们告诉高立早：高立仁尸骨被盗挖。

高立早失声痛哭，高立雅与高立早抱在一起大哭一场。

耿兴说："等着的，我给你找回来。"

高立早说："上哪儿找？"

耿兴说："你甭管。"

高立早说，"要找多带些人，别冒险，叫人替你担心。"

耿兴说："放心吧，大哥。"

3. 大榆木和曹惠双

曹屯被毁，高立早与曹惠双在孟庄一个农家两间西房住下来，那是些零乱的时光。房东院子里有一根罕见木头。大约七丈长，房东婶子说，爷公公在世时说过这棵榆树已经四百多年了。她家的当家人在景州开木作铺，那年日本飞机轰炸景州城，当家的在木作铺被炸得没个人样儿。出殡那天，大榆树上的叶子一夜之间都落光了，院子里铺了厚厚一层。第二年榆树也没有长出新叶。又过了两年，村里好几个壮汉帮忙，才把它刨了，放倒，木质太硬，又做不了家具。这根木头就一直放在这里。不能吃不能喝，还碍事。她说："高校长，你要是用着了，你就用了吧，也许它就等着你，你才是用得上这根木头的人，这样也等于给我腾个地。"

高立早一再打量这根大榆木。曹屯之役过后，时局相对平静，他想用这段时间造几辆大车，以后用得上。高立早买下了这根大木头，房东婶子推让再三只得收下钱，又帮忙请了当地最好的木作。

一切安排妥当，第二天早晨，曹木作来得挺早，还带来他大小子当帮手。高立早又找了四个人帮忙。

这是一根最硬的榆木，有骨头的榆木，有两根锯条断掉了，砍榆木的斧子也成了豁子獠牙。这榆木简直就像铁头那样硬。曹木作还是千方百计地将榆木破开，做车辕、车底、车帮、车轴和车轮等，都是独木而做。一共造了三辆，都是独帮独底。一个月后，大车造成。

高立早把一辆大车送给孟家，一辆给曹惠双用，一辆给了武工队。

在高立早眼里，曹惠双穿一身旧衣，虽然打了补丁，也是没颜拉色，可是，曹惠双穿上，犹如穿上了绫罗绸缎。景州城边的妮子都这样，不声不吭，默默地做事，就是说话声音也很低。天性稳重大方，从不扬风乍毛，叫儿撒欢抖机灵。可就那样，气质却能镇得住场面。

曹惠双从不多言不多语，不多手多脚。虽然她不识字，却显得很文静端庄。在景州大地上，有一套调教妮子的方法。自小，爹娘老子言传身教，就长成了一茬茬妮子。妮子都很规矩，不失典雅，仪态万方，别有一番风范。就像长成庄稼，林林行行的麦垄都一般高，谁也不多长一片叶子，麦穗也都差不多大。那个年代，都在挨饿，所以不管小子妮子都不会长得太高。可是，景州大地的妮子，却都有一个骄傲的心灵，就是再穷，也不自甘卑贱。

高立早自从看见曹惠双那双明亮眼睛，他才发现景州大地妮子的优点。他想，她是在怎样的境遇下，才生长成这样？从小做什么都带着一种谨慎，而不是惧怕。

他与曹惠双在一起，他不停地说，他就是个话篓子。拿树枝不停地在地上画，显得笨手笨脚。可是，曹惠双懂，她在点头，脸上透着笑容。她郑重其事地点点头。最初。他们沿着一条路径走去。他们从不会离得太远，最多十几步，他（她）就会停下等。两个人并肩而行，无休止地交谈。

有时说着说着，戛然而止。两个人默默地坐在河堤上，望着天空黑色和灰色云彩，一片片飞过，由北向南。可是，却见另一朵云逆向朝北飞去。河床里是灰暗的冰，上头还有一层雪。要是在春天，坐在河岸，河水就能映射两岸树木，还有蓝天白云。偶尔，便见到一只失魂落魄的狐狸，一步步地在河堤上走着，耷拉着耳朵尾巴，迈着沉重的脚步，缓慢钻进灌木丛。几天前，它也失去了家人，死在猎人枪口下，如今形单影只。不时，还传来曹惠双的抽搐声，她的身子还猛烈地抖动。但她冷静下来。在他意识里，他看见云在剧烈抖动大地也在剧烈抖动。

平时曹惠双很安静，她就像一只兔子那样轻巧，默默地跟随着高立早向前走。去年冬天，她带领着曹屯逃难的人群走出战火纷纷，冰天雪地。小时候，她常爬一棵杨树。那是村里最高的杨树，有十多丈高。她借助枝丫爬到最顶端。最上方的枝杈，随风摇摆，她抓紧树枝，望着远方。天地很大，在上头，能看见景州塔。有一次，她不小心，滑了下来。她的身体往下坠落。密集杨树枝把她的身子荡来荡去。她落到松软的地上。杨树枝没有挂坏她的衣裳，却挂伤了她的肉皮。到现在，在胳膊内侧，靠近腋窝还有两道白色疤痕。至今，没有谁知道，高立早也不知道，这是唯一的秘密。

第十一章

1. 神奇大车

这天，曹惠双接到命令，去景州城，捉拿大汉奸刘修三。曹惠双与曹天明一起，朝景州城进发。

曹惠双那装扮简直就是一个刚过门的媳妇，她穿一身碎蓝格红格偏襟夹袄，一件黑条绿条阔腿裤。高高衣领托着她窄长的脸颊，格外有神采。那天，天气有些灰暗，飘着丝丝缕缕的雾色。大车就像一道白色光焰从雾色中插过。一时间，将雾色点燃，丝丝缕缕的雾就像火药引信那样，燃烧着，喷溅着金色火星。大街便被映亮。她的影子仿佛留在火焰闪亮的雾色里，就像雕像那样留在看到这情景的那些人头脑里。

曹天明是保镖兼车夫，坐在车辕，扬起鞭子，鞭梢甩在空中，犹如一声炸雷。车轮缓慢滚动。曹天明一张方脸，那双眼睛细长，一直眯缝着，嘴巴紧闭着。那个挺直鼻子显出他的英气。他穿一件黑色长袍，一件黑裤，绑腿绑得匀实，显得双腿有力，况且一双新布靴，一走路，就像一头骡子那样嘚嘣有声。

那天曹惠双在院子里就听到骡子弹蹄声，还打响鼻。她走出院门，曹天明便跑过来，伸手接过她挎着的包袱。曹惠双从车尾上车，一步迈上去。大车辕翘了翘。她撩开车帘，坐进车厢。骡子便嘚嘣有声，大车朝前移动，她撩开车帘，望着外边情景。这是个浓雾弥漫的早晨。套了两头骡子，一头黑色一头白色的。榆木大车刚造好，开始，车轴吱吱呀呀，显得皱皱瘪瘪，每一处都很死巴。骡子显然走得不顺，时快时慢。走一段路，车轴不再发声，两头骡子也走顺了腿蹄。

曹天明不像其他车夫那样抱着鞭子，将缰绳捆在车辕，而是一手抓缰绳一手抓着鞭子，不时地甩个响鞭。此刻，都要照着事先计划好的进行：走多快，什么时候到达景州城，什么时候与刘修三见面，什么时候将刘修三引到大车上。

这一辆大车，曹惠双感觉独具魔力，分明是曹木作造车时施了魔法，坐上去就能看见车帘外美景。曹惠双时而将车帘裂开一道缝，时而将车帘全部撩开，就想多看一眼车外景色。车外是平展展铺开的旷野，地表层还有一层残雪，残雪下是过冬的麦苗，不远处是个村庄。路前方是高土岗，土岗上长满矮树和灌木。这里头有不少兔子洞和狐狸窝。它们爬出洞来察看外边动静，还把头探出灌木丛。听到蹄声和轱辘声，都逃进洞里。在青黄不接季节，它们肯定要饿肚子。不像秋天，一只只兔子和狐狸都吃得身子滚圆，贼肥贼肥。这个高岗走过多次，每一次都比想象的要大得多。接下来是下坡，曹惠双感觉到大车向前倾斜，曹天明勒住骡子，车稳下来，还是比平时要快一些。到平地那一刻，曹天明松开了缰绳，两头骡子加快脚步，奔跑起来。车是新的，稳当，也没有嘎吱杂音。接下来是一望无际的杂木林。偶尔，枣树枝会蹭着车顶，便发出划蹭的呲啦声，偶尔也会有树枝折断。她望着一棵棵一闪而过的树木，树林呈现出一派深灰色。树林里很静，没有风。偶尔，会有成群结队的雀鸟在大道上铺开。大车走近，它们便飞起来，飞二十多步便停下来，在大道上再次铺开。它们就这样交错着，起飞，落下，铺开，跟这辆大车嬉戏。这一情景给曹惠双和曹天明都带来兴致，当大车走出树林的那一刻，这群雀鸟呼啦啦飞散，落在临近树上，犹如树上的叶子。他们听到雀鸟的啼叫，仿佛在与他们告别。走出丛林，便看见景州塔。曹天明回过头来对曹惠双说："看见地头了。"曹惠双笑而不语。

曹惠双与曹天明的大车进了景州城，城门守卫走过来这里瞅瞅，那里瞧瞧。他并不是看这辆新榆木大车，而是想知道车里坐着什么人，便去撩车帘，被曹天明的手挡了回去。曹天明从衣兜儿里掏出钱袋，丢给守卫，守卫笑笑说：“拿钱没用。”

曹天明说：“真想看啊?!”

守卫还扒头往里头看。曹天明撩开车帘，守卫便看到曹惠双坐在里头。守卫有些蒙，说：“新媳妇回门哩?”

曹天明说：“是啊。”

守卫一挥手：“过去吧，别惹事儿。”曹天明扬扬鞭子，大车便进了城。

进城后，曹惠双撩开车帘，看天还早。曹天明提道：“到杂货铺买些日用品。”便在一个杂货铺子里了买了两个铜铃铛。给两头骡子挂上。马车一路响铃驶进刘家巷子，停在刘修三阔绰门的楼子前。那些雕花砖砌垒的高高门楼，还涂了红红绿绿的漆，发出幽暗光亮，花里胡哨。两扇朱红色大门。上头大铜钉，就像一座皇宫。左边门敞开着，能够看见若隐若现的宫殿般的屋子。曹惠双撩起车帘，向外张望。曹天明把车停下，从车辕上跳下来。

2. 车上与车下

这天，正是刘修三纳妾的日子，纳他的第十二个妾。他的庭院里，已经挂上红灯笼，门窗上都披上大红丝绸，在风中飘舞。一切都安排妥当，严丝合缝。刘修三在院子里跑来跑去。他一间屋一间屋地查看，院子的角角落落，一遍又一遍。就像做买卖一样，老是觉得有疏漏之处。他知道，这个避免不掉，能过得去眼儿就行。就在此刻，他闻听啪啦一声，闻声寻去，见一个丫鬟蹲在地上在捡瓷片，原来她摔碎了一个瓷瓶。他本来想给仆人们发些赏钱，由此便打消了这个念头。是啊，这些轻贱行子，每回想拿他们当人，都会这么败兴。

他想，真够倒霉的，就是从打碎这个瓷瓶开始，所有的颜色都变了。要是这样，还有什么喜庆可言。接下来，想什么什么不是，看什么都不行。比如满园子花木长得歪歪瘪裂。墙皮裂呲八纹，那些精美雕刻花砖，还有柱子都黯然失色。就连新进门的新娘，也显得丑陋无比。就那么啪啦一声，全都被摔碎。那些仆佣悄无声儿地在院子里忙碌。其实他们都暗暗地借机使坏。

每次纳妾，他就想着有所改变。每一次纳妾都是花里胡哨，让人眼花缭乱。每次都一眼眼看，水灵灵一个个妮子，都是精挑细选过。是啊，犹如过筛子过罗，可一娶到家来，那张脸就变得没颜拉色，到了儿还是看走了眼。怎么会这样，一个美妮子就变成一个丑婆子呢？他以为有一层帷幕，在后头肯定有恶人使了损招，用了障眼法。要不，看了千百眼，都是板上钉钉的，怎都会变呢？肯定是冲着他来的，冲着他的买卖，冲着他本人来的。从实际意义上，他已经被毁掉。他还勉强地支撑着，就像稻草人一般。这样的改变，不只是使他懊丧，还令他恐惧。他不想有一个敌手，所以每天见人点头哈腰，拿出所有笑颜，送些钱财，施些粮食等，就是想落个好。他发觉，一味地讨好换取不到什么。其实害你的心早就有，只是动动手而已。所以他挂在嘴里的话：没好人，没一个好人。他怎么就做不到呢？看上去，全是笑脸，转身就会给他使坏。所以他疑心越来越重，敌手也就越来越多。当然，这种意识也是随心而生。他心情好，所有人就都友好；他心情恶，就全成了恶人。在帷幕后头，有一股子强大的敌对势力。他做梦都在想幕后是什么，并一次次揭开。揭开后，还是一层帷幕，帷幕重重叠叠，犹如迷宫。

刘修三想，是眼睛分不出好赖，还是出了其他问题，还是这些女人变了？一开始，每一张脸都令人动情，怎么娶到家来就普通了呢？他怀疑过自己的宅院，所以几次请风水师来看，都说这是块风水宝地。大面上，看上去，一张张脸，一双双眼睛都不差，穿戴也得体，怎么净干这种下三烂事儿。

这世上并没有妖，全都是人幻化和演变出来的。看上去都有一张脸，一个身子。这张脸会变化，幻化千万张脸，把人搞得眼花缭乱。

那么，他所娶进门的妻妾都变了吗？

大街上，一个个人领出来的媳妇都人模狗样，还一直保持着做妮子时的贞洁，还可以做贤妻良母，并且都仪态万方，容颜秀美。可是他的却不行，一个都带不出去，他拿不出手。这样，就有一种吃亏上当之感。她们都鬼精鬼精，不少坏心眼儿，都在算计他。有了这些妻妾会败家。所以他还在找。到如今，他不求十全十美，找个拿得起放得下的一个起眼的妮子就行。他想过，也许是他毁了这些妮子。是他将这些妮子变成巫女。他这么想，却不认这个账。

刘修三的大门楼子很排场，照着京城王爷府建造，大红门，门两边一对石狮子也披上红绸子，风一刮，绸子抖抖落落，石狮就像活的，张着大嘴饥饿的样子，看上去要吃人。不只是一对狮子把守在门两旁，还有两排持枪穿便衣的壮汉，看上去是一个个不要命的愣种，目不斜视，面无表情，犹如凶神恶煞。那气势，要是进这扇门，就等于进一次鬼门关。门前停满大车，一些客人已经到了。院子里都挤满了人，都是些有头有脸的人在那里谈笑着。马车嘚嘚，铃声的悦耳在景州城上空响彻。

曹惠双坐的马车在刘家巷子里停下，她从车上下来，大摇大摆地走进去。她那样子，没有谁描述得出。不管是守卫还是保镖，没有一个上来阻拦，还对她露出笑容。他们有些发怔，并发出惊疑：她是谁？那张脸很面熟，身形好像在哪里见过。她好像来过，来过几次。非常神奇，她迈着大步，那样大胆自信。大门敞开，在大门里看，里头披红挂绿的挺花哨，只是里头栽种的奇花异木，在这样的严冬，没有一片叶子，枝杈压了一层雪，所有景物无色无光无味无声。刘修三正在门前迎接客人。穿一件黑红色长袍，一双白底黑皮靴。那么个矬个子，浑身每一处都滚圆，手指、肚子、脸蛋、屁股都肥得流油。

曹天明和曹惠双走过去，刘修三一见曹天明和曹惠双，双手抱拳，哈哈大笑着说：“是你哩，没想到哩，你们来了。”

刘修三说，你们来了。这两个人看着面熟，可姓甚名谁，身居何处，他又不能问。当下局势很乱，唯恐有人来坏他的好事。他看见曹惠双那张脸，不由得打消了猜疑。

曹天明说："你场子撂得这么大，锣鼓正敲到点儿上，还能不来。"

刘修三窥视站在一边的曹惠双，他被曹惠双给镇住了。他那样子，就像蜡像般，眼珠不动，两条腿像直棍子，一双脚仿佛粘在地上。这一刻被凝固了，在场所有人都一动不动，都盯着曹惠双。都蒙圈，搞糊涂了。哪见过这样的妮子？真的是神仙下凡。刘修三抓着曹天明的双手，头却歪向曹惠双，不错眼珠地瞅个没完。

"天儿真好，风这么暖和，就像到了春天。"刘修三说着，还举起手，用衣袖口擦了擦汗。就是傻瓜，此刻也会感觉到寒冷天气。北风飕飕刮个不停。这么寒冷的风，仿佛将每个人千刀万剐一般。不只如此，他还感觉神清气爽。他眨了眨眼，再一次看见曹惠双那张脸。他想，就是她。曹惠双到来，给这个院子也带来温暖。两旁守卫刚才还冻得直跺脚，脸色冷冰冰的。这一刻，却都露出笑容。刘修三跑到曹惠双跟前，说："快请，你是贵客。"刘修三说罢，有些后悔。他不认识这个曹惠双，还这样大献殷勤，是不是有点儿过火？他想冷静下来，再仔细瞧瞧曹惠双，曹惠双一转脸，进了院门。刘修三多疑，他想，是否受了她的迷惑？这是个吃过见过的，这个我能瞧得准。还要看她是什么变的。

寒冷的天，一阵风吹来，都被吹成一块冰。所有的都与寒风僵持着。曹惠双带来了温暖，好像太阳光临，照耀庭院，全都眯眯洋洋。还使这个庭院气氛更改，一下子舒缓平静和善，全都是善模善样。刘修三想，怪不得呢，大清早一群喜鹊在园子矮树上喳喳叫个不停，肯定有来头，是好的征兆，好日子就将到来。这给他树立了信心。事情往好的一面发展，他的妻妾都不坏，新娘会更好。不要疑神疑鬼。

这样落落大方的女子，谁都不会想入非非起歪心。那下子，就连院里狗子猫子都显得那么正经。所有的人都昂首挺胸，目不斜视，拿出一本正经的样子。就是花园那些歪枝，一时间也正了过来。还有墙上砖、屋顶上的瓦，都显得周正，这些红格子玻璃窗子原本死皮挞煞眼，曹惠双走进门那一刻，也睁大眼，露出一丝光亮。雕梁画栋，刻木雕瓦也都显露出来。曹惠双抬眼看了看，脸上露出笑容。刘修三想，这是房子给他争气。曹惠双还是头一次进刘家门，这回让她见识见识。可是，看上去，她不像是没见过的。这样的房屋，就像一张浓妆艳抹的脸孔，描眉画唇，带着熏鼻子的脂粉气。

不知过了多久，众人方才缓过劲，该行走行走，该谈笑谈笑。那一刻有多自信，谁也拿捏不准。也许已过多年，也许就眨眼间，就改变了说话声调和语气。刘修三把曹惠双让到一张贵客座位上，他嘴里说："坐吧，你是高戚，没想到你能来。"

刘修三说过后，他想，她是谁，是谁家的，怎么个亲戚？他将景州城达官贵人想了个遍，也没有想到。曹惠双对刘修三微笑着，她看见刘修三疑惑的眼睛，他不由自主地冲曹惠双笑了。他说："啊——你来——真好——"他说罢又觉得失口。他只觉得曹惠双面熟，一时半会儿想不起她是谁，从哪扇门里出来的。刘修三也顾不得那些，便笑着，朝曹惠双走了几步，便停下，他还是有些犹豫，踉踉跄跄，还被脚下一块石子绊了个趔趄。一时间憋闷得慌，马别脚一时间还抬不起腿呢。他停下的空儿，曹惠双来到他跟前。他揉搓着双手，就像看见一块金子，或者宝石，或者一块肥肉，不知怎样下手。他就那么站着，这也不行，那也不是。曹惠双想，就要这样，要快，趁他还没回过味儿来。一竿子插到底，她说："给三爷道喜。"

刘修三说："同喜，同喜。"

曹惠双听了这句话很腻歪，此刻，曹惠双知道这架势难拿，但还得硬着头皮面对。离刘修三如此近，她说："三爷，有个话给你说。"

刘修三嘿嘿笑着，还没有遇见过曹惠双这张脸。事发太突然，弄得他手忙脚乱，也不知自己拿出了怎样的一张脸，就是这样，还是尽力地充正经。面对曹惠双，他虽然觉得有些别扭，也硬要装下去。他觉得身后一双双眼睛盯着他，还有一张张嘴巴。他感觉到身后那些眼睛就像刀子似的在刺他的脊梁骨，那些嘴巴像胡蜂群似的嗡嗡乱叫，像景州城俗话说，让唾沫淹死。一时间，他觉得有很多话往嗓子眼儿涌，他要不紧闭着嘴，什么都可能跑出来，像一条狗、一只猫、一只耗子、一条鱼那样蹿出来。要是有个活物从嘴里跑出来，就丢大人了。可是他管不住自己的嘴，便懵头懵脑地说了句："怎么来的？"他说完这句话，还转了脸朝四周踅摸了。他觉得没惊着身后的那些人，面对的人还在冲他笑，他想，这句话没说错。

曹惠双说："有个宝车，给你看看。"

刘修三嘿嘿笑着说："给我作吗哩，又让你破费。"

曹惠双说："看看就知道了。"

刘修三说："在哪？"

曹惠双说："在你门前。"

说着，刘修三颠儿颠儿地跟在曹惠双身后，朝大门外走。出了门，曹惠双右手食指一指，刘修三便看见了这辆大车，他的眼睛差一点儿掉出来，摔在地上。之前，他有过多次，眼睛掉了，就是做梦，还满大街找眼。他揉了揉眼睛，就好多了，终于看清了，他说："哦嗬——这么好的大车。"他走到车前，弯下腰看这辆手，一双手在车上抚弄着，他说："老榆木，车辕和车帮都是独木，哪来这么好的木头？"

曹惠双说："这算不算宝贝？"

刘修三走过去，摸摸车底，又拍拍车帮，又抓着车毂，他说："这回可看见了，像这样的车，这么作棒，就是行一万里也不会掉轮毂。"说着又走到车辕前，摸摸这头骡子尾巴，拍拍那头骡子屁股，"两头骡子也归我。"

曹惠双说："你不坐上去试试？"

"这怎么好意思。"刘修三说，"瞧你说的，这么好的大车，还是头一回瞧见。"刘修三奓着胆子打量了曹惠双，他想，看她的样子，不会出事儿。再说，她的家境肯定阔绰和豪横，在景州城肯定数得着。

曹惠双看出，刘修三神情分明在问：你是谁？她笑着说："你上去坐坐试试。"

刘修三说："这么好的骡子大车，这么贵重的礼，我不能收，我给钱。"

曹惠双笑笑说："钱再说，你先坐上去，看是不是货真价实。"

刘修三说："这么说你们是来卖车？"

曹惠双说："是来送贺礼的。"

此刻，院子里的人都跟出来，看着刘修三像只狗那样摇头摆尾在曹惠双面前团团转，他想，我有钱，数不清的钱，她也许知道我有那么多，才给一个笑脸。

曹惠双说："知道三爷有钱。"

刘修三向四周扫了一下，见车下的人都眼馋，都盼着到大车上坐一坐，感觉一下在大车上是怎样的景象。刘修三又看曹天明和曹惠双一眼。他想，反正在自己的地盘上。就往车上爬，坐到车上，便嘿嘿笑了，大叫声在场的人都听得见："可看见了，听说过，今天才见到，怪不得哩。"

曹惠双说："是宝贝吧，没骗你吧。"

"不一样，真不一样哩。"刘修三想，这是在哪儿？这是我家门楼子吗，怎么一坐上车就全变了？像我想的那样气派。还有围墙，就像皇宫围墙。墙上方还有花砖花瓦。完美！刘修三说出感言："坐上车，就见证了。"他转过脸对曹惠双说，"你瞧瞧是不是？"

"是哩，坐着车在景州城逛一遭，看看你的铺子。"曹惠双说，"你信不信，比你想的还美。"

"哪能不信，这个我信，谁都信哩。"刘修三嘿嘿笑着，掀开车帘，他惊讶地说，"怎么回事儿哩，真是辆宝车，坐到车上，景物真变得漂亮了，觉得眼睛亮了，脑瓜儿也清醒多了，浑身清爽。"他又俯下身子看车帮，"这真是榆木？怎么榆木比槐木还硬？"就在此刻，曹天明挥动鞭子，车轮转动，车晃动着，刘修三说："别别，太快了，有些晕。"

大车便轰轰而动，刘修三看着车帘外，不是这样的，全变了，景色全变了。原来我在这么美的一座城里，我怎么原先没有看见，就是一堵土坯墙也显得这么漂亮。瞧瞧，墙根儿坐着那个卖糖瓜的老头子，往日看着那么不起眼，现在，就像个皇帝那样有气派。瞧瞧他挺胸而坐，面带微笑，望着过往路人。都认识他。从小我就见他坐在这里，就这样子，到现在，几十年没有变。小时候，有一分钱就到他那里买糖瓜，稀甜稀甜的糖瓜，他卖的糖瓜又便宜。我小时候立志，像他那样，当个生意人，不管卖什么，便宜又实惠，就是要得到全城人信任。我要赚更多的钱，我要成为这个世上最富有的人。他从车上下来，大街再一次恢复到从前场景，他再上去，再一次变幻。“车上很暖和，车下真冷。一上了车，所有的景象都改变了，瞧瞧，街边槐树都生出芽叶。没有看错。还有那棵枯死的树，也长出了芽叶。走着走着就变了，要是大车驶进家门，便会看见满园春色，树上枝条长满叶子，还开遍鲜花。石榴树开花，杏树和梨树都结了果子。他想下去摘枚果子，被曹惠双摁在车里，她说：“坐着别动，要是掉下去就回不来了。”

“我知道，这规矩我懂。”刘修三歪头打量曹惠双。

曹惠双悄声说：“别说话。”

刘修三便闭上嘴，再不敢吭气，双手紧抓着车帮。他憋得难受，还是觉得有句话要说，可又记不起说什么。车帮滑出溜亮晶晶。他轻轻抚摩，没有上漆，上头满是榆木纹。此刻，刘修三也在思考，这样的情景是怎样形成的？就是眼前这个曹惠双，还是这辆大车，还是那两头壮骡子。此刻，从他家布店过，掌柜从车帘外看见了他，便追了过来，声声叫着：“老爷，老爷，有个事儿跟你说。”

“你说吗？我听不见！”他喊了一声。

曹天明鞭子在空中抽响，两头骡子仰起头，迈开蹄子朝前飞奔。刘修三就这样晕晕乎乎地坐着，就像坐在船上那样摇摇晃晃，半点儿也不颠。可他就像半边身子不听使唤，头晕眼花，像喝醉了酒：“大车是给我的？”

曹惠双说："那可不行，让你上来坐坐，就是给你的贺礼。"

刘修三说："说话不算数。"刘修三又一想，这样能看见车外美景，恐怕景州城还没有谁坐过。此刻，刘修三还有很多要问：比如说，曹惠双是谁家的？自哪儿来？这辆大车来历？何人打造？她是妮子还是小媳妇……总之，这辆大车是有来头，眼前这个妮子也有来头。他坐上大车，不敢带半点儿造次。谨小慎微，循规蹈矩，他感觉自己俨然一副君子风采，就像一个文人那样带着不凡文气。他的心扑腾一下子，在提醒他，这是上哪儿去，赶车人，还有车上这个陪伴他的妮子来自何处，他一概不知。他想到这里，看到车帘缝隙再次闪现美景，再一次吸引他。他这么想：假如没有曹惠双陪伴，是否能看见眼前美景？要是没有眼前这个美人，再好的美景也没劲了。像曹惠双这样的人，不只是能镇得住场，还能改变整个场面气氛。所以他紧闭着嘴，尽量不吐一个字，甚至不用嘴喘气，而是用鼻子。景州城像她这样的妮子可不少。假如也像曹惠双这样打扮，是否也会这样美，有这样的风采？他还想，要给新娶小妾裁做一身这样的衣裳，也要照着曹惠双这样梳妆打扮呢。他晕晕乎乎坐在大车上。他想，谁坐在大车上也会有这种晕晕乎乎像喝醉酒的状态。这时他的另一间铺子出现了，他看见了自己兴盛的铺子。他揉揉眼睛，怎么会是这样，昨天还那么衰败。那情景一晃而过，道路两侧是茂密高大的树木，从树与树的缝隙，墨绿色草地展现。就这样走着走着，树叶变黄，落叶纷飞。他还想，之所以有这样感觉，全都是因为满街厚厚一层落叶，马车轧在上边，还有几片叶子飞过车辕，落到他身上。他只顾了看外边的景色。大车在街上奔驰，片刻后就看见高高耸立的景州塔已在身后，开福寺钟声敲响，他在想，今天是什么日子，这是在哪一刻。马蹄嘚嘚，大车轰隆隆。周亚夫墓一晃而过。

撩开车帘，转眼望去，还能听见开福寺钟声。再往前走，天空飘下雪花。此刻，刘修三仿佛醒来，他拍拍脑瓜儿说："这可做酱了——真做酱了！"

曹惠双说："坐稳了，掉下去摔死。"

刘修三再不敢动，抓着车帮。车轮飞旋，车在飞，飞得很高。他看见车帘外云雾缭绕。他吓得心怦怦大跳，一派恐惧，眼神慌乱，他说："不行，我觉着不行哩，我想回去，求求你，让我回去。"

曹惠双说："那可不行，想想哩，谁能回得去？"

"我觉着行，我能回去。我有钱，我有很多钱。"刘修三惊慌地说，"我就知道，没有这么好的事儿。大车我不要了。"片刻又说，"我给钱，给钱还不行。我可从没赖过账。"

曹惠双说："你带钱了？"

"是啊，钱哩？"刘修三从车后爬到车前，又爬回来，"钱哩？我的钱！"他撩开车帘，爬到车辕，抓着曹天明的鞭子，"拐回去，让骡子掉头。"

车侧歪了下，闻听车下嘎巴一声，朝下看去，一根树框子摔在地上。曹天明紧紧抓着鞭子，他抓着刘修三，就像抓着一个包袱，将刘修三塞到车里。刘修三再反扑过去，曹天明摁住他，他再也不能动。曹天明说："你想找死啊，摔死你啊！"

刘修三嘟哝着说："叫我回去——叫我回去——"

他瘫坐在车里，大车在往前行，大团大团密集的雪飘落，很快地上铺了厚厚一层。就在此刻，刘修三说："不对，不是，不行。这是哪儿？你们撒谎，你们骗人。"他凑近曹惠双，"像你这样的妮子也会骗人。你给我说，这是上哪儿去？"

曹惠双说："坐稳了，过个陡坡，摔下去有死没活。"

刘修三抱着肩胛，在那里发抖。他说："我说对吧，还是回去吧，怪冷哩。"

曹天明说："别动！"

刘修三这才回过神来，觉得不妙，想跳车，他身子刚一动，就被曹惠双抓住，他再也不能动弹，他还死死地看了一眼，这么个妮子哪来的这股子蛮劲，三下五除二就将他捆了个结实。曹惠双说："外边冷哩，别着凉。”曹惠双撩开车帘，说，“你试试，来吧，跳下去吧。”刘修三便往后缩，死死抓着车帮。

“不行，疼哩，就是捆也别捆这么死，疼哩。”刘修三说，“没想到，你竟然这么狠。”此刻大车颠了一下，把刘修三颠得老高，“这是吗车哩？你瞧瞧，外边全都是雪。这是幻觉对不对？”

曹惠双说：“坐稳。”

就曹惠双的语气，他便感觉到像铁石一样硬，就像一滴水滴到地上，即刻结冰，或者像一粒尘埃飞落到衬衣上，被卡到布的经纬之间，或者就像一块铁，烧红被放在铁砧上锻打。之后，他便成个钉子和楔子，锤头敲打，便嵌在里头一动不能动。他这样，就只有喘口气的力气，犹如垂死之人奄奄一息，再也缓不过气来。他的腿脚和手被捆紧，并且固定到车帮上，他就像大车上的一块木板那样，被卡在那里，再也动弹不得。他大声喊，用尽全身力气呼喊。雪越下越大，他到了一个雪国，除了雪再也看不见其他。大车碾轧着厚厚的雪，发出吱呀之声。驶进雪境，在雪上，犹如在云端滑飞。全都是雪，分不清哪是路哪是壕沟哪是村庄哪是树林哪是河流。可是大车却稳稳当当，有特定的线路也有目的地。

“不是坐上车能看见好风景。”刘修三惊呆地看着眼前景色。他喃喃地说，“真是活见鬼。知道今天是什么日子？是我娶媳妇的日子。”

大车驶进一个高高雪墙大院。这里是雪屋，雪树。远远地，刘修三看见一个熟悉人影。就像见到亲人，他便高声大喊：“高大少爷！高大少爷！”声音发不出去。不知是这个魔车，还是曹惠双用了怎样的手段，他的意识模糊，曹惠双不只是捆绑住他的手脚，还捆绑了他的眼睛和嘴巴。

3．真假是非黑白

曹天明从车辕上跳下，他走过来，将身子探进车，一只手将刘修三提起，连拖带拽，将他放到雪地上。从车上下来，一下子冷了。刘修三往车里钻，被曹天明拦住。刘修三还是往车里挣。他的脚被雪粘住，一动不能动。他嘴巴再也发不出声，他很沮丧，活到如今，总不能变成个哑巴。总之，他以为只要看见高立早，便可以获救。接下来，不只是高立早，而是一群人站在那里。这样，刘修三并不感觉到羞愧，而是恐惧。他身子哆嗦，蜷曲成一团。曹惠双将他解下车帮，他踉踉跄跄一步三抖地走到高立早面前，他说："大少爷，我可算见到亲人啦，这些天你干吗哩？我想你也见不着。"

高立早说："是大富大贵的三爷，快坐下吧。"高立早指了一边的雪凳，刘修三不坐，高立早说，"坐啊。"

刘修三说："这个没法坐哩。"

高立早坐下，刘修三却执意不坐。高立早说："你怎么老是发抖啊，害怕了吗？"

"不是那么回事儿，我是冻的。我受骗了。你可都知道，我可是个好人，是天底下最大的大善人。"刘修三转过脸，找曹惠双，不只是曹惠双，就是大车也没了踪影。

高立早笑笑说："刘大善人，那就坐下来吧。"

"听我给你解释，这里头有误会，我能说明白。"刘修三想，高立早也不可靠，他得罪过他。他又想，谁都有过失，像高立早这样大气量的人也许不会放在心里。"高大少爷，你不会也记仇吧？"

"记仇？"高立早俯下身，打量刘修三，"三爷，这个'仇'字了得，是从何而来，又落到谁身上？"

刘修三看了高立早一眼，心想，我就知道，这回我可知道了。就是到了猴年马月，肩膀头也不会一般齐。个子高，是爹娘给的，你这副酸架子也是爹娘给的。你没听说吗？人不貌相，海不斗量。

他的手在身上乱摸乱抚，老觉得手被捆住了。是天气太坏。真冷啊，怎么会这么冷？有话屋里说去行吧。在这冰天雪地里，脑瓜儿一动不动，什么都记不起来。他摸摸高立早穿的夹袄说："大少爷，你的衣裳很暖和，给我也来一件。”

高立早脱下夹袄，给刘修三披上。刘修三惊叫了一声，将夹袄抖掉，他说：“怎么了，穿到你身上，就是一件火笼衣，一到我身上，就这么冰凉梆硬。大少爷，我对你不薄啊！当然，也有对不住你的地儿，想想哩，谁没有过失哩。我可是一直小心着往好里做哩。”

刘修三又在身上扑拉个遍，笑笑说：“大少爷，找个地说话。”

“有吗话不能在这里说哩？”

“我有秘密，只给你一个人说。”刘修三不能守着这么多人说。他往这里一站，都围上来，那架势，就像要把他一口吞下去似的。

高立早说：“没谁吃你。是你吃了他们的肉，剥了他们的皮，啃了他们的骨头。”

“我可没干啊，大少爷，我怎么能吃人？那些饿死鬼才吃人呢。”

“他们不是鬼，是活生生的人。被你扒掉的皮，又长出新皮。被你吃过的肉，又长出新肉。被你啃过的骨头，又长出新骨。三爷，这些你可享福了，就像蛆虫在肉坛子里。”

刘修三不知怎么接高立早的话，他认为高立早在给他上课，从哪本书上读到的这些。此刻，曹惠双从人群里走出。刘修三迎上去，指着曹惠双说：“大少爷，没错，就是她。”细看曹惠双，“现在我认出来了，就是她。我要问问她，今天把我糊弄到这里来，她是怎么想的。”刘修三围着曹惠双转了一周，“大少爷，就是她，错不了。这些年，我一直积德行善，谁都知道我是个大善人。大少爷，你可以给我做证，我是不是什么都没干。”刘修三仰脸看高立早那张脸，“大少爷，今天可是我的喜日。你们不能这么对我。”真像一场梦啊，明明是喜日，怎么到这么寒冷的地来，冻得打哆嗦，鼻子擤不尽，弄了一脸，冻在脸上。好大的雪，从记事起，还没见过这么大雪。这么厚，一墙高。在这样雪天怎么活着。

高立早说：“你回头看看。”

刘修三回头望去，景州塔，这么近，仿佛一伸手就能摸到尖顶的铜葫芦。开福寺的钟声，好像就在耳边。很近，可是显得那么遥远，是什么隔开了？是这些雪。眼下，就要费些力气，将这些雪除掉，大步一跨就到家了。暖烘烘的屋子，冒蓝火炉子，往里一看膛已经被烧红了。还有皮袄棉被。就是她连蒙带骗把我拐来的。那辆大车哩？还有两头肥骡子。铃响了，就是那一辆。要是能找到那辆大车，就能回去。

一辆辆大车从云雾般的雪中驶出，车轮碾轧出吱呀声，从刘修三身边驶过。刘修三摇摇头，谁能看得清说得准，哪一辆不是骗局陷阱圈套。大车在雪院停下，从车上下来一群群人。这些人熙熙攘攘围着刘修三走来走去。就像旋涡急流、迷魂阵。刘修三朝人群冲去，人群闪开，后边是一堵雪墙。刘修三一头撞进雪里，他挣扎着从雪里爬出，他沮丧地看着眼前这些人，这些人都停下，就像一尊尊雕像，刘修三走上去看，伸手去摸，惊叫了一声，伸出的手快速缩回，像石头一般硬，像火一般烫。“救救我吧，大少爷。”他跑到高立早身边。

巨人陈四起，穿一身八路军军衣，脚穿布靴，还打了绑腿。扛一杆长枪，肩挎子弹袋，腰间挎手榴弹。暴雪映照着他方形的脸膛。当他出现的那一刻，他的手举起，撩开暴雪，就像撩起门帘。脚下白雪飞溅，蹚起一道雪尘。刘修三向后退了两步，他比陈四起矮了一半还要多，简直就是个侏儒。他惊慌地逃到高立早背后，探出头看陈四起。

陈四起瓮声瓮气地说：“三爷，不认识了？”

刘修三说：“你是谁哩？”

陈四起说：“三爷，你记性不大，忘性不小。我是陈四起。”

刘修三惊讶：“陈大胖子，你还活着？”

“是哩，还活着。三爷，你不记得了？四年前，你把我赶出家门，霸占了我的家。”陈四起说，“还有我的家业。”

“我已经给钱了，账都结清了，怎么现在还来找后账？”刘修三从高立早身后走出来，仰脸对着陈四起，“你不能这样耍赖，这个还有完吗？好吧，你想怎么着？”

“把家还给我。”陈四起说。

“已经不行了，太晚了。泼出的水怎么能收回去?”刘修三一脸愁苦相、尴尬，他抱着肩胛，浑身抖成一团，“好吧，我让着你，再补给你些钱，谁叫我是刘大善人呢。”他转过头来看看高立早，又看看四周围人群，这算吗事儿?

陈四起说：“你再想想，你给钱了吗?我卖了吗?我爹不卖，你勾结日本人，把我爹关进牢里，把命都搭进去了。你记性不大，忘性不小哩。”

陈四起往前走了两步，刘修三往后倒退几步，他跌倒在身后人群里。愤怒的人群踹的踹，打的打。刘修三只有抱头的份儿。高立早过去，把人群拦开，将刘修三扶起，就像摆一尊玩偶那样再次把他摆到中央。

陈四起说：“你那双黑手，赚的都是昧心钱。贩鸦片、卖人、卖国、卖人骨头，只要有利可图，什么都拿出去卖。你个丧尽天良的家伙。”

刘修三抓着高立早的手说：“大少爷，你是在变戏法吧?”刘修三吓得浑身发抖，“大少爷，再变回去吧，收起来吧。”

高立早不动声色。

刘修三摇摇头又点点头，说：“大少爷，你是最正派的，在这个世上再找不出第二个跟你一样正派的。还长了这么大个子，相貌堂堂，说话咬文嚼字，你从不会瞎来。尽管日本人说你是匪首，可我不信。从小，我要是遇到难处，你总是走出来给我解围。景州城的人心里知道，你是大贵人，救星。所以我老是摽着你，甘愿做你的尾巴。那些年我就那么在你身后跑来跑去，像条狗那样摇头摆尾围着你团团转，就是为了不受他人的欺负。可是后来，你走了，没影了，我找不到你。你想想，在这些日子里，我是怎么过来的?可是，我挺过来了。忍辱负重，受尽欺凌。我还是逢人便讲，高家大少爷是好人。大少爷，你还是当初大少爷对不对，你没有变对不对?他们那样说全都是谎言，诽谤诬陷对不对？”

高立早叹了一声：“黑白是非混淆颠倒。”

周围人越聚越多，瞧瞧他们那样子，都想一口把刘修三吞下去，嚼巴嚼巴吃了。那可不行，人多嘴杂，什么人都有，杂七杂八的人，那就乱了。低调的，高嗓门儿的，好事一到他们嘴里就变味儿了。

刘修三说：“我知道那么多人妒忌我，编派我不少坏话。我又不是傻子，这个我知道。我赚了钱，发了家，他们都红眼了。你饶了我吧，大少爷。”

高立早说：“你听听吧，他们说的是不是事实？”

刘修三便凑了上来，说：“大少爷，你听我说，只一句，就一句大少爷。”刘修三凑近高立早耳朵，“我有钱，多的是。我什么都有，你要什么给什么。让我回去吧，大少爷。就像从前那样，在你家谷子地里打跟头，到河里头抓河龟。过去多好，我脑瓜儿里有，就在眼前。我真想回去。”

“回不去了，三爷。”高立早说，“你想重新来吗，你后悔了吗？回不去了，就像一盆水泼出去，再也收不回了。还是做个梦吧，说不准能回去。”

“你没变，还像从前那样，还是那个耿直厚道的大少爷。到如今我也不瞒你。”刘修三将两只手凑到嘴前哈热，“还有一句掏心窝子话。你以为我愿意吗？我也不想当亡国奴。我也像你一样，一肚子雄心壮志，也想轰轰烈烈干一番。你们都走了，我留在城里，日本人欺负我，我做梦都想弄死他们。我一直在想怎样腾出空儿，怎样倒过手来。到了儿，日本人不给我喘一口气的空儿。我受尽压榨。我赚了钱，我的钱给过你们，还给你们粮食和药，还有布匹和棉衣，大少爷。这个你也知道啊，大少爷？景州城是日本人的天下。我只在城里苟活，我在等哩，太阳终有一天从东边出来，总有那么一天。这些年我跟你们一样，成天提心吊胆。就像一只羊那样在圈里，说不定哪天，就会被拽出来，被一刀子抹了脖子，连叫声屈的空儿都没有。可是眼前不行啊，他们太强大，咱干不过他们。大少爷，就是这一句，留得青山在，不怕没柴烧。只要活着，还有办法复国。眼下可不行，要吗没吗，穷得掉渣，吃还顾不上来，哪来的气力跟人家干？”

刘修三看着雪光中高立早那张脸，围着转了一圈，“我可是爱国的，我不想当亡国奴啊。我可舍了血本，日本人拿了大头。我就拾个拉脚。也就是闻闻味儿，听个响儿，看个彩儿。”说着把手伸向高立早，捏着高立早棉袄，食指和拇指捻了捻，“说不准，这件棉袄还是我捐的钱置的哩。我捐了不少钱，我出过力。我也就是拿点儿钱财，别的我也有劲儿使不上。你想啊，大少爷，我铺排那么大场面，就是为了给咱中国人长劲。要是人死了，我要钱吗用哩？那就吃吗也不香哩，大少爷。”刘修三的嘴巴说个不停，听得人们都在愣神儿。

高立早说：“你的嘴闲不住，择巴老半天，把自己洗得这么干净。现在我就让证人过来，看看你都有哪些罪恶。”

刘修三抬头看了一眼，便看见四周全是愤怒的眼睛。刘修三吓得躲在高立早身后，用高立早衣裳遮住脸。“大少爷，哦，我知道了，你对我有怨气。那可是冤枉啊。我也是身不由己。误会我了啊，大少爷。这些年，我可对得起你。俗话就是这么说，人心隔肚皮，做事两不知。我眼力不会错，不会看错人。你还是那个厚道实诚的大少爷。大少爷，那次，要不是我劝说日本人，你就被活埋了。我让他们把你押解到北平，才有逃脱时机。”刘修三再次躲到高立早背后，“饶了我，让他们饶了我。”

高立早转身，再次向前推了刘修三一把。

刘修三心想，这可做酱了，真做酱了。这么说，是想要我的小命，还让我坐宝车。瞧瞧吧，这就是我的新婚之日，搅局还不算，还想要我的命。

高立早挥了挥手说：“还是让证人来说吧。”他往后退闪了两步。

这时刻，雪地一下子动了，雪地立了起来，化作一个个身影，一张张脸。

刘修三吓得往后退，他说："你们是谁，从哪儿来，是人是鬼？"他吓得一下子瘫在地上。高立早把他拽起来，一群人围过来，将刘修三挤在中间。刘修三往后缩，倒退了几步，差一点儿摔倒在地上，"不是我哩，真不是哩。"

犹如一阵飓风，所有的嘴巴都在说："就是他！"

"卖国贼，汉奸！"

"这个淫棍！"

"骗子！"

…………

高立早抓着刘修三，到一张张脸前，他说："瞧瞧吧，这些是被你告密的人，那些男人死了，留下孤儿寡母。还有这些人，你占了他们的宅基地，他们无家可归。还有他，你抢了人家十三岁妮子做妾。还有他，你夺了人家的铺子。还有这些，是被你压榨和欺压的人。今天，就算算这笔账……"

"谁家还没有算盘，谁过年不吃饺子？来吧，都合计合计扒拉扒拉。"刘修三长长吐了口气说，"别这样看我，大少爷。是我错了，得罪了，大少爷，我会补付你，肯定能。"他再次抓住高立早的衣服下摆，"大少爷，我也是寻常人。跟你一样。"凑近高立早耳朵，"日本人干的那些事儿，我也看不下眼去。他们给活人剥皮剔骨，制作人皮袄人皮鞋子，用骨头做首饰和摆件。他们拿婴儿小腿骨做烟袋杆。我劝过了，不要这么做，要遭报应。我说给他们一个银烟杆，他说就要这根腿骨做烟杆。"他的嘴又往前凑了凑，"我保住了三少爷尸骨。我花了重金，皇军，不，日本人才没有把三少爷骨头割开瓜分。三少爷的尸骨在周亚夫墓往前走一丈多，那上头我摞了三块雕花砖头做记号。这是我的罪，我没有保住三少爷的命。可三少爷的死真的跟我无关。"

此刻人群拥上来，刘修三吓得躲在高立早身后，说："救救我，他们是人是鬼？难道我真的到了这一步，恶鬼缠身了？"刘修三往后挣，他挣脱开，一下子摔倒在地上。从地上爬起来，拍拍身上的雪，他嘿嘿笑着说："他们给我算账，不配，都不配。可笑哩，真可笑哩。我已经给钱了，每一笔生意都很公道，价钱都合理。那叫买卖。书本上怎么说来着？一个愿打，一个愿挨。"

刘修三的每间屋子里墙上都挂着一个算盘，就是为了想什么时候算一算就算一算。就那么一扒拉钱就来了，连风带雨。是啊，一场雨下来，下得沟满壕平。那可是钱啊，不小心就被钱淹死。他早就不欠了，谁也不欠。都欠着他。谁都想沾他的光。这个拽一把那个抽一绺子，乱抽乱拽，他要不是抓得紧，早就被抽哗啦了。他雇的掌柜都发财了，手下那些人，全发了。都在算计他，都在骗他。像养了一群虎狼，就是要把他们养得像肥贼，整天吃得饱饱的，就不会反咬一口。是啊，都在算计他，睁一只眼闭一只眼。没一个好货。嘴上都像抹了蜜，小嘴都挺甜。说不准哪会儿露出牙齿咬人。日本人就像只大老虎，就是把他喂肥，那样就不会咬人。

他怯懦，心里恐惧越来越多。什么都怕，谁都会糟害他。记得小时候，去野地里砍草，一只蠓虫飞到眼里，揉啊揉啊，止不住眼泪。他一直逃，想找个能躲避的地。在这个世间，没个安稳地，让他把心安下来。他胆小，从小就胆小，就是一个蛤蟆、一只蝴蝶他都躲着。做梦啊，做噩梦。被一只蛤蟆咬死，被一只蝴蝶拍死。说来说去还是怕死。是啊，是娘老子给了小命一条，就要死守着，不让其受半点儿糟害。越是这样，就越是躲不开。他的嘴里补了两颗金牙——原先的牙齿还不是那一年耿兴那小子一拳头给打掉的。

刘修三想起，小时候在高家的谷子地，他跟着高立早挖老鼠洞。越挖越深，直挖到老鼠的粮仓——那么密密实实的，粮食还保存得那么新鲜。他们小心将这些谷粒放到布袋里，满满一布袋。高立早对刘修三说："拿去吧。"那一布袋谷子，救了他全家，要不都饿死了。那可是个神奇的布袋。就是那布袋谷子，让他家度过了饥荒。那是老鼠嗑过的谷子，上头沾满老鼠唾沫。他背着那布袋谷子，就闻见老鼠唾沫味儿。可是，到碾棚里，将谷皮碾掉，金黄黄小米的鲜味儿就给轧出来了。

刘修三说："大少爷，不会是你把我引到这里来的吧？你知道我害怕冷，害怕雪天。我们可是好哥儿们，拜把子——不，比亲兄弟还要亲。我所有的秘密都在你手上哩，我把所有的秘密都说给你。我现在不比从前了。我有钱，我有很多钱。你不是没听到过，钱壮㞞人胆。可是，怎么我一见雪还是晕？头疼，还恶心。现在，雪越下越深，可是我不怕了，景州人俗话说，不做亏心事，不怕鬼叫门。"

这时，突然，人群里第一张嘴巴发声了："让他赎罪。"

接着一个壮汉声音："扇他！"

另一个老爷们儿说："揍扁他。"

一个妇人的声音："就是他，他害了我男人。你个挨千刀的行子。"

一只手伸过来，打在他脸上，他听到一个妇人哭泣着说："就是他，扒了皮也认得他的骨头。他抢占了我妮儿。"

接着不知多少手，像密集的雨点飞来。每一滴水都像刀子那样穿透他，刘修三大声喊："弄错了，不是我，真不是我哩。"

刘修三一下子进入难堪局面，他不知怎样从这种境地脱身。他还没思考到一个字词，这个字词就被拳头和手掌打飞。他那时也看不清，还有拿擀面杖的，拿烧火棍的，拿铁锨的，拿扁担的都有。他的身上每一处都被打击，被扇、被拳头打、被拧、被掐……那一刻，他急于躲避，嘴里不停地喊："大少爷！"最重要的不是受到击打，是这一场景使他无法收场，所以他眼睛一闭。最初，就那么几撇子儿掴子打下去，刘修三就倒在地上。那么多脚踹。此刻，高立早过来把人们拉开。刘修三躺在那里闭着眼，身子抖个不停。

高立早和几条壮汉过来，护住刘修三，高立早高声说："先别动手。听我说，听我说。还少个程序，现在是控诉时候。"

一个声音说："说说就说说，他干的那些损事儿。"

刘修三被几个工作队员护卫着，扶了起来。他摇摇晃晃地站着，浑身发抖。现在，他终于腾出空儿来思考。他的嘴里还隐隐嘟哝了声：

"贱——"他头脑里第一个景象：他的庭院挂上红灯笼，披红挂彩，充满喜气。第二个景象：他在大车上所看见的美景，那些房屋、墙壁、树林和开遍鲜花的草地。第三个景象：高高的城墙，城门关闭了，他被关在外边。他看见景州塔，也听见开福寺的钟声在持续不停地敲。今天是什么日子，开福寺钟还从没有这么敲过。第四个景象：他掉地上了，人踏马踩。现在他浑身火烧火燎，还有几处被划破了，在流血。第五个景象：他头晕，仿佛在云上，云被疾风吹动……由此，他记起几年前，他与耿兴坐在一起，一群西关妮子把他头薅成个血葫芦。那一刻，他还能张开嘴，说几句赔礼道歉的话。今天，这么多人，那么大响动，他想说，就是再大力气，嚷出最大声音，也不会有人听见。他便喊了一句："是我不对，我对不起哩！"

声音就像一滴水掉进大河，就像一粒尘埃在空气里飞，像一滴水一粒尘埃那样无助。眼下，他被七个壮汉围在中央，就像城墙那样高。他听不到看不见。那一刻异常宁静，高立早面孔冷峻严肃，刘修三说："大少爷救我。"他嚷了一声，便晕了过去。当他再睁开眼，见自己倒在地上，高立早蹲在他上边，就像一座山那样。刘修三说："真没想到哩！"

高立早说："你都听见了吧？现在还有什么可说的。"

雪越下越大。刘修三在发抖，高立早给他披上一件衣裳。周围的人都已经冻惯了。那些在雪地上赶路的人，那些饿着肚子的脚夫，那些车夫，那些牛马。这是个难挨的冬天。刘修三从小就怕雪，晕雪。所以一到雪天就躲进屋子里，盖上被子睡大觉，就像一条冬眠的蛇。原本这会儿，他会在自己的房间里燃起炉子，红色的炉膛，蓝色的火苗。活得多么滋润，每到一处，都有女人侍候和陪伴。或者，在他房间里，从墙上摘下算盘，手指灵巧拨拉，发出清脆的噼里啪啦声，那声音悦耳，就像个乐师那样弹拨。那些算盘都用珍奇木料制作，都能发出金石一般的声音。可他所弹拨的是金钱。每天打着如意算盘，钱就像流水那样往他家流。算盘一响，多少人遭祸殃。费尽心机，机关算尽，就是为了钱。钱就真那么亲，比亲爹娘老子还亲。

刘修三说："你真听信了那些谣言。你中招儿了。都是这样套路。多少人就是这样让他们糟践了啊，大少爷。你早晚也要吃亏。你看见我了吗？这样下去，你迟早也会走上我这一步。危险哩，大少爷。不值哩，为这些贱民。"

高立早说："那就让他们再来说。"

刘修三说："别，大少爷，还是听听你怎么说。"

高立早说："在日本人那里，你的嘴一歪歪，西关的爷儿们都被抓光了，妮子们也被你折腾了不少。被活埋的，当劳工的。那些妮子更惨，送到日本人手里，活下来那算是命大的。你贩卖人赚了一大笔。今天，要是耿兴在场，那将会是怎样？"

刘修三说："西关的人就是一群狼，哪个见了都想吃人。我可受够了。我要不是有一百多个护卫，小命早就葬送到他们手里了。你听到这些都不是真的，那是中伤我。"

高立早说："那么我问你，我三弟是怎么死的？"

刘修三说："这个谁都知道，三少爷是被日本人活埋的。"

高立早说："日本人怎么知道他就是高立仁？"

刘修三一下子慌了，他说："大少爷，可不是我说的哩，大少爷。"

"你说，是不是你给日本人说，他就是高立仁？"

刘修三点点头，他说："我也是被逼无奈。再说，我也是为了三少爷好哩。那会儿，三少爷病得就要不行了。只有日本人才能救他，日本人都答应了，把他弄到日本国去治病。他们能治好三少爷的病。可是三少爷硬挺着不去，那个谁也没办法。"

"这么说，你认账，是你给日本人说，他就是高立仁？"

"当时，我也是出于无奈。枪口顶在后背上，刺刀捅到脖子上。我就差那么一小点儿，性命就没了。"

"肉烂嘴不烂，就是醉死也不认那半壶醋钱，你从不认账。"高立早将身子一晃，撤到一边，刘修三便看见那黑压压人群，那些愤怒和仇视目光，刘修三再次藏到高立早背后。

“大少爷，把我送回去吧。”刘修三说，“大少爷，我可是把心都掏给你了。今天我走了背字儿，真是倒了血霉。大少爷，我可以给你所有的粮食，所有的药。不，从现在起，粮店和药铺都归你了。我给过了，我要全都给你。”

之前，高立早已经思考很久，将刘修三带到这来将是怎样的一种情景。他还记起刘修三幼小时穿开裆裤的样子，他是个出名的大鼻涕桶。嘴却甜言蜜语说个不停。要是让他说，他就不会停嘴，就会在那里说一辈子。高立早还记起，沿街叫卖小鸡崽儿的小贩推车上一个大簸箩，里面挤挤插插全都是鸡。上头盖着一块破布。小贩撩开那块破布，就能看见各种颜色的小鸡，一团团毛毛球似的那样可爱。黄色、白色、黑色、棕色、红色、灰色都有，黄色小嘴张开，吱吱叫声悦耳，那么让人爱怜。可是，一只鸡长大后，就都会四处撒野。把它们从鸡笼里放出，便一路飞跑，两只爪子在土里刨着，还一边咕咕叫着，就是石头砖头瓦块都吃进去。要是刨见一只虫子，甚至一只大蝎子也会啄食。高立早他一直在犹豫，是否一开始就将刘修三看作一个十恶不赦的败类。他心底天平一直在倾斜，他尽力把持着。从诱捕刘修三计划实施到现在，他一直在想刘修三干过的事儿。这个以善人自居的人，日本人也标榜过他，景州人要以他为榜样，让其思想精神发扬光大。可是，这些年，他一副卖国贼嘴脸，出卖，欺压，激起众怒。高立早也想过，那次在自己家门口遭日本人毒手，要不是刘修三出卖他，他怎么会落入虎口？他想让刘修三接受人民审判，忏悔自己的罪恶，可是这些，刘修三都不认账。他把话反着说，将一切颠倒过来。就这么讲吧，根本没法对上话，犹如一棵榆树与一只鸡，一只鸡与一棵草对话，所想象的与实际相差十万八千里不止。没有可比性。刘修三很特殊，还没有一种生物与之相近。

一开始，高立早还打定主意，给刘修三一个申辩的机会，他想，这也许是刘修三最后的机会。看他这张嘴怎么说。真没想到，此人还真是喋喋不休，没完没了地讲。没有一丝悔意，不认罪。仿佛他真是大善人，就像神仙显灵。高立早看见过县官判案，没有一个犯人不喊冤。高立早这次就想弄清，刘修三这样的罪犯，怎样看自己的罪恶。刘修三完全将自己的罪恶幻化成一种善事一种美德。由此可以想象，就真有这样的场景：日本人召集大众，到景州礼堂开表彰大会，礼堂里亮起大灯，照亮台上那些邪恶面孔。刘修三被簇拥，披红挂彩，还颁发奖状，那种场景是多么滑稽怪诞。

这个完整的罪恶链条，是谁给刘修三设就的？身陷罪恶里头多么可怜，可他还不知身受其害，沾沾自喜，老觉得自己有大便宜，撞了大运。在枝头上叫的喜鹊每天都给他送信，就是乌鸦也在巢里为他唱起欢歌。他真的买到了，花不了多少钱就可以得到土地、宅基地、店铺，还有那么多有魔力的宝贝，还有更多的钱。那样欢快的日子。气息从何而来，花叶？果子？令人垂涎三尺的美酒佳肴，成群妻妾，一张张鼓溜溜的脸蛋，亮晶晶的眼睛就像星星。绸缎被褥和衣衫。听听吧，那些小嘴多甜，都是为了口吃的，为了件衣裳。那些桌子、椅子和杌子头，柜子和橱子里装得满满当当，塞了又塞。那些金子、玉石、宝珠、瓷瓶、宝壶、铜塑像。从这双手到那双手，上头沾满了汗渍，上头的血已经揩干，被一双双手磨亮了。每一件器物都可以当作魔具，引人上钩。聪明人和愚昧人，清醒者和傻子都有一张嘴巴。痴人说梦、插科打诨，说假话和说真话，都混淆了。刘修三早就已经发现，他周围的人都在骗他，他自己都在骗自己。刘修三认为他是个忠实厚道的人，他给他们那么多，到头来却一个个背叛了他。所以他要说下去，说一辈子不止。要是不阻止他，他将永远讲下去，如同痴人说梦一般，睁着眼说瞎话。刚才，刘修三所说过的话，他的狡辩，要不知底细，还真能混淆。当然，刘修三就是再能说，也颠倒不了是非黑白，也让人见识到了他的狂妄、自私、怯懦，愚昧无知。高立早思考着，用怎样一种方法让刘修三认罪伏法，可是他却没有半点儿悔改迹象。好像除了他没人懂得正义，真理仿佛永远在他手里。

高立早说：“我再问你，你出卖我，赚了多少钱?”

“冤枉啊，那可冤枉死我。那全都是误会。事赶事，错中错，才有那样的事儿啊!”此刻雪下得更大，刘修三一次次抖掉身上的雪，打了个喷嚏。

到此为止，高立早算又一次见识了刘修三，像他这行子人，就是见到棺材也不会掉泪。那么，就让人民来审判他吧！那么多证人，那么多证据，看他还怎么说。

“这么大雪，雪就像刀子打在脸上。大少爷，找间房子躲一下。”刘修三抓住高立早胳膊，“像这样的天气会冻死人。”

“房子，被日本人烧了。”

“那么，人哩?”

“被杀死了，都变成了鬼。”

刘修三朝四周看了一眼，赶紧抽回目光，这么多眼睛，哀怨的、愤怒的、仇恨的眼睛。这些全都是传说中的鬼的眼睛吗?“不会啊，大少爷。”

就在此刻，刘修三抽了个空子，朝雪墙撞去，他的身子立刻陷入。当他撞过雪墙，便是一望无际的雪野，他在茫茫雪地上奔跑。在后边，是追赶他的人。

刘修三遇上一匹马，他骑上马，抬头看了一眼景州塔塔尖。他在雪地上奔跑，厚厚的雪地，他看见景州塔就在眼前，仿佛下一刻，他就登上景州塔下面的基石。当他伸手，他便摸到了景州塔砖壁。在他耳畔，开福寺钟声一声急一声，催促着他拼命往前走。他奔跑着，一天，一年，十年……却永远跑不到。他身下的马永远也停不下，就像在云端上飞。他再次进入一种仙境，脸上露出笑容，整个平原上只有他跑动的声音，马蹄踏雪一路飞奔。他还想呢，要不是这匹马，那可真做酱了。天地静寂了，没有声音气息，只有雪光存在。跑着跑着，他发现自己骑在一个树杈上，他的身子一摇晃，从树杈上掉下，他一直向下坠入。在雪下边，有个无底洞。他叫喊着：“救命啊——”没有谁听到他的声音。此刻他完全进入幻觉，在他的庭院里，他听到唢呐声奏响，一个八抬大轿晃了过来，在他门前停下，他第十二个妾下了轿子，朝他飘移。他跑过去，一把抓住小妾的手，将她领进洞房。这便是刘修三最后的意识，然后便终止了。对于他，一切也便停止。

第十二章

1. 来吧，来吧

解放了。

高长忙在战争废墟上耕作，铁犁泛起泥土的粼粼波光，鸟雀在上空飞来飞去。黑色土地呈现出它根根筋络，布满血丝。苦难之血浸润过的大地被松动了，平展展铺开。高长忙脸上透着笑意。他扶着犁柄，挥动鞭子。他犁过之后，再将土地耙平。高立早带着曹惠双回家了，高立雅和耿兴归来了。邮差送来高立明的信函，他将还乡。

雨下得透，雨过天晴。此刻，景州大地缓慢松动，变得湿润、松软，狐狸、兔子、田鼠探出洞口，灵敏的鼻子嗅嗅，它们看见蓝天和太阳。蓝天就像一棵大树，长满蓝色叶子，盛开满天洁白云朵。太阳就像一枚硕大果子。虫子苏醒，种子和卵有的被唤醒，有的打着哈欠，有的说着梦话。它们朝向上方挺进，说着悄悄话，偶尔还会发出大笑。下边，是催促的声音：去吧，快去吧。冥冥中它们听到来自上方的呼唤：来啊，快来看看！努力向上爬啊！只要爬，就能见到阳光。第一个探出头，太亮了，这就是光明吗？上头那轮刺眼之轮是太阳吗？虫子从卵中爬出，鸟破卵而出，鱼从卵中钻出。那些兔子在旷野上欢快地奔跑，春天淡淡的草香使它们微醉，野菊花、苣荬、燕子尾巴花露出笑颜，在旷野上争相奔放、闪动。丛林长出芽叶，它们盘算着，在这个春季，怎样发出新枝。狐狸在密林和灌木间，与它们刚出生不久的狐狸崽戏耍。

高长忙抓着牛缰，身子后仰。他举眼，便看见旷野风景。在不远处空地上，那里有个土丘，土丘前，高立早在那里跑来跑去地奔忙。在土丘前，堆积着大车残骸，就像动物尸骨那样。堆在里头的，有车辕、车帮、车尾、车轮。七个木作在这堆残骸堆前，再次将这些在战争中被损毁的大车残件，修复和组装成一辆辆大车。

战争远离，灾难和不幸也都过去，一切顺应着自然之潮流动。牛群安详地站在树下倒嚼，从嘴里流出丝线般唾液。马在圈马棚的食槽前，嚼着香喷喷的草料。那条狗趴在门边打着哈欠，猪在圈里鼾睡，做美梦。

那些举镐头的人，拿铁锨的人，在被摧毁的土地上整修。小媳妇大妮子们被指派到大地中央，盘坐在地上，手里拿着针线，在赶制衣裳。有些衣裳已经做好，叠放在一边。在她们身边，还有成叠成摞的布匹和剪裁好的袄片等她们缝制。

一群少年像潮水般，大笑着叫喊着在树林里奔跑。少年爬上一棵高大榆树，他们摸到坚硬的等了很久的叶苞，摘一粒放进嘴里咀嚼，嘴里发出一声声惊叹：春天——一阵风吹过，传来高空榆树上惊喜的笑声，他们竭尽全力挥动手臂：来吧——来吧——

高立早踏过护城河石桥。护城河像一片湖泊，景州城像一个岛屿。护城河通往南边的一条河流，水光闪烁，从不干涸。

在春风里，冰雪消融，被封于冰下已久的生命，已经苏醒。一条大鱼蹿上天空，带起水帘，就像闪电一样摆动着身子。之后再落到水中，荡起圈圈涟漪。

高立早走在景州城大街上。记起，他以前每次进城，眼前呈现的败落景象。

那么拥挤的大街，人都到哪儿去了？他用中指肚抹了把眼睛，眨眨眼，眼前的场景依稀可见。到处还都是战争痕迹。

犹如他每一回梦里挣扎。梦魇持续着。一面是牢固，更牢固；另一面损毁，再损毁。锤头砸，斧劈，发出沉闷声音，都不奏效。就像一个大铁圆球，将所有的生命封存在里头。形成平原冬季漫长黑夜的魔咒。

忘不掉，那个冬天的景州城。两边的铺子都关闭着，大部分房屋坍塌。那些被损毁的建筑，传统墙壁和思想形态已不复存在。

过去，是多么繁盛。街两旁高大树木，鳞次栉比且有漂亮招牌铺子，多么兴旺，满街全都是笑脸，从铺子里传出说笑声在大街上荡漾。

刘修三的铺子门已经关闭，那些玻璃门窗扇破碎，从门窗里看见的都是落满厚厚尘埃的柜子和案几，那些摆放有序的商品不知去向。

再往前是刘家巷子，刘修三的庭院已经破败，院墙倒塌，人去屋空，长满野草，藤蔓爬满树，那些珍奇花木大都疯长，再也开不出花朵。

如今大街上一片废墟。那些茂盛的树不同往日，大都枯死。当然，树还站立着，树身焦煳，树冠折掉，就像士兵被斩断头颅。

此刻，开福寺钟声从塔窗飘入，钟声敲响。

高立早他们爬到顶屋，一位少年号手爬出塔窗，朝着最上头的铜葫芦爬去。他爬至塔顶，一手抓紧塔尖铜葫芦，一手持号，号声在上空响起，飞遍景州大地。

高立早从塔上下来，他走进景州城东西大街。在他面前挡着的一堵堵墙被推倒，一股子风顺畅吹过。在墙倒的那一刻，一切即刻展示，草木发芽，犹如婴儿诞生的第一声啼鸣。即刻出现了簇拥的人群，一张张笑脸呈现在眼前。这种情景闪现，高立早抽搐了一下，鼻子一酸，眼泪便流了下来。

接下来，举着鲜花和五彩三角旗的人，排列在两边，迎接他们。呼喊声和掌声，将往日悲伤埋葬，一个新时代即将到来。

高李氏对曹惠双言说着往昔，从一口缺边少沿的缸里舀一瓢水，洗野菜。此刻，高立早骑着那头牛走来了，牛蹄子震荡大地，泥土伸开那紧握种子和卵子的手，泥土疏松了，湿润的泥土上遗留下虫子爬动的印迹，树木又发新芽，小草遍地。一切迹象都向好的一面转变。

战争结束后，生命急于繁衍。所有树身都长粗，并长出庞杂枝干。野草茂密，野花遍地。这个春天，麦苗狂放分蘖，滋长出浓密的叶子铺满大地。这一年，大地喜获丰收，不管播种什么种子，怎样撒播，都会长出旺盛的苗，结出饱满的籽。牛产下牛犊，驴生出驴驹子，在旷野里戏耍和跑跳。母羊产下羊羔，发出稚嫩的叫声。天空飞舞着雀鸟、蝴蝶和蜻蜓。

高立早从牛背上下来，推门走进院子，院门嘎吱响了，那是喜悦的叫声。高立早低头站在门框前，一屁股坐在门槛子上，看着高李氏点燃柴火，轻轻塞到锅下。给高立早煮野菜吃。野菜已洗干净，切了几段，就那样长草拉棒地放进锅里。锅里添上水。抱来柴，点了火。刚下过一场春雨，天气潮湿，划了七根火柴，才将柴点燃。柴在灶膛里噼啪响着燃烧，冒着一股子一股子呛人的黑烟。黑烟熏得人直咳嗽。高李氏眼泪流个不停，洒在柴上。洒了泪水的柴填进灶里，发出嗞嗞悲鸣声。

不久，棒子粥味便飘满整个房屋。粥的气味儿使肠胃咕咕叫。粥熬好，高立早喝了一碗，高李氏说："把碗给我，我给你再舀一碗。"

曹惠双接过碗说："娘，还是我来吧。"

高立早说："吃饱了，真吃饱了。"

说着，他还打了个香喷喷的饱嗝。

高立早在这个空隙里，脱掉身上长袍。他想，终于脱掉了沉重的长袍。高李氏接过去，摊开，拿出针线，要为高立早缝一缝扯裂的长袍。

曹惠双过去，笑眯眯地把长袍叠起，她说："再也穿不着了。"

她的话刚落地，一只苍鹭飞进院子，在上空盘旋。高立早跑了出去。苍鹭扑棱棱落到高立早肩膀上。苍鹭在他耳边啼叫，喜讯就像春天潮水萌发，涓涓而流。

这个深秋，谷物满囤，竖尖冒流。收获的棉花已经纺成线，浆洗之后开始牵线，这是对前面劳作的终结，布将在织机显现。院子里，北墙根揳着六根木橛。往西两丈有余，再揳六根。每排橛子后坐着一个妮子。在墙根摆了齐刷刷的络子，五彩棉线。捡起线头，在两排橛子间来回不停走，持线牵来牵去。将线递给东边坐矮凳的妮子，再往西走，递给西边坐矮凳的妮子。高李氏就这样不停地走。高立雅在院中央络线，曹惠双拿着线拐拐线。高立早蹲在南墙把一根木棍皮削掉，再装在镐头上。此刻，高李氏回过头，她看见高立早站起来，手持镐头比试一下。高李氏嘴里不由得吐出一声："三儿!"高立早跟高立仁相貌个头都差不多，只是高立仁更瘦一些。这样，高李氏头脑里便出现了幻觉。

高立早丢掉锄头跑了过来，高李氏再看高立早，仿佛在寻找着什么，还摸摸高立早的胳膊、脸颊。突然她记起了，问："三儿哩，我的三儿哩?"

高立早脸色发青，神情肃穆，高李氏的声音像黄鼬拉鸡似的说："三儿——"扑簌扑簌掉泪。高立雅接过娘老子手里的线，接着牵线，她的眼睛里也盈满泪，不时地用手背擦。

高立早说："娘，别想了。"

高李氏说："以为我不知道，都说他叫日本人给活埋了。"

高立早说："娘，别伤心，我这就去看看。"

高李氏说："他没死，他不会死。"

高李氏坐在炕前，高长忙弯腰俯视着她，他说："我说是吧，童子命。"

高李氏大声叫："放你娘的狗臭屁，三儿怎么会死?!"

高立早说："娘，全怪我，都怪我。"

高李氏说："我要三儿，我就是想看见三儿，给我弄去。"

高长忙说："别说孩子话。"

高李氏说："你们都瞒着我，就这么活不见人，死不见尸?"

…………

在景州城解放第二天，高立早一帮人就去埋高立仁的地找了，一块骨头都没有见着。高立早还打听到，是刘修三手下三个人把高立仁骨头挖出，将骨头瓜分了。

一队骑兵策马进了景州城，虽然脸上带着疲惫，更多的是胜利喜悦。从东边的护城河古堤丛林上空，第一道曙光已经穿破云雾，映照着景州城。

这道曙光越来越强烈。透过东方天际，映红云彩。耿兴带领着他的士兵行进在景州大地。队伍最前边，耿兴与高立雅骑着两匹白马。走至景州城，便朝西关奔驰。耿兴第一次带高立雅见公婆。景州城俗话说，丑媳妇也要见公婆。可是，高立雅并不丑，在景州城，再俊俏的媳妇见公婆也非常羞涩，就是长得再好，总会有漏洞或者缺陷。高立雅也如此，总以为自己容貌经不得推敲。挺直的鼻子是不是太大，个子是不是太高，眼皮是不是太双，头发是不是太黑……事到如今，什么都不可掩饰，一切都显鼻子显眼暴露在外。她穿一件藏青色偏襟夹袄，裤子也是藏青色的。耿兴和高立雅早就准备好，这一次见公婆，跟耿兴与高立雅成亲已经过去八年。就是这样，两个人在进城的那一刻，心里犹如一面鼓那样敲个不停。

之前，有很多传言，说耿家绝不让高立雅进门。这种传言不止一次地传进高立雅耳朵。就像河浪那样一浪高过一浪。这些都是耿兴那些追随者散布的。

耿兴将至。这个消息传遍景州城，传到西关。景州城小子妮子都想一观英雄容颜。当然，不管是爷儿们或者是娘儿们，都可以在背地里说说道道，但都上不去桌面。那些上不去桌面的事物，有些更沉重更真实，或者更愉悦更幸福。

事物都有其多面性，一片叶子正面和背面，一个人的前头和后头，就是一本书，也有其阴阳两本之说。以上所说，算是个阳本，那是北关传说；而西关传说，则是另一个版本：阴本。

北关以高家为主角，而西关以耿家为主角。高家和耿家联姻，便使事物更加复杂化。从景州历史上就有这样一句话：北关不受西关的气。耿兴自少年，是西关骄儿，受尽西关宠爱，西关的妮子都思慕耿兴。所以西关的传说中，并不是耿兴向高家求婚，而是高立雅勾搭了耿兴。耿兴与高立雅成婚后，对于西关妮子来说，那是迷失和溃败，是何等的绝望。那些大胆的妮子，有一段时间找高立雅的碴儿，见人骂人见影骂影，什么难听就说什么，弄得高立雅不敢上街。高立雅掉着泪说："西关的妮子，简直就是一群狼，要咬人哩。"而当耿兴被授予少将军衔。北关人想的是：他这将军，是怎么当上的呢？

耿兴回景州城。西关的爷儿们把人给劫了，直接弄到西关。

当时政府安排乐队，还有景州城爷儿们娘儿们，还有学生，都举着三角旗，手拿五彩手绢，迎接英雄归来，都想瞧一眼耿兴真容。他们没想到，耿兴被西关劫了，连人毛都没瞧见。

而西关热闹浪潮一浪高过一浪，叫喊声和大笑声整个景州城都听得见。

就像浪潮那样，一边呼喊着，将耿兴推进西关耿家大院。把耿兴的军衣挤皱巴了，军帽给挤跑了——从这个头戴到那个头上。反正西关的爷儿们把耿兴的将军帽子戴了个遍，还真过瘾。

还搭了戏台，锣鼓奏鸣，还雇了戏班子，还有舞狮子扭秧歌舞，好不热闹。

高立雅从马车上下来，进耿家门那一刻，真不知脚怎么迈，就像景州城俗话，别不过马腿。觉得自己这里不行那里不是。可是胡同里站着那么多人都盯得很死，仿佛在说：看你怎么进！

其实高立雅的担忧多余，她那几步走优雅轻盈，轻车熟路一般进了耿家的门。一进门，耿兴爹娘老子正在门前笑吟吟迎接。耿兴回过头来，他笑着说："立雅，这是爹，这是娘！"

高立雅进门就见站在门口那两个人，认出就是公公、婆婆，在耿兴引导下，她喉咙里便不自觉地发出“爹！娘!”之后，一切都稳固下来，高立雅回想，她是怎么进家门的，爹娘两声是怎么喊出的。当她喊出时，爹老子哈哈笑着应了声，而娘老子的回应是一阵抽泣，手里拿着一块手绢举到眼前擦泪。高立雅走过去，婆婆一把抓住高立雅的双手，叫道：“媳妇啊，你可来了!”

也就是这一天，高立雅总算进了耿家的门。从意识上，高立雅到此，才真正成为耿家媳妇。

耿兴把高立雅放下，说了声：“不行，我得去。”那样子，仿佛一件重要的器物被丢了，或者落在哪儿，他要回头去拿。他就这样将高立雅冷在那儿——在耿兴头脑里，那情景也就静止不动，就那样在那里守候，等他归来。耿兴挥马，驰骋平原，演绎了一场惊魂动魄的寻骨记。

2. 耿兴寻骨记

树有根水有源，要详知整个事物，还须从头两件事说起：其一，高立仁被日本人活埋，尸骨被埋在周亚夫墓南荒地；其二，冰消雪化时，有人看到一具尸首漂在井水上。几天后，刘家人来辨认，确认是刘修三。由此猜测，那场审判会之后，刘修三借机逃掉。在茫茫雪野迷路。他又饥又渴，深一脚浅一脚，走在厚厚的雪地，一脚踏进了井里。

刘修三尸骨未寒，他的手下便树倒猢狲散。

刘修三手下有三个管事的，一个叫刘茂林，一个叫王石绛，一个叫陈飞龙。一个深夜，三个匪类头子出现在周亚夫墓南边，高立仁埋尸之地。他们挖出了尸骨。三个人分赃不均，还干了一仗，动了刀枪。这三个匪类头子是刘修三手下。他们听刘修三说过，高家人的骨头比象牙还要硬，洁白、光滑，碰撞发出金石声。刘修三有三个生财之道：

倒卖军火，贩卖人，贩卖鸦片。这三个人各自掌管着一条黑道。

第一条财路便是贩卖军火。此行是王石绛主管，为刘修三赚了大钱。那个时期，像刘修三这样发国难财的比比皆是。

那一时期，强盗、匪帮和暴徒与刘修三打得热乎。谁跟刘修三好，武器就能到手，就能打一片天下，占一块天地。时局混乱，各自为政，都梦想着独霸一方。

王石绛不只是与日本人交易，也从国民党军队手里购买。或者截获或者偷窃，骗取。偶尔，还劫了土匪武器。就像景州城俗话说的：老虎吃蚂蚱——碎拾掇。由此，日本人对此耿耿于怀，国民党军队对他也很恼恨，就是匪帮也记恨他。

那时，武器弹药明显短缺。有两次，刘修三倒卖的武器弹药被高立早截获，所以刘修三千方百计勾结日本人捉到高立早。直到后来，高立早被解救，刘修三便吓得寝食难安，像热锅上的蚂蚁。

有时土匪在运河上打劫，得到武器弹药，想销赃，也找王石绛。于是，一场黑吃黑的交易开始了。就像古话说的那样：大鱼吃小鱼，小鱼吃虾米，虾米吃青泥。

土匪吃了大亏，怎肯善罢甘休。之后的日子，刘修三的铺子遭袭，炸毁门窗，值钱货物被哄抢。就是刘家庭院也不得安生，一个仆人在花园小径上走着，被突如其来的子弹击中，随即毙命。还有，庭院一夜听不到狗叫。第二天醒来，到院子里看，一共六条狗都死了，身子僵直。刘修三的庭院成了耗子乐园。光天化日之下，耗子成群结队地出来游园。庭院里还时常出现成堆的狗猫尸体，是深夜被人丢进庭院里的。每天都看到这种丧气场景，刘修三狠下心来，设法将那些土匪灭掉。他跑到小野那里告密，说劫轮船的就是这伙匪类，还谎称哪个村子里有武工队和游击队，日本人便派兵“围剿”。这些日本士兵到达指定村子，不只是击溃土匪，还在村里烧杀抢掠，强暴妇女。

第二条黑道是陈飞龙掌管，以贩卖人为营生，惹上人命官司，被官府捉拿，刘修三将此人保释出狱。从此，陈飞龙便重操旧业，为刘修三卖命。

陈飞龙，是个老谋深算的家伙，专会给人设圈套和陷阱。他还有一种蒙汗药，此药让人喝下去，或者撒在对方头脸上，这个人就如同牵线木偶那样令他摆布。他把自己打扮得像个阔佬，他在大庭广众之下招摇，尤其在集市上，他会顶盘子、丢棒子、抖空竹。他变作一个小丑在中央叫儿撒欢、扬风奓毛。他将第一把水晶似的尘埃撒向高空，天空便落下细密水滴，落在人身上。所有的人都集中精力观看。他会从一块手绢里变出一只兔子，再将兔子变没。当然，他还有一颗宝贝桃核，他把桃核埋在地上，他喊一声：来来来！桃核便钻出小芽，在风中抖动透亮叶子。他高声喊：长长长！桃树便长成一棵大树。此刻，他第二把水晶尘埃撒向高空。顿时，淅淅沥沥下起小雨，落在桃树和人身上。就喝三口粥工夫，小雨停止。他再次发出叫喊：开花吧！桃树开出一树桃花。围观的人都看傻了眼，并发出惊叹。这还不算完，他再次发出呼喊：结果吧！他把第三把水晶尘埃投向高空。这次没有落下水滴。而是在空气中飘着密集细碎的水滴。接下来，他走到桃树前，向上望了一眼，俯下身去，用力拔桃树。桃树根发出咔吧声。桃树被拔出，他背着那棵桃树，上气不接下气地说：还不走哩，到我家吃桃去吧！接下来咣一声，都跟着他走去。他把人带到一座高高围墙院落，沿向下台阶步入地下，从此再难见天日。这样的把戏一次次演变，每一次都能得逞。谁要是看破，揭穿他的戏法，谁就会遭祸殃，引来杀身之祸。当他带领着人群走向他的高墙，大街上会留下尸首，最多时四具。那些被带进高墙的人被分类，戴上标牌，上头是这个人的介绍和价钱，就像一张商品标签。当然，也有一些被解救，或者幸运逃脱的。可是，他们都回忆不起来所发生过的事儿。

到处都有他的打手。将拿到的人关押在高墙之内大院落里，下去便是教堂地下室，从外表上看，这是一块净地。刘修三说上报了教堂主事，并以钱财收买，一边打压一边诱惑。主事受不了来自刘修三的压力，便同意将要卖的人关押到地下室。直到后来，日本侵略者将教堂地下室改造成牢狱，刘修三便与日本人勾结，继续干着这贩卖人的行当。

地下室，至暗、阴冷、潮湿。据说最多时，被关押的人站在里头都插脚不下。侵略者到来前两年，是贩卖人口鼎盛时期。地下室最多时关押过三千多人。日本侵略者也将这一行当作为最重要的资金来源。日本人将男人看作当劳工的料，一部分当了伪军，一部分运送到日本国，一部分被运送到东北。还有一些人被当作试验品，活活被解剖、切割甚至毒死。而女人，一部分被卖进窑子，一部分被卖到富人家当奴仆，一部分被卖到城市当女工。

陈飞龙有各种办法捉到猎物。成年人越来越少，当然，妮子就更少。

景州城教堂就在景州塔东北角，是一座带三个塔尖的高屋。

第三条黑道是刘茂林掌管的贩卖烟土。他从京城和天津卫两地疏通这条财路。刘修三出头，买到烟土，再分卖到平原小城。在每座城市都安插人为他贩卖。当然，凡是贩卖烟土者都是狗胆包天、见利忘义的亡命之徒。刘茂林掌管的这支队伍，共有四十一名悍将。这些人个个都心狠手辣，这样是为了保障烟土安全送达交易地点。

烟土源源不断地从海上运来。刘修三和刘茂林就能直接拿到第一手货色。

不只是平原一带，就是在外省，也分布着烟馆和贩卖烟土的家伙。这些人都赚了大钱，吃得头肥腰圆。

在平原一带，刘茂林甚至比刘修三还出名，尤其与烟土沾边的人，都将他奉为神和领袖。也就是刘茂林，能给他们一个虚幻的精神世界。有刘茂林，就有烟土可吸食，但是必须有钱才能得到。那些悲观的人，已经对现实失去信心，情绪萎靡，混个一天两半晌，当一天和尚撞一天钟。他们对人生也不抱什么希望，就是死，也要享受一下，也要看一看，也需要一个精神境地。现实中找不到，通过吸食烟土便可以达到。进入一种美妙极境，真是意外收获。仿佛就能看见满天星星，也能看见月亮，也能看见太阳；仿佛看见一张温柔的脸，一朵鲜艳花朵，一碗香喷喷的食物；仿佛也有真理、道德、慈爱和正义……那一刻仿佛想什么有什么，要什么就有什么，可结果却是身心越来越虚弱，最后家败人亡，意志丧失，形销骨立，暴尸街头。

刘修三死后，三个匪类头子自立门户，在景州城兴风作浪，无恶不作。三个匪类头子最后要捞一把，便盯上活埋高立仁的地，他们早就在打这个主意。景州城解放前，这是最后的机会，所以三个人合谋，盗挖高立仁尸骨，瓜分后带着金银珠宝和家眷离开景州城。

乘着黑夜，三个匪类头各奔东西。要找到高立仁的尸骨，必须找到这三个人。要找这三个人，就像大海捞针。耿兴决心已定，便打马而去。这三个目标都很明了。狼有其踪迹，河蚌有其行痕。凡作恶者，都会留下抹不掉的行迹。

军火商王石绛，十王村人，十几岁就在一家杂货行当伙计。二十岁那年，跟崔成县长相识，在崔成县长手下当了五年文书。之后，被刘修三看中，便在刘修三手下一个杂货铺当掌柜。日本侵略者到来，他便摇身一变，干起军火生意。王石绛八面玲珑，周旋四方，又有刘修三庇护，刘修三又与日本人勾结，也算顺风顺水。

几经周折，耿兴将多种信息在头脑里顺着思路捋，渐渐明晰。耿兴便打马出城，沿着城东一条路，直奔运河。行至运河往南拐，沿河岸走。大约两天骑马路程，可到达一个叫丽陵的镇子。王石绛出生在运河沿岸，虽然生性野蛮，却守旧、恋家，所以不会离开平原。就是这样，找到匪类头子，简直是海中寻针。耿兴出了城，打探到可靠消息，王石绛有一打饰物的亲戚孙宝贵在丽陵镇，他们来往密切。

第三天，近晌午，丽陵镇便出现在眼前。这是一个沿河堤建造的镇子。河堤南北向，靠河有一片密匝匝的院落。中间有一条街道，将这片院落隔开。耿兴沿街走着，眼转来转去，望着两边密集的铺子。沿街铺子大致类同，同是木色门板。一般都是木色，没有上漆。街两旁有老槐树和老榆树。耿兴打马走过两棵槐树，便下了马，牵马前行。他在寻找首饰铺和一个叫孙宝贵的匠人，这是个不大的镇子，人们传言，除了他，再不会有第二个人用象牙打造首饰，也只有他有一套打造首饰的利器。

耿兴牵马走到丽陵镇时，太阳当头，晌午已至。他进了一个茶馆，他拿出一个饼子，让茶馆掌柜给他烩一烩。耿兴要了壶茶。伙计提了壶茶，拿了大茶碗，给耿兴倒上。耿兴向伙计打听：“孙宝贵在哪儿住?”

伙计看了耿兴一眼，思量着说：“你说他啊，我寻思是谁哩。不远，就在街北。”

耿兴喝罢茶，吃罢烩饼子，便出了茶馆。

耿兴牵着马。刚吃过烩饼子肚子里热乎乎，还冒毛毛汗，便感觉眯眯洋洋。他还是打起精神，与人打听。几经指点，便来到首饰铺前。从一扇门看见一个黑漆漆的屋子，里头一个娘儿们坐在门前。

耿兴走过去，他说：“孙宝贵在吗?”

那个娘儿们没好气地说：“他啊，早死了。”

娘儿们的话给耿兴当头一棒，他问：“吗时候死的，怎么死的?”

那娘儿们说：“这个谁知道哩。”

耿兴愣了片刻，便看穿这娘儿们没个正经。她神情有些慌张，穿一件油脂麻花的偏大襟褂子，一张大胖脸，肉鼻子肉眼，一张小嘴紧闭着。她笑容肤浅而轻贱，透露出愚钝，还有些痴茶。从这神情断定，孙宝贵没有死。耿兴便笑笑说：“我让孙师傅给我打个戒指。”说着指着自己口袋示意。

这娘儿们将耿兴上上下下打量个遍，她说：“你是谁哩?”

耿兴说：“你把孙宝贵叫出来，就全知道了。”

就在此刻，耿兴听到屋里一声咳嗽，想进门看个究竟，娘儿们却横在那里，耿兴说：“那个人是谁？”

娘儿们说：“管得着哩。”

耿兴没想到遇上这么个说不清道不明的娘儿们，一下子卡壳，将他憋在闷葫芦里。不知在那里僵持多久，里边再次传来咳嗽声。耿兴不得已，将娘儿们扒拉一边，那娘儿们就像一块棉花瓤子，轻轻飘到一边。耿兴直接进屋，在屋子里环视一圈，没见到人。耿兴见一个门，便撩门帘进去，看见一个人倒在床上。耿兴走过去，见床上倒着的人闭着眼，耿兴猜想，这便是刚才发出咳嗽的人。此人脸色焦黄，一副奄奄一息的样子。耿兴推了推此人，这时那娘儿们进屋来，高声叫道：“你别给弄坏了。他可是个糟烂木头，说不定手一挨就碎了。”

此人在床上躺着，他缓缓睁开眼睛，懒洋洋的样子，一双眼睛黯淡无光，披着一件夹袄，穿一件黑裤，没绑绑腿。他问：“你打首饰？”

耿兴说：“你是孙师傅？”

孙宝贵点点头，咳嗽了两声。那娘儿们便端来水，让孙宝贵喝。孙宝贵那样子，看上去过不了今天。那娘儿们还转过脸来说：“我说得对吧？他要死了。”

耿兴便在袋囊里拿出一块骨头，对孙宝贵说：“我要打戒指。”

孙宝贵接过骨头，掂了掂，闻了闻，他说：“糊弄谁哩，拿一块狗骨头。”

耿兴此刻凑近孙宝贵，语气沉重地说：“孙宝贵，我叫耿兴，我找王石绛。”

“他——啊——还寻思是谁哩。”孙宝贵一副思考状，拉着长声，“你说你是谁？耿兴，是那个耿兴将军吗？”

耿兴说：“我是谁不重要，我找王石绛。”

“他——啊！”孙宝贵语声很低。

孙宝贵让那娘儿们拿一床被垫在背后，半倚着坐在那喘了老半天气。耿兴看出来，此人患有痨病，已经病入膏肓。可是，耿兴没有松懈下来，一句句追问孙宝贵。耿兴说：“你真没见到他？”

孙宝贵摇摇头，拿着哭腔说：“他是舅家表弟。就是他，让我整天没黑下没白下打首饰，把我累成这样。我要死了。他王家从不拿我当人看。昨天，还拿一根象牙，让我给他打一串项链。”

“这么说，昨天他还来过？”耿兴说，“拿出象牙来让我看看。”

孙宝贵呼唤那婆娘把象牙拿来。那婆娘在外边翻箱倒柜，发出嘁里咔嚓的响声，所发出声响都带着怨气。孙宝贵一副苦不堪言的样子，他咬牙怨声怨言地说：“我说不给他打，他拿枪逼着，说要是不快着打就吃枪子儿。”片刻后他又说，“那可是个六亲不认的行子。”

耿兴沉下心来，定神观察屋子。一堆一蛋塞满屋子，破褥子、被面、袄片子、破鞋烂呱唧，上头落满灰尘，这样不变的情景不知经过多久。在一个墙旮旯里一张小桌，桌子上一个圆扁形玻璃器皿，还有几把小刀子和小锤子等，那便是打造首饰的工具。孙宝贵这个匠人就是依赖这么方寸之地养家糊口，过的是没颜拉色、没心拉肠、百无聊赖的日子。

一来二往，话就说多了。从孙宝贵嘴里得知，王石绛并没有走远。他现在就在他老家十王村。十王村在丽陵西南，十多里路。耿兴寻骨心切，无心再与孙宝贵多谈，告别孙宝贵，打马沿运河岸朝下游飞驰。

耿兴熟识去十王村的路，路没多长。他心急，道显得有些远。其实就喝碗热粥的工夫。十王村到了。一眼便看见村前大台子上的十王庙。这里头供着十大阎罗。一条路将十王村与十大阎罗庙隔开。十王村建在另一个大土台子上。过去的村子都在土台子上，是为防洪水袭扰。耿兴打马走过道沟，扬起一路尘埃，走到村前，他飞身下马，牵马进村。在村口，遇见一个农夫，他问：“老哥，知道王石绛住哪儿？”

这农夫摇头说：“不知道。”

耿兴说：“在景州城当掌柜的那个。”

农夫说：“不清楚。”

耿兴遇见四个人，他们都说不知道。他说：“这么几户人，一村子住着，不知道。”

对方将头摇得像拨浪鼓：“没有啊，没有叫这名儿的。”

耿兴所见，都一样，一问三不知。耿兴想王石绛是其化名，就是化名，臭名昭著军火商谁人不知，别说住在一个村子里。

他问过的农夫，脸色慌张，扭头便走掉了。他问过十几个人，都摇头说不知道王石绛是谁。耿兴头脑打转转：错了？没错啊。他意识感觉到王石绛就在这个村子，某个小黑屋子里，某个门后头。看见他在这里漫无目的地找寻，还在那里讥嘲。耿兴感觉有鬼。他进了个鬼村，这时间，他感觉被一股空灵阴冷气息袭来。他心大动了几下，仿佛这一刻，他才感觉深入了“寻骨”事情里头。之前，他还感觉浑身有使不完的力气。之后，便感觉身陷其中。就是这样，他在思考，将事情一一抖擞出来。十王村并不大，也就有百十户人家。可他走进这个村子，像进入迷阵，有很多谜团他必须解开。事先，他还没有多想，只想做一件事情，可他没想到，这事与自己生命密切关联。这一件事犹如一棵树上两条根。由此，可以设想，一个农夫，最初得到一片土地，也有对土地的感情。但那很肤浅。时间一天天过去，农夫才得以深入这块土地，便把自己的命与这块土地联系在一起。之后，总有那么一天，这块土地就是他，他就是这块土地。每一棵谷子都种在他身上。每一棵都长在他心尖上，将此视为生命。他为之流汗、受尽饥渴和酷暑，直到使完最后那点儿力气，他倒在旷野上，仰叉着身子，面对天空和丝丝缕缕祥云……总之将所有滋味尝个遍，咽下最后一口气，就那样死，被埋进这块土地。还有许多，比如像农妇对一根针的珍惜，珠宝金银首饰远远不能与之相比。耿兴想，就是王石绛像耗子钻进洞里，他也要将他拽扯出来。他见一条胡同口竖着一个碌碡，便下马坐在上头。

此刻，已是傍晚。闻有风箱声和鸡狗叫声。每家烟筒里冒出一股股炊烟。烟雾四窜，给村子又蒙上一层薄雾。耿兴陷入一种虚幻景象，眼前的房屋、大树和行人都在虚幻中，他还是坐下来。冷静思考。终有一种辨识真伪方法，耿兴在此刻，已经失去使命感，感觉无所适从。时间和事物过于琐碎，在折磨着他的心灵，变作一块麻木石块。石块又在阳光、时间和风雨里风化。就像将谷子摊在碾盘上，将那层光滑外壳碾掉，再在簸箕里簸来簸去，将壳簸去，只剩下赤裸的金黄米粒。在此刻还不罢休，再摊在碾子上碾轧成粉末。最后一番咀嚼、吞咽、消化，再排泄出来，周而复始，无尽无休。他就那样坐在那里，就在此刻，一张娃娃脸在他脸前出现，他嘴里说了句："你要是还在，我也不这么累心。"这张脸便是高立仁那张脸。有高立仁陪伴，他稳下心来。都是这样，只要他变得毛躁，高立仁这张脸便出现，心脏猛然剧跳，使他醒来，一些场景一些事物，一帧帧的图画闪现。每一帧都有高立仁身影，仿佛高立仁还活着。接下来扑腾一下子，就像一块石头丢进水里，只激起个水花，便消失得无影无踪。他着力捕捉到，之后死死抓住不放。就像在河里摸鱼，摸了十多天，虽然碰到过鱼，却不知怎样下手，鱼都跑掉了。这次，他摸到了鱼鳃，便死死抠住，再也不放手。就是在这样虚幻情景里，他抓到了。就在此刻，一个十几岁小子走过来，围着他看，一副好奇神色。接下来，第二个年龄差不多、个子也差不多的小子也站在他面前。接下来，还有个娘儿们，傻笑着站了过来，还有个牛头鳖相的中年农夫，还有两个四五岁的孩子，还没脱开裆裤，裤子都开了线，一直到脚，成了一个裤片子。他们站在那里，吸溜鼻子。开始是羞怯，时间一长，你对着我的耳朵，我对着他的耳朵说悄悄话，还发出嘿嘿和哧哧笑声。就在此刻，耿兴突然问："王石绛是哪个门？"

其中一个小小子说："那就是哩。"

耿兴顺着手指看去，只见一个不起眼黑漆小门，还没等他看清，此刻，一个巴掌打在孩子脸上。这孩子哇的一声大哭起来，顺着巴掌看去，是那个牛头鳖相的家伙，再次举手，朝孩子扇去，被耿兴抓住，耿兴说："别打孩子啊，你怎么打孩子哩？"

牛头鳖相的家伙大声说："还不家走。"

那孩子转身便顺着大街朝西跑去。接着哗啦一下子，这群人散了，霎时都无影无踪。直到他拿到王石绛，才知道，王石绛已经收买了村中所有的人。王石绛在村里隐姓埋名。他穿最普通的粗纺衣裳，便服。要是不知底细，没有谁会认得出，他就是那个十恶不赦、杀人不眨眼的凶犯。耿兴再次看那扇门，在胡同深处。耿兴牵马走进胡同，站在那门前。门楼虽然不显山露水，门槛、门框和门扇舍得用料，比其他门都要厚实，门却很窄小。耿兴望一眼高高院墙，一个高大院子里，高墙用青砖砌垒。

耿兴叩门，片刻，他听到脚步声，门打开，一个娘儿们将门打开，耿兴便说："大嫂，石绛在家吗？"

"还没做饭，赶赶门去呗。"那娘儿们说着要关门。

耿兴用身子挡住门，他说："我不是要饭的。"

娘儿们说："走错门了。"说着就关门。耿兴挡在那里，将娘儿们推开，硬走进去。一进门，里头却很阔绰，都是高房和阔屋，隐蔽在高高的围墙后头。此刻，一个四十来岁农夫打扮，一张笑脸，跑过来迎接他，嘴里还说："是你，还真是你。"

耿兴被拽着进屋。在屋里头炕上已经摆上地八仙桌，上头已经摆上了菜，还有两个酒盅，此人又笑笑说："真没想到你来，今天吗风哩？"

耿兴说："王石绛，真自在哩。"

王石绛一愣，沉了片刻，便慌忙起来："长官——首长……"

耿兴说："吗长官首长，乱七八糟。"

耿兴断定此人便是王石绛。他细看眼前这个人——此刻，王石绛穿一件粗布黑夹袄，一件蓝裤子，打了绑腿，穿得利索。谁见到这张笑眯眯的脸，都不会想到，这便是罪恶累累的军火贩子王石绛。

耿兴听士兵说过他。现在，终见到庐山真面目，王石绛仿佛蜕去往日一层层皮，成了现在这个样子。耿兴说："王石绛，知道我来干吗？"

“我就说哩，不拿出骨头，知道你饶不了。”他便点头回应，“要不是他俩（陈飞龙和刘茂林）起歪心，串通，我哪能干那事儿。”

耿兴说：“吗事儿？”

“骨头，我可一点儿都没动，打算这几天交给你们。”王石绛拿起炕笤帚扫炕沿，让耿兴坐下，“快坐下喝儿盅。”

一路骑马，耿兴肚子里那个棒子饼子早就颠下去了，他拿起筷子，夹了口炒豆腐，又撕了块馒头，放进嘴里，也没嚼，便吞咽进去，他说：“我先看看。”

王石绛说：“跟我来。”说着，他带着耿兴朝院子里走，嘴里念个不休，“我就是说，可不能拿这个。可他们就拿这个当宝贝。”说着，将耿兴带到西厢房，满屋子里塞满柴草。王石绛在柴草里扒拉出一个布袋，他说：“全在这里。”

耿兴说：“怎么会放这里？”

王石绛说：“从干这个事儿就觉着不对。拿到骨头那一刻，就觉得铸成大罪。想想哩，这可是死人骨头，放到哪儿都瘆人，为这，成天合不上眼，一闭眼就看见这些骨头，老是做噩梦。现在好了，你拿走了，这回，我就能睡个囫囵觉。”

从王石绛语气上听，不像谎言。就这样，耿兴还是心怀戒备，他多大本事，怎样做到的将一个村子弄得云山雾罩？只靠金钱就能买来一村子人心。这绝非一日之功。

耿兴想，越是这样，王石绛就越值得猜疑，就越让人看不透。不能有半点儿侥幸，王石绛不会这样就服气和顺从，他肯定有一套鬼把戏，这是什么招数，他还没见过，就等着王石绛拿出伎俩。

王石绛说：“现在，我就想做个普通人，像村里人那样。再不想过担惊受怕的日子。我知道，怎么躲也躲不过去，我现在就认罪伏法。怎么着你说了算。”

耿兴就坡下驴，他问：“骨头都在这儿？”

王石绛说：“还能在哪儿。”

“你小子没拿它打首饰。”耿兴说着，站在那儿，“亏你想得出，人骨头打造首饰。”

王石绛吓得脸黄一阵子青一阵子，他说：“这都是刘修三说的。他说得到一块高家骨头，就能成为富豪。”

耿兴说：“你知道这是谁的骨头？”

王石绛一边抹满脸汗水一边说：“知道。”

耿兴说：“你的罪可大了。”

王石绛说：“全都是刘茂林串通的，我们不好得罪他，就跟着去挖。我和陈飞龙还跟刘茂林吵了一架。”

耿兴不想跟他多说，耽误时间，便说：“你小子算识相。那么你知道刘茂林和陈飞龙在哪儿吗？”

“这个我说不太准。我觉着陈飞龙去了北京，那里有他一个相好，本来他也在景州城，上半年，突然提出要到京城去，说那里还好混，就跟几个姊妹去了京城。陈飞龙爹娘死得早，也没有亲戚，京城是他最可能的去处。”王石绛说，“陈飞龙不会让你为难，他会把骨头给你。”

耿兴说：“刘茂林在哪儿？”

王石绛说：“刘茂林也许回老家去了。”

耿兴说：“他老家在哪儿？”

王石绛说：“要是你放过我，我全告诉你。”

耿兴总觉得进了王石绛的圈套。这个狡诈的王石绛，哪这么容易就妥协？还一副讨好样子。可从他那张脸上看，不像兜圈子和说谎。再说，他要是胆子这么小，怎么会干那么多坏事呢？耿兴说：“你知道现在的政策，就看你的了。”

王石绛说：“那我可就全秃噜了。”

耿兴说：“算你是个明白人，有见识。”

王石绛说：“我说得也不太准，刘茂林回了圈子村，陈飞龙去了北京。我所做的事都是刘修三强迫干的，我还受尽刘茂林和陈飞龙的欺压。”

王石绛还说，陈飞龙在北京翠花胡同。那个女人叫二杏，北京翠花胡同宅院是陈飞龙置办。王石绛说这些时，还夹带着一些给耿兴的奉承话。耿兴最后对王石绛说，让他去政府投案自首。王石绛说：“你说什么我都听你的，你给我定什么罪都行，给我个立功赎罪的机会。”

耿兴起身走到院子里，牵着他的马朝门外走。耿兴出门那一刻，他停了停算作犹豫。他想，不会吧，这么爽快，也太快了吧。

长话短说，耿兴拿到第一个布袋，他打开看，确认是高立仁骨头。也知道另外两个匪徒陈飞龙和刘茂林下落之后，便打马而去。

人贩子陈飞龙是个矮个儿瘦子，但细瘦匀称，戴一副眼镜，看上去善相又文静。常穿一件黑红色夹袄，一件皮坎肩。他总有一番手段，笼络人心，看人下菜碟。他手下有一帮喽啰，比如郝大棒子、矬地蹦田鼠、王疤瘌等。他已经买断这些人，这些人也甘愿给他当牛做马。就像拉磨驴那样勤勤恳恳、忠心耿耿地为他卖命。

耿兴带足水和干粮，便打马直奔北京。渴了掏出水壶喝口水，饿了从背袋里掏出饼子啃几口，就这样马不停蹄，打马在平原飞奔。几天后出现在京城城门楼子前。他边走边问，走了不少冤枉路，才到了翠花胡同。这条胡同乍听起来并不起眼，可走进去，就难以想象。翠花胡同东西向，胡同很阔，两辆大车并排着走都能行得开。再说两边房子也阔绰，都是红漆大门，花砖花瓦，雕梁画栋。

最初，他试着问了两次。在景州城他跟二杏见过两次，有一次，他还跟他手下赵连长，也就是二杏的表哥赵金锁，到二杏家喝了碗茶。那时，他没留意，没仔细看一眼，没记住二杏长什么样。他听赵金锁说，二杏在京城读过书，有一次回景州城，与陈飞龙相遇。陈飞龙就像粘在了二杏身上，两个人就分不开了。

这时期京城房屋破旧，摆布杂乱，各色人等非常复杂。耿兴想，没准下一刻就有个人横插一杠子，挡住他的去路。大白天，耿兴牵马在翠花胡同晃荡，偶尔有人走过，将他打量个满模儿。耿兴想，京城的人好生大胆，目光犀利就像刀子，在身上一下下剜割。那一眼，就能将人看瘪，削下去三寸，把一个人看到地底下去。总之，目光落在身上，耿兴顿感矮了三分。再说一个个穿衣打扮不只是阔绰，还迈着轻盈步履，昂首挺胸。偶尔有妮子走过，那张脸又白又薄又嫩。要是能揭下来，就像一层葱白儿。再说妮子扭动的样子更不同，脚下仿佛有弹簧似的。耿兴眨眯了下眼，他停下来想：我不是来逛景儿的，要知道是干吗吃的。他这样一想，感觉自己身量一下子复原，再一次昂起头。他在人群昂首挺胸地往前走。不像刚才，他手忙脚乱，又胆怯，连脚也不能迈动，觉得被一种力量挟持了，就像被什么卡住。这一刻他挣脱开了。几个来回下来，一扇扇红门相似，墙壁也都是青砖砌垒。从砌垒这些墙壁时就注定布下疑云。偶尔，会有扇门打开，走出一个三十多岁的女人，将一盆脏水倾倒在门前胡同里。就这样一扇扇门打开又关闭。好像这样，就能将一切拒之门外，不管是谁都不敢来招惹。或者在门前坐着一个老汉，摇着扇子横在那里，像个门神似的，况且门前还有一条狗趴着，当他走过，也不叫，目光直盯着他，张着嘴，耷拉着舌头，轻轻晃动尾巴。俗话说，好狗不露齿。所以耿兴也不敢妄动，走路也轻了许多。他有什么念头，狗都能看出来。要是狗看着不顺眼，就会扑上来，咬住他不放。下一扇门一个个老娘们儿站在门前，当他走过，那老娘们儿一眼一眼地剜，把衣裳剥光，一张皮刺啦一声被扯下来，从头皮到脚。他头皮就是那样感觉，分毫不差。那下子，他的肉都被剜光，只剩下一个骨头架子。也会有扇门前，一个穿戴花里胡哨的俏妮子，一身香喷喷，一脸羞涩，一双明光光大眼，仿佛在那里站了很久。耿兴举眼望去，想着这个妮子不知在等谁。他一看，那妮子便露出厌恶神色。耿兴真想解释一下，在这个境地，有理也说不清。再说他还有重要的事儿，不是来挑事儿的。他奓着胆子，问这个妮子："知道陈飞龙住在哪儿？"耿兴说出口，见妮子还在惊疑地打量他，他嘴里又吐出一句，"二杏家在哪儿？"这妮子眨巴眨巴眼，皱着眉头，在那里发怔。就在此刻，出来一个爷儿们，便说：“你干吗？去去去!”还不停挥着手掌，让他快些离开。耿兴这样便知，一个爷儿们与一个陌生妮子搭话，不是一件光彩事儿。耿兴觉得丢了丑，他转身离开，深深喘了口气。他找了个僻静处抹了把脸上的汗水，站了片刻。他想，多么难干的仗都打过，都没怵头。不会这么条翠花胡同横在这里，就过不去了。

耿兴横下一条心，叩开所有的门，也要找到二杏所居住的宅院。每敲开一扇门，他见到人，便说：“大姐，给口水喝。”或者说：“大哥，给口水喝。”

每扇门里，不管是爷儿们还是娘儿们，都会给一碗水，有热水有温凉不等的水也有凉水。他接过来，一憋气喝下。就这样，灌了鼓鼓一肚子水，肚皮都快要撑破。接下来还有难事，那就是尿尿。耿兴接下来一门心思找茅厕。找了半天也没找到，只能憋着。接着他改变了方式，不再要水喝，而是要吃的。门里的人都很大方，都会给块饼子、陈窝头，甚至还会给块干馒头。还没要到胡同半截，他的布袋就装得鼓鼓囊囊。

眼看着天就要黑了下来，连陈飞龙的影子都没见着。耿兴抽空就势打听一下那个叫二杏的女人。他向一位中年男人打听，对方一副鄙夷厌恶的神情：“找她，你找她!”看那样子，还要啐他一口唾沫。哐啷门就关上。所以耿兴想，是二杏这个人的品性、人性不好，经不得打听。可那原本是个有分寸有排场的女人，怎么会如此这般？也许二杏在这里颇有威望、受人爱戴，也可能是他一个老爷们儿不该打听一个女人。耿兴还从没有碰到过这么复杂的事情，真是丈二和尚摸不着头脑。他还是死皮赖脸，什么都不管不顾，一扇门一扇门地问下去。有的摇摇头说：“没听说过这个人。”或者简单地回答：“不认识。”或者：“不知道。”耿兴敲到一半，再敲，便犹豫不决，但他决心将一扇扇门敲开。不过，再敲门时语气有所改变，开门的要是个男人，他说：“我找二杏。”要是个女人，他便说：“二杏，我可找到你了。”可是每一张嘴里都这样说："错了。"然后将门关闭。从胡同头至胡同尾，还差三扇门，就要敲到胡同尽头。这样，耿兴便来了灵感，得到诀窍，他嘿嘿笑了几声，便放松了，这次耿兴再不放过，便去敲下一扇门。

一个圆脸、慈眉善目的三十多岁女人，当门打开，耿兴一把抓住对方的手说："二杏，我可找到你了。"对方矢口否认："错了，不是。"对方想抽出手，耿兴抓得死死的。耿兴说："你就是，你怎么不是哩。"对方说："不是，不对。别这样。"耿兴说："就这么几天，你就把我忘了。你就这么狠心。"那女人被弄得脸红脖子粗，她抡起手朝耿兴脸上打，耿兴将手抓住。他一双手握着对方的手，女人又用脚踢。耿兴说："你真狠心，没见过你这么狠心的。"两个人便纠缠到一起，直到后来，对方红脸憋哧地说："我真不是，我给你说谁是二杏：从我这个门数，往东，第四个门，二杏就住那里。"耿兴便松开了，朝门外走，数着，第四个门——他两次敲过这扇门。一个男人在里头问："谁?"

"我。"耿兴说，"找陈飞龙。"

"找错门了。"门里头男人说。

这是第三次敲响这扇门，对方肯定有所准备。耿兴让马贴在墙头上，他蹬上马背，跳过墙去。一个人影朝这边走来，耿兴躲到一棵榆树后。那个人跟耿兴差不多高，甚至还要粗壮。耿兴想，真走错门了?他面前的这个人，跟他曾见过几面的陈飞龙差距太大。他想爬上树，从树上再跳出墙外。此刻，一个女人从屋里走出来。

那个影子停下来，朝那边走去，跟那女人嘀嘀咕咕说了几句。耿兴看清这个女人，清瘦脸孔，大鼻子大眼睛，在女人堆里算高个子。她挺直地站在那儿，她要是二杏，那么那个男人是谁?

女人坐在柳树下一张矮桌前的矮凳子上喝茶，还嚼着糕点。那个高大男人站在一边，神情淡然，身子直立。他见茶壶空了，便往茶壶里续水。女人说："棒子，我自个儿来吧。"

耿兴听到"棒子"一词，便想到，这个人就是陈飞龙手下郝大棒子。

这是一座漂亮的四合院，红色雕花门窗，镶了透明玻璃。事情并不是那么简单。耿兴本想，进来后，与陈飞龙遭遇，经过一番打斗，将对方制伏，拿到骨头了事。

二杏将那壶茶喝完，也没见到陈飞龙的影子。耿兴便蹿了上去，用砖头将郝大棒子砸晕。二杏见状惊叫了一声，便往屋跑。耿兴跑上去，将二杏拧住。

“不是我，可不是我。”二杏头发都奓起来，脸变得铁青，嘴唇发紫，“真不是我。”

就这样，她说话还斯斯文文的，慢声细语，耿兴也不好硬来。

“二杏，没想到在这里碰见你。”耿兴试探着说。他转眼瞧着她，生得清秀，也带着一股子文雅之气，怪不得陈飞龙跑这么老远随了她，也算是好眼力，就像俗话说：不是一路人，不进一家门。

“你是谁？”二杏睁开了眼，站正，抻抻衣角，理了理头发，那张脸一下子又恢复到刚才的镇静，显得平整而正经，“你为吗打棒子？”

耿兴找到一截绳子，将郝大棒子拖进屋，捆起来。二杏走到床前，那里有一部电话机，她拿起电话就拨，耿兴过去，一把摁住电话。二杏说：“你个贼！”

“我不是贼。”耿兴分辩道，“我要是贼，你们小命早丢了。”

“我见你从早晨就在胡同里溜达来溜达去，贼眉鼠眼就不是好人。”二杏说，“你怎么进来的？”

“二杏，别这么没好气儿。”耿兴把郝大棒子捆紧，“不行你也来试试，这么着更舒服。”

二杏仿佛占着理，紧咬住不放：“别打岔，你怎么进来的？”

“我有穿墙术。”耿兴笑笑说。

二杏拿着笤帚往耿兴身上摔，她说：“那你也不能随便进来，怎么穿进来，再怎么穿出去。”

耿兴硬硬语气说：“我找陈飞龙，有笔账要算一算。”

二杏坐到床上，倚着床头："我们从不欠谁，都算清账了。"

"他带走了三个人，还没给钱。"耿兴说。

"就为这个啊？这个账不能赖。你说吧，多少钱？不就是钱，还用得着动手？瞧瞧你把棒子打得，到现在还没醒过来。"说着，二杏蹲在郝大棒子前，还摸了摸大棒子的手。她转过脸来将耿兴瞧个仔细。

"多少钱我不知道，陈飞虎知道。"耿兴说。

"你是耿团长。"二杏说，"那次你跟我表弟赵金锁进景州城办事，还来我家喝了碗水。"

二杏将话说透，耿兴想，就是这个也讲不得面子，他问："陈飞龙什么时候回来？"

"他现在很忙，开了家布行。"二杏朝院里看了一眼，"这会儿，他就要回来了。"

耿兴跳进院子那一刻，还以为陈飞龙不知躲在哪个房间，可事情不是他想象的那样。就在此刻，院子里突然刮起风，满院子的树呼啦啦作响。接着门哐啷一声开了，陈飞龙带着十几个人进门。二杏迎了上去，她高声说："老家有客人来。"

陈飞龙点点头，他对二杏的话领会透彻，并知道要发生一件大事。陈飞龙令一帮手下等在院子里，独自一人进门，一见耿兴，便笑着说："耿团长来了。"

"大哥，他打我。"不知哪会儿，郝大棒子醒了过来。

"这是你不对。耿团长是有分寸的人，肯定是你错了，还不给耿团长认错。"

陈飞龙又转过脸来说："耿团长快坐，既然来了，就多住几天，我带你逛逛。"

"不客气。"耿兴沉着脸。陈飞龙一副彬彬有礼的样子，耿兴下不去茬儿，"你知道我为吗来？"

"我早知道你要来。"陈飞龙笑笑说，不带半点儿惶恐，他从抽屉里取了钥匙，"跟我来。"

耿兴便跟着陈飞龙走到院子里，见陈飞龙手下十几个人站在那里一动不动。那架势，好像陈飞龙给他们施了定身法。他跟陈飞龙进了西厢房，进门一个橱子，陈飞龙开了锁，便取出里头的布袋。耿兴听到丁零当啷脆生响动，他便知这是高立仁的骨头。

“有这个，吃不好睡不着，夜里还闹动静。”陈飞龙叹了口气，“这下我松心了，你说怎么着都行。”陈飞龙一副束手就擒的架势。

“你不试巴试巴？你这么多人。”耿兴说。

“我现在就想重打锣另开戏，一切从头来。我知道不行。”陈飞龙说。

算陈飞龙识相。但耿兴也不敢大意。他想，也许这是个圈套：下一刻，说不准陈飞龙给那一帮人一个眼色，或者挥一挥手，十几个人便一拥而上。他提了麻袋，既防着陈飞龙，又防着这十几个人。当他走过那十几个人的一刻，他头脑晃动，感觉身子也抖动了一下。不过，他还是不露声色，走出陈飞龙大门。这样结束，真没劲。

鸦片贩子刘茂林本是农夫出身，家境贫困，少衣缺食。就像俗话说的：房无一间，地无一垄。刘茂林是家中老二。三十岁那年，他大哥患病，就轮到他到刘修三家来拜年。刘修三的爷爷与刘茂林奶奶是姐弟，是老表亲。俗话说，姑舅亲，辈辈亲。那天，他穿了他哥一身走亲访友的衣裳。他比哥哥粗大，所以显得衣裳瘦小，只勉强能穿得下去。他穿了这身衣裳，走路格外小心，不敢迈大步，更不敢蹲下，往刘修三椅子上坐，都要悠着点儿劲，一不小心，说不准哪儿就扯裂开缝，那就露馅儿了。连口大气都不敢喘，那样扣鼻都要崩断。其实他已经养成这种习惯，不管穿什么衣裳都格外小心。因为他尝到过扯裂的滋味儿。那一刻，不只是心疼衣裳，还把屁股或者脊背露出，让他难堪。尤其在这样场所，更要加倍小心。他蜷曲在紧小糟烂衣裳里，从不敢造次，也不会造次。他第一次进景州城，第一次见识景州城阔绰房屋，还有穿着排场的人，尤其城里的妮子，个个俊俏，身形容貌生动，个个像条鲫鱼。所穿的衣裳，犹如鱼鳞般华贵。他远远避开，仿佛他一蹭，鱼鳞纷纷掉落。这些城里妮子，不像他的姐姐妹妹们一个个死皮塌煞眼。刘茂林就像受惊的鸡崽那样在景州城穿行。他到刘修三家，第一次坐进宽绰屋子，里头都是上了漆亮光光家什，黑漆门上门环是铜的，还有颗颗铜钉帽露在门板上，匀实地摆布。所有的房间都有个大玻璃窗子。而他家的门窗子就像个黑洞洞的洞口，烟熏火燎。这里每个房间都明亮，就像在太阳下面，他后背就像感觉到太阳照射，不停地擦汗。吃饭时，那筷子是银的，上头还刻有像藤蔓似的花纹，那碗洁白细腻，他坐在那里，觉得端也不是，不端又不行。刘修三拿起筷子，递给他，他不得不接过来。又给他端起碗递给他。端这样的碗使这样的筷子，这个饭怎么吃。

那时，刘茂林三十岁，却像个天真孩子那样羞羞惭惭。头发挓挲着。要不是满脸那层黄茸茸毛，就是个白净小子。在每根茸茸毛下都隐藏着一滴比小米粒小几成的汗滴。景州城，三十岁还满脸胎毛的小子难找，他嘴周遭有几根又黄又赖的胡须。眼睛不大，一个小肉头鼻子，一张小嘴，语声低，刘修三看出，这样将嘴隐藏起来的小子，真怪可怜，又有足够虔诚相，便打他主意。刘茂林头不敢抬，眼皮都不敢撩。刘修三在他对面陪坐。刘修三说个不停，嘿嘿笑着。刘茂林神情呆痴，懵懵懂懂，就那么干巴巴地坐着听，也不答话。那一刻，刘茂林真不知道在干什么。头脑里乱七八糟，还是家里那几分地，两只从不产卵的瘦母鸡，一副骨头架子的瘦猪。还有磨得像韭菜叶似的割草镰刀。还有豁子獠牙的镐头，刨的地就像狗啃的，那把窄锄头，像初三的月牙儿，当然，还有旧鞋旧帽子，破被子褥子等一堆一蛋。瞧刘修三床上是吗？每一件器物都闪着亮光，床上被褥花里胡哨，让心扑扑跳，还一阵阵头晕。他想，他是不是不该看，没福的人看了就要得病。那一刻，他真觉得有病。总之真难，过不去，难以逾越，一个瓷瓶，一床被子，就是刘修三穿的那件亮光光坎肩也挡在前头。这样，他的腿脚怎么摆布，手往哪里搁放……他觉得浑身上下全都多余。怎样夹菜，怎样放到嘴里，怎样咀嚼，怎样吞咽，这都是个难题。刘修三还温了酒，就那酒壶也是个从没见过的新鲜玩意儿。那颜色，就像切开的南瓜瓤，黄的，里头的酒咣当咣当的，有多少都能看得出。那酒盅也别致，就像牛眼那般大。

刘修三说："二弟，喝啊！快喝。"

刘茂林说："三哥。不行，我不行。"

刘修三端起杯就往他嘴里灌："你就来呗。"

他喝了下去，辣丝丝的。他觉得长草了，这棵草从嗓子眼儿一直长到肚子里，这棵草还浑身带刺。

"三哥，我不行，我真不行。"刘茂林被酒噎得上不来气，憋得脸红脖子粗，刘修三那张脸也时大时小。刘修三见刘茂林这架势，更来了兴致，接着又灌了他第二盅。一盅盅灌刘茂林，直到刘茂林自己端酒盅喝酒为止。喝到第七盅，他就觉得行了，也能端杯了，也知道筷子怎么拿，也知道怎么咀嚼，怎么吞咽。他第一次吃到这样的美味，再撂不下筷子，就一箸箸往嘴里夹。他甚至还端起盘子往嘴里扒拉。刘修三在一边看着他的吃相。那是他第一回喝酒，第一回醉。

像他这样，经过这么多年磨砺和摔打，季节到了，就必须上套。地耕了，还要耙平，还要耩地，还要耪地，一遍遍没完没了。成熟了还要收获。累得七死八活不算，到头来最大恐惧就是饿肚子。饿肚子滋味儿难挨，上一锄，锄头还举得起。下一锄，觉得锄头比一座山还要重。再接下来，他没了知觉，直到被凉爽的风吹醒。深夜已至。他醒来，头痛，但还是站起来深一脚浅一脚地回家。直到后来，他方听人说，那是昏死过去。他无数次饿昏倒在畦埂上。就是这样，日子一天天数过，没想到，一眨眼，他竟然三十岁，村里人投过来的是怜悯目光，三十岁还没娶媳妇。

他到景州城，不只是腿脚不知怎么迈，眼睛耳朵鼻子哪都不够用。整个景州城都那么新鲜。就像刚掀开锅，锅里头满满当当一锅蒸熟的饼子窝头和红薯，冒着冲天热气，熏鼻子的浓浓香气让人直流口水，肚子也像鸽子咕咕叫。

刘茂林喝醉酒，就有话可说，那一夜，把从小到大积攒下的话都倒给刘修三。两个人越说越近乎，刘修三说：“二弟，留下来跟我干吧。”

刘茂林说：“我不行，你瞧瞧我能干吗？”

刘修三说：“吗不是人干的。”

这句话刘茂林记在心里，便学着在刘修三杂货铺当伙计。从那天，他再没回家。没想到刘茂林有心数，很快，就记清了所有货物价钱，还学会打算盘。一年后，刘修三就让他当了总管。

偶有一天，刘修三听到账房里算盘噼啪脆响，走了进去，便看见刘茂林往衣兜里放钱。刘修三逮了个正着。刘茂林惊慌，刘修三说：“二弟，真没想到，你还行。”刘修三嘿嘿笑着，坐在对面椅子上，将他一遍遍打量，“行，你还行，我还真以为你是个窝囊废哩。”

“哥，我再也不会了。”刘茂林腿一软，差点儿跪下。他捉摸不透，刘修三的话深浅真假。刘修三过来扶刘茂林，刘茂林就那样，坐了一个椅子角，像是半蹲着。

他没想到，刘修三不但没赶他回家去，再没说什么，还让他妹妹刘修云嫁给刘茂林。这样，刘茂林感恩戴德，死心塌地地跟着刘修三做生意。

到年节，刘修三还给他一大笔钱。刘茂林说：“三哥，你对我真好。”

刘修三说：“二弟，老觉得你怪亏的，真怪难为你的。”

刘修三拉扯了他，给了他这么多好处。刘修三是他的贵人加恩人。当然，有时候刘茂林也有这样的念头：刘修三是个魔鬼。

钱多了，他把钱买成砖瓦和梁檩，雇车拉回家，第一年，他家就盖上起脊大瓦房。除此之外，他还把老家兄弟们拉出来，都挣了钱，置宅子置地。

这几年来，他还学着将自己躲起来。就像他在村子里，躲在他那件脏了吧唧像贝壳似的破裤衩里。就这样躲来躲去，他就由一只兔子变成一只狐狸。

以上是耿兴对刘茂林的印象，也是来自景州城爷儿们的白话。

根据刘茂林的习性，耿兴猜想，此刻，刘茂林也许已经回村，犹如狐狸归洞，享受安宁日子。这个村叫圈子村，一个二十多户的小村子，全是刘家姓氏。耿兴从京城，一直往南，骑着马在平原上飞驰，朝景州城方向走。三天后，便看见景州塔影子。距景州城还有三里多路，耿兴掉转马头，朝西北而行，龙华镇方向。在龙华镇街边，耿兴下了马，问了路，然后骑上马，朝圈子村走去。夕阳西下时，他打马过一座木桥，马右前蹄踏破一块桥板，桥板断裂，咔吧一声。两只前蹄便陷了下去。那一刻马蹿将起来，踏到另一块桥板上。机灵的马趔趄了一下，躲过了，没有陷下去。桥下水很急，映着天上一块块大片红云。马向前走的一刻，耿兴举头，见左上方那块黑云镶着红色亮边，他猜想，太阳在那块云彩后头。过桥后，前边隐隐圈子村展现在眼前。只有十几座宅院，土屋和起脊青瓦房，显得有些突兀。前边一条岔道。这个岔道给了耿兴疑难。在此，应该有一条笔直道路，打马即到。这两条岔路，一条往西南一条往西北，仿佛哪一条都不可能到达圈子村。

就在此刻，一个身影一晃。稍有疏忽，便以为这是堆泥土，或者是一蓬枯草。耿兴定神看去，那的确是个人形。此人穿衣和面孔恰好是泥土一样的颜色。此人走近，便看清他头戴草帽，衣衫褴褛，脚蹬一双露大脚趾的破鞋，身背一个布袋。耿兴勒缰停马，他喊道：“老哥，圈子村怎么走？”

此人头没抬，手指指向两条路中朝西的一条。耿兴向西看去，远远地平线托着沉重夕阳。前边影影绰绰的，是另一个村子。由此推断，刘茂林早有防备。耿兴知道不妙，刚才过河马踏碎木板，那就是一个陷阱，此刻，他确切地想到事物复杂，就像忘却了什么，双手在两胯间一拍，这一拍摸到了枪，在掏枪的一刻，对方便跪下，他嘴里嘟嘟哝哝地说："弄错了，都错了。"耿兴走了过去，扳过他的脸看，此人并不是刘茂林。传说中刘茂林是高个子胖子，膀大腰圆，是个圆脸。此人是个瘦子，一张窄脸。耿兴说："你是谁？"

此人便说："种地的，我耪地，耪着耪着，便见地上这么个布袋，心想是老天爷丢下个宝囊。没想到打开一看，里头全都是死人骨头。"

耿兴听罢，拿过布袋，刚想解开看个究竟，没想到此人便去抢他的枪，却被耿兴一脚死死踩住。

"快说，这是怎么回事儿？"耿兴把布袋丢掉，把枪口对准此人额头，"你找死对不对？"

"我说，我全说。"他说着便掉头就跑，钻进没腰的高粱地，猫着腰，跑得像兔子一般快。耿兴在后头追赶。此人在高粱地里绕来绕去，跑着跑着，跑进一个树林，再不见踪迹。耿兴在林间空地停下，坐在树墩上，再次打开布袋，一眼就看出，这些骨头不是高立仁的骨头，也不是人骨，而是牛骨，还带着一股子膻腥。耿兴便想到，刘茂林已经预想到，迟早会有人来找他。他便派人在村口等候，拿牛骨头瞒天过海，蒙混过关。

耿兴朝四周望去，树林里很暗，也很静，他却感觉到了潜在的危难。眼前是一片坟地，仿佛一个个鬼魂朝他扑来，他闻到了死寂般的气息。没有风，树枝丫一动不动。他屏住呼吸，就在此刻，一个黑影从一棵树后闪出，他说："别玩了，我不会杀你！"接下来，第二个闪出，第三个闪出。一下子闪出十多个身影。耿兴冷静地蹲在那儿一动不动，他在寻找着转机的一刻。这些人围着他，逼近他。那一刻，这些人仿佛在挤压着密林空气，耿兴屏声静气，那把枪握得很紧。树林里四处影子蹿动，灌木丛里兔子狐狸乱跑乱跳，空中的鸟儿乱飞。这下子，对方乱了阵脚。耿兴认出了那个膀大腰圆、圆脸刘茂林，便追了过去。绕来绕去，影子突然不见了。耿兴便躲在一棵树后，没想到刘茂林那么肥实，却这么利索。刘茂林从树上跳下来，落在距他三步远的地上，还没站稳，耿兴朝前蹿了几步，伸过手去抓刘茂林。可是刘茂林身上滑出溜地朝密林深处逃去，耿兴在后边紧追。此刻天上一群群大鸟惊叫着飞过树林。耿兴顾不得多想，朝着刘茂林逃跑的方向追赶。这时枪响了，耿兴开了一枪。他闻听对方叫了一声娘，对方被击中。

耿兴顺着叫喊声追去。他在一个深深的草窠里发现一个人。

耿兴说："站起来。"

此人缓慢站起，胖子高个子。

刘茂林说："我给，我都给。"

耿兴沉沉地说："我只要骨头。"

刘茂林说："我给，给你还不行啊。"

耿兴与刘茂林一前一后往树林外走。走出树林，便是圈子村。耿兴枪抵着刘茂林后脑勺。他知道村里还有埋伏，这个村子是刘茂林经营的匪巢。

耿兴抬头望了一眼天空。见太阳已经落了，一线黑红云彩还在西天眨闪，大地一片暮色，这样显得进村的路也明了。进村的一刻，耿兴便看见人影在村头闪现。耿兴手枪抵着刘茂林后背，说："看你还能玩出花儿来。"

"我服输，我服输还不行。进门你就知道了，已经为你备好酒席。"

走到街前，刘茂林冲着天空大声喊："开席喽！"从他脸上隐隐透出沮丧的笑容。

闻听这一句话，一下子就滚锅了。只听呜呀一声，叫喊声，似乎还有枪声。耿兴不得不跟刘茂林趴在一堵墙后。此刻，傍晚到来，暮色退去，天已经暗了。声音平息，耿兴才看清，他在当街，一个猪圈后，一堵围墙前。他问："你家在哪儿？"刘茂林朝左边胡同指了指。耿兴又说："要是说瞎话，让你脑袋搬家。"

他拽着刘茂林拐进那条胡同，一座并不显眼的门楼，从门里透出火光。走近，便闻到院子里飘出油炸锅气味儿，还有膻腥味儿、葱花和香料味儿。耿兴想，刘茂林这是要过事儿。一进门，见两个厨师在案板前剁肉、切菜，三个忙活人在那里烧灶、拉风箱。他们都很平静，仿佛没有听到枪声，什么也没有发生。院里支着一张大案板，上头放满了菜和肉类。有一个大木盆，里头是红色的牛肉。案板旁边的地上还摆着一个牛头，牛头仿佛长在地上，嘴闭着，睁着一双大眼。一锅油已经煮沸，发出咕咕声，一块肥肉丢进去，便发出嘎嘎响声。炸后捞出，一块块炸得焦红的肉夹进一个铁筛子里。耿兴拽着刘茂林朝屋里走。走近油锅的一刻，他朝油锅看了一眼。此刻，那个手持铁筷子的厨子用力掀油锅，耿兴朝一边跳了一下。那锅油却浇在刘茂林身上，他啊啊大叫。两个扎围裙的厨师，看似擦手上油污，却是在腰里摸索。耿兴朝他们开了一枪。一个厨师抱着腿趴在地上，另一个再不敢动。耿兴叫道："不要命的，来啊。"

所有的人都乖乖地站立。耿兴捡刘茂林那只没着油的手拽了一把，刘茂林哭喊："我活不了啦——我活不了啦——"

听到这句，所有一切都静止了，就此仿佛一切终止。

"你死不了。"耿兴说。他拽着刘茂林进屋。屋子不大，像寻常人家，一盘大炕，炕上炕下破破烂烂。

耿兴："这是你家？"

刘茂林点点头。

"拿来吧。"

刘茂林指了指一个柜子，带着哭腔说："在里头哩。"说罢，刘茂林便昏了过去。

耿兴砸开锁，便看见装骨头的布袋，打开看了看，确认是高立仁的尸骨，便抓起来往外走。那些忙活人就像被竖在那里的泥塑一般，在那里眼睛一眨不眨地看着，都傻了眼。耿兴大摇大摆，就像走亲访友那样出了那个宅院。

3．团聚

二十九天后，耿兴打马归来。他背着一个布袋，沿大街向东，在十字街向北拐去。这个谁都猜得到，他去北关高家。那一刻太阳已经出来，越过屋脊，升至树梢，大红轮朝着景州塔方向滚动，一群苍鹭和白鹤低吟着飞过天空，犹如七彩云霞划过，天空青蓝，一缕缕云丝缓慢飘动。

欢呼浪涛过后，一切稳定下来，所有的都如此空灵、祥和。这是个明朗清晨，高立早在高家老院，修整院落、墙皮，将断开的檩条接好，打上柱子。透风漏气的屋顶铺上秫秸和苇箔。在确认没有一个缝隙，没有一个洞眼之后，便挂上薄瓦。这八年，爹娘老子已经白头。但身板尚能挺直，腿脚还算利落。他们一起坐在炕上谈笑。高家老宅，故土老屋。爹娘老子爬到炕上，安稳地坐着。高立早出了屋子，坐在门台前，不知坐了多久。就在此时，一个高大身影闯进门来。高立早一下子认出是耿兴。高立早跑到门前迎接，两双手握在一起。耿兴叹道："立早哥，到家了，可算到家了。"

高立早惊喜："你小子，可回来了。"高立早说着，眼睛湿润，想哭，他克制住了。

耿兴身背沉重布袋，他身穿一件破旧军衣，上头被撕扯得净是窟窿。

耿兴把布袋从肩上拿下来，递给高立早。高立早疑惑了片刻，便感到了熟悉的气息，一股热风扑来，分明来自布袋。

耿兴说："我把他带回来了，把他给你。"

高立早眼汪泪水，他接过布袋，布袋沉重，他脚步失重，身子前倾，被耿兴扶住。那一刻，布袋晃动了一下，里头物件碰撞，发出金石之声。高立早抽搐了下，狠狠抹了下泪，他说："是三儿吗?"

耿兴用衣袖抹了把泪水，抽泣着说："是他，我把他交给你了。"

高立早迫不及待解开拴布袋的绳子。当布袋口打开，他仿佛听到一阵幼嫩的笑声。他弟弟高立仁，那个少年仿佛就站在他身前。高立早接过布袋，轻轻提着。布袋里发出丁零之声。

两个人走到门台前坐下，面对面坐下来。高立早扭身将布袋放到门台上。在他意识里，高立仁便坐了下来。他将拴布袋口的绳子解开，布袋口挽起，白玉一般的骨头便展现出来。他一样样抚摩，头颅、腿骨、髋骨等，此刻，就像高立仁还活着，他将他抚摩。他摸到了一节指骨，高立早顺手将这块放进衣兜。他想一刻不离与这块指骨在一起。他将指骨放进衣兜时，他的心剧烈跳动，身子晃动了一下，头也不自主地摇摆了一下。他即刻想到，高立仁失去这块指骨，他的手将会怎样。想罢，他将手伸进衣兜，将指骨轻轻放进布袋。即刻，指骨与其他骨头撞击，发出清脆悦耳的声音，犹如高立仁活着，从嘴里发出幼嫩之声。高立早感觉到骨头温度。就在此刻，他听到室内传来咳嗽声，是爹娘老子剧烈的咳嗽，听上去像从前，高立仁活着时的咳嗽。在此刻，时间、事物和场景都混杂和颠倒，他分不清哪是过去，哪是现在，一切宛如梦中。梦中记忆之根扎向何处，生发新枝，枝繁叶密。

一张桌子，三把椅子，耿兴将那个麻袋放到椅子上的那一刻，发出玉石般声音，那声音，仿佛高立仁在诉说。

高立早反思，他拿到那块指骨，是想让其指骨时刻跟他在一起，相互陪伴。就像小时候，立仁在他身后跑来跑去，一边呼喊一边大笑。从童年，到少年，立仁一直在他身后。到如今，那些画面依旧在他脑子里闪现。

此刻与高立仁骨头在一起，他再次见到了立仁，对高家人来说，是一次重逢和团聚。

空气里飘着淡淡雾气，空气里弥漫着细小水珠。群雀在空中飞来飞去，婉转啼鸣，蝴蝶飞舞，胡蜂在上空徘徊，嗡嗡声却在耳畔，仿佛是高立仁童年细语，在与二弟高立明低声细语交谈。后来离家，高立仁不像家人预先想的那么困苦，反倒是更愉悦更明快。就是在战场上那种恶劣之境，也可以听到他的笑声。

耿兴和高立早也聊起，高立早在课堂上讲课时，那些牺牲的护卫着课堂的勇士。他们是杜宪文、陈植木、刘熙叶、李烈、赵化农、韩季省、王博、孟繁秀等。

耿兴说：“不只是你高家的骨头像玉一样透亮，像铁石一般硬。看到高家人骨头，就看到了平原人的骨头，喝一样的水吃一样的粮食，生长在这块土地上的人就是这样的骨头。”

“这样的骨头，子弹穿不透，刀砍不断。”

“是啊，立早哥。”耿兴说，“子弹射进肉里，就冒出一团火星，那是子弹与骨头撞击，就等于铁头与铁头撞击。”

就在此刻，天上飞来一只乌鸦，发出羞怯的叫声。

高家院子，榆树下，在那把放布袋的椅子前，放了一双筷子、一个酒盅和一个小碗。此刻，高立早才记起，高立仁不会饮酒，他还那么小，说话声音尖细，还没有倒仓，就像妮子声音。

举起杯来，敬景州大地，敬在天英灵们，敬高立仁。此刻，两个人都泣不成声。高立早说：“不行，再不能这样，今天是个喜日子。”

高立早和耿兴两个流着泪，将高立仁的尸骨一块块摊开。桌子窄小，盛不下高立仁的骨头。高立早摸到那些骨头的温度。他得到证明，并不像传说中的那样，埋葬多年的骨头才能像玉石那样光亮，才能比钢铁还要硬。而眼前，所证实的，他所捡拾的立仁骨头，就过去了两年，就都像玉石那样光洁，触碰到一起，能发出金石一般的声音。那声音如高立仁脆生生的说笑声，并且还带着他特有的稚气。立仁，还那么小，还是少年。

当年，他到曹屯与他相见，那时，他身上就有伤，并且有弹片和子弹在身上。没想到，那一次便是与立仁的生死别离。

耿兴和高立早端起酒盅，将苦酒一饮而尽。

当他看见腿骨、头骨和椎骨上镶嵌的子弹，他想将子弹取下。他用力掰，纹丝不动。还有一块弹片。子弹是铅造的，可以不腐，可是那块弹片是铁的，却没有丝毫锈迹，是高立仁骨头的纯正品质将这些铅弹和铁片保存下来。子弹已经与骨头合在一起。他数过，一共四颗子弹和一块弹片。高立仁活着时，身上就带着这些子弹与敌兵作战。那一刻，高立早决心保守此秘密。当初这些子弹留在骨头上，立仁忍受了多大痛苦折磨？之后，他接受了子弹和弹片在骨头上，成为自己的一部分。就这样，铁、铅与骨头的融合，组合成一种怎样的思想意识。这些，立仁不可能不知道。铅与铁和骨头融合到一起，血的滋润和浸透，那么铅弹与弹片便转换成一种新的物质，成为立仁身体的一部分。

这种情景一直留在高立早头脑，在某一刻那些镶嵌铅弹和弹片的腿骨在头脑里出现。他想，它们是怎么融合的？

又过了两天，高家大门外，传来一声吉普车的刹车声，门哐啷一声开了。高家老二，大个子高立明走了进来。高长忙和高李氏闻声出屋，两个人发出颤抖的声音："立明！"高立明跑过去，抱住爹娘，说："爹，娘，儿回来了。"

上午，是热闹集市。高立早、高立明、高立雅和耿兴赶着一辆骡子车，穿行于大街，在车上还坐着曹木作。他们到木材市，挑选柏木。他们在木材市走来走去，突然，曹木作说："这可赶上了。"

顺着曹木作手指望去，在城墙边堆着一堆不起眼的木头。高立早和耿兴看罢摇头说："这个不行。"

曹木作抻着高立早袖口说："这可是上等的柏木。能打一口好棺材。"

卖家说，这是三年前，日本兵放火烧了一片坟地的柏树林。第二年，这些树都死了，就刨了堆在家里。等到现在，才想起卖这些木头。卖家还说："这可是上等柏木，一个柏树林就剩下这些木头，其他都烧光了。"说着，卖家拿出一把刀，割破树皮，说，"你闻闻是不是柏木。"

高立早走过去，弯下腰闻闻，他说："是柏木。"他问了价钱，照曹木匠指点，选好木头，已经到了晌午。

曹木作用五天时间，为高立仁打棺材。七日后，农历十月一日。为高立仁举行葬礼。十八个士兵抬着白色龙纹图案蓝色殡轿，一步步朝前走。每走一段路，就有十八个士兵接替上一班抬殡轿的士兵。殡轿子缓慢行进。数不尽的大车跟随其后，沿乡间道路蜿蜒而行，向隋庄高氏墓群进发。高立明带领着一队骑兵走在最前边。后边是耿兴带领的炮兵和步兵。

在高氏墓群东南，已经掘好墓坑。那一天，大车从景州城到隋庄，大道上大车与大车相连。大车两边是行进的士兵和民众。秋深至极，万物肃杀。每个士兵走到坟前祭拜，捧一抔黄土，撒向高立仁棺材。每个士兵一抔土，便堆起像山一般的坟墓。那一天，景州大地响起阵阵炮声，犹如秋日惊雷，以此昭告天下众生，壮士安息于此。

说　明

为便于读者理解，特对小说中涉及的部分方言含义进行如下说明。

1. 磨得心系子疼：形容折磨人心、让人焦虑。

2. 长草拉棒：形容长短不齐、不细致、毛躁。

3. 抽抽探探：试探、不确定的意思。

4. 哭声拉韵：带着哭声的腔调。

5. 掏把火：形容着急。

6. 占上岗：形容占上风。

7. 鲤鱼撇鳍：像鲤鱼跃出水面击水。

8. 没心拉肠：没心情的意思。

9. 透风拉气：形容四处透风。

10. 侧棱个子：身子向一边歪了一下。

11. 粗声拉韵：形容声音很粗、很丧气。

12. 竖尖冒溜：很满、冒出来的样子。

13. 瘪咧：扭曲的意思。

14. 敲皮打鼓：轻易、简单、轻描淡写的意思。

15. 瘪棱：扭曲的意思。

16. 没颜拉色：颜色暗淡之意。

17. 裂呲八纹：开裂出各种纹路的意思。

18. 死皮挞煞眼：意思是没眼力见儿。

19．拾个拉脚：别人剩下的意思。

20．叫儿撒欢：欢叫的意思。

21．扬风奓毛：显摆之意。

22．牛头鳖相：形容蠢笨。

23．赶赶门去：去别人家的意思。

24．打量个满模儿：看了个满眼之意。